# Die Reformatorin

## Das Leben der Argula von Grumbach

Bibliografische Informationen der Deutschen Bibliothek:
Die Deutsche Bibliothek verzeichnet diese Publikation in der Deutschen Nationalbibliografie; detaillierte Dateien sind im Internet über http://dnb.ddb.de abrufbar.

**Impressum:**


1. Auflage, April 2015
Autorin: Dr. Silke Halbach
Umschlag/Satz: Brigitte Winkler, www.winkler-layout.de
Bildnachweise: Cover - Karte: © Artalis - Fotolia.com
Motiv Hand mit Feder: © anyka - ClipDealer.com
Medaille: Hans Schwarz um 1520, Germanisches National-museum, Nürnberg
Hintergrund Rot mit Gold: © Reimer - Pixelvario - Fotolia.com
Lektorat: Manfred Enderle
Sprache: deutsch, broschiert
ISBN: 9783957161-123
ISBN E-Book: 9783957161-567
www.verlag-kern.de

Silke Halbach

# Die Reformatorin

## Das Leben der Argula von Grumbach

Historischer Roman

Verlag Kern

## Inhalt

## Ein Wort der Autorin

Auf die Frage, wer im 16. Jahrhundert die Kirche reformiert hat, erhält man im christlichen Abendland die Antwort, die Evangelische Kirche gehe auf den ehemaligen Mönch Martin Luther und seine 95 Thesen, die er am 31. Oktober 1517 am Hauptportal der Schlosskirche in Wittenberg angeschlagen hat, zurück. Dann fallen gelegentlich noch die Namen Melanchthon, Calvin und Zwingli und einige wenige andere.

Doch wer kennt, sieht man von einer Handvoll Theologen und Historikern ab, Argula von Grumbach, eine Geborene von Stauff (1492-1563), die aus dem Ritteradel stammende entschlossene Frau, die ihr ganzes Leben dem Kampf für ihren Glauben verschrieben hat?

Diese Frau, verheiratet mit dem strenggläubigen katholischen Pfleger von Dietfurt an der Altmühl, einem Amtsträger des Bayerischen Herzogs Ludwig, und Mutter dreier Söhne und einer Tochter, hat es gewagt, für ihren Glauben alles zu riskieren und manches verloren: ihren Ehemann Friedrich von Grumbach, ihre Kinder sowie Hab und Gut.

Als der junge Magister Arsacius Seehofer an der Ingolstädter Universität 1523 wegen seiner evangelischen Gesinnung in einem Verfahren zunächst mit dem Feuertod bedroht wurde, man ihm dann aber Strafmilderung anbot unter der Bedingung, dass er seinem „ketzerischen“ Glauben öffentlich abschwor, trat Argula empört auf den Plan.

Sie schrieb an den Bayerischen Herzog Wilhelm IV., den sie persönlich gut kannte, da sie etliche Jahre Hoffräulein bei seiner Mutter in München gewesen war. Außerdem wandte sie sich an die Ingolstädter Universität und an den Rat der Stadt. In den Jahren 1523 und 1524 verfasste sie insgesamt acht Schreiben an verschiedene namhafte Persönlichkeiten aus Politik und Gesellschaft, die schon bald, von mutigen Druckern trotz strenger Zensurauflagen vervielfältigt, die publizistische Öffentlichkeit in sage und schreibe rund 30 Auflagen, das heißt, in etwa 30.000 Exemplaren[1] erreichten. Zum Entsetzen der Obrigkeit, aber auch nicht weniger Vertreter ihres eigenen Standes, war Argula auch mit den schlimmsten Drohungen nicht einzuschüchtern. Man hatte ihrem Mann nahegelegt, sollte er sie anders nicht zum Schweigen bringen, ihr einen oder zwei Finger abzuhacken oder sie gar einzumauern. Immer wieder drohte er ihr, doch selbst als er sein Amt verlor, die Familie erhebliche Einkommenseinbußen hinnehmen musste und eine Schmähschrift gegen sie mit den schlimmsten Unterstellungen veröffentlicht wurde, ließ sie nicht von ihrer Überzeugung. Darin bestärkt wurde sie von zahlreichen Persönlichkeiten aus dem Umfeld Luthers und durch „indirekte Korrespondenz" auch von diesem selbst.

Der Roman beschreibt das Leben einer Frau, der wie fast allen Frauen in dieser Zeit der Zugang zu schulischer Bil-

---

1 Zum Vergleich: Die Schrift Luthers, ebenfalls zum Fall Seehofer, „Wider das blind und toll Verdamnis der 17 Artikel von der elenden schändlichen Universität zu Ingolstadt ausgangen" von 1524 wurde nur viermal (insgesamt ca. 4.000 Exemplare) aufgelegt.

dung verschlossen war. Dass sie das Lesen lernte, verdankte sie einzig ihrem Vater, der ihr, nicht einem ihrer vier Brüder, eine ins Deutsche übersetzte Bibel schenkte. Argula las fleißig darin. Ihre Bibelkenntnis verblüffte und ärgerte ihre Gegner. Doch ihr Selbstbewusstsein, auch als Frau, die keine vertiefte Bildung genossen hatte, das Recht, ja sogar die Pflicht zu haben, das Wort Gottes zu verkünden und dafür zu streiten, wenn sich kein gebildeter Mann fand, beeindruckte nicht nur führende Reformatoren, sondern war auch Vorbild für etliche christliche Laien, darunter auch Frauen, die sich ebenfalls für die Reformation einsetzten.
Noch im hohen Alter wurde sie zweimal festgenommen. Man warf ihr Ketzerei vor, und nur knapp entging sie einer längeren Gefängnisstrafe.

Dieses Buch ist nicht Fiktion. Es ist das „Bildnis" einer starken Frau. Argula von Grumbach war ein Mensch von Fleisch und Blut. Dieser Mensch steht im Vordergrund und als solcher, das ist der Wunsch der Autorin, soll Argula von Grumbach auch wahrgenommen werden. Sie war leidenschaftlich, hartnäckig und hat gelacht, geweint, geliebt. Sie war „**Die Reformatorin**."

Stefan Zweig sagte einst in seinem Vorwort zu seinem Roman über Maria Stuart: „Das Klare und Offenbare erklärt sich selbst, Geheimnis aber wirkt schöpferisch. Immer werden darum jene Gestalten und Geschehnisse der Geschichte nach abermaliger Deutung und Dichtung verlangen, die ein Schleier von Ungewissheit umschattet." Das

„Klare und Offenbare" in Argulas Leben ist in erhaltenen Quellen belegt. „Deutung und Dichtung" helfen uns, obwohl mit einem „Schleier von Ungewissheit behaftet", Argula von Grumbach kennenzulernen.

Ja, wir können diese leidenschaftliche Frau besser verstehen und sie in ihrer Bedeutung schätzen, wenn wir uns ihr nicht allein nur mit historischem Handwerkszeug nähern. Es gilt, Fragen zu stellen, Fragen nach ihren Wurzeln und ihrer Kindheit, ihrer Zeit bei Hofe, der arrangierten ersten Ehe, ihrem Alltag als Ehefrau und Mutter, nach ihrem Umgang mit Ablehnung, aber auch Erfolg und schließlich nach ihren letzten Jahren, die von Trauer und Leid gezeichnet waren.

Die Frage nach der alles umschließenden Klammer, ist die nach ihrem von Gottvertrauen und Zuversicht geprägten „Doppelleben", denn erst in ihrer zweiten Ehe mit dem protestantischen Grafen von Schlick kann sie sich offen zu ihrer religiösen Überzeugung bekennen. All diese Fragen verlangen nach einer Antwort, einer Antwort, die der „historischen Wahrheit" möglichst nahekommt, jedoch nicht immer mittels Beweisen belegbar ist.
So sind manche Details einzelner Begegnungen und Gespräche, die tatsächlich stattgefunden haben, über die es jedoch kaum überlieferte Zeugnisse gibt, frei erfunden, könnten aber genau so wie beschrieben verlaufen sein. Mögliche Gedanken und „innere Bewegungen" der Protagonistin, die von einem „Schleier von Ungewissheit umschattet sind" (Stefan Zweig, s. o.), wurden frei erdacht.

Sie ergänzen und runden das Bild ab, das sich dem Historiker bietet. Ja, mehr noch, sie erfüllen es mit Leben.

Die von Argula in Frühneuhochdeutsch verfassten Flugschriften beziehungsweise Auszüge aus ihren Briefen (kursiv gedruckt) wurden in einem verständlichen Deutsch wiedergegeben. Die meisten der handelnden Personen waren tatsächlich Zeitgenossen der Stauffertochter. Der beschriebene Ablauf der Reformation bis in die frühen 60er Jahre des 16. Jahrhunderts ist historisch belegt.

# Kapitel 1

## 1492-1500
## Ernfels

### Argula im Schoße ihrer Familie

„Dieses Kind ist wahrlich ein Gottesgeschenk!“, brummelte der in den Burghof schauende aufrechte Mann. Und ein Lächeln umspielte die sonst so ernsten und auf die meisten Menschen streng wirkenden schmalen Lippen des Reichsfreiherrn Bernhardin von Stauff. „Es ist nicht nur die Ähnlichkeit mit ihrer Mutter Katharina“, sinnierte er und drehte sich zu dem Gemälde seiner Frau an der Wand hinter sich um, welches er gleich im ersten Ehejahr von einem renommierten Künstler hatte malen lassen.
Diese Ähnlichkeit hatten ihre Schwestern ebenfalls, ja, diese waren, so musste er zugeben, weitaus hübscher als seine ältere Tochter Argula. Und doch war es eben Argula, die ihm von allen seinen sieben Kindern am nächsten stand. Sie war eine echte Staufferin. Schon als kleines Mädchen, sie konnte gerade erst allein die gewendelte Treppe des Bergfrieds erklimmen, war ihr Ausdruck von Entschlossenheit geprägt gewesen.
Argula hatte früh in ganzen Sätzen zu sprechen begonnen und hatte Eltern, Verwandte und Gesinde mit ihren Fragen oft an die Grenzen ihrer Geduld und manchmal auch an die ihres Wissens gebracht.
Wie oft musste er selbst Pater Franziskus zurate ziehen, wenn Argula, seine „Argel“, wie er sie nannte, wenn dieses

Kind, wie so oft, auf seinem Schoße turnte und ihn mit ihren Fragen zu „Gott und der Welt“ in Atem hielt und sich mit seinen Antworten wieder einmal nicht zufriedengab.
Der Geistliche, der die Bewohner der Burg Ernfels und des nahe gelegenen Dorfes Beratzhausen betreute, hatte schon vor Jahren scherzhaft gesagt, die Kleine werde sicher die erste Frau aus dem Geschlecht der Stauffer sein, die sich an einer Universität immatrikulieren werde. „Gott behüte!“, hatte Bernhardin ausgerufen, war jedoch insgeheim sehr stolz auf seinen Liebling gewesen.
Der Burgherr trat noch etwas näher ans Fenster, denn er hatte das Kind aus den Augen verloren. Wahrscheinlich hatte sie sich wieder hinter den Brunnen gehockt. Da! Der Vater hatte den hellbraunen Haarschopf entdeckt. Sie zog sich mit beiden Armen am steinernen Brunnenrand hoch und schaute triumphierend zu ihm auf. Da stand die Sechsjährige nun mit ihrem Drehkreisel in der Rechten, das kleine Kinn herausfordernd emporgereckt, die Augen ohne Scheu zu ihm aufblickend.
Plötzlich drehte sie sich abrupt zum Küchenhaus um. Irgendetwas hatte ihre Aufmerksamkeit erregt. Neugierig geworden blickte der Vater ihr nach. Nun hörte er es auch: Durch die offene Tür erklang ein lautes Schimpfen. Bernhardin, Argulas ältester Bruder, kam herausgerannt. Vermutlich hatte er wieder einmal einen ofenwarmen Fladen mitgehen lassen und war von Marie, der Köchin, dabei ertappt worden. Der Vater konnte es ihm nicht verübeln, das warme Brot war einfach köstlich!
Was hatte der Knabe da unter seinen rechten Arm geklemmt? Richtig, das musste der neue Ball sein, den ihm

der Knecht Johann in der letzten Woche aus einer mit Stroh gefüllten Schweinsblase gefertigt hatte.
Auch Argula hatte den Ball entdeckt und rannte mit lautem Gebrüll auf ihren großen Bruder Bernhardin zu und versuchte, ihm das Spielzeug abzujagen. Anders als ihre Schwestern interessierte sich Argula nicht für Handarbeiten, Blumenbinderei oder das Singen frommer Lieder.
Argula, wäre sie ein Junge gewesen, hätte sicher bei den Knabenturnieren ihren „Mann" gestanden. Obwohl noch sehr klein, war sie wendig, schnell und erfindungsreich, was das Bluffen und Täuschen anging. Wenn sie die Gelegenheit dazu hatte, übte sie sich gerne im Kräftemessen mit gleichaltrigen oder sogar etwas älteren Jungen. Sehr zu ihrem Leidwesen musste sie sich jedoch bei Wettkämpfen damit begnügen, die Knaben zu beraten und ihnen Tricks und Kniffe beizubringen, die ihre Gegner schlecht aussehen ließen.

Der Reichsfreiherr lächelte noch immer, als er sich schon längst wieder seinen Büchern zugewandt hatte. Es galt, Urkunden über ein Gerichtsurteil und das Ergebnis eines Erbstreites auszustellen. Auch wollte er die Frontage neu festlegen und sich Gedanken über eine neue Abgabenordnung machen, denn Beratzhausen war gewachsen, und nichts tat einem Dorf weniger gut, als ein Leben in rechtlich ungeklärten Verhältnissen. So etwas schürte nicht nur die Unzufriedenheit der Einwohner, sondern konnte dem Burgherrn sogar zur Gefahr werden, denn wie schnell wären einige Männer nur zu gerne bereit, in Zeiten eines Machtvakuums den Stab zu ergreifen!

Das hatte sein Bruder Hieronymus einst bitter zu spüren bekommen. Bernhardin von Stauff raufte sich das schütter gewordene graue Haar – und vergessen war die kleine Argula, die inzwischen selbstverständlich ihrem Bruder die mit Stroh gefüllte Schweinsblase abgejagt hatte.

Nach getaner Arbeit ließ Bernhardin von Stauff seine Gedanken in die Vergangenheit schweifen. Seine Tochter Argula war im Schicksalsjahr 1492 geboren worden. Er und andere Vertreter der Ritterschaft hatten seit Jahrzehnten Auseinandersetzungen mit ihrem Landesherrn, Herzog Albrecht IV. von Bayern-München, gehabt. Albrecht wollte sich einen einheitlichen Staat unter seiner zentralen Leitung schaffen. Glücklicherweise hatte Kaiser Friedrich bereits 1465 einem seiner Vorfahren, Johann Stauffer zu Ernfels, die Reichsfreiheit verliehen und damit dessen Stand erhöht. In den darauffolgenden Jahren hatte es zwischen dem Heer des Herzogs und den unter dem Wappen des Löwen verbündeten Rittern, die sich „Löwler“ nannten, zahlreiche kriegerische Auseinandersetzungen gegeben. Bernhardin, der damals fast noch ein Knabe gewesen war, erinnerte sich an die Schmach, die seine Eltern und Onkel empfunden hatten, als es dem Herzog zwischenzeitig gelungen war, die Unruhen mit Waffengewalt niederzuschlagen. Es hatte zwei Jahrzehnte gebraucht, bis sich die stolzen Ritter davon erholt hatten.
Als der Herzog schließlich gegen den „Schwäbischen Bund“ mit einem Söldnerheer zu ziehen gedachte, das er aus Steuermitteln des Adels finanzieren wollte, hatten sich 1489 Bernhardin und 45 weitere Ritter zusammengeschlos-

sen. Für den Stauffer und die mit ihm verbündeten „Löwler" war es ein Glück gewesen, dass sie die beiden jüngeren Brüder Albrechts IV. für ihre Sache gewinnen konnten. Gestärkt waren sie auch durch die Unterstützung des „Schwäbischen Bundes", der dem Bayern in seinem Vormachtstreben Einhalt gebieten wollte. Als ihnen dann auch noch der Böhmenkönig Wladislaus den Beistand seiner Landstände versprochen hatte, hatten sich Bernhardin und 12 weitere „Löwler" stark genug gefühlt, König Maximilian, der einmal Kaiser werden sollte, ihre Beschwerdeliste in Nürnberg zu überreichen.

Der Stauffer erinnerte sich noch, als wäre es erst gestern gewesen. Wie sehr hatte er sich geärgert, als der unentschiedene und schwache Maximilian den Parteien einen Vergleich vorschlug!
Bernhardins Ader auf der Stirn schwoll an, er konnte sich nur knapp beherrschen, nicht mit der Faust auf den schweren Eichentisch zu schlagen.
Doch dann hatte sich das ‚Blatt gewendet'[2] … Bei diesem Gedanken glättete sich seine Stirn wieder. Maximilians Vater, Kaiser Friedrich III., hatte sich zu guter Letzt auf die Seite der „Löwler" und damit gegen den Herzog, der inzwischen sein Schwiegersohn war, gestellt.
Etliche gewaltsame Auseinandersetzungen zwischen den Parteien waren gefolgt.
Es war im Dezember 1491 gewesen, als sein Bruder von seinem Familiensitz Köfering aus das herzogliche Dorf

2 Hier: Das Schicksal hatte sich geändert. Herkunft: Kartenspiel, in dem es „gute" und „schlechte Blätter" gibt.

Pfatter überfallen hatte. Und er, Bernhardin, war von Ernfels aus durch das Territorium des Herzogs gezogen.
Er hatte gerade von seiner jungen Frau erfahren, dass sie wieder ein Kind unter dem Herzen trug, als es dem Herzog gelang, die staufferschen Burgen einzunehmen und seinen Bruder Hieronymus samt seinen Landsknechten gefangenzunehmen.
Der Krieg hätte sicher noch länger gedauert, hätten nicht Kaiser Friedrich III. und dessen Sohn Maximilian eingegriffen. Zunächst waren die Verhandlungen zur Wiederherstellung der Besitzverhältnisse, wie sie vor den Auseinandersetzungen bestanden hatten, gescheitert. Die „Löwler" waren erbost gewesen, dass man so einfach über ihre Beschwerden hinweggegangen war.
Bernhardin erinnerte sich noch gut an die aufgeheizte Stimmung, die in diesem Raum geherrscht hatte. Hier hatten die Ritter im Frühsommer 1492 heftig miteinander diskutiert und waren zu dem Schluss gekommen, einen weiteren Angriff zu wagen.
Wie entsetzt hatte seine hochschwangere Katharina ihn angeblickt, als er ihr abends im Bett mitgeteilt hatte, dass sie schon übermorgen wieder gegen den Herzog zu Felde ziehen würden.
Nach ersten militärischen Erfolgen hatten sich die Ritter jedoch schon bald wieder in der Defensive gesehen und das Angebot eines Waffenstillstandes zähneknirschend annehmen müssen, um Schlimmeres zu vermeiden.
In diesen Tagen war sie geboren worden, seine stolze kleine Argula. Kein Wunder, dass sie das kämpferischste Wesen von allen seinen sieben Kindern hatte!

Es war zur Zeit ihres ersten Geburtstages gewesen, im August 1493, als endlich eine Einigung erreicht worden war. Man hatte ihnen zwar nicht die Kriegsschäden erstattet, ihr eigentliches Ziel hatten die „Löwler“ jedoch erreicht: die Wahrung der Landesfreiheit und die Erhaltung der Stadtrechte. 1495 schließlich hatte König Maximilian eine umfassende Reichsreform veranlasst, die unter anderem eine reichsweite Steuer und den „Ewigen Landfrieden“ vorsah. Letzteres war wirklich ein Triumph für die Reichsstände gewesen.

Dennoch verspürte Bernhardin von Stauff noch immer tiefen Groll gegen den Herzog, der bei der Besetzung von Ernfels seine wertvolle deutsche Bibelausgabe und weitere Druckwerke aus seiner Bibliothek hatte mitgehen lassen.

Der Burgherr schob seine Geschäftsbücher und Papiere beiseite, erhob sich ächzend aus seinem Eichenstuhl und rieb sich die rechte Hüfte. Die alte Verletzung, die er sich bei den Ständekämpfen zugezogen hatte, schmerzte ihn immer dann, wenn das Wetter umzuschlagen drohte. Die Glocke läutete zu Tisch, und er freute sich auf die warme Mahlzeit.

## Kapitel 2

Um 1500
Ernfels

### Alltag und Festtag auf Ernfels

Wie alle Kinder liebte auch Argula Feste, und davon gab es viele im ausgehenden 15. Jahrhundert. So verzeichnete der kirchliche Festkalender rund 100 arbeitsfreie Fest- und Sonntage: Neben Ostern, Weihnachten, Pfingsten, den zahlreichen Kirchweihfesten um Ernfels und Beratzhausen, dem Erntedank- und dem Maifest, gab es noch unzählige Heiligenfeste.
Nicht alle diese Feste wurden gleichermaßen mit üppigen Mahlzeiten und fröhlicher Unterhaltung, mit Gauklern oder Musikern gefeiert, doch immer gab es für die Kinder auf der Burg etwas Süßes, wie zum Beispiel eingemachte oder gedörrte Früchte, geröstetes Weißbrot oder Grießpudding. Für die Erwachsenen gab es stets Wein und manchmal auch Bier, und wenn man Gäste hatte, trug man selbstverständlich sein Sonntagsgewand.
An Tauf- und Hochzeitsfesten drückte Pater Franziskus schon einmal ein Auge zu, wenn diese Getränke in nicht versiegenden Strömen flossen, „bis sich die Tische bogen“. An hohen kirchlichen Feiertagen oder auf Beerdigungen ließ er jedoch Strenge walten.

Heute, es war ein Sonntag, war einer dieser Feiertage, an denen selbst der Geistliche kräftig mitfeierte. Es war Mitte

Mai, die Sonne schien vom frühen Morgen bis zum Schlafengehen.
Am Vortag waren bereits die Sänger und Gaukler eingetroffen. Argula und ihre Geschwister hatten sie bei ihren Vorbereitungen beobachtet und schon einen kleinen Vorgeschmack auf das Fest bekommen.
Pater Franziskus hatte in der Frühe die Messe, bei der die meisten Gäste schon anwesend waren, gelesen. Er hatte seinen Blick über die in der Burgkirche dicht gedrängt sitzenden und stehenden Festbesucher schweifen lassen und nach dem Segen noch ein paar mahnende Worte gesprochen, man möge es nicht übertreiben, nicht zu viel Wein trinken und sich überhaupt immer gottgefällig aufführen. Dabei hatte er einige junge Männer mit seinem durchdringenden Blick fixiert. Diese hatten begriffen, dass sie gemeint waren und die Augen gesenkt. Und jedermann war klar, dass Franziskus weiter ein Auge auf sie haben würde.
Argula hatte ihm nur mit einem Ohr zugehört. In ihren Gedanken war sie schon beim Spiel. Ihr Vetter Adam und seine Schwester Anna waren unmittelbar vor der Messe angekommen, und sie hatten verabredet, nachher Dame und Mühle zu spielen. Adam war auch ganz begierig gewesen, von ihr die neuen Brettspiele Puff[3] und Tricktrack[4] zu erlernen.
Ohne es selbst zu bemerken, hatte sie sich aus der Bank geneigt, um die beiden Kinder zu sehen. Jetzt traf sie ein strafender Blick des Geistlichen, und die Hand ihrer Mutter, die neben ihr saß, legte sich beruhigend auf ihren Unter

3 Halma
4 Backgammon

arm. Vorsichtig suchte die Achtjährige zwischen den Rüschen des Ärmelaufschlages die Hand der Staufferin und drückte diese. Mutter verstand ihre aufgeregte Vorfreude!

Endlich strömten nach der Messe alle ins Freie. Die Sonne stand schon hoch und blendete die Gottesdienstbesucher, die aus dem Halbdunkel des kirchlichen Gemäuers traten.
„Darf ich …?“, fragte Argula die Mutter und schaute dann auch vorsichtig zum Vater auf. Zum Glück waren beide Eltern bereits in Gespräche verwickelt, sodass sie nicht fragten, was ihre Tochter denn wolle, und so auch keine Einwände haben konnten.
Das Kind raffte seine Röcke und lief zu den anderen. Als die Glocke zum Mittagessen läutete, hatten die Kinder rote Wangen vom Eifer des Spiels und vom Sonnenlicht. Ihre Festtagskleider waren staubig und die der Kleineren mit Grasflecken übersät. Angesichts des wunderbaren Frühlingswetters, des bevorstehenden Mahles und der Unterhaltung, die diesem folgen sollte, waren die Erwachsenen milde gestimmt.
Nur die Kammerfrau Hermine machte Argula und ihren Schwestern verzweifelt Zeichen, sie sollten sich doch vorsehen in ihrem Sonntagsstaat.
Doch die Kinder, die sich sonst nie einig sein wollten, hatten sich mit einem kurzen Blick verständigt, die Kritik geflissentlich zu übergehen.
„Anna! Adam!“, rief Argula die Kinder ihres Onkels zu sich. „Nehmt Eure Essschüsseln und folgt mir an die Tafel! Es gibt eine dicke Hühnersuppe mit einem besonderen ausländischen Gewürz, dessen Namen ich immer vergesse

– Mutter, wie heißt das Gewürz noch gleich, mit dem die Soße für die Hühnchen abgeschmeckt wird?“
Katharina von Stauff beugte sich zu ihrer Ältesten, hielt ihren rechten Zeigefinger vor den Mund, um der Tochter zu bedeuten, sie solle nicht so laut sein: „Ich stehe doch direkt neben Dir! Es ziemt sich nicht für eine junge Dame zu brüllen wie ein Fuhrkutscher. Und das Gewürz heißt Zimt, mein Schatz. Der Händler hat es uns von weit her gebracht.“
„Ja, also“, wandte sich Argula an Cousin und Cousine, „ich habe zugesehen, wie das Hühnchen mit Wasser und Wein gekocht und anschließend mit dieser Zimtsoße übergossen wurde. Und ich durfte einmal davon kosten. Ich sage Euch, es schmeckt himmlisch – so fremdländisch!“

Argula war sehr zufrieden, als sie die bewundernden und neugierigen Blicke ihrer Verwandten sah.
„Wenn ich groß bin, reise ich durch die ganze Welt und koste alles fremde Essen“, fügte die junge Staufferin hinzu und warf den Kopf in den Nacken, um die Ernsthaftigkeit ihrer Rede zu unterstreichen.
„Wenn Ihr aber lieber Taubenpastete oder Kaninchen in Ingwersoße mögt – bitte schön!“, sagte das Mädchen und machte eine einladende Handbewegung.
Die Kinder waren schwer beeindruckt und rannten zu Tisch, weil sie all diese Köstlichkeiten sehen und probieren wollten.
An der langen Tafel hatte sich schon Argulas Bruder Marcellus auf seinen Lieblingsplatz gegenüber dem großen Spiegel gesetzt. Von dort aus konnte er die ganze Gesell-

schaft gut überschauen. Ihm waren auch Argula und ihre Brüder Bernhardin, Gramaflanz und Feirafis sowie Cousin Adam gefolgt. Argulas jüngere Schwestern Zormarina und Sekundilla saßen neben ihrer Mutter. Sie waren, wie auch Cousine Anna, noch zu klein, um bei den älteren Geschwistern Platz zu nehmen.

Alle ließen es sich schmecken, und die meisten ließen sich noch etwas Brot kommen, um die Soßenreste in den Tellern und Tischmulden aufzusaugen, so köstlich war das Mahl.
Als Zwischengang wurde eine Kelle kalte Milch mit Pfefferminzblättern gereicht.
Die Eltern hielten ihre Sprösslinge im Blick, denn bei den Stauffern achtete man auf gutes Benehmen. So manch ein Knabe hatte sich sagen lassen müssen: „Spuck nicht auf die Tafel, wisch Dir den Mund, bevor Du trinkst, rülpse nicht, und bohre nicht in den Zähnen!"
Und die Großen machten es den Kleineren vor und nahmen die abgenagten Kaninchenknochen vom Tisch und ließen sie in die Knochenvase, die bald gut gefüllt war, rutschen.
Ungeduldig schauten nun alle zur Tür, durch die die Dienerinnen mit der Nachspeise jeden Moment eintreten würden.
Argula hatte gestern einen Blick in die Küche geworfen und Schalen voller „Zimmergewürze" entdeckt: kandierten Ingwer und Fenchel, Wacholder, außerdem Nüsse und sogar erlesene exotische Früchte. Katharina von Stauff, die wie die meisten Frauen der Burgherren die Haushaltsbücher der Familie führte, hatte keine Kosten gescheut und Orangen, Feigen und Datteln spendiert.
Als die Leckereien aufgetragen wurden, war beifälliges

Brummeln im Saal zu hören. Die Hausherrin nahm die anerkennenden Laute hochzufrieden wahr. Man wusste also die Großzügigkeit der Gastgeber zu schätzen. Und wie sie alle beherzt zugriffen!

Die kleine Anna musste sich sogar von ihrem Vater zurechtweisen lassen, denn er hatte sie dabei ertappt, wie sie mit hochrotem Kopf Feigen und Datteln in ihre Schürzentasche gleiten ließ.

Der Burgherr Bernhardin von Stauff, der die Szene beobachtet hatte, winkte ab und zwinkerte der Kleinen zu: „Hauptsache, die Burgküche hat Deinen Geschmack getroffen."

Anna errötete und stieß mit noch gefüllten Backen ein zaghaftes „Ja, sehr!" aus. Ihr wurde die Peinlichkeit genommen, denn soeben wurde auch schon der gesellige und amüsante Teil des Festes angekündigt.

Eben waren schon drei Sänger eingetreten, die, bunt gewandet, sich vor dem Hausherrn verneigten und sodann anheben wollten, die Taten der Edlen und Könige zu besingen. Doch Bernhardin hob die Hand, und sofort schwiegen alle still. Mit Blick auf Argula kündigte der Hausherr die Präsentation eines „Schaugerichtes" an, das er, wie er hervorhob, auf Wunsch seiner ältesten Tochter bestellt hatte. Argula stand die Freude ins Gesicht geschrieben, und es hielt sie fast nicht auf dem Stuhle, doch da öffnete sich schon die schwere Eichentür mit lautem Knarren. Hereingetragen wurde auf einem riesigen Silbertablett ein feuerspeiender Adler mit ausgebreiteten Flügeln. Die „Ahs" und „Ohs" ertönten nun überall im Raum. Jetzt konnte das Kind sich nicht mehr beherrschen. Argula hatte dieses

Schauspiel zwar bereits einmal gesehen und wusste selbstverständlich auch, dass man den Adler in langer Prozedur sorgsam von seinem Federkleid und seiner Haut „befreit“ hatte, dass das zarte Fleisch des großen Vogels gekocht und anschließend wieder unter seine natürliche „Hülle“ gestopft und diese wieder zusammengeklammert worden war. Sie wusste, dass Eisenstangen die abgespreizten Flügel in Position hielten, und man hatte ihr auch erklärt, dass das, was am Schnabel brannte und ein Feuerspucken vortäuschen sollte, Wolle und Kampfer waren, die die Köchin dem Vogel in den Schnabel geschoben und vor Betreten des Festsaales entzündet hatte.
All dies wusste die kleine Staufferin, dennoch zog sie das Schauspiel in seinen Bann. Sie erhob sich und rannte auf den großen Diener Karl zu, der jetzt das Tablett geschickt über die Köpfe der Tafelrunde manövrierte und sich auf die älteste Tochter seines Herrn zu bewegte, die sich jetzt, wie meist, wenn sie aufgeregt war, den Nasenrücken rieb und der dafür von der Mutter gestrenge Blicke zugeworfen wurden. Karl stellte den Adler, aus dessen Schnabel noch immer Flammen züngelten, doch tatsächlich vor dem Kind auf den Tisch. Argula erhob sich und wäre am liebsten noch näher an das Tablett herangegangen, gehorchte jedoch, als Karl ihr das Zeichen gab, sie solle eine Armlänge Abstand halten. Da stand sie nun mit angehaltenem Atem und schaute fasziniert auf den Adler bis das Feuer verloschen war.
Nach diesem Spektakel, das sicher nur wenige Minuten gedauert hatte, löste sich jetzt schlagartig die Anspannung. Die Gäste jubelten, prosteten sich zu und lachten – ein

Zeichen für die Kinder, dass sie sich nun von den Bänken erheben durften.

Die Sänger versuchten noch einmal ihr Glück, merkten jedoch schnell, dass es galt, noch etwas abzuwarten, wollte man sich denn der Aufmerksamkeit seiner Zuhörer sicher sein.

Argula war inzwischen von Kindern umringt. Sie und Marcellus erklärten begeistert die Prozedur, der es bedurft hatte, das Tier entsprechend herzurichten. Mit roten Wangen und glänzenden Augen hingen die jungen Gäste an ihren Lippen, und die beiden Staufferkinder genossen es, alles bunt auszuschmücken und ihren Reden mit großen Gesten Nachdruck zu verleihen. Nur die Frage, wer denn jetzt das gekochte Vogelfleisch esse, konnten beide nicht beantworten: „Vielleicht das Gesinde in der Küche?“, mutmaßte Marcellus. Die Kinder jedenfalls waren sich alle einig, dass sie selbst kein Bedürfnis verspürten, etwas vom „Schaugericht“ zu kosten.

Während nun die Erwachsenen den Sängern lauschten, spielten die Kleinen Fangen und Verstecken, die älteren Kinder vergnügten sich beim Brettspiel.

Als es schließlich zu dämmern begann, gab es zum Abschied noch eine besondere Attraktion. Bernhardin und seine Frau Katharina hatten Gaukler auf die Burg bestellt. Unter Klatschen und Jubel schauten Groß und Klein den Unterhaltern zu. Alle hielten den Atem an, als ein kleiner schmächtiger Mann Feuer schluckte und es dann in heißem Schwall wieder ausspie.

Die Damen zeigten sich entzückt, als ein junges Mädchen mit einem Schirm in der Hand auf einem Seil turnte.

Die Knaben und ihre Väter freuten sich besonders an einem nicht mehr ganz jungen Gaukler, der in einem gelbbraun eingefärbten Schaffell den wilden Löwen gab. Zum Abschluss ging eine alte Frau, die ebenfalls zu der Truppe gehörte, herum und las den erwachsenen Gästen aus der Hand. Die Freude unter den Gästen war groß, denn alle Anwesenden konnten gemäß den Weissagungen der Alten einer gesunden und glücklichen Zukunft entgegensehen.

Um kurz vor Mitternacht waren die meisten Gäste wieder abgereist oder hatten, weil sie von weiter her gekommen waren, ihr Lager in den Nebengelassen der Burg bezogen. Die Kinder schliefen alle schon selig, und die Erwachsenen taten es ihnen bald nach.

## Kapitel 3

um 1500
Ernfels

### Der Ritteradel im Wandel

Der Alltag der Burgbewohner verlief selbstverständlich wesentlich weniger spektakulär. Besonders in der Winterzeit, wenn die Tage kurz waren und der eisige Wind um die auf einer Anhöhe gelegene Burg pfiff, gab es für Jung und Alt wenig Abwechslung.

Auch wenn die politische Situation um 1500 stabil zu sein schien, so war es nach Meinung der führenden Persönlichkeiten des Ritteradels doch nur eine Frage der Zeit, bis der Herzog einen neuen Versuch wagen würde, die Reichsfreiheit auszufechten. Bernhardin und die „Löwler" hielten in regelmäßigen Abständen geheime Treffen ab und besprachen sich. Auch hatte ein jedes Mitglied seine „Beobachter" an den Schaltstellen der herzoglichen Macht.
Die Kinder wussten selbstverständlich nicht um diese Dinge, spürten jedoch die innere Unruhe, die ihren Vater plagte. Ihre Mutter Katharina saß viele Winterabende bei Kerzenschein über ihrem Ausgabenbuch und rechnete mit gekrauster Stirn, wobei ihr gelegentlich ein leiser Seufzer entfuhr.
Argula und ihre Geschwister, die sich am Kamin in dem großen Raum im Palas aufhielten, verstanden, dass sie in solchen Momenten zu schweigen hatten. Die Jungen hiel-

ten sich oft nicht an die Regel und wurden dann mit harschen Worten des Zimmers verwiesen. Meist verschwanden sie in die Ställe oder suchten Unterschlupf in der Wärme der Küche. Nur Marcellus, der, obwohl er noch recht jung war, wie seine Schwestern mehr Gespür für heikle Situationen hatte und sich nur leise flüsternd mit den Mädchen unterhielt, blieb in dem mit schweren Wandteppichen behaglich eingerichteten Raum. Argula erzählte dann gerne im Flüsterton, was sie in den wenigen Büchern, die in der schweren Eichentruhe verwahrt waren, gelesen hatte. Die Kleinen hingen an ihren Lippen, denn sie bewunderten die große Schwester, die offenkundig, da sie schon recht gut lesen konnte, Zugang zu großen Geheimnissen hatte.

Tatsächlich las sie, wenn auch gelegentlich noch etwas stockend, bereits ohne Hilfe. Auch das Schreiben hatte sie gelernt. Sowohl der Mutter als auch Pater Franziskus hatte sie „Löcher in den Bauch“ gefragt, hatte sich anfangs vorlesen lassen und sich dann später Buchstabe für Buchstabe selbst erschlossen. Sie las alles, was ihr in die Finger kam: Bücher über Heilkunde und Krankenpflege, die die Wirksamkeit verschiedener Kräuter beschrieben und erklärten, wie man fachgerecht Wunden versorgte, Heiligenlegenden, Gebets- und Anstandsbücher und fromme Traktätchen.

Besonders faszinierte sie ein in Schweinsleder gebundener schwerer Band mit medizinischen Abbildungen, wie zum Beispiel der eines Menschen, der an Wundbrand litt. So kam es, dass, wenn jemand vom Gesinde erkrankt war, Argula aus ihrem Wissensschatz referierte.

Die Eltern konnten sie dann oft nur knapp davon abhalten, sich stundenlang am Krankenlager aufzuhalten, denn trotz

ihrer Warnungen überwog ihre Neugier die Angst vor Ansteckung und Krankheit.
Neuerdings hatte sie begonnen, den Geistlichen in Diskussionen zu verwickeln. So hatte sie ihn auf eine Begebenheit angesprochen, die das Gesinde sich hinter vorgehaltener Hand erzählt hatte, die aber selbstverständlich nicht für Kinderohren bestimmt gewesen war.
Argula hatte die Gabe, sich mit desinteressierter Miene und scheinbar abwesendem Blick unbemerkt in eine Ecke zu setzen, aber mit gespitzten Ohren genau zuzuhören. In diesem Fall hatte der Knecht Johann berichtet, in der Nähe vom Dorf Beratzhausen habe in der Fastenzeit ein Priester ein frisch erlegtes Wildschwein in den Fluss werfen lassen und habe sich dann ans Ufer gestellt und mit tragender Stimme verkündet: „Ich taufe dich auf den Namen Karpfen!"
Johann und die Mägde hatten sich in der Küche ausgeschüttet vor Lachen und gemeint, das wäre doch eine gute Idee, auch sie seien das wochenlange Fischessen in der Fastenzeit leid. Sie hatten aber nicht bemerkt, dass sich die kleine Staufferin hinter den Brennholzstapel gehockt hatte. Auf diese Weise hatte Argula schon so einiges über das Leben gelernt.
Die Vorstellung, durch die Namensgebung bei der Taufe sei es plötzlich möglich, ja sogar erlaubt, zur Fastenzeit Fleisch zu essen, faszinierte sie so sehr, dass sie Pater Franziskus bei nächster Gelegenheit darauf ansprach. Dieser versuchte, seine Verblüffung zu verbergen und erklärte der Kleinen, dies sei eine dumme Geschichte, wie sie sich nur das Gesinde ausdenken könne. Selbstverständlich sei so etwas niemals geschehen.

Doch Argula ließ nicht locker und bedrängte Franziskus: „Heißt das, dass man Gott und die Kirche hinters Licht führen kann? Sieht und hört Gott denn nicht alles? Wird er denn den Priester, der ihn hintergangen hat, nicht bestrafen? Kommt er in die Hölle? Und fährt dann vielleicht der Blitz in die Menschen, die von dem Fleisch gegessen haben?"
Argula zitterte bei dem Gedanken. Und der Geistliche versuchte verzweifelt, das Kind zum Schweigen zu bringen, denn es galt, unbedingt zu verhindern, dass sie diese schändliche Geschichte ihren Eltern oder Geschwistern erzählte, mochte sie sich nun wirklich so zugetragen haben oder frei erfunden worden sein. Er entschied sich, dem Kind Angst zu machen, sagte mit Nachdruck, sie habe das alles völlig falsch verstanden und drohte ihr mit Gottes Strafe und entsetzlichen Qualen im Fegefeuer, wenn sie die Sache nicht für sich behielte. Allerdings kannte er da die junge Staufferin schlecht. In der Gewissheit, selbst nichts Schlechtes getan zu haben, und durch die Geheimnistuerei des Priesters bestärkt in ihrer Neugier, wandte sie sich entschlossen an ihren Vater, der sich Zeit für seine Lieblingstochter nahm, obwohl er selbst gerade sehr beschäftigt war. Die warnenden Worte im Hinterkopf, verharmloste Argula das Gehörte und fragte nur, ob der Vater wisse, was passiere, wenn jemand, vielleicht sogar ein Mann der Kirche, absichtlich nicht nur durch Nichtbeachtung der Fastenregeln gegen dieselben verstoße, sondern sie darüber hinaus auch noch mithilfe einer sakramentalen Handlung umgehe.
Bernhardin von Stauff, der ein recht pragmatischer Mann war, erkundigte sich, ob Argula an einen bestimmten Vorfall denke oder ob sie nur allgemein frage. Das Kind gab

daraufhin an, nur theoretisch über die Sache nachgedacht zu haben, senkte jedoch dabei mit hochroten Wangen das Haupt. Bernhardin ahnte, dass ihrem Gespräch eine Unterhaltung mit Franziskus vorausgegangen sein musste und dass der Priester die Kleine angewiesen hatte zu schweigen. Um die Tochter nicht in Gewissenskonflikte zu bringen, beschloss er, den Geistlichen in der nächsten Zeit etwas im Auge zu behalten. Er zog Argula stirnrunzelnd an sich und sagte: „Eigentlich wollte ich ja noch eine Zeit lang damit warten. Aber ich beobachte seit Langem, wie wissbegierig Du die Bücher studierst und wie viele Fragen Dir im Kopfe herumgehen, und so soll es denn heute sein." Der Burgherr hielt inne, schob das Kind vorsichtig von seinem Schoß, stellte es wieder auf seine Füße und öffnete die Eichentruhe unter dem Fenster mit dem großen, schweren Schlüssel, der immer an seinem Gewand befestigt hing. Argula trat vorsichtig näher und sah, wie der Vater ein dickes, ledergebundenes Buch herausangelte. Er strich liebevoll darüber und reichte es ihr.

„Mein Kind, nimm das Wort Gottes und lies es, damit Du ein Leben lang ein guter Christenmensch sein wirst!"

Mit zitternder Hand und gehorsamem Knicksen nahm sie die Kostbarkeit entgegen.

Es war eine *deutsche* Bibel, eine überaus wertvolle Ausgabe. Sie hatte neulich ein Gespräch zwischen dem Vater und dem Priester belauscht, in dem der Hausherr von einer ins Deutsche übersetzten Bibel aus Nürnberg gesprochen hatte. Das musste diese Bibel sein!

Sie schlug das Buch ehrfürchtig auf und blätterte vorsichtig darin. Darin stand die Jahreszahl 1483.

Bernhardin von Stauff war ihrem Blick gefolgt und erklärte: „Du weißt ja, dass uns der Herzog im Krieg unsere Familienbibel genommen hat. Diese Ausgabe soll eine sehr gute Übersetzung in unsere Sprache sein. Ein Mann namens Koberger hat sie in Nürnberg in seiner Offizin[5] verlegt. Ich habe die Heilige Schrift gekauft, um sie Dir einmal zu schenken. Und der Tag ist schneller gekommen als gedacht. Halte das Buch in Ehren und lies fleißig darin, dann verstehst Du den Priester viel besser und, was sehr wichtig ist, Du bist in der Lage, Antworten auf viele Deiner Fragen selbst zu finden. Am wichtigsten aber ist, wie der Apostel Paulus an die Römer schrieb, dass man von Herzen glaubt, das macht einen gerecht und fromm."
Hier brach der Freiherr ab, denn er sah, dass er seine Argel überforderte. Jetzt freute sie sich an dem schönen Buch. Bald würde die ihr eigene Neugier sie dazu bringen, darin zu lesen. Und wenn sie erst erwachsen wäre, dann wäre die Schrift ihr „Richtmaß" im Alltag und Hilfe in der Not.
In der Tat sollte die Staufferin sich später der Worte des Vaters erinnern und Trost und Erbauung sowie schließlich auch die Kraft in ihrem Kampf für die Reformation darin finden.

Als endlich das Frühjahr nahte, hatte Argula aber wahrlich anderes als die Bibellektüre im Sinn.
Wie im Herbst, so stand auch direkt nach Ostern, das in diesem Jahr schon im März lag, wieder eine Treibjagd an. Knechte und Bauern würden mit Hunden das Wild auf die Jäger zutreiben. Die Kinder müssten sich dann wie ge-

5 Druckwerkstatt

wohnt abseits der Jagdgründe aufhalten, denn besonders die Jagd auf die Keiler galt als sehr gefährlich. Nach der Jagd würde wieder ein zünftiges Fest stattfinden, an dem auch Bauern und Gesinde teilnehmen sollten. Dann gäbe es Spießbraten statt Erbsbrei oder Bohnensuppe. Argula lief schon bei dem Gedanken an die knusprige Kruste des Bratens das Wasser im Munde zusammen.
Die Kinder hatten in der letzten Zeit die Mahlzeit oft mit dem Spruch: „Erbsbrei heiß, Erbsbrei kalt, Erbsbrei neun Tage alt“ begonnen und sich den Rüffel ihrer Mutter zugezogen, die jedoch selbst hinter vorgehaltener Hand lachen musste, denn auch die Erwachsenen freuten sich, dass der Speiseplan mit dem Ende des Winters nun wieder abwechslungsreicher würde.

## Kapitel 4

1503 - 1505
Ernfels

### Der Landshuter Erbfolgekrieg

Bernhardin von Stauff hatte es kommen sehen. Die unter dem Druck von Kaiser und König zustande gekommene Einigung mit dem Herzog von Bayern-München, dem streitsüchtigen Albrecht IV., hatte nur vorübergehend eine Verschnaufpause vom Krieg beschert. Im Jahre 1503 braute sich bereits wieder eine neue Krise zusammen. Und wieder war der Herzog darin verwickelt.
Begonnen hatte das Ganze mit einem Streit um die rechtmäßige Erbfolge. Die beiden Wittelsbacher Linien Bayern-München und Bayern-Landshut hatten eine Abmachung getroffen für den Fall, dass es in einer Linie keinen männlichen Erben gäbe. In diesem Fall sollte das Land der einen Linie an die mit einem männlichen Nachkommen gehen.
Herzog Georg der Reiche von Bayern-Landshut hatte schon 1496 mangels eines Stammhalters seine Tochter beziehungsweise ihre leiblichen Söhne in seinem Testament eingesetzt. Der als äußerst durchsetzungsfreudig bekannte Herzog Albrecht IV. von Bayern-München machte unmittelbar nach Georgs Tod im Dezember 1503 auf dem Reichstag seine Ansprüche geltend. Hatten viele Länder noch 1491 / 1492 gegen Albrecht IV. gekämpft, so schlossen sie sich ihm nun an. Fast zwei Jahre dauerte der

„Landshuter Erbfolgekrieg“, aus dem schließlich Albrecht als Sieger hervorging.
Erst im Juli 1505 endete der Krieg mit dem Kölner Schiedsspruch Maximilians I. auf dem Reichstag zu Köln. Zwar hatten die noch unmündigen Enkel Georgs des Reichen die „Junge Pfalz“ zugesprochen bekommen, doch abgesehen vom Gebiet um Kufstein, das der designierte Kaiser Maximilian für sich, gewissermaßen als Lohn für seine „Vermittlertätigkeit“, beansprucht hatte, ging der größte Teil des Gebietes an die Münchner Wittelsbacher, an Herzog Albrecht also. Dieser entlohnte seine Mitstreiter großzügig. Auch Bernhardin von Stauff ging nicht leer aus. Er erhielt die Herrschaft Schöneberg zum Dank für sein Engagement an Albrechts Seite.

Bernhardin, inzwischen weißhaarig und leicht gebeugt, saß im Herbst 1505 an seinem großen Tisch im Bergfried, dort, wo er alle wichtigen Entscheidungen seines Lebens getroffen hatte, und überdachte seine Situation. Die vergangenen Jahre hatten ihn einen Großteil der staufferschen Ersparnisse gekostet, Geld, das er für die kommenden Generationen erwirtschaftet und auf die Seite gelegt hatte.
In einen Krieg zu ziehen war immer schon sehr kostspielig gewesen. Und er blickte auf zahlreiche Auseinandersetzungen, mal im Namen des einen, mal im Namen des anderen Herrn zurück. Im Landshuter Erbfolgekrieg nun war ihm das Glück hold gewesen – Schöneberg würde ihm zwar nicht gerade große Reichtümer bescheren, doch würde er gutes Geld einnehmen können, und, was noch wichtiger war, es würde mit schöner Regelmäßigkeit eingehen.

Fast noch mehr als das nun endlich geklärte Verhältnis zu seinem Herzog Albrecht IV. freute ihn die enge Bindung an König Maximilian, denn es bedurfte nur noch der Zustimmung des Papstes und der König würde die Kaiserwürde, die ihm schon seit dem Tode seines Vaters, Kaiser Friedrichs II. im Jahre 1493 zustand, annehmen. Der Schutz des künftigen Kaisers würde ihm, Bernhardin, und, so hoffte er, auch seinen Kindern ein Leben in Frieden und Wohlstand sichern.
Der alte Stauffer schaute nicht ohne Stolz auf sein Leben zurück, hatte er es doch immer verstanden, sich zur rechten Zeit mit dem Richtigen zu verbünden. Später, so hoffte er, würden seine Kinder die Früchte seiner diplomatischen Schachzüge ernten.
Erst gestern hatte seine Frau Katharina ihn vor dem Zubettgehen auf ihre Älteste angesprochen: „Wir sollten, nachdem die politischen Verhältnisse jetzt geklärt sind, ernsthaft über Argulas Zukunft nachdenken. Mein Lieber, das Kind ist 13 Jahre alt, fast schon im heiratsfähigen Alter", hatte sie gemeint und auf die Heiratspolitik Maximilians I. angespielt, der seine Tochter Margarete im Alter von 15 Jahren verlobt und seinen Sohn Philipp aus machtpolitischen Erwägungen mit 18 Jahren verheiratet hatte.
Bernhardin zog die Brauen kummervoll zusammen, er wollte seine Argel keineswegs in die Ferne schicken, zumindest jetzt noch nicht. Dazu war ihm viel zu viel an ihr gelegen. Als kleines Kind hatte sie einst in ihrer Neugier und Direktheit sein Herz im Sturm erobert. Ohne Scheu – ganz anders als seine sechs anderen Kinder, die stets voller Achtung, Ehrfurcht und Distanz zum Vater aufgeschaut

hatten – hatte sie immer offen und ohne Umschweife gesagt, was ihr auf dem Herzen lag, Fragen gestellt und es sogar gewagt, den Vater zu kritisieren. Er hatte sie dann zwar in ihre Schranken verwiesen, es jedoch nie unterlassen, ihre Argumente zu prüfen.

„Wäre sie ein Knabe, dann wäre unsere Argel eine würdige Nachfolgerin für mich.“, sinnierte Bernhardin laut und war erschrocken, seine Stimme in dem kargen Gemäuer widerhallen zu hören.

Eines wurde ihm an diesem Morgen klar, er würde nicht ruhen, bis er für Argula eine wirklich gute Partie gefunden hätte. Und was böte sich da eher an, als sie für eine gewisse Zeit an den Hof nach München zur Herzogin Kunigunde, der Schwester des Kaisers und Ehefrau seines Herzogs, zu schicken? Als Hofdame würde sie bald die richtigen Kontakte haben, und dann würde man sicher auch einen geeigneten Mann für sie finden.

Bernhardin seufzte, denn er stellte sich vor, dass dies sicher kein einfaches Unterfangen wäre, entsprach seine geliebte Tochter doch in so gut wie keiner Hinsicht dem Ideal der fügsamen Ehe- und der sich ohne Murren unterordnenden Hausfrau. Ob sie eine gute Mutter würde, das würde man dann ja sehen. Der Vater erinnerte sich, wie seine Tochter schon als kleines Mädchen eifrig die Geschwister im Buchstabieren und Zählen unterrichtet hatte. Auch hatte sie stets gewissenhaft auf die Kleineren achtgegeben, insofern würde sie dieser Aufgabe sicher gewachsen sein. Sorgen bereitete ihm schon eher die Frage, ob denn ein Mann von Stand es ertrüge, von seinem Eheweib belehrt und kritisiert zu werden.

Auch, das gab der Freiherr insgeheim zu, war sie nicht gerade eine Schönheit, seine Argel … „Aber sie wird ein tolles Weib!“, murmelte er vor sich hin.

## Kapitel 5

1508
Ernfels

### Argula wird flügge

„Morgen ist es soweit“, war der erste Gedanke, der ihr beim Erwachen am frühen Morgen des 10. April 1508 durch den Kopf ging. Argula drehte sich noch einmal auf ihrem Lager herum und presste das Gesicht in das kühle Laken.
Noch im Morgengrauen sollte sie aufbrechen. Die Reise nach München würde acht oder neun Tage dauern. Die Kaisertochter Kunigunde und Witwe des am 18. März verstorbenen Herzogs von Bayern–München, deren Bruder der am 4. Februar 1508 zum Kaiser erhobene Maximilian I. war, würde sie in den Kreis ihrer Hofdamen aufnehmen. Die Eltern hatten ihr die Neuigkeit erst vor wenigen Wochen überbracht. Es wäre, so hatte der Vater mit ernster Miene gesagt, ein „standesgemäßer Schritt in die Gesellschaft für eine junge Staufferin“. Zunächst hatte das junge Mädchen einen Schreck bekommen und hatte protestiert: „Ich will Ernfels aber nicht verlassen. Ich kenne niemanden bei Hofe. Und München soll eine schrecklich große und gefährliche Stadt sein.“ Doch all ihr Reden hatte nichts genützt. Bernhardin und Katharina von Stauff waren unnachgiebig geblieben und hatten der inzwischen beinahe 16-Jährigen zu verstehen gegeben, dass deren Meinung hier nicht gefragt sei. Trotzig hatte sich Argula in die Kemenate zurückgezogen, sich auf die Fensterbank gesetzt

und mit verbissener Miene hinausgeschaut. So hatte sie stundenlang vor sich hin gestarrt und schon beinahe mit Abschiedsschmerz im Herzen den beginnenden Frühling um Ernfels herum wahrgenommen. Wann würde sie wieder das erste Frühlingsgrün, die ersten Blumen des Jahres auf den Wiesen unterhalb der Burg sehen, wann das lebenslustige Zwitschern der Vögel im Wäldchen nahe Ernfels hören? Wären ihre Geschwister bereits erwachsen, wenn sie sie wiedersähe?

An den Abschied von Mutter und Vater hatte sie überhaupt nicht denken mögen.

Doch nach zwei, drei Tagen begann sie, auch positive Seiten ihres bevorstehenden Umzuges an den Hof nach München zu entdecken. Als Hofdame würde sie zahlreiche Gleichaltrige ihres Standes kennenlernen. Die Eltern hatten ihr ihre zukünftige Aufgabe beschrieben, und sie hatte verstanden, dass sie als Hofdame Ehrendienste als Gesellschafterin zu verrichten hatte, entsprechend dem Dienst, den ihre Brüder als Ritter aufgrund ihres Standes leisteten. Die Vorstellung, schon bald am gesellschaftlichen Leben bei Hofe teilzunehmen, erfüllte sie mit Aufregung und bald auch freudiger Erwartung. Die Eltern hatten schon recht – ein Leben lang konnte sie nicht als Burgfräulein auf Ernfels bleiben. Spätestens, wenn Mutter und Vater nicht mehr wären …

Argula zerdrückte eine Träne, soweit wollte sie nicht denken.

„Bestimmt gibt es dort eine richtige Bibliothek“, hatte sie bereits einen Tag nach der Unterredung mit den Eltern begeistert den Geschwistern vorgeschwärmt und war mit ihrer Leidenschaft für Lektüre bei den anderen Staufferkindern wieder einmal auf Unverständnis gestoßen. Ihre Neugier auf Bücher gleich welcher Art teilte von den zwei Schwestern und vier Brüdern ansatzweise allenfalls noch Marcellus. Er beneidete sie und meinte, das Leben bei Hofe sei jetzt, da das Rittertum immer mehr an Attraktivität verlöre, sicher bedeutend spannender als die Zukunft, die ihm als jungem Mann aus dem Ritteradel bevorstehe.

In den letzten drei, vier Tagen vor Argulas Abreise hatte die Mutter sie oft beiseitegenommen, um sie in die Geheimnisse des Erwachsenenlebens einzuweihen. Viel öfter, als es ihr lieb war, hatte die Mutter vom Heiraten zu ihr gesprochen, den ehelichen Pflichten und dem Stand als Ehefrau und Mutter. Dabei hatte Argula das ungute Gefühl beschlichen, dass, sollte sie einmal einen Ehemann haben, ihre Freiheit wesentlich stärker eingeschränkt wäre als jetzt als unmündige Tochter eines Burgherrn.
Katharina von Stauff hatte ihre Ausführungen mit den Worten „Gehorche Deinem Mann, sonst hat er das Recht auf seiner Seite, wenn er Dich bestraft“ geschlossen. Bei dem Gedanken an körperliche Züchtigung durchfuhr das junge Mädchen ein eiskalter Schauer. Insgeheim wusste sie, dass nicht jede Ehe so von Einverständnis und gegenseitiger Achtung geprägt war wie die ihrer Eltern, die, obwohl es sich um eine arrangierte Verbindung gehandelt hatte, eine glückliche Fügung gewesen war.
Den Gedanken an eine Eheschließung jedoch hatte Argula bis dato immer weit von sich geschoben, lebte sie doch noch als heranwachsende Tochter des Burgherrn auf Ernfels.

Als dann gestern auch noch der Vater die Tochter zu sich in sein Arbeitszimmer im Bergfried einbestellt hatte und, kaum war sie eingetreten, die Tür mit ernster Miene hinter ihr hatte ins Schloss fallen lassen, war Argula endgültig klar geworden, dass ihr Aufenthalt in München von der Familie als Ehre für das Geschlecht der Stauffer verstanden wurde, und dass damit unmittelbar hohe Erwartungen an sie, die die Familie repräsentierende Tochter, verbunden waren. Sie hätte die Familie bei Hofe zu vertreten und ihr Ehre zu bereiten. Als Trägerin des Würdentitels „Hofdame" habe sie gewissermaßen auch eine, wenn auch eingeschränkte politische Funktion, hatte ihr der Vater auseinandergesetzt. Sie werde dort nicht für immer leben, vielmehr werde man nach einem gesellschaftlich passenden Ehemann für sie Ausschau halten.

Argula hatte ernsthaft genickt, hatte es sich aber nur knapp verkneifen können, den Vater auf die eheliche Vormundschaft mit all den möglichen Konsequenzen, die die Mutter ihr tags zuvor vor Augen geführt hatte, anzusprechen.

„Vater, ich werde Euch alle Ehre machen", versprach Argula, und sie spürte, wie ihr Gesicht sich rötete.

Als Bernhardin die Aufregung seiner Argel wahrnahm, zog er sie an sich wie früher, als sie noch ein kleines Mädchen war, und wiegte sie, beruhigend „meine große Kleine" murmelnd. „Du weißt ja, wenn Du Kummer hast, sind wir immer für Dich da, Mutter und ich."

Argula hatte sich die vor Rührung feuchten Wangen mit dem Rockzipfel getrocknet und dann stolz aufgerichtet den Raum verlassen. Als sie gerade die schwere Tür hatte hinter sich zuziehen wollen, hörte sie noch, wie der Vater sich schwer seufzend schnäuzte, und ein Glücksgefühl überfiel sie – sie hatte eine wunderbare Familie, und das durfte sie nie vergessen.

Die Burgbewohner waren inzwischen alle erwacht, das Gesinde ging lärmend seinen Pflichten nach, der Hund bellte, und Argula, die bis eben noch tief im Schlaf gelegen hatte, hörte das Knarren der Eichenstiegen. Schon standen zwei ihrer Brüder im Rahmen und meinten, wenn sie jetzt nicht auf der Stelle zum Frühstück erschiene, äßen sie ihr alles weg. Argula brummte nur, versprach aber, gleich hinunterzukommen.

Heute würde sie, wie sie es bisher an jedem Tag ihres Lebens getan hatte, zum vorletzten Mal im Kreise ihrer Familie Getreidebrei mit Brot, das sie in ein Gemisch aus Wasser und Honig tauchte, zum Frühstück essen. Morgen in aller Frühe noch einmal, und dann? Was man wohl bei Hofe zum Morgenmahl aß? Kuchen und Gebäck vielleicht? Argula spürte, dass Neugier und Vorfreude die Oberhand über Furcht und Beklommenheit gewonnen hatten. Sie war jetzt bereit für das Abenteuer, das ihr das Leben bescheren sollte. Von der Zukunft trennten sie nur noch der heutige Tag und acht oder neun Reisetage mit der Kutsche.

## Kapitel 6

1508
Ernfels und auf Reisen

### Abschied von Ernfels

Der Abschied von Vater, Mutter und den Geschwistern fiel dem jungen Mädchen sehr schwer. Sie versuchte, sich alles bis ins kleinste Detail einzuprägen, die Gesichter ihrer Lieben und des Gesindes, den Palas, die Kemenate, den Burghof, das Küchenhaus mit dem großen Ofen, in dem das Brot gebacken wurde, und natürlich die kleine Burgkapelle, in der ihre Gedanken bei der Messe in ihrer letzten Zeit auf Ernfels oft ganz und gar nicht bei der Predigt und dem Gebet gewesen waren.
Argula durchschritt noch einmal den Ort ihrer Kindheit, blieb immer wieder stehen und blickte sich um. Ganz zum Schluss umrundete sie zum letzten Mal den Brunnen, an den gelehnt sie so oft gesessen hatte. Von dort schaute sie wie gewohnt zum Bergfried, zu Vaters Arbeitszimmer hinauf.
Wie oft hatte sie hier als kleines Mädchen ihr Spiel unterbrochen und aufgeschaut, und wie oft hatte sie den Vater dort stehen sehen, die Hand zum Gruß erhoben, ehe er sich wieder über seine schweren schweinsledernen Folianten gebeugt hatte! Sie hatte sich in diesen Augenblicken immer so behütet gefühlt. Nichts schien damals ihr Leben infrage zu stellen, alles schien für die Ewigkeit so eingerichtet zu sein.

Jetzt stand der Vater nicht dort oben, sondern kam schnellen Schrittes mit seiner Frau an seiner Seite auf seine Lieblingstochter zu. „Vater! Mutter!“, entfuhr es ihr mit gebrochener Stimme, und sie warf sich in Bernhardins Arme. Dieser drückte sie kurz und heftig an sich, schob sie dann aber zur Mutter und murmelte: „Die Kutsche steht bereit, mein Mädchen! Es ist Zeit, dass die Hofdame abreist!“ Katharina von Stauff tätschelte ihrer Tochter mit zitternder Hand die Wange, und zum Abschied überreichten ihr die Eltern einen kleinen ledernen Beutel mit ein paar Münzen darin und einer Halskette und einem Armreif, den schon Katharinas Großmutter getragen hatte. Auch ein verschließbares, geschnitztes Rosenholzkistchen schenkten sie ihr. Darin könne sie ihre „kleinen Geheimnisse“ einschließen, meinte die Mutter und wandte sich ab, denn es fiel ihr schwer, die Contenance zu bewahren.

Dann ging alles sehr schnell. Einmal noch schaute sie sich um, dann kletterte sie in den Wagen, wo schon Brunhilde, ihre alte Amme, saß, die auf Bitten der Eltern nach Ernfels gekommen war, um ihr „Mädchen“ zur Kaisertochter nach München zu begleiten. Brunhilde war inzwischen alt und schlecht zu Fuß, hatte aber dem ihr einst als Säugling anvertrauten Kind diesen letzten Dienst erweisen wollen.

Um nicht die Fassung zu verlieren, schaute Argula nicht hinaus bis sie auf der Höhe von Beratzhausen waren. Wenn sie gut durchkämen, würden sie in acht Tagen in München sein.

Der Knecht Johann saß auf dem Kutschbock, neben sich den großen neuen Werkzeugkasten, nur für den Fall, dass die Federung bräche oder sonst ein Schaden an der neuen Kutsche aufträte. Bisher war man mit diesem neuen Wagen immer nur kurze Strecken gefahren. Nun würden sie damit erstmals eine lange Reise machen. Der Vater hatte erklärt, das neue Gefährt habe eine sehr moderne, komfortable Blattfederung, die die schlimmsten Stöße und das Rumpeln auf unebenem Gelände abfinge. Man hatte zwei Pferde vor den Wagen gespannt, jedoch zusätzliche Geschirre mitgenommen, denn auf Wegstücken mit starker Steigung sollten unterwegs zwei weitere Pferde an einer Poststation angeschirrt werden.
Argula, die jetzt erstmals den Vorhang beiseiteschob, betrachtete interessiert die Landschaft. Sie fuhren vorbei an kleinen Gehöften, durch hübsche Dörfer, die meiste Zeit jedoch auf Feldwegen und an schon frühlingshaften Laubwäldern entlang.
Ihre alte Amme hielt sich den Bauch, sie war reisekrank, die Arme! Argula ergriff liebevoll die faltige Hand ihrer Brunhilde, streichelte ihr die Wange und hauchte der gerührten Greisin einen Kuss auf die Stirn.

## Kapitel 7

1508
Unterwegs

### Argulas Reise nach München

Seit Stunden rumpelte die Kutsche nun schon über die holprigen Wege. Seit Stunden hatte keine von beiden ein Wort gesprochen. Argula hatte immer wieder in den ledernen Beutel geschaut und die Abschiedsgeschenke bewundert. Diese und die deutsche Bibel, die ihr der Vater schon vor Jahren geschenkt hatte, waren ihr größter Schatz, der sie immer an ihre Familie und ihr Zuhause in Ernfels erinnern sollte. Sie legte die Kette um ihren Hals, und eine Träne kullerte ihr über die Wange.
„Ich bin so froh, dass Du mich begleitest, Bruni!“, flüsterte Argula ihrer alten Kinderfrau zu und schniefte in das gestärkte Taschentuch mit dem Familienwappen, das ihr die Mutter beim Abschied zugesteckt hatte. Auch der Alten kullerten zwei Tränchen über die faltigen, rauen Wangen.
Dann schwiegen die beiden wieder lange Zeit einträchtig, und eine jede hing ihren Erinnerungen nach. Argula erinnerte sich an ihre Kinderzeit, in der Bruni für sie da war, wann immer sie ihren Beistand brauchte. Und Bruni dachte, wie groß und vernünftig doch ihr Schützling geworden war. Die Alte erkannte aber noch immer den dickköpfigen, kleinen Schelm von ehemals in der jungen Dame, die da an ihrer rechten Seite saß.
Als es dämmerte, hielt Johann an einer Herberge an, ging

hinein, klärte die Fragen der Unterkünfte und kam erschöpft, aber zufrieden wieder heraus. „Ich bringe Euch hinein. Man hat einen kleinen Raum nur für Euch beide. Es ist sauber, und die Wirtsleute scheinen ehrliche Menschen zu sein.“
Argula wollte gerade fragen, ob man denn auch ein Lager für ihn, den Knecht, ihren Kutscher, habe, da winkte er auch schon ab: „Ich schlafe bei den Pferden, die im Stall untergebracht werden können. Da habe ich auch den Wagen und das Gepäck im Blick.“
Argula stützte die Alte, deren Glieder von der langen Fahrt ganz steif geworden waren, und folgte mit ihr der freundlichen Wirtin ins Innere des Hauses. Alles sah wirklich sehr ordentlich aus. Sie waren wohl heute die einzigen Durchreisenden, die hier Halt machten.

Nach einer Verschnaufpause setzten sie sich zu der Familie der Wirtin an den Tisch und aßen eine schmackhafte Bohnensuppe mit Brot. Anschließend legten sich Argula und Brunhilde gleich auf ihr Lager, denn sie wollten morgen beim ersten Hahnenschrei aufstehen. Johann zog zum Stall, um nach den Pferden zu sehen und den Wagen zu überprüfen. Die Pferde hatte er gleich nach der Ankunft mit Wasser und Futter versorgt.
Obwohl sie sehr müde war, konnte Argula nicht einschlafen. Sie lauschte dem rasselnden Atem der Alten, und ein tiefes Gefühl der Zärtlichkeit und der Dankbarkeit überkam sie. Welch ein Glück hatte sie doch, dass sie zeitlebens so gute Menschen um sich gehabt hatte! Ob das wohl so bliebe? Brunhilde würde sie bis München begleiten und

nach zwei oder drei Tagen nach Beratzhausen zurückkehren, danach wäre sie auf sich gestellt. Ein Frösteln überfiel sie unter ihrer Decke. Vor dieser Reise hatte sie noch nie in einer ihr völlig fremden Umgebung genächtigt. Bislang hatte sie nur die Familie ihrer Mutter besucht, allerdings immer in Begleitung ihrer Eltern. Argula zitterte vor Kälte – oder war es die Aufregung, die ihr so zusetzte? Sie überdachte noch einmal den sich neigenden Tag, und schließlich überwog der Stolz, nun eine junge Dame von Welt zu sein, die das Land bereiste.
Argula fand langsam zur Ruhe und gab sich ihrer Müdigkeit hin. Ihr Puls verlangsamte sich, und bald stimmte sie mit ruhigen Atemzügen in das Schnarchen der alten Amme ein.

Beim ersten Hahnenschrei erwachte sie und fühlte sich erholt und putzmunter. Sie erledigte ihre Morgentoilette so gut das eben auf Reisen ging, räumte die wenigen Sachen zusammen, die sie mit in die Herberge genommen hatte, und betrat gleichzeitig mit Johann die Gaststube, wo sie schon die rotwangige, runde Wirtin mit einem dampfenden warmen Getreidebrei erwartete. Argula kramte die drei mitgebrachten Schüsseln und die Löffel aus ihrem Gepäck hervor und wartete auf Brunhilde, der, wie sie wusste, das Aufstehen am Morgen immer sehr schwerfiel, da ihr die alten Knochen wehtaten. Als die Amme schließlich im Türrahmen stand, eilte ihr das junge Mädchen geschwind entgegen, um sie zu stützen.
Nach der sättigenden Mahlzeit machten sie sich zügig auf den Weg, denn der Vater hatte mit Johann die Wegstrecke

besprochen, und die beiden Männer hatten genau geplant, welche Entfernungen an jedem Reisetag zurückzulegen waren. Die Fahrt verlief ohne Zwischenfälle. Die neue Kutsche erwies sich als äußerst belastbar. Als es gegen Mittag stärker bergan ging, erreichten sie eine Poststation, wo Johann zwei weitere Pferde mietete und einspannte. So konnten sie ihr Tempo halten und erreichten am frühen Abend die nächste Poststation, wo sie die Pferde wieder abgaben und sich dann selbst im Wirtshaus neben der Station zur Ruhe legen wollten. Diesmal waren sie nicht die einzigen Gäste. Vor ihnen war eine größere Gruppe eingetroffen, die mit zwei Kutschen und mehreren berittenen Begleitern unterwegs war.
Argula grüßte beim Betreten der Schänke zwei junge Frauen, gab jedoch schnell auf, denn diese sprachen einen Dialekt, den sie nur schwer verstand. Nur so viel hatte sie begriffen, dass diese Leute wie sie auf dem Weg nach München waren und dass kurz vor Eintreffen an der Station ihre Kutsche einen Achsbruch hatte. Sie würden hierbleiben müssen, bis der Schaden behoben wäre.

Wegen der vielen Gäste hatte die Wirtin alle Frauen in einem Raum untergebracht. Die Kammer war sehr dunkel, man musste sich erst einmal daran gewöhnen, ehe man sich darin zurechtfand. Argula war froh, als sie im Dämmerlicht für sich und Bruni noch ein paar Strohsäcke an der Wand entdeckte. Die alte Amme schaute angesichts der Aussicht, die Nacht am Boden verbringen zu müssen, etwas unglücklich drein. „Schau Dir mal die Frauen an!“, forderte Argula ihre Vertraute, die sich inzwischen auch an

die Lichtverhältnisse gewöhnt hatte, flüsternd auf und deutete vorsichtig auf eine, die man beim besten Willen nicht als Dame bezeichnen konnte. Bruni hatte die etwa 20-Jährige in wallenden Röcken und mit einem entschieden zu tiefen Dekolleté, das den Blick auf rosafarbenes weiches Fleisch frei gab, wohl ebenfalls wahrgenommen und bedeutete ihrem Schützling, sich zurückzuhalten und nicht etwa Kontakt zu dieser freizügigen Person aufzunehmen. Argula hatte verstanden, war aber neugierig geworden und hatte begonnen, die anderen Mitbewohnerinnen, mit denen sie und Brunhilde in den nächsten Stunden den Raum teilen würden, zu mustern.
Die drei anderen waren alle etwa im selben Alter. Sie ließen laut schwadronierend ihre Kleider über die Schultern rutschen und bis auf die Hüften fallen und bespritzten sich kreischend gegenseitig ihre Oberkörper mit Wasser aus einem tönernen Krug, in den sie zuvor irgendeine Duftessenz gegeben hatten. Jedenfalls roch es innerhalb weniger Sekunden in dem Raum süßlich-schwül, sodass man kaum Atem holen konnte.
Noch immer verstand Argula nur wenige Brocken. Ob sie wohl ganz aus dem Norden kamen? Vater hatte einmal erzählt, dass er auf seiner Kavalierstour einen jungen Mann aus einer Stadt namens Braunschweig kennengelernt hatte, den er ebenfalls nur mit großer Mühe verstehen konnte. Als sie noch überlegte, ob sie eine der vier, vielleicht die kleine Blonde, die am freundlichsten dreinblickte, ansprechen sollte, kam schon die Rosafarbene auf sie zu, schob die alte Bruni dabei grob beiseite, baute sich mit in die Hüften gestemmten Händen vor Argula auf und sagte etwas in un-

freundlichem Befehlston zu ihr. Die junge Staufferin konnte jedoch nur mit den Achseln zucken, um zu verdeutlichen, dass sie nichts von dem verstand, was die Andere ihr zu sagen versuchte. Argula ahnte allerdings, was sie wollte. Sie und Bruni sollten ihnen nicht in die Quere kommen. Aber da konnten sie sicher sein. Argula und Bruni legten keinen Wert auf näheren Kontakt zu diesen Frauen.
Man musste wirklich nicht besonders welterfahren sein, um zu begreifen, dass es sich bei den vier „Damen“ um Frauen handelte, die einem wenig ehrenhaften Gewerbe nachgingen. Argula hatte von ihrem Versteck hinter dem Brennholzstapel in der Burgküche von Ernfels aus schon so manches darüber gehört. War das Gesinde unter sich, oder vielmehr, glaubte das Gesinde, unter sich zu sein, so redete es offenherzig über all diese Dinge und riss auch so manch grobe Zoten. Argula war dann immer mit roten Ohren in ihrem Versteck geblieben und war erst hervorgekommen, wenn die Luft „rein“ gewesen war. Auf diese Weise hatte sie so einiges über das Zusammenleben von Mann und Frau erfahren und wusste auch, dass es Frauen gab, die gegen Bezahlung mit einem Mann mitgingen. Nun würde sie also die Nacht mit vieren von ihnen in einem Raum verbringen. Wenn das die Mutter wüsste!
Die Rosafarbene starrte wie gebannt auf Argulas Halsschmuck und rückte ihr nun noch etwas näher. Sie nestelte an ihrem Kleid, das sie mittlerweile wieder hochgezogen hatte, warf dem jungen Mädchen, das jetzt ahnte, dass die Frau großes Interesse an ihrer Kette hatte, böse Blicke zu, drehte sich aber dann schließlich um, als sie merkte, dass sie damit keinen Erfolg hatte, und brüllte ihre drei Beglei-

terinnen an. Diese lachten gackernd und verließen den Raum mit gerafften Röcken, gefolgt von ihrer Anführerin.

Bruni schien sich darüber Gedanken zu machen, wie sie ihrer Schutzbefohlenen die Sache erklären sollte. Als sie zu sprechen anhob, legte Argula den Arm um sie und meinte zur Erleichterung der Alten: „Lass uns Johann suchen und schauen, dass wir etwas zu essen bekommen!"
Schnell legte Argula ihre Decken auf die Säcke und schob die zusammengerollten Reisecapes darunter, dann verließen sie auch schon den lichtlosen Raum.

Im Schankraum drängten die Begleiter der vier Frauen auf Aufbruch, und viel zu laut lachend und feixend verließ die zweifelhafte Gesellschaft das Haus, vermutlich um noch irgendein anderes Etablissement im Ort aufzusuchen.
Johann setzte sich zu ihnen an den Tisch, wechselte mit Brunhilde verstohlen vieldeutige Blicke und schlug vor, am nächsten Tag noch vor dem Morgengrauen aufzubrechen. Sie aßen schweigend und waren froh, in die Schlafkammer, in der noch immer der schwere süßliche Blumenduft in der Luft lag und ihnen den Atem nahm, zurückzukehren, noch bevor die Rosafarbene und ihre Freundinnen heimkamen. Bruni bestand darauf, sich unverzüglich zur Nachtruhe zu begeben. Und Argula tat es ihr nach.
Beide schliefen sie in ihrer Reisekleidung, die anzubehalten sie, ohne Worte darüber zu verlieren, beschlossen hatten, gleich ein. Und sie erwachten erst, als sie draußen Hufgetrappel und die Stimmen der anderen Gäste hörten. Argula rieb sich verschlafen die Augen, griff zwischen die

Falten ihres Rockes und tastete nach ihrem Gürtel, an dem der lederne Beutel hing, den ihr die Mutter vor der Abreise gegeben hatte. In ihm war etwas Geld, ihr Armreif sowie die Halskette, die die Eltern ihr zum Abschied als Erinnerung geschenkt hatten. Sie hatte ihren Halsschmuck vor dem Schlafengehen vorsichtshalber auch in den Beutel getan, denn ihr hatte noch der begehrliche Blick vor Augen gestanden, den die rosafarbene Frau auf ihren Ausschnitt geworfen hatte, bevor sie mit ihren Gefährtinnen in die Nacht abgerauscht war. Gott sei Dank! Alles war an seinem Ort.
Ganz offensichtlich waren die Frauen, die jetzt mit übernächtigten Gesichtern die Schlafkammer betraten, erstaunt, dass die Amme und ihr Schützling bereits im Aufbruch waren. Sie stierten die beiden müde und grußlos an und begannen, ihre Kleider abzulegen. Nur ihre Anführerin konnte es sich nicht verkneifen, nach Argulas Kette, die diese aber noch immer im fest verschlossenen Beutel trug, Ausschau zu halten.

Als sie dann wieder in der Kutsche saßen, waren alle drei froh, den Ort zu verlassen. Die Amme sank erschöpft in das Kissen, das Argula ihr unter den Kopf geschoben hatte, und auch die junge Staufferin döste bei zugezogenem Vorhang vor sich hin.
Glücklicherweise sollten die nun folgenden Reisetage ohne Zwischenfälle oder spektakuläre Ereignisse vonstattengehen, sodass nach acht Tagen eine zwar von den Strapazen der Reise angestrengte, jedoch glückliche neue Hofdame das Schloss ihrer Herrin Kunigunde betrat.

## Kapitel 8

1508
München

### Argula bei Hofe

Zwei Monate lebte Argula nun schon am Hof in München. Kunigunde, die schon in fortgeschrittenem Alter war, trug wegen ihres am 18. März verstorbenen Gatten, Herzog Albrecht IV., noch Trauer, daher fanden auch zurzeit keine Feste oder größere Empfänge statt. Dennoch hatte sich die junge Staufferin in den vergangenen acht Wochen nicht einmal gelangweilt. Anfangs war sie vollends damit beschäftigt gewesen, das Personal kennenzulernen, waren doch allein in der „Neuen Veste[6]“, wo die Herzogin lebte, mehr als 30 Männer und Frauen in Kunigundes Diensten. Hinzu kamen noch die vielen täglich ein- und ausgehenden Besucher und natürlich die sechs Kinder der Herzogin, drei Söhne und drei Töchter. Zwei weitere Töchter waren schon in jungen Jahren verstorben.

Den kaiserlichen Bruder ihrer Herzogin, Maximilian I., hatte sie allerdings bislang noch nicht zu Gesicht bekommen. Er lebte meist in Wien, besuchte aber seine Schwester gerne auf der Durchreise.

Die verwitwete Herzogin verbrachte täglich viele Stunden mit ihren adligen Hofdamen, die sie auf Spaziergängen, Ausfahrten und beim Kirchgang begleiteten und ihr auch sonst Gesellschaft leisteten.

---

6 Andere Bezeichnung für Festung, Burg.

Die Tagesabläufe glichen einander. Nach der Morgentoilette und dem Frühstück erledigte Kunigunde meist ihre Post und empfing eine große Zahl hochrangiger Gäste, die der Witwe kondolierten und ihr Unterstützung bei den Geschäften anboten, waren doch ihre Söhne alle drei noch nicht mündig. Zugleich mühte sich alles von Rang und Namen in der Politik, bereits jetzt Einfluss auf den ältesten Sohn, Wilhelm IV., zu gewinnen, der in drei Jahren die Staatsgeschäfte übernehmen sollte.
Bis 1511 sollte noch sein Onkel Wolfgang die Entscheidungen für den jungen Herzog und auch für dessen jüngere Brüder Ludwig und Ernst treffen. Wilhelm war jedoch durch die Vormundschaft nicht davon abzuhalten, sich bereits jetzt hinter dem Rücken von Onkel und Mutter im Schmieden von Allianzen zu üben. So versprachen sich innerhalb kürzester Zeit zahlreiche Herren von Adel gute Chancen, in der Zukunft keinen geringen Einfluss auf die herzogliche Politik von Bayern-München zu nehmen. Um sich nach allen Seiten abzusichern, machten die Hoffnungsfrohen regelmäßig ihre Aufwartung bei Kunigunde, die ihrerseits das Treiben mit einem, wenn auch leicht beunruhigten Augenzwinkern hinnahm. Aus den gelegentlich in die Gespräche eingestreuten Bemerkungen erfuhren die Hofdamen, dass ihre Herrin ihren Sohn Wilhelm sehr genau im Blick hatte und jeden seiner Versuche, auf politischem Parkett – nicht selten zulasten seines Bruders Ludwig – Sicherheit zu gewinnen, mit Interesse beobachtete.
Argula fand dies äußerst spannend, waren doch Wilhelm und sie etwa gleich alt und wechselten sie doch auch gelegentlich ein paar Worte miteinander, etwa wenn sie sich

beim Spaziergang im Park begegneten. Die Staufferin hatte ihn allerdings bisher noch nie allein gesprochen, da die Hofdamen meist zu dritt oder zu viert im Garten Zerstreuung suchten, im Salon spielten oder lasen. Doch meinte sie, seinen Blick zu spüren, wenn sie den Raum betrat oder an ihm vorbeiging. Und es war nicht ein bloßes Wahrnehmen einer der Gesellschafterinnen seiner Mutter, sondern, so war sich Argula sicher, sein Blick galt ihr als Person.

Bei diesem verwegenen Gedanken errötete sie und schaute rasch auf ihre Näharbeit, die sie in Händen hielt. Das Sticken und Nähen hatte ihr schon als kleines Mädchen keine Freude bereitet. Zähneknirschend hatte sie sich gefügt, wenn die Mutter wieder einmal gemeint hatte, sie müsse ein gewisses „standesgemäßes" Geschick darin entwickeln. So hatte sie auch tatsächlich einige Stickereien fertiggestellt und war über sich selbst erstaunt gewesen, war das Ergebnis zwar nicht herausragend, so doch ganz passabel gewesen. Hier bei Hofe nun waren alle jungen Damen damit beschäftigt, Kissenbezüge oder kleine Bildchen – zum Teil sehr kunstvolle Arbeiten – zu fertigen. Notgedrungen trug Argula wie die anderen bei ihren Spaziergängen im Park ein Körbchen mit ihrer Handarbeit bei sich und setzte sich – wie es von ihr erwartet wurde – zu den anderen Hofdamen in eine Rosenlaube und holte ihre Stickerei hervor.

Besonders gerne mochte sie Margarethe, eine mittellose Nichte Kunigundes, die etwa zur selben Zeit wie sie in München eingetroffen war. Margarethe liebte die Arbeit mit Nadel und Faden ebenso wenig wie Argula, und so hatten die beiden gelegentlich Papier, Farben und Paletten in einem Mäppchen dabei und setzten sich zum Erstaunen einiger anderer Hofdamen in die Sonne und malten Blumenbilder. Die Anstandsdame Agneta hatte zunächst die Brauen missbilligend hochgezogen, ihnen aber schließlich zwei Staffeleien bringen lassen. Schließlich war die dekorative Malerei keine weibliche Untugend.

Neulich hatten sie wieder einmal im Freien gesessen, hatten sich unbeobachtet geglaubt und ihre Kopfbedeckungen abgelegt, als der junge Herzog Wilhelm längs des Weges kam, einen Adligen etwa seines Alters an seiner Seite, den die Freundinnen bei Hofe noch nie gesehen hatten. Die jungen Männer waren leise gewesen, nicht einmal das Knirschen der Kieselsteine unter ihren Sohlen hatte man vernehmen können. Und nun standen sie plötzlich vor den jungen Künstlerinnen, die zwar kurz überlegt hatten, sich schnell wieder das Haar zu bedecken, es jedoch unterließen, da es eh zu spät war.

Wilhelm stellte den Gast als Albrecht von Simmern vor und sprach dann die jungen Damen neugierig auf ihre Bilder an. Er finde großen Gefallen daran und hätte wohl auch gerne ein so farbenfrohes Gemälde für sein Studierzimmer, das nach Norden hinausgehe und daher eher dunkel und kühl sei, meinte Wilhelm und lächelte den Hofdamen charmant zu.

Margarethe, die etwas weniger Scheu vor Wilhelm hatte, da er doch ein Verwandter war, erlaubte sich zu scherzen, Wilhelm könne niemals den hohen Preis für diese Kunstwerke aufbringen. Argula hingegen schaute verlegen auf ihre Röcke und suchte noch nach einer klugen Antwort, als Wilhelm, die Hände wie ein um Almosen Bittender ge-

faltet, vor ihr stand und anhob: „Wertes Fräulein, macht mir die große Freude und versprecht mir dieses Bild. Mein Dank wird Euch lebenslang sicher sein!"
Argula hatte sich gefasst und war froh, ruhig und mit fester Stimme antworten zu können: „Wie könnte ich Euch, dem Sohn meiner Herzogin, einen Wunsch abschlagen?"
Vermutlich hätte die Unterhaltung noch länger gedauert, wären nicht just in diesem Moment die ersten großen Regentropfen gefallen. Hastig räumten die beiden Hofdamen ihre Utensilien in die Mäppchen, setzten ihre Hüte auf und eilten, begleitet von den jungen Herren, die ihnen die Staffeleien hinterhertrugen, ins Haus, wo sie von der Anstandsdame Agneta mit strenger Miene empfangen wurden. Sie hatten ihre Häupter in der Eile nur unzureichend bedeckt, sodass jeder wusste, dass sie „unbehütet" im Garten gewesen sein mussten und dies auch noch in Gegenwart zweier junger Männer, die jetzt allerdings schnell das Weite suchten, denn Agneta war dafür bekannt, dass sie auch vor der Familie ihres Herzogs kein „Blatt vor den Mund nahm"[7], wenn ihrer Ansicht nach die Etikette verletzt worden war. Verstimmt schaute die Anstandsdame hinter ihnen her und wandte sich dann mit verärgertem Blick den Hofdamen zu, die nicht nur nachlässig gekleidet herumliefen, sondern auch noch laut schwatzend mit roten von der Sonne durchbluteten Wangen wie die Bäuerinnen von der Feldarbeit hereinkämen.
Argula und Margarethe zogen die gesenkten Köpfe ein und erröteten wieder – diesmal allerdings vor Scham. Zu ih-

7 Hier: Sie war nicht schüchtern. Herkunft: Alte Theaterkunst: zum Dämpfen der Stimme nahm man ein Blatt vor den Mund.

rem Glück kamen gerade vier weitere Hofdamen des Weges, und so nutzten die Freundinnen die Gelegenheit und schlossen sich ihnen an, da sie ja fürchten mussten, unangenehme Fragen der Anstandsdame nach dem Gegenstand der Unterhaltung mit Wilhelm und seinem Begleiter beantworten zu müssen. Sicher hätte sie niemals geglaubt, dass Wilhelm um eine Blumenzeichnung gebeten hatte, sondern wäre davon ausgegangen, die jungen Mädchen hätten versucht, sie ihm aufzudrängen.

Wenn es regnete oder kühl war, vertrieb man sich die Zeit beim Gesellschaftsspiel. Im Salon standen mehrere Spieltische, deren Platten mit wunderschönen Holzeinlegearbeiten versehen waren. Darum herum standen jeweils zwei bis vier Stühle, sodass sich auch bei Gesellschaftsspielen, an denen nur zwei Damen teilnahmen, reichlich Platz für Zuschauerinnen bot.

Bis zum 1. Advent sollte die Trauerzeit noch dauern, dann, so hatte Kunigunde verlauten lassen, würde man schrittweise zum gewohnten Alltag bei Hofe zurückkehren.
Argula fehlte es jedoch bis dahin nicht an gesellschaftlichen Ereignissen. Sie war froh, mit mehreren gleichaltrigen jungen Mädchen und Frauen zusammen zu sein, die fast alle recht gebildet waren. Das war ein großer Unterschied zu ihrem Leben, das sie auf Ernfels geführt hatte, dort hatte sie nur mit ihrer Mutter und den jüngeren Schwestern reden können. Die Kleinen allerdings lasen nicht sehr gerne und interessierten sich noch nicht für das Geschehen außerhalb der Burgmauern, und das, so vermutete Argula, lag

nicht allein an dem Altersunterschied, der sie trennte. Es gab eben Mädchen, die sich hauptsächlich für sich selbst interessierten.
Hier in München hatte sie auch ebensolche bei Hofe getroffen, doch hatte sie immerhin einige „verwandte Seelen" ihres Alters gefunden. Und dann war da auch noch die Herzogin, die man häufig in der Bibliothek traf. Was es hier alles zu lesen gab! In den ersten Tagen hatte Argula oft einfach nur minutenlang staunend vor den hohen Regalen verharrt. Am faszinierendsten fand die Staufferin ein mehr als 130 Jahre altes Erziehungsbuch, geschrieben von einem Franzosen aus dem niederen Adel und ins Deutsche übersetzt. Sie hatte es gerade entdeckt und wollte es aus dem Wandschrank ziehen, als die Herzogin den Raum betrat. Diese erkannte das ledergebundene Exemplar und begann sofort zu schwärmen: „Der Chevalier de la Tour de Landry hat das Buch ursprünglich für seine drei Töchter im heiratsfähigen Alter geschrieben. Er war der Meinung, dass jeder das Lesen erlernen sollte, denn es trage zur Besserung der Moral und zur religiösen Erbauung bei. Auch forderte er, dass man möglichst viele Menschen im Schreiben unterrichten solle. – Ich liebe besonders seine Beispielerzählungen, in denen er gute und schlechte Frauen beschreibt und dazu anleitet, sich selbst ein Urteil über Gut und Böse zu bilden. Manche Begebenheiten, die er beschreibt, sind grausam, andere aber auch sehr lustig, aber immer ist ein Fünklein Wahrheit darin. Er ermahnt zum Beispiel die Frauen und meint damit vermutlich seine Töchter, in der Messe mit gesenktem Haupt zu stehen. Ich suche Dir die Stelle heraus", sprach die Herzogin und nahm das Buch

aus Argulas Hand. Sie musste nicht lange blättern, da hatte sie die Passage auch schon gefunden: „Hör zu! Hier steht: ‚Im Gottesdienst sollt Ihr nicht um Euch blicken wie die Kraniche oder die Turteltauben, die ihre Hälse rucken und den Kopf wenden wie eine Kugel!' Auch sagt der Chevalier, dass ein satter Mensch nicht demütig bitten kann, darum empfiehlt er, vor dem Gang zur Messe nicht zu essen. Das fällt mir allerdings im Winter, wenn es in der Kirche sehr kalt ist, besonders schwer. So erlaube ich mir dann doch vorher eine heiße Milch.
Meine Lieblingsgeschichte war lange Zeit die von der Warnung vor der Eitelkeit. Der Chevalier erzählt von einer Frau, die wegen ihrer Eitelkeit oft zu spät zur Messe kam oder sie gar ganz versäumte. Ihr widerfuhr Folgendes: Wieder einmal stand sie vor dem Spiegel und betrachtete sich ganz selbstverliebt, da erkannte sie auf einmal den Teufel darin. Er hatte eine schreckliche Gestalt, drehte sich und zeigte ihr sein Hinterteil. Da erschrak die Frau so sehr, dass sie schier von Sinnen war. Diese Krankheit dauerte sehr lange an – vielleicht ein ganzes Leben. Nachdem ich die Geschichte gelesen hatte, musste ich immer daran denken, wenn ich vor dem Spiegel saß und mein Haar bürstete. Ich habe mich dann stets sehr beeilt, um schnell wieder aufstehen zu können."
Kunigunde lächelte nachdenklich und reichte der jungen Staufferin das Buch. Diese hatte fasziniert zugehört und war nun noch neugieriger auf die Lektüre. Sie hielt das in feinstes Leder gebundene Buch in Händen, schloss die Augen und tat, was sie schon als Zehnjährige oft getan hatte. Sie schob den Zeigefinger zwischen zwei Seiten ir-

gendwo in das Buch, öffnete die Augen und schlug das Buch an genau der Stelle auf, wo der Finger lag. Und da fand sie eine Geschichte, die eine Begebenheit im Alten Rom erzählte. Überschrieben war diese mit dem Titel: „Von eines alten Römers Frau, wie diese gegen einen anderen Römer kämpfte und den Sieg eroberte."
Gespannt versenkte sich die Hofdame in die Lektüre. Der Chevalier erzählte seinen Töchtern von einem römischen Ehemann, der vor einem bevorstehenden Kampf solche Angst hatte, dass er sehr krank wurde und sein Bett nicht verlassen konnte. Seine Frau nun erkannte, welche Schmach es für ihn und die ganze Familie wäre, wenn er sich dem Kampfe nicht stellte, und trat, gut verkleidet, an seine Stelle und errang doch tatsächlich den Sieg. Begeistert las Argula weiter, war jedoch enttäuscht, dass der Sieg nicht der starken, mutigen und entschlussfreudigen Ehefrau, sondern vielmehr ihrem Mann zugerechnet wurde. Auch wenn die Hofdame erleichtert war, dass der Betrug nicht aufgedeckt wurde und somit die Familie des Römers nicht der Schande preisgegeben worden war, so war sie doch enttäuscht und vielleicht sogar ein wenig wütend, als sie las: „Deshalb soll eine fromme Frau nicht nur tugendhaft die Launen ihres Ehemannes ertragen, sondern soll sogar alles tun, damit er seine Ehre nicht verliert."
Dass der Sieg auf das Konto des Ehemannes ging und dass die Frau, die ihrem Mann an Stärke und Mut nicht nur in nichts nachstand, sondern vielmehr diesen sogar an Tapferkeit übertraf, vom Autor nur ein Lob als gute Ehefrau erhielt, ärgerte sie gewaltig.

Schon als Mädchen auf Ernfels hatte sie einige Spiele, die den Jungen vorbehalten waren, weil sie die Brüder auf ihre Zukunft als Ritter vorbereiteten, nicht mitspielen dürfen. Auch hatte sie sich als Kind oft gefragt, warum alle davon sprachen, dass ihre Brüder Bernhardin und Marcellus später sicher einmal die Universität besuchen würden, und niemand außer ihr selbst es seltsam zu finden schien, dass ihr als einem Mädchen, das ebenfalls klug war, derselbe Weg verschlossen war.

Am Beispiel der Geschichte von der römischen Ehefrau wurde ihr nun klar, was sie in ihrem Herzen schon immer schon gewusst hatte: „Frauen können genauso viel, sind genauso klug wie Männer und oft sogar mutiger. Sie dürfen es aber nur im Verborgenen sein und dann auch nur, um ihrem Mann oder ihrer Familie zu Ehre und Ansehen zu gereichen." Erschrocken schlug sich Argula die Hand vor den Mund – sie hatte dies nicht nur gedacht, sondern es sogar in die Stille des Raumes hinein ausgesprochen.

Hastig blickte sie sich in der Bibliothek um, aber keine der anwesenden Hofdamen und auch nicht der Diener, der gerade neue Kerzen in den Leuchter steckte, schien ihre Worte vernommen zu haben.

Mit dem ihr selbst nicht ganz erklärlichen Gefühl, dass sie plötzlich von einer Minute auf die andere erwachsener geworden war, verließ sie erhobenen Hauptes und mit stolz gerecktem Kinn den Raum.

## Kapitel 9

1508
München

### Festvorbereitungen bei Hofe

Argula hatte ja schon die Feste auf der staufferschen Burg Ernfels mit Spannung erwartet und der willkommenen Abwechslung zum oft recht eintönigen Alltag – besonders nach einem langen, strengen Winter – entgegengefiebert. Wie gerne hatte sie der Mutter bei den Vorbereitungen geholfen, und mit welch großer Begeisterung hatte sie bereits als kleines Mädchen die Rolle der Gastgeberin gespielt, wenn die von ferne kommenden Besucher eintrafen!
So war es auch Argula, die, kaum hatte sie im Herbst 1508 gehört, dass es nach Ende der Trauerzeit für den verstorbenen Herzog Anfang des Jahres 1509 ein Fest bei Hofe geben sollte, sich ein Herz fasste und ihre Herrin fragte, ob sie sich an den Vorbereitungen, die Monate in Anspruch nehmen würden, beteiligen dürfe. Kunigunde freute sich über den Eifer der jungen Staufferin, den sie bei ihren älteren Töchtern Sybille und Sabine vermisste. Gab sie dieses Fest doch vor allem, um der Gesellschaft zu signalisieren, dass nun das Brautwerben um die Kaisernichten, das in den vergangenen Monaten wegen der Trauer um den Verstorbenen nicht schicklich gewesen wäre, fortgesetzt werden konnte.
So war es Argula, die in vielen Herbststunden im Fauteuil neben der Kaiserschwester Kunigunde saß und die ihr in

die Feder diktierten Namen, von denen sie die meisten noch nie zuvor gehört hatte, auf einer Einladungsliste vermerkte. Daher war es auch nicht verwunderlich, dass die junge Staufferin wie die ranghöchste und von allen Hofdamen gefürchtete Hofmeisterin Erdmute als eine der Ersten erfuhr, dass Kunigunde bereits vor Monaten beschlossen hatte, sich kurz über lang bei Hofe zu verabschieden. Schon nach dem Tod ihrer kleinen Tochter Susanne im Jahre 1500 hatte sich die Kaisertochter in das nahe gelegene klösterliche Pütrich-Regelhaus begeben und hatte dort vor allem Trost bei der ehrwürdigen Oberin Mutter Clara Lochlin gefunden. Schon damals hätte sie sich gerne gänzlich von den „höfischen Ablenkungen“ zurückgezogen und wäre dort auf immer geblieben, um sich nur ihrem Glauben zu widmen. Erst auf intensives Bitten ihres Mannes und als sie erkannte, dass sie wieder ein Kind unter dem Herzen trug, war sie an den Hof zurückgekehrt. Nun war der im Jahr 1500 geborene Ernst acht und die 1502 geborene, nach ihrer verstorbenen Schwester benannte Susanne sechs Jahre alt, und ihre Mutter würde sie ihrer Amme und Erzieherin überlassen können. Und niemand würde sie noch einmal von ihrem Entschluss abbringen können, hatte sie doch nach dem Tod ihres Mannes bei der Heiligen Elisabeth gelobt, sich nicht wieder zu verheiraten. Unmittelbar nach der Beerdigung Albrechts hatte sie sich zusammen mit zwei ihrer Kammerfrauen zum Pütrich-Regelhaus fahren lassen. Ihrem Hofmeister, Ritter von Pfefferhofen, der sie hatte abholen wollen, hatte sie mitgeteilt, sie werde nicht zurückkehren, und zunächst hatte es auch so ausgesehen,

als könnten sie weder Tränen ihrer Kinder noch Bitten der engsten Vertrauten aus dem Kreise ihres Hofstaates umstimmen. Allein die Tatsache, dass ihre Söhne Wilhelm und Ludwig miteinander im Dauerzwist lagen und es sich abzeichnete, dass die Nachfolgefrage auf das Fürstenamt von Bayern-München Konflikte mit sich zu bringen drohte, hatte Kunigunde bewogen, ihre persönlichen Wünsche zunächst erneut zurückzustellen. Auch hatte sie nicht gewollt, dass ihre älteren Töchter im heiratsfähigen Alter unter der gespannten familiären Situation würden leiden müssen. So hatte sie ihre engsten Vertrauten von ihrem Plan in Kenntnis gesetzt und zum Schweigen verpflichtet. Argula musste nun ebenfalls Stillschweigen geloben. Da sie jedoch die Festabläufe mit zu planen hatte, war es Kunigunde wichtig, die Hofdame, trotz ihres noch jugendlichen Alters, ins Vertrauen zu ziehen. Argula gab sich alle Mühe, nicht entsetzt dreinzublicken und gelobte steif, sie werde sich als des ihr geschenkten Vertrauens würdig erweisen. Kunigunde beugte sich ein wenig vor und meinte: „Ich vertraue Dir, weil ich an unser Gespräch neulich in der Bibliothek denke und glaube, dass Du verstehst, warum ich diesen Schritt tun muss." Argula errötete und fühlte sich sehr geschmeichelt, verstand jedoch nicht, was das eine mit dem anderen zu tun hatte, nahm sich jedoch vor, später noch einmal darüber nachzudenken.
Nun kehrte man wieder zur Tagesordnung zurück, denn es gab noch so viel zu planen und vorzubereiten.
Mehrere Boten schwärmten aus in die Lande, um die Einladungen zu überbringen und Zu- oder Absagen entgegenzunehmen.

Die Herzogin machte aus ihrer Betrübnis keinen Hehl, dass ihr Bruder, der Kaiser Maximilian, wieder einmal in wichtigen Geschäften unterwegs wäre und dieser Feier nicht beiwohnen könnte. Bruder und Schwester waren einander, das wusste Argula, sehr eng verbunden. Ärgerlich war dies, zumal seine Anwesenheit den gesellschaftlichen Status ihrer Töchter noch einmal unterstrichen und die Bedeutung der Gastgeberin, auch wenn sie nun eine Witwe war, hervorgehoben hätte. Außerdem hätte es ihren beiden Söhnen, Georg und Ludwig, gutgetan, die Bande zu ihrem kaiserlichen Onkel zu festigen.

„Sei's drum, liebe Argula. Er hätte unserem Haus einen Dienst erwiesen, wäre er erschienen, doch eines ist sicher, das Fest wird auch ohne ihn ein Erfolg werden. Und Maximilian wird mir wieder ein Fass von dem hervorragenden Malvasierwein, den ich so gerne trinke, schicken, um mich milde zu stimmen." Damit beendete die Herzogin das Thema und erwartete zu Argulas Erleichterung auch keine Stellungnahme ihrer Hofdame dazu.

Zur Freude der Gastgeberin sagten aber die meisten der Eingeladenen zu. Absagen gab es eigentlich nur unter Hinweis auf Erkrankungen oder zwingende Verpflichtungen, denen man sich nicht entziehen konnte. Die Feste am Münchner Hof waren allseits beliebt, und man brüstete sich damit, zu den geladenen Gästen zu gehören.

Beängstigend jedoch waren die sich mehrenden Nachrichten über die im ganzen Land neuerlich aufgeflammte Pestepidemie. Große Städte hatten schon weite Bereiche vor ihren Toren eingezäunt und die Erkrankten dort eingepfercht. Glücklicherweise war man hier bislang verschont geblieben. Die Torwächter waren auch eigens von ihrer Herrin angewiesen worden, jeden ankommenden Gast, jeden Händler, Handwerker oder Lieferanten genauestens nach seinem Gesundheitszustand zu befragen und ihm im Zweifel den Zutritt zur Burg zu verwehren.

Kurz vor Weihnachten war die Gästeliste vollständig. Argula zählte 40 Adelsgeschlechter mit Anhang. Einige von ihnen würden in dem Gästeflügel bei Hofe nächtigen, die meisten sollten jedoch im Kloster mitten in der Stadt untergebracht werden. Direkt nach dem Christfest würde der Großputz beginnen. Da das Fest im Winter stattfinden würde, sollten etliche Wandbehänge aus kaiserlichem Familienbesitz in den Repräsentationsräumen aufgehängt werden. Die Kamine mussten alle noch auf ihre Funktionsfähigkeit überprüft werden, sollte doch niemand frieren müssen bei *dem* gesellschaftlichen Ereignis des Jahres 1509!
Kunigunde wünschte sich ein gehobenes Unterhaltungsprogramm. Argula runzelte die Stirn, als ihr ihre Herrin diesen Plan eröffnete. Von Ernfels kannte sie es ja auch, dass Sänger, Gaukler, Seiltänzer und Feuerschlucker eingeladen wurden, auch war gelegentlich eine Wahrsagerin im Burghof erschienen, doch als sie hörte, dass Kunigunde einen Bärenführer und einen Puppenspieler im Rittersaal präsentieren wollte, staunte sie nicht schlecht. Die Staufferin hatte einen Bären bisher nur auf einem Gobelin abgebildet gesehen. Man hatte ihr viele furchterregende Geschichten über diese Tiere erzählt, sodass sie nicht umhinkonnte, sich zu grausen bei der Vorstellung, mit solch einer Bestie im selben Raum zu sein.

Trotz der Kälte sollte es im Hof ein Turnier geben, bei dem es darum gehen würde, wer am geschicktesten mit Pferd und Waffe umging. Die zu verwendenden Lanzen sollten allerdings nicht spitz sein. Man würde sie an ihrem vorderen Ende – wie es jetzt in Mode gekommen war – mit Leder ummanteln. Es würde also darum gehen, dass der gewinnt, der seine Technik am besten beherrschte.
Die Kunde von dem winterlichen Ereignis hatte sich wie ein Lauffeuer herumgesprochen. In Windeseile war die Nachricht von der hohen Siegesprämie, die die Herzogin auszusetzen gedachte, in aller Munde. Für die Kämpfer ging es hierbei um die Sicherung ihres Lebensunterhaltes. Noch zu Zeiten von Argulas Großvater, dem 1465 vom Kaiser in den Reichfreiherrenstand erhobenen Hans von Stauff, dienten diese Turniere der Präsentation der besten Ritter und waren zum Teil wichtiger Bestandteil der Brautwerbung oder Nachweis der Qualifikation für die Teilnahme am nächsten Feldzug des Herzogs in herausragender Position.
Auch Argulas Vater Bernhardin, das wusste seine Tochter nur zu gut aus seinen Erzählungen, war als junger Freiherr ein sehr erfolgreicher Turnierkämpfer gewesen und hatte sich ja später auch mehrfach im Krieg als herausragender Kämpfer erwiesen.
Kunigunde diktierte Brief um Brief, worin sie Verwandte in die Organisation des Festes einbezog. Diese sollten wiederum Bekannte ansprechen und bei der Anwerbung der Künstler Unterstützung leisten. Engagiert wurden nur solche, die sich bereits andernorts durch ihren Erfolg beim Publikum hervorgetan hatten: Begnadete Sänger und Lau-

tenspieler, wendige Akrobaten, die abenteuerliche Verrenkungen darboten, die bisher kaum jemand je gesehen hatte, einfallsreiche Redner und Possenreißer, eine Wahrsagerin und ein Traumdeuter sowie eine Gauklertruppe, deren Hauptattraktion ein sehr kleiner Mensch sein sollte – so klein wie sonst nur Vierjährige waren. Und dann war da ja noch der Bärenbändiger, ihn hatte der Kaiser seiner Schwester empfohlen, der ihr von einer Vorführung mit dem riesigen Tier in einem Brief geschwärmt hatte. Um ihn zu engagieren, hatte sich Kunigunde mit Federkiel und Papier einen ganzen Nachmittag in ihr Gemach zurückgezogen, hatte dann noch am selben Abend den gesiegelten Brief einem Boten übergeben, der ihn dem Kaiser nach Österreich depeschieren sollte.

„Morgen sollen die Wirtschafterin und die Köchin kommen, dann besprechen wir das Festmahl“, wandte sich Kunigunde noch am selben Abend an Argula, die wusste, was zu tun war.

Die Wirtschafterin hatte viel Erfahrung in der Ausrichtung solcher Feiern und ging die Angelegenheit planvoll an. Die Köchin jedoch war gerade erst ihrer Mutter in den Dienst nachgefolgt und dementsprechend sehr unsicher und aufgeregt. Mit rotem Gesicht und Schweißperlen auf der Stirn erschien sie am darauffolgenden Tag im Schlepptau der Wirtschafterin. Argulas Aufgabe war es, die Anweisungen ihrer Herrin und der Hofmeisterin, die selbstverständlich auch mit von der Partie war, zu notieren.

Kunigunde forderte, dass die Bauern zusätzlich Vorräte aufbrachten. Andere Dinge waren rechtzeitig bei den

Hoflieferanten und den Händlern zu bestellen. Die Wirtschafterin machte Vorschläge zum Speiseplan und schätzte ab, wie viel Fleisch von welchem Tier man benötigen würde. Der Weinhändler wurde informiert. Die Bäcker hatten zum Termin die richtige Menge feines Mehl vorzuhalten und, und, und …

Argula brummte der Kopf, doch sie schlug sich wacker, hatte sie doch „im Kleinen" schon gewisse Erfahrungen an der Seite ihrer Mutter sammeln können.

So erntete sie auch bereits nach Abschluss der vorläufigen Planung ein großes Lob von ihrer Herrin: „Argula, Du wirst einmal Deinem Mann eine gute Haushälterin sein! Es kann sich glücklich schätzen, wer Dich zum Weibe nimmt."

Argula errötete und dankte knicksend, doch die Vorstellung, sie werde einmal heiraten müssen, verdrängte sie seit geraumer Zeit, war sie doch keineswegs begeistert bei dem Gedanken, eine arrangierte Verbindung einzugehen und „irgendeinem Manne" untertan zu sein.

Wieder schob sie den Gedanken beiseite und beschloss, sich erst einmal auf das in wenigen Wochen bevorstehende Christfest – sollte es auch ihr erstes fern der Heimat und der Familie sein – zu freuen. Und kurz darauf würden dann auch schon die Vorbereitungen für das große Fest bei Hofe auf Hochtouren laufen. Und sie wäre mittendrin dabei …

## Kapitel 10

1509
München

### Die Pest in Bayern

Das Jahr 1509 hatte mit starken Schneefällen begonnen. Der Burghof war zwar geräumt worden, doch bereits nach wenigen Minuten hatte ihn wieder eine weiße Schicht bedeckt. Den Bewohnern war es nicht gelungen, trockenen Fußes in die Kapelle zu gelangen. Dort saßen sie nun zitternd vor Kälte. Die Kerzen links und rechts an den Wänden vermittelten nur eine Illusion von Wärme. Es war, als kröche einem die Feuchtigkeit in die Knochen. Der Atem der Besucher der Messe schien direkt in der Luft zu gefrieren. Wenn man genau hinschaute, sah man Wassertropfen über das Antlitz des Gekreuzigten kullern. Fast sah es aus, als weine der Herr Jesus, kam es Argula in den Sinn. Sie rutschte auf der kalten Bank hin und her und stupste Margarethe, die rechts neben ihr saß, an: „Hoffentlich hält Pater Antonius nicht wieder eine seiner nie enden wollenden Predigten."

Margarethe kicherte in sich hinein, hatte sie doch gerade denselben Gedanken gehabt: „Der Dreikönigstag ist vorbei, die Fastenzeit hat noch nicht begonnen, was soll er da schon groß erzählen?"

Doch da sollten sich die beiden Hofdamen irren. Nach einem kurzen Hinweis auf das in zwei Wochen bevorstehende Fest, auf das sich alle, auch der Priester, freuten, wandte sich Antonius der Realität vor den Toren der Burg, dem Grauen der Pestilenz, deren verheerende Auswirkungen er in den vergangenen Wochen immer wieder zu Gesicht bekommen hatte, zu.

Argula horchte auf, denn Pater Antonius war, wie sie wusste, nicht nur ein Geistlicher, sondern hatte in dem Kloster, in dem er seine Jugendjahre verbracht hatte, seinem Prior, einem studierten Theologen und Mediziner, assistiert und so wertvolle Erkenntnisse und Erfahrungen im Umgang mit Kranken gesammelt. Man war sich nicht sicher, ob es sich bei der seit geraumer Zeit in Bayern grassierenden Seuche wirklich um die Pest, „das Große Sterben", wie man die Krankheit in den alten Chroniken der vergangenen Jahrhunderte genannt hatte, handelte.

Der Priester bat die illustre Gottesdienstgemeinde um Almosen, mildtätige Hilfe und zupackende Unterstützung der Heiler, die sich täglich an die Lager der dem Tode Geweihten begaben. Er beschrieb die Qualen der Erkrankten, und Argula erinnerte sich an das bebilderte Buch in der kleinen Bibliothek auf Burg Ernfels, das sie seit Kindesbeinen immer wieder mit einer Mischung aus Faszination und Ekel studiert hatte.

Fieber mit Schüttelfrost, Hals- und Kopfschmerzen – das wusste sie – waren der Anfang dieser todbringenden Erkrankung, die beinahe niemand überlebte. Innerhalb weniger Stunden stellte sich starker Husten, zunächst mit eitrigem, dann blutigem Auswurf ein. Die Kranken erlitten Schwindelanfälle und verfielen schnell. Sie redeten wirr und waren kaum zu beruhigen, ganz so, als spürten sie den nahenden Tod. Ihre Lippen verfärbten sich blau. Sie hatte gelesen,

dass sich in manchen Fällen schmerzhafte, erst nässende, dann blutende Beulen entwickelten, die den ganzen Körper überzogen.
Argulas Aufmerksamkeit galt nun ganz den Beschreibungen des Elends und der Not vor den Toren der Burg.
Sie hörte den Geistlichen sagen: „Seid barmherzig und gebt großzügig! Es sind viele Kinder unter den Erkrankten, denn es sind gerade die jungen Menschen, die die Krankheit ereilt. Es müssen die noch Gesunden von den Infizierten getrennt werden. Auch benötigen wir jede mögliche Unterstützung bei der Pflege und Versorgung der Kranken. Anders als vor 200 Jahren, als der ‚Schwarze Tod' ganze Landstriche ausradiert hat, wissen wir heute wesentlich besser über die Pestilenz Bescheid und können viele Menschen vor Ansteckung bewahren, wenn wir die Kranken isolieren. Glaubt nicht denen, die Euch weiszumachen versuchen, die Krankheit sei entstanden, weil etwa die Juden unsere Brunnen vergiftet hätten, oder es seien feuchte Winde, die die Epidemie aus dem Süden zu uns herüber getrieben hätten. Auch sind es sicher nicht Hexen, die uns mit Zaubertrank und -spruch dem Tode weihen. Und es ist auch keine ererbte Krankheit, wie manche meinen, die fest daran glauben, die vier Körpersäfte Blut, Schleim, gelbe und schwarze Galle seien bei den Kranken seit Geburt falsch gemischt. Glaubt auch nicht, die Krankheit käme von zu viel Schlaf am Tage oder zu viel Arbeit! Auch sind es nicht die schönen Mädchen, die sie anziehen. Nein, wir haben die Fälle hier gezählt, es sind sogar eher die jungen Burschen, die daran erkranken und sterben. Die Alten, sogar die schwachen Greise, trifft es bedeutend seltener.

Ich habe Kunde von einem Arzt, der lange Zeit in Italien lebte, dass man heute davon ausgeht, dass die Krankheit durch enges Beisammensein übertragen wird, darum bleibt in Familien, in denen die Krankheit einmal aufgetreten ist, auch selten jemand verschont. Und darum greift die Krankheit auch eher in den Städten als auf dem Lande um sich. Gelehrte vermuten, dass die Ansteckung über die Atemluft und das gemeinsame Benutzen von Bechern, Löffeln und Kellen erfolgt. Achtet darauf, dass sich alle vor dem Essen und nach der Notdurft die Hände waschen! Und glaubt nicht denen, die behaupten, es sei damit getan, die Fenster nach dem Norden hin zu öffnen! Ich sage Euch dies, weil die Krankheit überall lauert und es bisher keine Medizin dagegen gibt."

Nach einer bedeutungsschweren Pause blickte der Priester in die Runde der Kirchgänger und hob erneut an: „Nun lasst uns Fürbitte halten für die Kranken und Sterbenden und lasst uns – ein jeder für sich – in uns gehen und darüber nachdenken, was wir selbst tun können, damit die Waisen nicht zugrunde gehen!" Pater Antonius senkte sein Haupt in Demut, und in der Kapelle war es so still, dass man es hätte hören können, wenn auch nur eine Haarnadel zu Boden gefallen wäre.

Argula sann noch eine ganze Weile den Worten des Priesters nach. Ihre Gedanken gingen gen Norden, nach Ernfels und Beratzhausen, zu Mutter, Vater, den Geschwistern und ihrer alten Amme. Hoffentlich waren sie alle bei guter Gesundheit.

## Kapitel 11

1509
München

### Turnier und Tanz

Kunigunde hatte zunächst überlegt, das am Monatsende geplante Fest wegen der Pest abzusagen, doch die Vorbereitungen waren bereits im Gange gewesen, und die Boten hätten so manchen geladenen Gast nur noch knapp, wenn überhaupt, erreicht. So hatte die Herzogin beschlossen, die Vorsichtsmaßnahmen zu verschärfen und insbesondere die Torwächter zu größerer Strenge zu verpflichten. Sie sollten die Ankommenden, sowohl die Gaukler und Künstler als auch die eingeladenen Gäste noch genauer befragen und inspizieren, dann sollte es wohl gutgehen.

Der große Tag war gekommen. Die Bewohner der Burg waren wie durch ein Wunder von der Pest verschont geblieben, und man freute sich auf die Abwechslung vom alltäglichen Dasein, denn die verordneten Vorsichtsmaßnahmen waren nicht gelockert worden, sodass die innerhalb der Mauern lebende Gemeinschaft seit Wochen weder ihr Zuhause verlassen noch Besuch empfangen hatte.

Der große Saal war angenehm warm geworden. Man hatte in den letzten drei Tagen das Kaminfeuer nicht ausgehen lassen, und die wollenen und seidenen Tapisserien an den hohen Wänden und das warme Licht der silbernen mit

Bienenwachskerzen bestückten Leuchter ließen den in der meisten Zeit des Jahres ungenutzten eleganten Raum wohnlich erscheinen. Die vielen Gäste, die in ihren Festgewändern bereits bei Tisch saßen, fühlten sich sichtlich wohl. Als dann die Bediensteten mit den großen Platten mit Fleisch und dampfenden Schüsseln, gefüllt mit Klößen und Gemüse, hereinkamen, erfüllten anerkennende „Ahs“ und „Ohs“ den Saal. Alle hatten von der Wärme des Kaminfeuers rosige Wangen und waren angesichts der Leckereien, die man gerade dabei war, ihnen zu kredenzen, bester Laune.
Es gab verschiedene Wildbraten am Spieß, Bohnen mit Speck, Semmelklöße und herrlich duftende, ofenwarme Kräuterbrote. Der Wein floss in Strömen. Obwohl sicher alle längst gesättigt waren, war der Beifall groß, als Dörrobst, das man vom Mittelmeer hatte kommen lassen, und gesüßte mit kostbarem Zimt verfeinerte Milchspeisen herangetragen wurden. Die Gäste ließen es sich wohlschmecken. Sie tauchten genussvoll ihr geröstetes Brot in die großen Schüsseln mit goldgelbem Bienenhonig, kosteten vom Pudding und aßen zwischendurch getrocknete Scheiben von Apfelsinen, löffelweise getrocknete rote und grüne Trauben und gedörrte Apfelringe.
Unterhalten ließ sich die Gesellschaft während des nicht enden wollenden Mahles von einer Wahrsagerin, die von Gast zu Gast ging und mal mit mehr, mal mit weniger Erfolg ihre Dienste anbot und versuchte, die Hohen Herren und ihre Gattinnen an ihren Tisch im hinteren Teil des Raumes zu locken. Gaukler und Akrobaten boten ihre Künste dar. Die Seiltänzer liefen zum Greifen nahe ne-

ben der Tafel auf einem zwischen zwei Balken gespannten dünnen Seil. Mehrmals hielt das Publikum hörbar die Luft an, wenn eine Tänzerin hoch oben eine Drehung auf nur einem Bein vollführte und dabei ihr Schirmchen hin und her zu wackeln begann.
Inzwischen hatte sich die Wahrsagerin in ihre Ecke zurückgezogen und sich an ihrem Tisch niedergelassen, der von einem an drei Seiten mit Tüchern in bunten Farben behängten Gestell umgeben war. Hier wartete sie nun mit scharfem Blick aus großen kohlrabenschwarzen Augen auf die ersten, die etwas über ihre Zukunft erfahren wollten.
Nach und nach erhoben sich die meisten Gäste und traten nacheinander neugierig, wenn auch manche etwas furchtsam, zu der scheinbar alterslosen, düsteren Frau mit dem einseitigen Buckel, der niemandem entgangen war und den auch das dicke, schwarze mit silbernen Fäden durchzogene und von einem bunten Tuch zusammengehaltene, lange Haar nicht zu verdecken vermochte.
Argula hatte sich genau die Gesichter derer angeschaut, die aus dem provisorischen Zelt heraustraten und an die Tafelrunde zurückkehrten. Erleichtert hatte sie festgestellt, dass die meisten mit froher Miene zurückkamen. So entschloss sie sich, ihrerseits etwas über ihre Zukunft in Erfahrung zu bringen. Sie erhob sich und ging entschlossen auf die Alte zu. Als sie unter dem Baldachin stand, folgte sie der mit Gesten vorgebrachten Aufforderung, näherzutreten und nahm Platz. Während die Wahrsagerin ihre Handflächen ausgiebig begutachtete, betrachtete die Staufferin sie eingehend. Das Alter der Buckligen war

wirklich schwer zu bestimmen. Argula schätzte sie auf 45 oder 50 Jahre. Ihr Gesicht war wettergebräunt, das an den Schläfen ergrauende Haar bildete einen interessanten Kontrast zu dem schwarzen Haar am Hinterkopf, das von einem bunten Tuch locker zusammengehalten wurde. Die schwarzen Augen mit den buschigen, ebenfalls schwarzen Brauen darüber und die spitze Hakennase ließen die Hofdame an eine Hexe denken. Eine Hexe, wie sie in den unheimlichen Geschichten vorkam, die sie von ihrem Versteck hinter den Holzscheiten in der Küche von Ernfels aus oft aus dem Munde der Magd gehört hatte, die dem übrigen Gesinde damit an kalten Wintertagen die Langeweile vertrieben hatte.
Minutenlang hatten sie voreinander gesessen, dann öffnete die Alte den fast zahnlosen Mund und begann mit meckernder Stimme zu sprechen: „Liebes Kind, solche Hände habe ich schon eine Ewigkeit nicht mehr gesehen!“ Sie fuhr über die Handlinien der Hofdame. „Hier, die Lebenslinie – ein langes, sehr langes Leben! Ihr werdet sehr, sehr alt – aber …“, die Frau hielt inne und suchte Argulas Blick: „Schaut, die Schicksalslinie! Sie verrät nichts Gutes! Ihr werdet Schmerz und Kummer haben – schon bald, sehr bald! Ich sehe Verluste. Da, der Tod! Er klopft an Eure Tür.“
Argula, der es so schien, als berühre die Alte ihre Hand nicht mit ihrem Zeigefinger, sondern mit einem Eiszapfen, zuckte zusammen und stieß keuchend hervor: „Mütterchen, Ihr glaubt, ich werde die Pestilenz bekommen?“
Die Wahrsagerin, die jetzt plötzlich aussah, als sei sie um Jahrzehnte gealtert, schüttelte ruckartig den Kopf: „Ihr

nicht, aber Menschen, die Euch sehr nahe stehen." Argula fühlte sich wie betäubt, als sie das hörte. Obwohl sie eigentlich die Wahrsagerei für Unfug hielt, merkte sie, dass sie auf einmal in diesem doch so gut geheizten Raum zu frieren und zu zittern begann. Als sie weitere Fragen stellen wollte, hob die Alte abwehrend ihre Hände und sagte mit brüchiger Stimme: „Mehr kann ich nicht sehen – nur so viel: Ihr werdet kämpfen müssen, Euer Leben lang, hohe Herren werden Euch Leid und Schmerz zufügen, aber Ihr werdet eine große Frau sein." Hier verlor sich die Stimme der Buckligen, und sie wandte ihr Gesicht ab. Argula verstand, dass sie entlassen war, und kehrte bleich und auf unsicheren Beinen an ihren Platz bei Tisch zurück. Sie nahm gar nicht wahr, dass nicht nur die anderen Gesellschafterinnen ihr fragende Blicke zuwarfen, sondern auch Wilhelm sie besorgt betrachtete. Erschöpft und verängstigt saß sie eine ganze Weile so in Gedanken versunken da.

Erst als der Bärenbändiger mit seinem unheimlichen Tier angekündigt wurde, saß sie wieder aufrecht und blickte wie die anderen gespannt auf die hohe Flügeltür, über deren Schwelle das braune Ungeheuer kommen würde.

Trommelwirbel kündigte den schaustellerischen Höhepunkt des Abends an. Hinter der schweren Eichentür tat sich etwas. Als von dort ein sonores Brummen erklang, gab es wohl niemanden im Saal, der nicht zumindest eine Gänsehaut bekam. Nach einem unsäglich lauten Trommelschlag wurde endlich die Tür geöffnet. Der Dompteur erschien mit dem riesigen Braunbären, den er an einem dicken Strick auf kurze Distanz hielt. Das Tier ging aufrecht auf zwei Beinen und blinzelte irritiert in den Kerzenschein. Seine feucht glänzende Nase nahm die Vielzahl von Gerüchen im Saal wahr. Argula vermutete, dass der Bär den Wildbraten gerochen hatte und sich wohl gerne auf die auf den Tischen verbliebenen Reste gestürzt hätte. Das fellige Ungeheuer zerrte an seiner Leine, und ein Raunen ging durch die Menge. Nun hob der Tierbändiger eine Peitsche, und sofort, als der Schlag auf dem Holzboden erschallte, stand der Bär still. Jetzt folgten verschiedene einstudierte Figuren, gekrönt von einer Szene, die die Zuschauer zugleich rühren und mit Angst und Schrecken erfüllen sollte: Der südländisch sprechende Mann, der eben noch Kommandos gerufen hatte, zwang das Tier zu Boden. Gehorsam setzte es sich auf seine Hinterbeine und legte den Kopf schräg. Auf ein Zeichen seines Herrn lehnte der braune Bär seinen eindrucksvollen Schädel an die Schulter des Mannes und wirkte nun wie ein gehorsames Haustier und nicht mehr wie eine wilde Bestie. Spätestens jedoch, als der Bär seine Zähne bleckte, wurden die Zuschauer eines Besseren belehrt. Zu ihrem Entsetzen steckte der Tierbändiger noch seine ganze Hand ins Maul des Bären und tätschelte dabei mit der anderen sein Fell. Argula meinte, die Spannung, die im Raum herrschte, selbst körperlich zu spüren, und war erleichtert, als das Tier das Zeichen zum Ablegen erhielt und der Dompteur in stolzer Haltung seinen rechten Fuß auf dessen Rücken stellte. Erneut setzte Trommelwirbel ein – die Vorführung war zu Ende.

Als der Bär und sein Meister den Saal verlassen hatten, endete die Stille abrupt, und alle wollten sich austau-

schen, ihrer Begeisterung Ausdruck verleihen oder auch ihrem eben noch empfundenen Grauen.
Diener kamen mit vollen Weinkrügen und schenkten den Gästen großzügig nach. Der eine oder andere, der eben noch satt zu sein geglaubt hatte, griff noch einmal beherzt zu. Kunigunde schritt umher, um mit allen Gästen ein paar Worte zu wechseln und die zahlreichen Komplimente über die großartige Feier entgegenzunehmen.
Eine weitere Stunde war vergangen, als nacheinander Puppenspieler, Sänger, Lautenspieler, Possenreißer und schließlich die Gauklertruppe mit dem seltsam kleinen Mann auftraten. Alle Blicke waren auf ihn gerichtet. Er hatte einen großen Kopf und große Hände und Füße, doch sein Körper war kurz und gedrungen. Alles an ihm schien falsch zu sein. Das Publikum wusste zunächst nicht so recht, ob es lachen durfte, als dieser Mensch mit schriller Stimme Späße machte. Argula flüsterte der neben ihr sitzenden Margarethe in Ohr: „Schau mal in die Gesichter ringsum, am liebsten würden sie ihn auch noch anfassen!“ Sie schämte sich für die unverhohlene Neugier der Zuschauer. Doch der Gnom schien daran gewöhnt zu sein und fuhr mit seinem Programm unverdrossen fort.

Inzwischen waren mehrere Stunden vergangen. Die Gäste gähnten zurückgelehnt auf ihrer Bank. Dies war der richtige Moment, die Gesellschaft in den Hof zu bitten, wo bald das Turnier ausgetragen werden sollte.

Wegen des strengen Winters hatte man ein provisorisches Dach aus gewachstem Stoff über einen Teil des Innenho-

fes gespannt. Dort standen nun die Festgäste frierend und warteten gespannt. Für die Damen hatte man eine Tribüne errichtet, von wo aus sie den Verlauf des Turniers besser verfolgen konnten. Dort waren sie überdies vor Regen und Schneefall geschützt. Wärmende Schaffelle lagen in großer Zahl bereit und hatten auch schon direkt nach dem Eintreffen der Gesellschaft Interessenten gefunden. Argula erinnerte sich an die Erzählungen ihres Vaters, der wiederum von Turnieren aus Jugendzeiten seines Vaters zu berichten gewusst hatte. Noch vor 70 oder 80 Jahren war die Zahl der Teilnehmer viel größer gewesen als heute. Die Kämpfe fanden außerhalb der Städte oder Burgen auf riesigen Turnierplätzen statt. Um die Spannung noch zu steigern, hatte man zu Lebzeiten von Argulas Großvater und auch noch in der Jugendzeit ihres Vaters die Turnierplätze mit aufwendig konstruierten Hindernissen versehen. Man hatte gelegentlich sogar Zäune und Wälle errichtet, sodass die Ritter wie in einer richtigen Reiterschlacht einen Hinterhalt ausführen konnten und im Fall der Fälle Rückzugsorte hatten. Auch standen sich noch vor weniger als 100 Jahren nicht nur einzelne Ritter gegenüber, sondern ganze Mannschaften.
Argula beäugte den Platz im Burghof skeptisch. Wie viel hatte sich da geändert! Wie ein Schlachtfeld sah dieses sorgfältig eingezäunte und penibel gefegte Areal nun wirklich nicht aus! Zugegeben, man hatte Baumstämme in den Weg geräumt und Fahnen an Masten hochgezogen. Aber weder gab es Rückzugs- und Schutzbereiche für die Kämpfer, noch könnte man hier irgendwo einen Hinterhalt schaffen. Ein Getümmel wäre ebenfalls nicht denkbar. Hier

würden sich jeweils zwei Reiter nach dem Regelwerk von Lord Tiptoft[8] beurteilen und messen lassen müssen. Argula seufzte und dachte an die Einschätzung ihres Vaters, der meinte, in alten Zeiten sei das Ritterturnier ein aufregendes Ereignis gewesen. Heute war es wohl eher eine sportlich-gesellschaftliche Vorführung, der der Ernst fehlte.
Aber das Ganze hatte ja auch sein Gutes, dachte die junge Staufferin. Denn Tote würde es mit etwas Glück heute nicht geben, da die Lanzen nach den Spielregeln der neuen Zeit ja an ihren vorderen Enden mit Leder umwickelt wären.
Nun ging ein Raunen durch den Zuschauerbereich. Margarethe stupste sie an und wies auf die in feierlicher Formation hoch zu Ross einziehenden Kämpfer, die sich heute unter erschwerten Wetterbedingungen zu schlagen hatten.
Die Turnierkämpfer saßen ab, stellten sich neben ihren Pferden in Reih und Glied auf und nahmen Haltung an.
Ein Neffe Kunigundes übernahm die Rolle des Heroldes. Er trat vor die Kämpfer, wandte sich den Gästen zu, verkündete das Programm und stellte den Zuschauern die 10 Teilnehmer vor. Etwa zwei Stunden würde es dauern, dann sollte das Turnier entschieden sein. Der Siegerpreis, eine stattliche Geldsumme, wurde unter Klatschen benannt.
Vor den Augen des gespannten Publikums wurden nun die Waffen inspiziert. Nach diesem Ritual verneigten sich die stolzen Ritter, die in ihren Rüstungen prächtig aussahen. Die meisten von ihnen trugen die Brigantine, die gerade moderne leichte Turnierrüstung. Die Vermögenderen unter

8 Lord Tiptoft (1427 – 1470) schrieb 1466 ein Regelwerk des Ritterturniers, das in den darauffolgenden Jahrzehnten die Entscheidungen über die „Lanzen“ im Turnier regelte.

den Teilnehmern hatten den sehr viel teureren Riefelharnisch[9] angelegt, der – wie der Name sagt – an der ganzen Oberfläche geriefelt war.

Argula erklärte ihren Kameradinnen, die, anders als sie, nicht alle in der Tradition des kämpfenden Ritteradels aufgewachsen waren, leise flüsternd die Unterschiede: „Bei uns zuhause auf dem Lande trug man meist die Brigantine, diese Schuppenpanzerjacke ist nicht so schwer und so starr wie ein Plattenpanzer, aber auch nicht so durchlässig wie ein Kettenhemd. Es gibt diese Jacken in Westenform entweder als Halb- oder Dreiviertelarmjacken." Sie wies auf einen bayerischen Teilnehmer, der nur ein festes Brust- und Rückenteil und einen Lederschurz am rechten Arm trug. An seinen Unterschenkeln trug er bewegliche Schienen. Andere trugen die Brigantine mit Armkacheln und Mäusel für die Ellenbogen. Nur zwei der Kämpfer trugen stolz ihren Riefelharnisch. Argulas Gefährtinnen waren von dem schmucken, kleidsamen Harnisch sehr angetan.

Die Damen lehnten sich auf den Bänken zurück. Die Ritter waren jetzt aufgesessen, der Wettbewerb war eröffnet.

Es war der junge Herzog Wilhelm, der die Zeit messen würde und bei Überschreiten der Höchstdauer den Abpfiff zu verfügen hatte. Ein Musiker in grüner Uniform trat hervor und spielte die Fanfare, und das Spiel begann mit dem ersten Kampf. Zwei junge Männer, einer aus fränkischem und einer aus bayerischem Adel, ritten mit gehaltener Lan-

---

9 Der Riefelharnisch wurde von Beginn des 16. Jahrhunderts bis ca. 1530 hergestellt. Seine Oberfläche zeichnete sich durch parallele Riefen, Rillen und Rippen aus. Er bot Widerstand gegen Schläge und lenkte Geschosse ab.

ze aufeinander zu. Durch die kalte Luft erfrischt, ging das Publikum sofort begeistert mit und klatschte, schrie und schimpfte, je nachdem, ob sich der jeweilige Favorit gut schlug oder nicht.
Die Zuschauer reckten die Hälse und feuerten die Reiter an, die beide nach dem ersten Lanzenkontakt noch sicher im Sattel saßen. Sie tournierten[10] scharf und wiederholten den Antritt.
Das Pferd des Franken schnaubte und wieherte erregt und nahm seinen Kopf nach hinten, aus seinem Maul tropfte schwer der weiße Schaum. Für einen Moment sah es so aus, als wolle es seinen Reiter abwerfen. Dieser jedoch nahm es mit kurzem Zügel ruckartig wieder in den Griff. Und für den Augenblick war die Situation entschärft. Sein bayerischer Gegner jedoch, bekleidet mit einer leichten ärmellosen Brigantine über einem wollenen Hemd, nutzte die Gelegenheit, ritt auf den anderen zu und versuchte, ihn mit seiner Lanze aus dem Sattel zu stoßen. Geistesgegenwärtig jedoch stach der Franke, der von einem Halbarmharnisch geschützt war, beherzt zu. Und ehe man sich's versah, verlor der Bayer seine Lanze und fiel kopfüber vom Pferd. Das Krachen eines Knochens war nicht zu überhören. Ein Aufschrei ging durch das Festpublikum. Doch lauter noch war der Schmerzensschrei des Verletzten, der sich offenbar die Schulter und den linken Arm am Ellenbogen gebrochen hatte. Seine Schulter stand, als wäre sie nach vorne versetzt. Sein Unterarm war unnatürlich schräg nach außen abgewinkelt. Argula meinte, ein spitzes Knochenstück aus der Bruchstelle ragen zu sehen. Ihr wurde schwarz vor Au-

10 wendeten

gen. Auch Margarethe war der Ohnmacht nahe. Helfer eilten auf den Platz und hoben den Gestürzten vorsichtig auf. Andere fingen das außer sich geratene Pferd wieder ein und führten es ab. Margarethe, deren Blässe im Gesicht einem zarten Rosé gewichen war, meinte zu Argula: „Vielleicht hätte ein Dreiviertelharnisch das Schlimmste verhindert, was meinst Du?“ Argula konnte nur nicken. Ihr Magen war in Aufruhr geraten.

Der Sieger der ersten Runde war der blonde junge Mann aus Franken, der absaß und mit seinem Pferd vor die Damentribüne trat und sich vor Kunigunde und ihren Töchtern tief verneigte. Doch Argula hatte keinen Blick für ihn übrig. Sie hatte zwar schon etliche blutende Wunden gesehen, kannte auch anatomische Zeichnungen von Gliederverletzungen aus dem medizinischen Hausbuch, in dem sie so fasziniert auf Ernfels gelesen hatte, doch war es etwas völlig anderes, wenn man einen Schwerverletzten so aus der Nähe sah. Bei den Turnieren in Beratzhausen hatte es zwar immer Kämpfe mit Beulen und Schürfwunden gegeben, doch war sie bisher noch nie Zeugin eines solchen Unfalls gewesen. Am liebsten hätte sie sofort die Tribüne verlassen, doch ihr war klar, dass dies unschicklich gegenüber der Gastgeberin, ihrer Herzogin, gewesen wäre.

Der zweite Kampf endete wesentlich unspektakulärer. Ein Ritter aus München hatte im Verlauf des Kampfes zweimal seinen Helm verloren und wurde daraufhin disqualifiziert. Im dritten Kampf war ein Turnierteilnehmer von seinem Gegner mit der Lanze auf dem Rücken getroffen worden.

Da man nicht mit scharfen Waffen kämpfte, trug der Getroffene vermutlich blaue Flecken aber den Sieg davon. Der Angriff von hinten galt seit 1466 als Regelverstoß, der zum Ausscheiden des Angreifers führte.
Erst der vierte Kampf war wieder spannend und dauerte über eine längere Zeit an, da diesmal zwei gut trainierte und im Turnier sehr erfahrene Ritter aufeinander getroffen waren. Es waren ein Pfälzer und ein Schwabe. Sie, so wurde vor Beginn des Kampfes vom Herold angekündigt, hatten einander in den letzten Jahren schon mehrfach gegenüber gestanden. Mal war der eine, mal der andere siegreich aus der Begegnung hervorgegangen. Diesmal war der Pfälzer der Überlegene. Er bewies die beste Ausdauer und trug den Sieg davon.

Die zweite Runde begann. Jetzt standen sich nur noch zwei Paare gegenüber. Man ließ sie gleichzeitig antreten, da sich der Tag neigte und man den Höhepunkt, den Ausscheidungskampf des Turniers, noch bei einem Rest Tageslicht verfolgen wollte.
Im alles entscheidenden letzten Kampf standen sich der fränkische und der pfälzische Ritter gegenüber. Beide verstanden ihr Metier ausgezeichnet, beide hatten sich ja auch schon vor geraumer Zeit einen Namen gemacht, waren aber bisher noch nie gegeneinander angetreten. Die Spannung stieg, als die Kämpfer vor Beginn noch einmal ihre Ausrüstung prüften, dem Publikum ihre Lanzen präsentierten und zu Ross eine Ehrenrunde auf dem Platz drehten. In diesem Endkampf, so hatte man aufgrund des sich neigenden Tages beschlossen, sollte nicht gekämpft

werden bis etwa einer von ihnen vom Pferd fiele, zweimal seinen Helm verlöre oder gegen sonst eine Regel verstieße. Vielmehr würden auch die kleinsten Verstöße notiert. Die Gesamtwertung würde sich aus der relativen Wertung der unterschiedlichen Verstöße ergeben. Gesamtsieger des Turniers sollte derjenige sein, der sich am längsten ohne Helmverlust im Kampfe bewährte, der den spektakulärsten Antritt vollführte, der die heftigsten Lanzenstöße austeilte und sich überhaupt – und hier war auch die Meinung der Zuschauer gefragt – am geschicktesten mit seiner Lanze im Kampf behauptete.

Die Spannung unter den Zuschauern stieg bis ins Unermessliche.

Beide Kandidaten schlugen sich mit Bravour, doch hatte der Pfälzer offenbar die bessere Kondition und war seinem Gegner, wenn auch nur geringfügig, technisch überlegen. Als der Kampf schon beinahe entschieden zu sein schien, holte der Franke noch einmal zum Stoße aus und versuchte, seinen Gegner zu entwaffnen. Dieser reagierte jedoch blitzschnell und stieß unter lautem Angriffsgeheul zu. Bislang war der Kampf erstaunlich leise verlaufen – wenn man einmal von den Zwischenrufen der Zuschauer absah. So war der wohl doch noch ein wenig unerfahrene Franke völlig verblüfft über den Schrei seines Gegners, war für den Bruchteil einer Sekunde unaufmerksam, und sein pfälzischer Gegner erhielt den Treffer zugesprochen.

Der Herold hob, nachdem er sich mit Herzog Wilhelm verständigt hatte, die Fahne und beendete das Spiel trotz zahlreicher Zwischenrufe aus dem Publikum, in dessen Augen der Kampf noch nicht entschieden war.

Aber Kunigundes geladene Gäste akzeptierten schließlich den Schiedsspruch, und Sieger war der junge Mann aus verarmtem Pfälzer Adel, der mit stolzgeschwellter Brust die Prämie entgegennahm und sich insbesondere von den Damen feiern ließ.

Als es dunkelte, wurde allen ein heißes Getränk gereicht, und diejenigen, die den Mut besaßen, trotz der niedrigen Temperaturen draußen zu bleiben, schauten dem Feuerschlucker zu. Argula und die anderen jungen Hofdamen zogen sich nach kurzer Zeit jedoch in ihre Kemenaten zurück, um sich etwas zu erfrischen, ihre Frisuren erneut zu richten und noch ein wenig Puder aufzulegen, denn man würde den Abend mit einer weiteren Mahlzeit und beim Tanze verbringen.

„Schenkt Ihr mir diesen Tanz, hochverehrte Staufferin?" Der junge Mann, der sich gleich nach dem Eröffnungstanz, der selbstverständlich für seine Mutter, die Herzogin Kunigunde, reserviert gewesen war, vor Argula aufbaute, war Wilhelm IV., der zukünftige Herzog von Bayern-München. Argula warf vorsichtig einen verstohlenen Blick auf ihre Herrin, entdeckte auf deren Gesicht ein erstauntes Stirnrunzeln, dem jedoch schließlich ein ermunterndes Nicken folgte.
Wie die anderen Hofdamen, so hielt auch die Staufferin im Alltag gebührenden Abstand zu dem zukünftigen Landesherrn, denn man munkelte, dass eine Eheanbahnung bevorstand, und eine Verbindung mit einer Hofdame wäre nie ins Kalkül gezogen worden, das stand fest. So war Ar-

gula, auch wenn ihr der um ein Jahr jüngere Wilhelm nicht unsympathisch war, immer etwas peinlich berührt, wenn er – wie hier – so offensichtlich ihre Nähe suchte. Sie hoffte, dass Kunigunde ihr Zögern richtig deutete und folgte dem jungen Herrn auf die frisch gebohnerte spiegelnde Tanzfläche aus Eichenholz.

Wilhelm verstand es wirklich gut zu tanzen. Man spürte, dass er ein temperamentvoller Heißsporn war. Argula war im Nachhinein froh, dass Kunigunde den Damen zusammen mit ihren drei Töchtern hatte Tanzunterricht erteilen lassen. Auf Ernfels hatte sie es nicht gelernt.

Nach dem Tanz führte Wilhelm sie galant wieder zu ihrem Tisch und plauderte noch eine Weile im Kreise der jungen Hofdamen.

Argula wurde natürlich, kaum war ihr Tänzer gegangen, von den jungen Mädchen bedrängt zu erzählen, wie sich denn der junge Herr auf dem Parkett „geschlagen" habe. Ohne etwas dagegen unternehmen zu können, errötete sie bis zum Haaransatz und beteuerte gegenüber den belustigten Freundinnen, es sei ein „ganz normaler" Tanz gewesen, und man solle sie damit bitte in Ruhe lassen.

Insgeheim war die junge Staufferin jedoch über sich selbst erstaunt gewesen, welche Verwirrung ein harmloses Tänzchen bei ihr anzurichten vermocht hatte.

## Kapitel 12

1509
München

### Traurige Nachrichten aus Ernfels

Argula stand am Fenster und blinzelte in das gleißende Licht der Mittagssonne. Endlich hatte die Schneedecke begonnen zu schmelzen. Im Burghof schauten in den Beeten schon kleine grüne Spitzen aus der Erde. Der Februar neigte sich seinem Ende zu. Zwar hatte der Frühling noch nicht begonnen, doch konnte man ihn bereits erahnen. Die Bewohner der Burg atmeten auf. Die letzten Wochen waren anstrengend gewesen. Wenn es nicht unbedingt hatte sein müssen, hatten Kunigunde und ihr Gefolge das schützende Gemäuer nicht verlassen. Es war nicht nur das Wetter gewesen, das sie von Ausflügen in die Stadt abgehalten hatte, vielmehr waren es die nicht abreißen wollenden Gräuelgeschichten von der noch immer vor den Toren der Burg grassierenden Pest gewesen, die ihnen schon jeden Gedanken an Kontakt mit der Wohnbevölkerung verleidet hatten. Pater Antonius war einer der wenigen gewesen, die sich in die Lager der Kranken begeben hatten. Er zeigte sich unerschrocken und voller Gottvertrauen. Allerdings glaubte er auch, dass er unempfindlich gegen die Krankheit sei, da er fünf Jahre zuvor auf einer Pilgerreise nach Rom erkrankt war und damals unter eben den Symptomen gelitten hatte, die die Erkrankten heute zeigten, aber gottlob überlebt hatte. Nach drei Wochen mit hohem Fieber und schwerem

Husten war er langsam genesen. Antonius war der festen Überzeugung, dass er seine Gesundung, ja, sein Überleben, den Nonnen in einem Kloster in Perugia, wohin sich der kranke Geistliche damals mit letzter Kraft geschleppt hatte und wo man ihn aufopferungsvoll gepflegt hatte, zu verdanken hatte.
Nun leistete er hier den Kranken und Sterbenden Beistand und trug dafür Sorge, dass die Waisen in anderen Familien Unterschlupf fanden.

Kunigunde sah es zwar nicht gerne, wenn er von seinen Krankenbesuchen direkt in die Burg kam, schätzte jedoch seine medizinischen Kenntnisse und vertraute dem Geistlichen, der sich selbst pedantisch an die von ihm immer wieder propagierten Hygieneregeln hielt.
Gestern hatte der Priester die Messe gelesen und dann berichtet, dass die Zahlen der Neuerkrankungen zurückgegangen seien. Überhaupt ziehe die Krankheit in Wellen über das Land. Argula, die länger nichts von ihrer Familie gehört hatte, war jetzt in Gedanken oft in Ernfels. Vielleicht könnte sie ja noch vor dem Sommer eine Reise nach Hause machen. Wie groß war doch ihre Sehnsucht nach Vater, Mutter und den Geschwistern!

Am Nachmittag saß sie gerade mit den anderen Hofdamen bei einem Becher heißer Milch und versuchte, sich auf ihre Stickerei zu konzentrieren – noch immer fand sie nicht nur keinen Gefallen an der Handarbeit, sondern hatte im Verlauf der vielen Monate der Übung auch nur sehr geringe Fortschritte darin gemacht – , als ein Diener den Raum betrat, auf die Staufferin zuging und ihr leise bedeutete, der junge Herzog beliebe die Hofdame zu sprechen. Argula runzelte erstaunt die Stirn. Seit ihrem Tanz beim Bankett im Januar war sie Kunigundes Ältestem immer nur im großen Kreise begegnet. Was gab es wohl heute zu besprechen? Rasch erhob sie sich, legte ihre Handarbeit ab und verließ unter den neugierigen Blicken ihrer Gefährtinnen den Raum.

Wilhelm stand mit auf dem Rücken verschränkten Händen am Fenster. Er hielt das Kinn nach oben gereckt, so als erwarte er bereits jetzt den Schwarm der bald aus dem Süden zurückkehrenden Vögel. Als er die Tür hinter der Hofdame ins Schloss fallen hörte, drehte er sich langsam um, verharrte mit ernster Miene und schaute der Stauffertochter schließlich direkt in die Augen.
Argula spürte, wie sie errötete. Ihr war danach, ihre Peinlichkeit mit einem Gruß zu übergehen, beschloss jedoch, abzuwarten und zu hören, was ihr ihr zukünftiger Landesherr zu sagen hatte.
Dieser kam langsam auf sie zu, strich ihr vorsichtig über die Wange und hob an: „Meine Mutter, Eure Herrin, ist heute – wie Ihr wisst – zu Besuch bei der Oberin des Pütrich-Regelhauses, daher habe ich die traurige Aufgabe, Euch zwei unglückliche Nachrichten zu überbringen.“ Nach einer Argula unendlich lang erscheinenden Pause setzte er wieder an: „Eben kam der Bote, die Pest grassiert in Ernfels und Beratzhausen und …“ Seine Rede geriet ins Stocken. Er nahm Argulas kleine Hände in seine großen und rang mit sich: „Vor 20 Tagen verstarb Eure liebe Mutter.“ Argula

schaute ihn fassungslos an. Sie hatte doch gerade noch an die Mutter gedacht und sich den Besuch daheim ausgemalt! Und jetzt sollte sie bereits fast drei Wochen bei Gott sein? „Was ist passiert? Warum ...?“, entfuhr es ihr. Aber der Herzog führte seine Rede, sichtlich angestrengt, fort: „Die Mutter verstorben und fünf Tage später der Vater. Glaubt mir, ich weiß, wie es ist, den Vater zu verlieren!“
Argula verstand nicht, wollte nicht verstehen. „Vater, Vater, auch Ihr habt mich verlassen! Das durftet Ihr nicht!“, durchfuhr es sie.
Wilhelm war sichtlich verlegen ob seiner ungeschickten Art, die junge Hofdame mit dem Ableben beider Eltern zu konfrontieren. Oh, hätte er sich doch eine zartfühlendere Rede einfallen lassen! Er schämte sich seiner Grobheit und errötete. Erneut setzte er an: „Weint nicht, Argula! Ich will nicht nur Euer Landesfürst, sondern für Euch auch immer zugleich wie ein Vater sein.“ Schweiß stand auf der Stirn des jungen, noch immer unmündigen Herzogs, hatte er doch gerade gelobt, die Staufferin ein Leben lang zu beschützen, gerade so wie es einem Vormund geziemte! Verlegen hielt er noch immer ihre zitternden Hände. Sachte entzog sie sie ihm und wandte sich schluchzend ab. Sie wollte nur noch allein sein mit ihrer Trauer und ihre Gedanken ordnen.
Später sollten sich Argula und Wilhelm noch häufig an diese Stunde, in der sie beide so tiefe Gefühle gezeigt hatten, erinnern, und die erwachsene Staufferin würde Wilhelm zu dessen Entsetzen auch noch so manches Mal an sein Versprechen, ihr väterlich Schutz zu gewähren, erinnern.

## Kapitel 13

1509
München

### Eheanbahnung für die herzoglichen Schwestern

Wenn die Staufferin später an das Jahr 1509 zurückdachte, so stiegen in ihr zunächst einige bunte Bilder von dem rauschenden Fest mitten im Winter auf, doch dann folgten nur dunkle Erinnerungen an Trauer und Ratlosigkeit. Tatsächlich war nicht nur Margarethe, die ihr inzwischen eine enge Vertraute geworden war, sondern auch der junge Herzog Wilhelm eine Stütze und ein Trost in diesen schweren Zeiten.

Hätte sie noch auf Ernfels gelebt, so wäre der hitzköpfige Bruder ihres Vaters, Hieronymus von Stauff, der Vormund ihrer jüngeren Geschwister, auch Argulas Vormund gewesen. So jedoch hätte es, wäre Wilhelm 1509 bereits mündig gewesen, in der Tat der junge Herzog sein müssen. Da dieser aber bis zum Jahre 1511 selbst noch einen Vormund hatte, nämlich den Bruder seines verstorbenen Vaters, seinen Onkel Wolfgang, war die Frage der Vormundschaft für die Stauffertochter ungeklärt. Aber Argula stand als Mädchen in der Erbfolge nicht an der Spitze, und so hatte sich niemand die Mühe gemacht, eine Klärung herbeizuführen. Sie lebte weiterhin bei Hofe, versah ihre Aufgabe als eine der Gesellschafterinnen Kunigundes und musste sich wohl oder übel mit dem Gedanken an eine Eheschließung mit einem „passenden" jungen Mann abfinden. Kunigunde, die

in diesen Zeiten Ausschau nach einer standesgemäß und politisch opportunen Verbindung für ihre Tochter Sybille hielt, hatte auch schon den einen oder anderen Kandidaten für Argula unter die Lupe genommen, musste jedoch belustigt zur Kenntnis nehmen, dass ihre Hofdame sehr wählerisch war – und das, wie die Herzogin fand, auch ganz zu Recht, waren die Stauffer in Bayern doch nicht irgendein Rittergeschlecht, hatten sie doch erst jüngst durch politisches und militärisches Handeln das Geschick Bayerns maßgeblich beeinflusst. Andererseits war Argula, wie jeder sehen konnte, nun wirklich keine Schönheit, außerdem stand ihr der Eigensinn ins Gesicht geschrieben. „Es muss schon ein Mann sein, der ihren klaren Verstand zu schätzen weiß“, sinnierte die Landesmutter, „einer, der auch selbstsicher genug ist, gelegentlich dagegenzuhalten …“
Nicht entgangen war der Herzogin das ganz und gar nicht mit ihren Vorstellungen übereinzubringende Interesse ihres Sohnes Wilhelm an ihrer Hofdame. Sie konnte nicht einschätzen, welcher Art seine Zuneigung zu Argula war und ob die junge Staufferin eventuell ebenfalls ein Auge auf Wilhelm geworfen hatte, oder ob es sich nur um Freundschaft nahezu Gleichaltriger handelte.
Eine Verbindung der beiden war, das stand außer Zweifel, völlig indiskutabel.
Kunigunde entschied, ihren Ältesten für einige Monate zu ihrem Bruder Kaiser Maximilian nach Österreich zu schicken. Dort würde er bei Hofe eine weitaus interessantere Seite des gesellschaftlichen Lebens kennenlernen, als es ihm hier in München möglich wäre. Vielleicht lösten sich so ja die Flausen in seinem Kopf wie von selbst.

Argula hatte tatsächlich die Zuneigung, die ihr Wilhelm in den Wochen nach dem Tode ihrer Eltern hatte zuteilwerden lassen, sehr gutgetan. Und sie war sich selbst nicht ganz sicher gewesen, ob sie das Verhalten des Herzogs als ein Werben oder lediglich als Freundlichkeit gegenüber einer Vollwaise verstehen sollte. Auch über die eigenen Gefühle gegenüber Wilhelm war sie sich nicht wirklich im Klaren gewesen, hatte sie doch einen Stich im Herzen verspürt, als Wilhelm ihr im Frühsommer eines Abends bei einer Begegnung am Brunnen im Hofe gesagt hatte, dass er für unbestimmte Zeit München verlassen und zu seinem Onkel, dem Kaiser, nach Wien reisen werde. Argula hatte sich bemüht, nicht zu betroffen dreinzuschauen, hatte ihm alles Gute für die Reise gewünscht und wollte gerade in den Salon zurückkehren, als Wilhelm sie am Arm festhielt, ein wenig näher zu sich heranzog und ihr zuflüsterte: „Meine Liebe, auch wenn ich in der Ferne bin, mein Versprechen, das ich Euch in schwerer Stunde gab, gilt – für immer. Lieber bliebe ich hier, doch ich habe mich dem Wunsch meiner Mutter zu beugen und muss gehen. Ich hoffe, Euch bei meiner Rückkehr hier noch anzutreffen."
Argula verstand, dass er auf ihre mögliche Verheiratung anspielte und errötete. Da jedoch just in diesem Moment Kunigunde mit ihren drei Töchtern aus der Tür in den Hof trat, blieb der Hofdame nur, in ebenfalls gedämpftem Tone zu sagen: „Mein Freund und Beschützer, ich danke Euch für alles, was Ihr mir Gutes getan habt. Gott sei mit Euch auf all Euren Wegen!"
Dann wandten sie sich den Frauen zu, die ihnen über den Kiesweg entgegen kamen.

Das Jahr 1509 neigte sich. Argula schien es, als sei das Leben seit Wilhelms Abreise sehr eintönig geworden. Kunigunde widmete sich nun ganz der Ausschau nach geeigneten Heiratskandidaten für ihre älteste Tochter Sybille. Für Sabine waren noch zu Lebzeiten Herzog Albrechts IV. Verabredungen getroffen worden. Sie sollte Ulrich von Württemberg heiraten. Diese Verbindung war auch von Kaiser Maximilian nicht nur sehr begrüßt, sondern auch ausdrücklich gewünscht worden. Die Verhandlungen waren für beide Seiten zur Zufriedenheit abgeschlossen worden, und die Herzogin ließ ihre Hofmeisterin ein Fest im kommenden Frühjahr planen, auf dem die Verlobung mit Ulrich bekannt gegeben werden sollte.
Argula war froh, alle bei Hofe so beschäftigt zu sehen, denn so blieb weniger Zeit, sich um eine arrangierte Versorgungsehe für sie zu bemühen.
Die Staufferin, die auch gelegentlich mit Kunigundes Töchtern über deren anstehende Verheiratung sprach, war stets aufs Neue verwundert, wie wenig sich die jungen Fräulein darum scherten, wer denn ihre zukünftigen Ehemänner wären. Die Hauptsache schien zu sein, dass sie ihnen ein Leben in gewohntem Komfort entsprechend ihrem gesellschaftlichen Stand ermöglichen könnten. Außer Frage stand für beide, dass es gleich wäre, ob sie sich durch tiefere Gefühle zu ihren Männern würden hingezogen fühlen. Man werde sich schon aneinander gewöhnen, das sei anderen vor ihnen ja auch gelungen, so erklärten sie der erstaunten Argula, die die Ehe ihrer Eltern, obschon sie von den Großeltern arrangiert worden war, immer als eine auf Vertrauen, Zuneigung und Einverständnis basierende Verbindung betrachtet hatte.

„Ich würde mich weigern, jemanden zu heiraten, der mir unangenehm wäre“, schoss es ihr durch den Kopf, und sie dachte an den für Sabine auserwählten Ulrich von Württemberg, dem ein schlechter Ruf vorauseilte und der, Erzählungen zufolge, auch in seiner äußeren Erscheinung wenig sympathisch sein sollte. Argula war jedoch klug genug, den Mund zu halten.
Doch die Gespräche mit Kunigundes Töchtern gingen ihr nicht aus dem Sinn und sorgten dafür, dass Argula fortan von einer gewissen Unruhe begleitet wurde, denn eines war klar, sobald Kunigunde ihre Töchter versorgt hätte, würde man sich auch der Zukunft ihrer verwaisten Hofdame annehmen. Da bliebe ihr dann vielleicht ein- oder zweimal die Möglichkeit, ein Angebot abzulehnen, doch dann hätte sie sich entweder in ihr Schicksal zu fügen, oder sie müsste sich für eine Laufbahn als Klosterfrau entscheiden. Und Letzteres schien ihr auch nicht erstrebenswert zu sein.

Sybille und Sabine heirateten am selben Tag nach angemessener Verlobungszeit im Frühjahr 1511 in der Burgkapelle. Sybille ging eine Verbindung mit Pfalzgraf Philipp von der Pfalz ein. Auch hier hatte Maximilian seinen Einfluss geltend gemacht und das Glück seiner Nichte mit den kaiserlichen Zielen verbunden. Susanne, die jüngste Tochter der Herzogin, war zum Heiraten noch zu jung, war sie doch erst im Jahre 1502 geboren worden.

Argula erlebte die Vorbereitungen der Hochzeiten mit gemischten Gefühlen. Die Hofdamen wurden wie bei dem großen Fest zu Beginn des Jahres 1509 von der Hofmeisterin in die Vorbereitungen einbezogen. Die Staufferin musste vor sich selbst zugeben, dass sie es durchaus sehr spannend fand, wenn die Tuchhändler mit den schweren Ballen mit prächtigen Seidenstoffen aus Italien ihre Aufwartung machten, wenn dann die Hofschneiderin sie mit strenger Miene prüfte und schließlich die in die engere Wahl kommenden Stoffe den jungen Bräuten präsentierte. Den Schwestern war das Urteil der Hofdamen wichtig, und sie zogen sie zurate. Hätte man ein Ohr an die Tür zum großen Salon gelegt, so hätte man sich in einem Park voll zwitschernder Vögel gewähnt. Trat man ein in diesen den Damen vorbehaltenen Raum, so sah man rotwangige Wesen mit glänzenden Augen, die über Stoffe strichen, exquisite Schließen und Bänder begutachteten, Krägen aus Spitze prüften und Zeichnungen von Festtagskleidern betrachteten, die die Schneiderin auf Tischen ausgebreitet hatte. Denn eine Hochzeit – und diesmal waren es sogar zwei Bräute, die es auszustaffieren galt – bedeutete natürlich auch, dass die adligen Hofdamen sich Gedanken über ihre eigenen Gewänder machen mussten, wären sie es doch, die die Schwestern als ihre Brautjungfern in die Kirche begleiteten.

Die andere Seite der Medaille war nach Ansicht der Staufferin, dass sich die jungen Bräute noch immer viel zu wenige Gedanken über ihre zukünftigen Ehemänner zu machen schienen. Sie gingen viel zu „blauäugig" in ihre Zukunft.

„Zumindest an Sabines Stelle würde ich bei dem Gedanken an die Hochzeit kein Auge zutun", raunte Argula ihrer Freundin Margarethe zu, als die anderen Damen alle um einen großen Tisch herum standen und Ballen mit weißer und eierschalenfarbener Seide bewunderten. Margarethe sah sie fragend an: „Wie meinst Du das? Glaubst Du, sie wird in Württemberg nicht glücklich? Man soll doch sehr angenehm dort leben. Die Landschaft soll so lieblich sein. Und das Haus ist wohlhabend.“

Argula legte den Zeigefinger ihrer rechten Hand auf den Mund und wartete, bis die mit strengem Blick vorbeiziehende Hofmeisterin am anderen Ende des Salons angelangt war. „Ulrich soll kein angenehmer Zeitgenosse sein. Man sagt, er sei sehr aufbrausend und jähzornig und habe sich nicht unter Kontrolle. Auch soll er dem Wein zu sehr zusprechen“, flüsterte sie der Freundin zu, die sich wieder einmal wunderte, wie Argula immer zu diesen interessanten Informationen kam.

## Kapitel 14

1510-1513
München

### Der Streit der herzoglichen Brüder

Der junge Herzog war nach beinahe einem Jahr vom Kaiserhof aus Wien nach Hause zurückgekehrt, gerade rechtzeitig, um der rauschenden Doppelhochzeit seiner zwei Schwestern beizuwohnen. Er und sein Bruder Ludwig sollten die Schwestern an Stelle des verstorbenen Vaters zum Altar führen. Sehr zu Kunigundes Verdruss hatte ihr Bruder Maximilian wieder einmal absagen müssen. Kaiserliche Pflichten hielten ihn, der doch besonderen Wert auf die Auswahl dieser ihrer Schwiegersöhne gelegt hatte, von einer Reise nach München ab.

Die Rückkehr des bald mündigen Wilhelms war Anlass für viele Gerüchte bei Hofe. Man munkelte, er habe durch seinen Auslandsaufenthalt auf elegante Weise der rigiden Vormundschaft seines Onkels Wolfgang, der seit Albrechts Tod mit sechs Vertretern der Landstände in Bayern regierte, entgehen wollen. Als er schließlich zurück an den Hof kam, waren es nur noch wenige Monate, bis er endlich mündig war und selbstständig als Herzog Wilhelm IV. von Bayern regieren konnte. In seiner Abwesenheit hatte allerdings sein zwei Jahre jüngerer Bruder Ludwig seine Position gestärkt. Er war besser mit dem Onkel, der auch sein Vormund war, ausgekommen und hatte wohl gehofft, Wilhelm werde sich so an das Leben und seine Annehm-

lichkeiten am Kaiserhofe gewöhnen, dass er womöglich überhaupt nicht mehr zurückkäme.
Obwohl Kunigunde ihrem jüngeren Sohn immer wieder versichert hatte, Wilhelm werde aus freien Stücken niemals auf sein Erstgeborenenrecht verzichten, versprach sie schließlich, sich für Ludwig einzusetzen. Ihre Bedingung war jedoch, dass es zu einer friedlichen Einigung ihrer Söhne käme. Von einem einvernehmlichen Schritt, aufeinander zuzugehen, waren die Brüder jedoch weit entfernt. So wunderte es auch niemanden wirklich, dass sie sich in den folgenden Jahren zunächst nur selten in politischen Angelegenheiten einig waren, geschweige denn gemeinsam öffentlich auftraten.
Aus dem jugendlichen Hitzkopf Ludwig war ein ehrgeiziger junger Mann geworden, ja, manche Zeitgenossen bezeichneten ihn gar als äußerst geltungssüchtig. Er konnte es nicht ertragen, sich auf eine, wenn auch stattliche Apanage und den Titel eines Grafen von Vohburg beschränken zu müssen. So erhob der noch immer unter der Vormundschaft und dem politischen Einfluss seines Onkels stehende Ludwig öffentlich Anspruch auf die Mitregierung in Bayern-München, versuchte die Entscheidung des Vaters, Albrechts IV., aus dem Jahre 1506, mit der die Unteilbarkeit der Herrschaft und Primogenitur, das Erstgeborenenrecht, entschieden worden war, zu bestreiten.
Albrecht hatte den zweiten Sohn für eine kirchliche Laufbahn vorgesehen und ihn damit aus dem politischen Geschäft fernhalten wollen. Die Landshuter Erbfolgekriege waren 1505 unter großen Verlusten beendet worden, und Albrecht hatte erkannt, dass in Ludwig ein Ehrgeizling und

in Wilhelm ein unreifer Heißsporn steckte und hatte mit seiner Entscheidung eine Spaltung in der Familie schon im Vorfeld auszuschließen versucht.
Kunigunde wusste, dass ihr Mann mit dieser Festsetzung dem Land Bayern den inneren Frieden hatte sichern und Streitigkeiten unter den Söhnen ausschließen wollen. Schließlich war es ihm gelungen, dass Bayern 1506 endlich beinahe gänzlich in einer Hand, nämlich der seinen, war.
Kunigunde, die sich sonst nicht in politische Angelegenheiten mischte, hatte damals ihren Mann gebeten, die Angelegenheit „gerichtsfest" zu regeln: „Du kennst doch unsere Söhne. Keiner von ihnen wird jemals nachgeben. Denke daran, wie sie schon als kleine Knaben immer wieder störrisch versuchten, den anderen zu besiegen. Und wenn dies nicht gelang, setzten sie alles dran, auf anderen Wegen zum Ziel zu kommen. Weißt Du noch, damals beim Turnier der Jungen, als Ludwig das Pferd unseres Wilhelms betäubte und Wilhelm daraufhin seinen Bruder mit der Mistgabel durch den Stall trieb?"
Der alternde Herzog hatte sich nur zu gut daran erinnert und schließlich seiner Frau versprochen, die Sache zu regeln, ehe es zu spät war.

Kaum war Ludwig im September 1513 volljährig geworden, da meldete er seine bereits 1511 geäußerten Ansprüche auf Mitregierung erneut an und wandte sich in dieser Angelegenheit nun nicht nur an seine Mutter, sondern sogar an ihren Bruder, Kaiser Maximilian I.

Der bayerische Adel, der sich nur sehr langsam von den Erbfolgekriegen erholt hatte, drängte schließlich Wilhelm, den Bruder an der Regentschaft zu beteiligen.

## Kapitel 15

1513
München

### Argula als Beraterin ihres Herzogs

Das Verhältnis zwischen Wilhelm und Argula war nach seiner Rückkehr aus Wien nach wie vor sehr freundschaftlich. Er plauderte gerne mit ihr und wandte sich immer häufiger an sie, um sie um Rat zu fragen. Beiden kam es so vor, als sei er nie dem Hofe fern gewesen. Kunigunde war die wieder aufblühende Zuneigung zwischen ihrem Ältesten und ihrer Hofdame nicht entgangen. Sie setzte nun alles daran, dass ein geeigneter Ehemann für Argula gefunden wurde. Die Stauffertochter musste dringend den Hof verlassen, sonst, so fürchtete die Kaiserschwester, liefe man Gefahr, dass aus einer Jugendfreundschaft mehr würde.

Wilhelm vertraute der Freundin. Er schätzte ihren Verstand und ihr ruhiges Urteil nicht nur in persönlichen, sondern auch in politischen Angelegenheiten. So beklagte er sich bei ihr über seinen fehlenden Rückhalt bei den Landständen in der Auseinandersetzung mit seinem Bruder. Vielmehr war sogar offensichtlich, dass die Landsmannschaften versuchten, die Geschwister zu ihrem Vorteil gegeneinander auszuspielen.

„Die Hochzeiten meiner Schwestern und deren Mitgifte haben ein Vermögen verschlungen. Ich sollte dringend die Steuern erhöhen, aber die Landstände machen ihre Zustimmung von weiteren Zugeständnissen meinerseits abhängig. Man will mich erpressen! Meine Mutter sucht nur noch Kontakt zu mir, wenn es um die Weiterleitung von Bittgesuchen oder die Durchsetzung ihrer eigenen Ansprüche geht. Sie will ihre Mitgift zurückbekommen und dann alles dem Pütrich-Regelhaus schenken. Und das in diesen Zeiten! Eigentlich hat sie sich längst auf Ludwigs Seite geschlagen, appelliert aber ständig an mich, ich solle ‚brüderlich' und ‚freundlich' gegen ihn verfahren. Und hinter meinem Rücken paktiert sie dann auch noch mit Onkel Maximilian, dem es ja nur recht sein kann, wenn Bayern nicht zu stark und nicht zu einig auftritt. Jetzt hat er sich auch noch in den Kopf gesetzt, mich mit Margarethe, der Schwester Heinrichs VIII., zu verheiraten! Ich werde mich weigern, immer nur der Spielball der anderen zu sein!"

Vor Argula stand ein erregter Wilhelm mit flammend rotem Kopf. Seine Stimme klang heiser, so, als hätte er sich in Rage geredet. Argula legte ihm freundschaftlich die Hand auf die Schulter und sprach leise auf ihn ein: „Ich habe lange über die Auseinandersetzung nachgedacht und bin zu dem Schluss gekommen, dass Ludwig, der ja eigentlich für das geistliche Amt vorgesehen war, alles tun wird, um nicht am Ende doch noch diesen Weg gehen zu müssen. Denn, sollte Euer Streit zu seinen Lasten ausgehen, so könnte dies oder ein ‚Gesichtsverlust' als Graf von Vohburg, abhängig von einer Apanage von Bruders Gnaden, tatsächlich sein Schicksal sein. Schaut ihn Euch an, den Ludwig", hier unterbrach sich die Staufferin und machte eine verächtliche Geste, um dann erneut anzuheben: „Warum ist er so gut gelitten bei den Landständen?

Und beim Kaiser und sogar bei Eurer Mutter? Er ist ‚wie Wachs in ihren Händen[11]‘. Ich rate Euch, geht auf ihn ein – ein klein wenig zumindest, dann habt Ihr Ruhe. Er wird Euch schon aus Bequemlichkeit nicht in die Politik hineinregieren. Stattet ihn gut aus, und er wird sich zurückziehen und sich dem guten Leben und den schönen Künsten widmen!“, sagte Argula und lachte so schelmisch dabei, dass der eben noch betrübt dreinblickende Wilhelm sich von ihrer guten Laune anstecken ließ.

„Ihr habt sicher recht, ich sollte mich leutseliger und jovialer präsentieren, denn das sind doch wohl die Eigenschaften, die Volk und Adel, aber auch Maximilian an meinem Bruder so schätzen. Ich werde mich also noch ein wenig drängen lassen von all diesen Leuten. Erst dann lasse ich mich dazu ‚überreden‘, mit Ludwig zu sprechen. Und am Ende werden alle glauben, sie seien es gewesen, die mich zur ‚Einsicht‘ brachten“, fügte er mit listigem Grinsen hinzu.

Argula nickte, Wilhelm hatte also verstanden. Das war gut so.

Nur die Wilhelm betreffende Heiratspolitik des Kaisers, von der sie eben erst erfahren hatte, beunruhigte sie auf ihre selbst nicht ganz verständliche Weise …

Im Februar 1514 gab Herzog Wilhelm IV. schließlich dem Begehren der Landstände nach, bereute dies jedoch bereits nach wenigen Monaten und bereitete sich auf eine kriegerische Auseinandersetzung mit seinem Bruder vor.

11 Hier: er gehorcht ihr, ist ihr willfährig.

Um das Schlimmste zu verhüten, griff nun der Kaiser, der in dieser Angelegenheit zwar konsequent seine Interessen verfolgt hatte, sich jedoch aus Rücksicht auf seine Schwester Kunigunde nicht in kriegerische Auseinandersetzungen innerhalb des engsten Familienkreises hatte verwickeln lassen wollen, doch ein. Er entschied Ende September in Innsbruck, dass auch Ludwig nun den Titel eines Herzogs tragen und ein Viertel des bayerischen Territoriums erhalten sollte.
Wilhelm aber begriff schnell, dass sein Bruder sich damit niemals begnügen würde und lud den Jüngeren zu einem Verhandlungsgespräch. Beide waren den Bruderzwist satt, hielt er sie doch von ihrem eigentlichen Geschäft fern und verschlang nicht nur Zeit, sondern auch viel Geld, ganz zu schweigen davon, wie viel ein Krieg beide Seiten gekostet hätte.
Ergebnis ihrer Einigung war, dass Wilhelm von München aus die großen Bezirke München und Burghausen regierte, während seinem Bruder Ludwig die Regierungsbezirke Landshut und Straubing zukamen. Er residierte fortan in Landshut. Die klare räumliche Trennung und die eindeutige Regelung der Zuständigkeiten sorgten dafür, dass es zwischen den Geschwistern so gut wie keine Meinungsverschiedenheiten, geschweige denn Zwistigkeiten, mehr gab. Man ging sich zwar nicht direkt aus dem Weg, vermied jedoch Zusammentreffen, deren Charakter anders als freundlich-familiär war.

Erst in der Mitte der zwanziger Jahre sollte Ludwig wieder von sich reden machen, als er mit wenig politischem

Geschick im Bauernkrieg agierte. Eine Bewerbung um die böhmische Königskrone sollte 1526 ebenso kläglich scheitern wie sein Versuch, sich für das Amt des römisch-deutschen Königs zu qualifizieren. Argula begegnete dem Bruder ihres Herzogs in den folgenden Jahren nicht mehr. Mit Landshut verband die Staufferin nicht viel. Und Ludwig war ihr nie so vertraut gewesen wie sein Bruder.

## Kapitel 16

1515
München

### Ein Franke für Argula

Es war an einem frühlingswarmen Mittag Ende April des Jahres 1515, als man Argula, die sich gerade in ihrem Schlafgemach aufhielt, durch die Hofmeisterin mitteilen ließ, Kunigunde halte die Zeit für gekommen, dass Argula nun endlich in den Stand der Ehe eintrete. Mit 23 Jahren wäre die Staufferin keine junge Braut mehr, wurde ihr zu verstehen gegeben. Man sei froh, eine passende Partie für sie gefunden zu haben. Sie habe sich als Waise in die Pläne ihrer Herrin zu fügen, und man erwarte, dass sie keine Einwände erhebe. Eine Alternative sei sonst nur noch der Eintritt in einen Orden.

„Es musste ja irgendwann so kommen", murmelte Argula voller Entsetzen, als die Hofdame sie endlich allein gelassen hatte, damit sie die Bedenkzeit, die ihr bis zum Abendessen gegeben worden war, nutzte.

Was hatte man ihr über ihren zukünftigen Gatten gesagt? Friedrich von Grumbach hieß er, ein fränkischer Adliger – ein altes, aber kein so erlauchtes Geschlecht wie das der Stauffer, hatte man ihr zu verstehen gegeben, doch immerhin sei er einverstanden, die elternlose Argula zu ehelichen. Kunigunde habe Wilhelm angewiesen, eine, wenn auch nicht allzu üppige Mitgift bereitzustellen, außerdem sollte der Franke nach Vollzug der Ehe das Pflegamt in Dietfurt

erhalten und wäre dann dort Statthalter. Mit besonderen Vollmachten ausgestattet, stünde er im Dienste der Bayerischen Herzöge und wäre gut versorgt.
Argula wischte sich mit dem Handrücken eine Träne von der Wange, ordnete ihre Kleider und atmete tief durch, ehe sie mit stolz erhobenem Haupt ihr Schlafgemach verließ. Ihre schnellen, energischen Schritte auf dem steinernen Fußboden hallten in dem langen Gang, der die Gemächer der Hofdamen mit den offiziellen Räumen des Herzogs verband.

Wilhelm hörte die Schritte schon von Weitem und erkannte sofort, dass es Argula war, die jeden Moment herrisch an die schwere Eichentür seines Arbeitszimmers klopfen würde. Und er wusste genau, dass das Gespräch, das er gleich mit der Staufferin zu führen hätte, alles andere als angenehm sein würde. Er selbst fühlte sich seit der Unterredung, die er vor einer Woche mit seiner Mutter im Pütrich-Regelhaus, wohin sich die Herzogin nun endlich zurückgezogen hatte, geführt hatte, unwohl und fürchtete sich vor der Begegnung mit Argula. Es kam ihm so vor, als hinterginge er die Staufferin, mit der ihn ja inzwischen eine mehr als sechsjährige vertrauensvolle Freundschaft verband. Er wusste, dass er es verdient hätte, wenn sie ihn keines Blickes mehr würdigte. Dessen war er sich nur zu bewusst. So kam auch nur ein Krächzen über seine Lippen, als er die Staufferin auf ihr Klopfen hin hereinbitten wollte.
Als sie den Raum betrat, stand er mit dem Rücken zur Tür am Fenster und starrte hinaus, ohne auch nur irgend-

etwas von dem wahrzunehmen, was er sah. Es durchfuhr ihn wie ein Blitz, als Argula ihn mit schneidender Stimme aufforderte, sich wenigstens umzudrehen und ihr in die Augen zu schauen, wenn sie mit ihm redete.

Langsam, ganz langsam, als wollte er Zeit gewinnen, drehte er sich um, und Argula blickte in sein gerötetes Gesicht. Seine Augenbrauen waren zusammengezogen, die Mundwinkel waren nach unten verzerrt. Selbst der gepflegte Bart, der ihm sonst immer einen so ruhigen Ausdruck verlieh, konnte nicht darüber hinwegtäuschen, wie aufgewühlt der junge Herzog war. Er versuchte, etwas zu sagen, ihm kam jedoch kein Wort über die Lippen. Argulas trauriger und wütend vorwurfsvoller Blick sagte ihm alles. Ja, er hatte seiner Mutter nicht widersprochen, als sie ihm ihre Pläne für die nicht mehr ganz junge Hofdame, die nach ihrem Geschmack viel zu viel Zeit mit ihrem Ältesten verbrachte, unterbreitete.

Er hatte sich nach den familiären Zwistigkeiten der letzten Jahre außerstande gesehen, erneut mit seiner Mutter im Streit zu liegen, und so hatte er widerspruchslos nachgegeben. Wie er sich selbst dafür hasste! Wie er sich seiner Schwäche schämte! Nach einem Räuspern gelang es ihm endlich, das Wort an Argula zu richten: „Argula, meine Liebe, schaut mich nicht so vorwurfsvoll an! Euer zukünftiger Gatte ist ein angesehener Mann, dessen Ämter ihn zufriedenstellend ausstatten. Ihr werdet gut versorgt sein und darüber hinaus auch nicht Eure Kontakte nach Bayern verlieren. Seine Familie bewirtschaftet nicht nur die Stammgüter in Burggrumbach und Zeilitzheim, nördlich beziehungsweise nordöstlich von Würzburg, sondern

auch die nahe bei Ingolstadt gelegene Hofmark in Lenting. Ihr werdet also auch zeitweise in Bayern leben. Ich muss Euch nicht erklären, dass Friedrich von Grumbach als Hofmarksherr dem Niedergericht über alle Untertanen der Hofmark vorsteht, also die Polizeigewalt ausübt, Steuern einzieht, die Überwachung von Maß, Gewicht und Münze versieht. Kurzum, er ist ein einflussreicher Mann, Euer zukünftiger Gatte, den Mutter für Euch ausgesucht hat."
Nach kurzer Atempause fügte Wilhelm noch hinzu: „Als Pfleger von Dietfurt wird er direkt meinem Bruder Ludwig unterstehen. Aber Ihr kennt ihn ja und wisst ihn im Zweifelsfalle mit Geschick zu behandeln …"
Hier unterbrach ihn die Staufferin: „Nachdem Ihr mir nun all die Vorzüge dieser arrangierten Ehe erläutert habt, bleibt mir wohl nichts anderes als mich zu fügen, oder irre ich mich? Ich soll also als eines Franken ‚Brücke' nach Bayern fungieren? So ist es doch wohl von Euch gedacht. Wie sonst hätte er ein so politisch und finanziell einträgliches Amt erhalten können! Dank meiner werden ihm nicht nur die Einwohner Dietfurts, sondern auch die geistlichen Stifte und Klöster unterstehen. Ebenso auch die Menschen außerhalb des Burgfriedens, außerhalb der Städte und Märkte um Dietfurt. Von den Bauern, die auf den Gütern der Ortskirchen, Kapellen und Gemeinden leben, ganz zu schweigen!"
Argula richtete sich hoch auf. Ein Blitzen war in ihren Augen zu sehen. Aufgeregt rieb sie ihren Nasenrücken.
„Jetzt", so dachte der junge Herzog, „jetzt hat sie verstanden, dass sie mehr als eine schmale Mitgift mit in die Ehe bringt. Sie wird für ihren Mann sein Schlüssel zu Einfluss

und Macht sein. Und genau das wird ihr ein Trost für die angebahnte Verbindung sein, zu der sie ja wirklich nur noch Ja und Amen sagen kann."
Wilhelm konnte sich ein Grinsen nicht verkneifen, als er hinzufügte: „Und bedenkt, wie langweilig es für die verbliebenen Hofdamen hier geworden ist. Eure Vertraute, Margarethe, ist inzwischen auch verheiratet und nicht mehr hier. Meine Mutter lässt sich kaum mehr sehen, nur noch meine Schwester Susanne ist hier – und das sicher auch nicht mehr lange. Sie ist mit ihren 13 Jahren zwar noch recht jung, aber Onkel Maximilian hat verlauten lassen, dass er sie gerne mit seinem Freund Kasimir Markgraf von Brandenburg verheiratet sähe."
Hier unterbrach Argula ihn und hielt ihm in temperamentvoller Rede entgegen, wie sie über die Ehepolitik seiner Familie dachte: „Aber wie steht es denn mit dem Eheglück Eurer Schwester Sabine? Man munkelt, sie wolle sich von Ulrich von Württemberg nach gerade mal vier Ehejahren trennen. Eigentlich war das ja vorauszusehen. Ihr und Eure Mutter, Ihr kanntet doch seinen erbärmlichen Ruf, der ihm vorauseilte. Das pfiffen doch die Spatzen vom Dach! Er ist ein Trinker und ein Choleriker noch dazu. Er hat seine Gefühle nicht im Griff. Es heißt, er schlüge seine Frau und sogar seine kleinen Kinder! Stimmt es, dass sie zurück nach München kommen will? Sagt es mir, ist ihre Flucht vielleicht schon geplant? Wie denkt Ihr, wird der Kaiser darauf reagieren? Seine Idee war es ja schließlich, die beiden aus politischem Kalkül miteinander zu verbinden. Und was, glaubt Ihr, wird die Kirche, was der Heilige Vater, dazu sagen?"

Hier unterbrach Wilhelm seine Jugendfreundin. Er hielt den rechten Zeigefinger vor seinen zu einem schmalen Strich verzogenen Mund: „Argula, um Gottes Willen, haltet ein! Ich beschwöre Euch! Seid leise! Wenn das die Runde macht, bin ich politisch kompromittiert, und Sabine wird eingesperrt – wenn ihr Mann ihr nicht noch Schlimmeres antut …“

Argula, die sich inzwischen etwas beruhigt hatte, sprach nun leiser, hatte aber immer noch rote Wangen vor Erregung. Sie verschluckte sich, hustete und stieß dann keuchend hervor: „Ihr seht, was bei arrangierten Ehen herauskommen kann, und wollt mich dennoch mit einem fränkischen Bauerntölpel verheiraten, über den Ihr nicht mehr zu sagen habt, als dass er mich dank seines Amtes, das er durch sein Jawort zu einer Ehe mit mir erhält, wohl wird ernähren können. Kein Wort habe ich von Euch über seinen Charakter gehört. Ihr erwartet, dass ich mich in ein unbekanntes Schicksal füge. Was ist, wenn er sich ebenso schlecht benimmt wie der Mann Eurer Schwester Sabine?“

Hier unterbrach Wilhelm sie, der inzwischen ungeduldig geworden war und die Unterredung nun schnellstens zu beenden gedachte: „Meine liebe Freundin, sollte Euch aber ein Leid oder Unrecht widerfahren, was ich nicht glaube, denn Friedrich von Grumbach steht nicht in dem Ruf, ein aufbrausender Charakter zu sein, so seid gewiss, es gilt noch immer mein Versprechen, das ich Euch einst beim Tod Eurer lieben Eltern gab – ich werde immer für Euch da sein als Euer Landesherr, aber auch als Euer väterlicher Freund. Und jetzt lasst uns das Thema wechseln. Die Hofmeisterin wird alle Details Eurer Hochzeit mit Euch besprechen, und

Ihr werdet sehen, dass alles gut wird.“ Mit diesen Worten wandte sich Wilhelm wieder den Schriftstücken zu, die er seit geraumer Zeit auf dem großen Eichentisch nervös hin und her geschoben hatte. Für ihn war die Unterredung beendet, das machte er Argula unmissverständlich klar. Noch immer verstimmt, aber doch etwas ruhiger, knickste sie und verabschiedete sich.

Zurück in ihrer Kemenate, ließ sie ihrer Wut noch einmal freien Lauf. Wie hatte sie nur so naiv sein und denken können, der Kelch könne an ihr vorübergehen?

Wie bereits ein Jahr zuvor ihre Freundin Margarethe, so würde auch sie sich in das Schicksal der Frauen zu fügen haben. Ihre Freundin erwartete nun ihr erstes Kind und schien zufrieden zu sein, so klang es jedenfalls in ihren Briefen an. Allerdings war Margarethe auch nicht so freiheitsdurstig wie sie.

Argula trat vor den bodentiefen Spiegel, reckte ihr Kinn und betrachtete ihre gerade Statur. Nein, sie würde sich nicht unterkriegen lassen. Ihr zukünftiger Gatte würde schon sehen, was er an ihr hatte. Sie würde es ihm von vornherein zu verstehen geben.

## Kapitel 17
1515
München
## Abschied vom Münchner Hof

Die letzten zwei Monate am Münchner Hof waren wie im Fluge vergangen. Die Hochzeitsvorbereitungen hatten Argula so sehr beschäftigt, dass kaum Zeit geblieben war, über die Zukunft nachzudenken. Man hatte ihr im Auftrag der Herzogin etliche Ballen weißes Leinen und Spitzenbänder in großen hölzernen Reisekisten gebracht. Auch Bettwäsche, die sie gemeinsam mit anderen Gesellschafterinnen mit ihrem Monogramm „AvS" seufzend bestickt hatte, war für den Umzug sorgsam verpackt worden. Es sollte dies nun ihre zweite große Reise werden. Wehmütig erinnerte sich die Staufferin an ihren Abschied von der Burg Ernfels und der Familie vor sieben Jahren. Sie war damals noch so jung gewesen, ängstlich und abenteuerlustig zugleich, doch voller Zuversicht und Vorfreude auf ihr neues Leben, das sie in München erwartete. Mit gemischten Gefühlen hatte sie damals die Kutsche bestiegen. Diesmal würde sie nicht von ihrer Amme Brunhilde begleitet werden. Nein, Bruni war im selben Jahr wie ihre Eltern an der Pest gestorben. Auch würde sie diesmal nicht in einen Kreis von Gleichaltrigen aufgenommen werden, vielmehr würde sie sich unter das Joch eines Unbekannten begeben, mit dem sie bis an ihr Lebensende würde zusammenleben müssen.

Ein kalter Schauer überlief sie. Es war heute ihr letzter Abend bei Hofe. Bereits gestern hatte Wilhelm sie verabschiedet. Und vorhin hatten ihr auch ihre Gefährtinnen Lebewohl gesagt. Soeben hatte ihr noch die Hofmeisterin letzte Instruktionen gegeben, und nun saß sie auf ihrem Bett und war sich sicher, dass sie heute Nacht kein Auge würde zutun können. Seufzend griff sie nach der Bibel, die ihr einst der Vater geschenkt hatte.

Wieder einmal schloss sie die Augen, während sie darin blätterte und dann den Zeigefinger auf einer Seite verharren ließ. Vorsichtig blinzelte sie und hätte beinahe aufgeschrien. Was las sie da im 1. Brief des Apostels Paulus an die Korinther? „Doch in dem Herrn ist weder die Frau etwas ohne den Mann, noch der Mann etwas ohne die Frau, so kommt auch der Mann durch die Frau, aber alles von Gott."

„Ach", seufzte Argula, „hoffentlich sieht das mein Mann ebenso! Dann könnte es vielleicht doch gelingen …"

Rasch zog sie sich bis auf das Unterkleid aus, ordnete ihre Sachen für den nächsten Morgen und ging zu Bett. Sie war müde nach diesem anstrengenden Tag, und langsam kam ihre Seele zur Ruhe. Sie würde das Beste aus ihrem Leben machen. Wenn Gott sie nur beschützte …

# Kapitel 18

November 1515
München und Lenting

## Abreise nach Lenting

Es war ein eiskalter Tag im November 1515, als Argula in aller Frühe, noch im Morgengrauen, bei Schneetreiben in den Burghof trat und vorsichtig über den glatten, gefrorenen Boden auf die wartende Kutsche, die das Wappen des Herzogs von Bayern-München trug, zuging.
Ohne sich noch einmal umzublicken und ohne die ihr dargebotene Hand des Kutschers zu beachten, stieg sie erhobenen Hauptes die Trittstufen hinauf, nahm im Innern der Kutsche auf den vorgewärmten Kissen Platz und zog sich die bereitliegende Decke bis zum Kinn hoch. Die Gardine schob sie vor. Weder wollte sie hinausschauen noch wollte sie gesehen werden.
Sie dachte an ihre letzte große Reise von Ernfels nach München. Damals hatte sie ihre alte Amme Bruni an ihrer Seite gehabt. Heute war sie allein auf sich gestellt. Wie damals fuhr sie nun einer ungewissen Zukunft entgegen. Doch heute war sie erwachsen und fühlte sich stärker als vor mehr als sieben Jahren. Sie würde sich, dazu war sie entschlossen, von ihrem zukünftigen Gatten und dessen Familie nicht einschüchtern lassen, war sie doch eine Geborene von Stauff, waren doch ihre Vorfahren allesamt mutige Ritter gewesen!

Vielleicht würde sie ja auch eine glückliche Ehe führen wie ihre Brüder Bernhardin und Gramaflanz und ihre Schwester Sekundilla, die, obwohl die Verbindungen von ihrem Onkel Hieronymus arrangiert worden waren, alle glücklich zu sein schienen. Die Brüder hatten junge Frauen aus dem Hause der böhmischen Grafen von Schlick geheiratet, und Sekundilla hatte einen Grafen Victorin von Schlick geehelicht.

Das Schneetreiben hatte zugenommen, die Kutsche kam kaum voran, da die beiden Pferde immer wieder scheuten. Der eisige Starkwind schien die Tiere zu irritieren.
Schließlich hielt der Kutscher nach sechs Reisestunden an einer Poststation. Dort nahm Argula eine warme Suppe zu sich, während der Kutscher August die nassgeschwitzten Pferde in einem Stall trocken rieb und sie mit Wasser und Futter versorgte. Auch sehr robuste Zugpferde konnten sich bei diesen Temperaturen erkälten.
Da sich aus dem Schneetreiben ein Schneesturm entwickelt hatte, und als am Nachmittag dann auch noch sehr früh die Dunkelheit hereinbrach, erklärte August kurzerhand den Reisetag für beendet. Argula war das nur gerade recht, sie hatte es überhaupt nicht eilig, auf die Hofmark nach Lenting, die eine der Besitzungen der Grumbachs in Bayern war, zu gelangen. Da das schlechte Wetter anhielt, kamen sie erst nach vier Reisetagen in Lenting an. Man hatte sie dort bereits voller Ungeduld erwartet. Kaum war die Kutsche in den Hof eingefahren, da kamen aus den umliegenden niedrigen Gebäuden Knechte und Mägde und sodann auch die Verwandtschaft ihres Zukünftigen gelau-

fen. Argula hatte die Gardine der Reisekutsche bereits zurückgeschoben, als sie das Hoftor passierten. Unschlüssig schaute sie aus dem Fenster in die ländlichen Gesichter, die sie erwartungsvoll anstarrten. Erst als der Kutscher die Tür öffnete und sie die ihr von August dargebotene Hand wahrnahm, ordnete sie ihre Röcke, strich sich etwas hilflos über das Haar, setzte ihre Haube auf, legte den Kopf in den Nacken und stieg sehr langsam die Stufen der Kutsche hinunter. Noch immer lagen gut zehn Meter zwischen ihr und ihrer zukünftigen Familie und dem Gesinde. Ihren Verlobten, den sie nur der Beschreibung nach kannte, konnte sie nicht ausmachen. Ein älterer grauhaariger Mann löste sich aus der Gruppe und kam gemessenen Schrittes auf sie zu. Wie ein Schatten folgte ihm zögernd eine in einen schwarzen Wollumhang gehüllte magere Frau seines Alters, die vermutlich ihre Schwiegermutter werden sollte.
„Seid willkommen in Lenting, wertes Fräulein von Stauff. Als Vater Eures zukünftigen Gatten begrüße ich Euch im Namen der Familie", sagte der Alte mit einem eine große Zahnlücke freigebenden Grinsen, das Argula nicht einzuschätzen wusste. Die Bediensteten hatten sich inzwischen im Halbkreis um sie herum aufgestellt und starrten die elegant gekleidete Münchner Hofdame scheu und zugleich neugierig an. Die mit geradem Rücken hoch aufgerichtete Staufferin dankte für den Willkommensgruß und stand nun abwartend vor ihren Schwiegereltern, die sich nicht rührten. Was war das für eine sture Gesellschaft! Hoffentlich hatte Friedrich ein offeneres Naturell! Suchend schaute sie sich um. Nein, er schien nicht da zu sein. Offenbar hatten die Alten ihren suchenden Blick verstanden und beeilten

sich nun mitzuteilen, dass der Verlobte leider noch nicht von seiner ersten Reise nach Dietfurt zurückgekehrt sei und dass man vermute, auch er sei vom Schneesturm aufgehalten worden. Argula fiel nichts anderes ein, als verständnisvoll zu nicken.

Als August begann, das Reisegepäck und die Kisten mit Argulas Leinen, Tüchern und dem Kristall, dass ihr die Herzogin vor der Abreise hatte überreichen lassen, abzuladen, schickte das Familienoberhaupt die Knechte und Mägde wieder an ihre Arbeit und führte die Staufferin in das Wohngebäude. Argula, die die hellen Flure und großen Hallen der Münchener Neuen Veste gewohnt war, erschrak angesichts der Enge und der Düsternis dieses Hauses. Man wies ihr bis zur Hochzeit eine Schlafkammer zu, die bis zu ihrem Tod im vergangenen Jahr von einer älteren Schwester Friedrich von Grumbachs bewohnt worden war. Argula atmete tief durch, als sie die Tür hinter sich geschlossen hatte. Es war ein Raum von 3 Metern Länge und 3 Metern Breite, in dem ein schmales hölzernes Bett, ein Schemel und ein Waschtisch standen. Das Fenster war winzig. Hier würde sie auch tagsüber eine Kerze anzünden müssen, wenn sie in ihrer Bibel lesen wollte!

Argula ließ sich erschöpft auf ihr Lager fallen und stellte fest, dass die Wäsche klamm war. War es deshalb, warum sie ein Zittern überkam, oder waren es die Anstrengungen der viertägigen Reise? Für einen Moment schloss sie die Augen, und ohne es zu bemerken, fiel sie in einen tiefen Schlaf. Erst ein energisches Klopfen an der Tür holte sie zurück in die Realität. Hastig ordnete sie Haar und Kleid und öffnete die Tür. Erleichtert stellte sie fest, dass die junge

Frau, die da vor ihr stand, ein offenes freundliches Gesicht hatte. Die junge Frau stellte sich als Maria vor, die jüngste Schwester ihres Verlobten: „Ich bin die jüngste Schwester von Friedrich. Ich begrüße Euch hier in Lenting und hoffe, dass wir Freundinnen werden. Ihr müsst mir unbedingt von Eurem Leben am Münchner Hof erzählen. Wir kennen hier ja leider nur das Landleben“, sagte sie wie entschuldigend. „Leider sind wir in letzter Zeit viel zu oft hier, denn Vater musste einen neuen Verwalter einstellen und will erst sehen, ob dieser seine Sache gut macht, ehe wir wieder nach Burggrumbach abreisen. Aber auch in Zeilitzheim und auf Burggrumbach ist es nicht abwechslungsreicher“, fügte sie hinzu und schob sich an Argula vorbei in die Kammer.
Als sie die Stauffer-Bibel am Fußende des Bettes liegen sah, riss sie die Augen auf und stammelte: „Wie, Ihr, Ihr könnt lesen? Ich kenne nur einen Menschen, der lesen kann, und das ist der Priester. Ist das etwa Latein?“
„Nein, es ist eine deutsche Bibel, die habe ich von unserem Vater als Geschenk erhalten als ich noch ein kleines Mädchen war“, antwortete Argula und strich liebevoll über den braunen Ledereinband. Maria streckte ihre rechte Hand aus, und Argula reichte ihr vorsichtig ihren Schatz. Andächtig und hilflos zugleich blätterte Maria mit spitzen Fingern in der Schrift und gab sie schließlich an ihre Besitzerin zurück. Diese ergriff sie und schlug mit sicherer Hand eine Seite auf: „Hört zu, was der Apostel Paulus an die Korinther schrieb: ‚Doch in dem Herrn ist weder die Frau etwas ohne den Mann noch der Mann etwas ohne die Frau. Denn wie die Frau von dem Mann, so kommt auch der Mann durch die Frau, aber alles von Gott.‘“ Triumphie-

rend schaute Argula die Schwester ihres Zukünftigen an und wartete gespannt auf deren Reaktion. Marias Wangen waren von einer zarten Röte überzogen, und sie stammelte verwirrt: „Oh, erzählt das nur nicht meinem Vater, dass Ihr des Lesens kundig seid! Er ist stolz, ein wenig entziffern zu können, teilt aber sein Wissen nicht mit uns. Für ihn wäre es undenkbar, eine Schwiegertochter im Hause zu haben, die besser lesen kann als er." Nach einer kurzen Atempause fragte sie Argula vorsichtig: „Und das steht wirklich in der Heiligen Schrift, dass Mann und Frau ohne einander nichts wären? Dann wären wir Frauen ja genauso viel wert wie die Männer." Als Argula feierlich nickte, fuhr Maria fort: „Versprecht es mir, dass Ihr das niemanden vor der Hochzeit wissen lassen werdet!" Die Staufferin spürte, wie hilflose Wut in ihr aufstieg – wo war sie da nur hingeraten! Doch sie riss sich zusammen, nickte stumm und folgte der Anderen aus der Kammer. Maria zeigte ihr alle Räume, abgesehen von den Schlafgemächern. Gegessen wurde in einem großen Zimmer, das in der Hausmitte lag, daher keine Fenster hatte, aber bei den derzeit herrschenden eisigen Temperaturen angenehm warm war. Im Kamin knisterten lodernde Holzscheite, und Kerzen erleuchteten die kargen Wände.

Auf dem großen Eichenholztisch standen Becher und Suppenteller bereit. Erfreut stellte Argula fest, dass man hier immerhin seinen eigenen Löffel und Teller hatte. Ganz so barbarisch wie befürchtet, lebte man hier also nicht!

Maria schob sie durch das Speisezimmer zu einer niedrigen Tür, empfahl der Staufferin, sich etwas zu bücken und ließ sie in den nächsten Raum eintreten. Hier gefiel es ihr. Es war eine große Küche, in der es verlockend duftete. Über dem Holzfeuer hing ein eindrucksvoll glänzender Topf, in dem die Köchin das Essen umrührte. Als sie Argula erblickte, legte sie den Holzlöffel beiseite, wischte sich die Hände an ihrer Schürze ab und schob sich mit dem Handrücken eine Haarsträhne aus dem Gesicht, knickste freundlich und stellte sich als Martha vor. Maria ergänzte noch, dass Martha die besten Eintöpfe der ganzen Gegend koche, und dieser war die Freude über das Lob am Leuchten ihrer blaugrauen Augen anzusehen. Argulas Herz flog ihr sogleich zu. Die Küche und Martha erinnerten sie an ihr altes Zuhause auf Ernfels. Auch dort hatte sie sich im Küchenhaus stets wohlgefühlt.

Zurück im Speisesaal, schlug Maria vor, die anderen Familienmitglieder zu suchen. Es werde sicher noch eine Weile dauern, bis man sich zu Tisch begebe.

Ihre Schwiegermutter saß mit einer Handarbeit am Fenster im "Tagesraum", wie ihn Maria bezeichnete. Dort hielt man sich besonders an Wintertagen gerne auf. An den Wänden hingen grobe Teppiche, und es war außer dem Speisezimmer der einzige beheizbare Raum. Ohne ihren Mann war die alte Frau von Grumbach bedeutend weniger zurückhaltend. Ihr Mund verzog sich zu einem Lächeln, als Maria mit Argula eintrat: „Wie schön, dass Ihr da seid, Argula! Hat Maria Euch schon das Haus gezeigt? Habt Ihr in Eurer Kammer alles, was Ihr braucht? Das Reisegepäck wird Euch gleich gebracht, die Kisten stehen sicher im Eingang. Es tut mir sehr leid, dass Friedrich noch nicht zurück ist. Er selbst wird es sicher am meisten bedauern. Aber wir gehen davon aus, dass er jeden Moment eintrifft." Kaum waren diese Worte gesprochen, da hörte man von draußen Hufgetrappel und ein dumpfes Rumpeln. Die Tür wurde aufgestoßen und der jüngere Bruder Friedrichs, Georg, stürmte herein: „Mutter, Mutter, der Friedrich ist gerade in den Hof gefahren. Ich laufe rasch zu ihm und erzähle ihm, dass die elegante Dame aus München schon da ist.“ Der strenge Blick seiner Mutter sagte ihm, dass er sich entschieden zu salopp in Gegenwart der Staufferin ausgedrückt hatte, und der Zwölfjährige errötete verschämt. Erst als Argula ihn freundlich ansprach und ihm sagte, sie freue sich, seine Bekanntschaft zu machen, und es sei völlig in Ordnung, dass er ihrem Verlobten erzählen wolle, dass sie eingetroffen sei.

So ruhig wie sie sich gab, sah es natürlich in Argulas Herz nicht aus. Bruder und Schwester Friedrichs schienen ja recht freundlich zu sein. Mit seiner Mutter, begegnete man ihr ohne ihren Ehemann, schien man auch zurechtkommen zu können. Aber wie wäre es mit Friedrich von Grumbach, wäre er womöglich das Abbild seines gestrengen und sturen Vaters?

Es blieb Argula keine Zeit, ihren Gedanken weiter nachzuhängen, denn man hörte von draußen eine durchdringende Männerstimme: „So, sie ist also schon da! Und, wie sieht sie aus, die Staufferin von Ernfels?“ Mit wem er wohl sprach? Sicher nicht mit dem Gesinde. Die Antwort folgte in derselben Lautstärke: „Groß und gerade, mein Sohn, aber Du wirst schon sehen.“ Das war ihr Schwiegervater, immerhin enthielt er sich eines Werturteils, auch wenn nicht unbedingt Sympathie für seine zukünftige Schwiegertochter aus seinen Worten sprach.

Die Gräfin von Grumbach hatte sich abrupt erhoben, als sie die Stimme ihres Mannes vernommen hatte und schob Maria, Argula und den kleinen Georg vor sich her aus dem Zimmer. Sie hatte es eilig, ihren großen Sohn zu empfangen. Gemeinsam eilten sie nun zur Tür. Dort angekommen, wurde die Klinke von außen gedrückt und sofort standen der alte Grumbach und sein Sohn Friedrich vor ihnen. Graf von Grumbach nahm Haltung ein und stellte seinem Ältesten die Verlobte vor. Die beiden tauschten unter den Augen der Eltern und Geschwister Höflichkeiten aus, eine Unterhaltung war in dieser Situation nicht möglich. Argula schaute ihrem zukünftigen Mann gerade in die Augen. Verwirrt von dieser Direktheit flackerte sein Blick unstet. Er schaute von Argula zur Mutter und zurück und entzog sich der Situation mit dem Hinweis, er wolle sich nach der Reise erfrischen, man werde sich ja in Kürze zum Speisen treffen.
Da alle geschäftig durcheinander liefen, zog sich Argula in ihr Zimmer zurück und überdachte noch einmal ihre erste Begegnung mit Friedrich. Sie musste zugeben, er trug eher die weichen Züge seiner Mutter als das harte Antlitz des Alten. In Figur und Bewegung erinnerte er allerdings an dem grobschlächtigen Vater. Bei der Erinnerung an seine verlegene Irritiertheit angesichts ihrer Direktheit musste sie lächeln: „Ich werde mich durchsetzen, und das hat er schon bei unserer ersten Begegnung gefühlt. Nur nicht nachlassen, Argula! Du bist die Tochter von dem alten „Löwler“ Bernhardin von Stauff! Vater hätte nicht gewollt, dass Du Dich aufgibst“, ermahnte sie sich still.
Als der Gong zum Essen rief, hatte sie ihre Fassung wie-

dergefunden und zog stolz und gerade in das Speisezimmer ein – anders konnte man ihren Auftritt nicht beschreiben. Ihr Platz sollte der gegenüber ihrem Verlobten sein, das kam ihr sehr zupass. Dieser hatte sich offensichtlich vorgenommen, artige Konversation mit ihr zu machen, und fragte nach dem Verlauf ihrer Reise und ihrem ersten Eindruck von Lenting. Sie antwortete in kurzen Sätzen und wendete dabei nicht ihren Blick von ihm. Er versuchte standzuhalten, wandte sich jedoch nach einiger Zeit erleichtert seinem Vater zu, der den ältesten Sohn wie ein Kind streng nach seinen Erlebnissen auf der Reise und während seines ersten kurzen Aufenthaltes in Dietfurt fragte. Argula hörte aufmerksam zu, und nach allem, was sie da hörte, konnte sie nur hoffen, dass nach ihrer Hochzeit der ständige Aufenthaltsort des Paares Dietfurt an der Altmühl, fernab von Friedrichs Verwandtschaft in Lenting, wäre. Der alte Graf würde sonst sicher bis zu seinem Tode in Friedrichs Geschäfte hineinregieren.
Als sie in ihrer Neugier nicht an sich hielt und eine Frage zu Friedrichs Berichten stellte, strafte sie ein kalter Blick ihres Schwiegervaters. Frauen hatten eben zu schweigen, wenn Männer ernste Unterredungen miteinander hatten und den Damen nicht ausdrücklich das Wort erteilten. Eigentlich hatte Friedrich ihr wohl antworten wollen, doch der Blick des Vaters und die begütigende Hand seiner Mutter auf seinem Unterarm ließ ihn den Kopf einziehen und schweigen. So lief das hier also!

Es sollte noch Wochen dauern, bis sich die Gelegenheit zu einem ungestörten Gespräch der Verlobten bot. Weihnach-

ten war vorüber, das neue Jahr 1516 stand kurz vor der Tür. Die Hochzeit sollte in vier Wochen auf dem Familienstammsitz Burggrumbach, wohin man baldigst abreisen wollte, stattfinden.
Die Familie war sehr fromm, ein Zusammentreffen Friedrichs mit seiner Braut in geschlossenen Räumen ohne die Anwesenheit eines Familienmitgliedes war undenkbar. Die Brautleute wurden penibel beäugt. Erst als zwei Kühe im Stall zu kalben begannen, Friedrichs Mutter am Krankenbett Georgs saß und der Alte seine Knechte zusammentrieb, damit sie unter seiner und unter der Aufsicht des neuen Verwalters die Geburt der Tiere überwachten, waren doch beim letzten Mal zwei Kälber von ihrem Muttertier erstickt worden, bot sich endlich die Gelegenheit zu einer Unterhaltung unter vier Augen für die Verlobten. Die Gelegenheit war günstig, so sprach Argula ihren zukünftigen Gatten an, der sich nach einem Ausritt am Kamin im Speisezimmer wärmte: „Sagt, wo werden wir die meiste Zeit des Jahres leben, in Dietfurt, wo Ihr nach unserer Hochzeit Pfleger seid oder hier in Lenting, wo Ihr dem Hofmarksgericht als Herr von Lenting vorsteht oder auf Burggrumbach? Wie viele Menschen leben eigentlich dort im Dorf Burggrumbach?“ Erstaunt schaute Friedrich seine Verlobte an. „Fast so, als habe er bisher nicht bemerkt, dass ich im ganzen Sätzen sprechen kann …“, schoss es Argula durch den Kopf. Zu ihrem Erstaunen ging er jedoch auf ihre Fragen ein und erzählte von seiner Heimat, die ja bald auch die ihre würde. „Die Geschichte unseres Schlosses ist schon sehr alt. Mehr als 400 Jahre. Einst waren die Eigentümer des Schlosses eine mächtige und sehr einflussreiche Fami-

lie. Einer der Schlossherren, Markward II., trug als erster den Beinamen ‚von Grumbach'. Der Besitz der Familie erstreckte sich im zwölften Jahrhundert von Schwaben über Franken bis nach Thüringen. Die Herren von Grumbach besaßen zahlreiche Klostervogteien. Die Grafen von Grumbach waren treue Gefolgsleute der Stauferkaiser, einer von ihnen war sogar Statthalter im Dienste Kaiser Friedrich Barbarossas in Oberitalien. Die Burg hat zwar schon im zwölften Jahrhundert dort gestanden, muss damals aber anders ausgesehen haben als heute. Der Name Grumbach erinnert übrigens an die Farbe des Wassers des Baches, der noch heute an der Burg vorbeifließt. ‚Grüner Bach' heißt er. Später wurde die Burg mehrfach verkauft, zuletzt an die Herren von Wolfskehl, meine Vorfahren, die aus Franken stammten. Doch ihr Name wurde stets beibehalten und die neuen Herren nannten sich fortan auch Grumbach. Ja, liebe Argula, das ist die Geschichte unseres Schlosses, meiner Familie, die bald auch die Eure ist“, schloss Friedrich nach einer bedeutungsschweren Pause.
Argula staunte, sie hatte die Dynastie der Grafen von Grumbach an Bedeutung und Einfluss unterschätzt. Vielleicht hatte Herzog Wilhelm IV. doch recht gehabt, als er sie auf den Wohlstand der Familie ihres Verlobten hingewiesen hatte, überlegte die Staufferin. Hier wurden Argulas Überlegungen abrupt unterbrochen, denn Friedrichs Vater und neben ihm sein Verwalter standen plötzlich im Rahmen. Glücklicherweise waren beide so beschäftigt mit der guten Nachricht, die sie mitbrachten, dass ihnen gar nicht auffiel, dass Argula und Friedrich hier unbeaufsichtigt Konversation machten.

Die Kühe hatten beide zwei, wenn auch noch sehr schwache, aber gesunde Kälber geworfen. Sie waren von den Muttertieren sofort angenommen worden, und nun konnte man es den Knechten überlassen, über die Tiere zu wachen. Also musste sich Argula gedulden, sie würde ja noch früh genug merken, wo ihr von ihrem Gatten bestimmter Lebensmittelpunkt läge. Jetzt war jedenfalls nicht an eine Fortsetzung der Unterhaltung mit ihrem Verlobten zu denken.

## Kapitel 19

1516
Dietfurt

### Die Pflegerin von Dietfurt

Argula hatte sich noch immer nicht daran gewöhnt, nun eine Frau von Grumbach zu sein. Dabei lag die Hochzeit doch jetzt schon mehr als ein halbes Jahr zurück. Die Trauung hatte der Priester, der schon alle Kinder des Hauses Grumbach getauft und viele Mitglieder der Familie, Alte und Kranke, gesalbt und später auch beerdigt hatte, in der Kapelle des Schlosses vorgenommen. Gefeiert hatte man anschließend im großen Saal – verglichen mit den Festräumen der Neuen Veste in München natürlich kein so großer, repräsentativer Raum.
Das Dorf Burggrumbach hatte vor den Toren mitgefeiert und sich an Wein und dem Festtagsessen gütlich getan. Immer wieder hatte Argula im Verlauf des Abends Hochrufe der Bauern auf ihren Gatten und seine Familie gehört und hatte sich gewundert, wie einfach doch das Verhältnis von oben und unten, von Herr und Knecht hier funktionierte.
Auf Ernfels war dies alles subtiler und vor allem persönlicher zugegangen – so schien es ihr zumindest heute aus dem zeitlichen Abstand. Ihr Vater war mit Gesinde und Tagelöhnern immer streng, aber dennoch mit Achtung umgegangen. Und seine Leute hatten es ihm stets mit Wohlverhalten gedankt. Der alte Graf von Grumbach sprach im Kommandoton, behandelte die Menschen von oben herab

und zeigte ihnen damit, dass ihn ihr Wohlergehen nur insoweit interessierte, als ihre Arbeitsleistung seinen Erwartungen entsprach.
Aber nun trennten sie und die Eltern ihres Mannes und seine Geschwister mehrere Tagesreisen, denn seit vier Monaten schon lebten Argula und Friedrich in Dietfurt an der Altmühl. Ihr Mann war mit seiner neuen Aufgabe vollends beschäftigt, was ihr gewisse Freiräume eröffnete. Sie hatte in dem Schloss am Marktplatz eine Zofe, eine Wirtschafterin, eine Köchin und eine Waschfrau an ihrer Seite, sodass sie, da sie noch nicht Mutter war, Zeit hatte, das Umfeld zu erkunden, in ihrer Bibel zu lesen und Briefe mit ihren Brüdern und Schwestern, insbesondere aber den Brüdern Bernhardin und Marcellus, auszutauschen. Bernhardin berichtete über sein Leben auf dem Staufferbesitz Köfering, und Marcellus, der gerade bei einem Lehrer in Köln zur Abrundung seiner Bildung weilte, schwärmte von Wissenschaft und Bildung. Er konnte es kaum erwarten, in den Süden zurückzukehren und sich an der Universität Ingolstadt zu immatrikulieren. Doch bis dahin sollte noch geraume Zeit vergehen. Ihre Schwestern, Sekundilla und Zormarina, die eine glücklich verheiratet, die andere glücklich verlobt, wie Argula durchaus nicht ohne ein Quäntchen Neid dachte, waren etwas schreibfaul, ließen jedoch auch hin und wieder in kurzen Briefchen von sich hören. Aber sie hatten ja auch früher schon nicht gerne gelesen, geschweige denn zur Feder gegriffen.

Abends beim warmen Mahl unterhielten sich die Eheleute meist über den Verlauf des sich neigenden Tages. Fried-

rich von Grumbach hatte es sich angewöhnt, seiner Frau detailliert von seinem Arbeitstag zu erzählen. Die neue Verantwortung lastete schwer auf ihm: „Es gibt Tage, da brummt mir schon mittags der Kopf. Ich bin verantwortlich für all diese Menschen hier. Das gilt ja nicht nur für die Einwohner von Dietfurt und die Menschen außerhalb des Burgfriedens der Städte und Märkte meines Bezirks, sondern auch für die Bauern, die auf den Gütern der Ortskirchen, der Kapellen und Gemeinden leben. Die Last der Verantwortung drückt mich sehr. Da gibt es Familien mit acht oder neun Kindern, die ohne Mutter aufwachsen. Ihre Väter sind verzweifelt, weil sie sich nicht um ihren Nachwuchs kümmern können, denn sie arbeiten von früh bis spät. Sicher, ab und an schaut ein Priester bei ihnen vorbei, und auch die Nachbarn fassen gelegentlich mit zu. Aber dann geschehen solche Dinge wie heute: Einer der Söhne vom Huber Hans ist in den Weiher gefallen. Sein älterer Bruder konnte ihn gerade noch rechtzeitig herausfischen, sonst wäre er ertrunken. Doch der kleine Max ist noch immer ohne Bewusstsein. Weißt Du, was mir der verzweifelte Vater gesagt hat? Er meinte, seine verstorbene Frau werde sich im Grabe herumdrehen, so ein schlechter Vater sei er. Er wolle lieber tot als lebendig sein, ja, sollte der Maxl nicht wieder gesund werden, so werde er seinem Leben ein Ende machen – Sünde hin oder her!“
Friedrich schlug sich mit seiner Rechten vor die mit Schweißperlen bedeckte Stirn: „Und ich muss den armen Mann aufs Feld treiben, weil er dort dringend gebraucht wird und mir die anderen Arbeiter sonst Beschwerde führen.“ Nach einer bedeutungsschweren Pause hob er erneut

an: „Als guter Pfleger sollte ich eigentlich in einer Situation wie dieser wissen, was zu tun ist! Aber, liebe Argula, ich weiß es nicht. Wie ich es auch drehe und wende, so oder so mache ich Fehler: Entweder hindere ich einen Witwer daran, ein guter Vater zu sein, oder ich überfordere andere Männer, indem ich ihnen zusätzlich Arbeit aufgebe, um den einen zu entlasten."
Friedrich von Grumbach stützte sich auf seine unter das Kinn geschobenen, geballten Fäuste. Und Argula fand ihn in seiner offensichtlichen Verzweiflung zum ersten Mal in ihrer Ehe als liebenswert. Sachte strich sie ihm über seinen rechten Unterarm: „Mein Lieber, ich glaube, mehr als Du bereits tust, kannst Du nicht tun. Was meinst Du, sollte ich mal beim Huber Hans vorbeischauen, dann hat er vielleicht weniger den Eindruck, man wolle ihn kontrollieren und auf das Feld treiben, als wenn Du ihn besuchst. Es fehlt dort eine Frau im Haus, die ich ihm zwar nicht ersetzen kann, doch habe ich immerhin die Möglichkeit, mit seinen beiden großen Töchtern zu besprechen, woran es am meisten fehlt, und ihnen eine warme Mahlzeit mitzubringen. Sicher hat der Huber Hans auch Schwierigkeiten, den Doktor zu bezahlen. Du solltest ihm vielleicht ausnahmsweise etwas unter die Arme greifen, Friedrich!"
Argula war sich dessen bewusst, dass dieses Amt ihren Mann sehr forderte, nicht nur, weil es politisch entschieden sehr viel einflussreicher war als das eines Hofmarksherrn von Lenting, das ihm in Kürze von seinem betagten Vater zusätzlich übertragen werden sollte, sondern auch im Blick auf die große Verantwortung für viele Menschen. Diese Verantwortung wurde allerdings auch belohnt, denn

in finanzieller Hinsicht war die neue Aufgabe in Dietfurt, die dem Grafen durch die Eheschließung mit einer Stauffertochter zuteilgeworden war, wesentlich einträglicher als jede andere Aufgabe, die Friedrich von Grumbach hätte entsprechend dem Stand seiner Familie übertragen werden können.

Schon am nächsten Morgen machte sich Argula auf den Weg in das kleine Dorf Oberbürg, wo sie einen verzweifelten Vater am Krankenlager seines Jüngsten und zwei hilflose Töchter bei dem Versuch, die Hausarbeit so zu erledigen, wie es einst die verstorbene Mutter getan hatte, antraf. Nur die größeren Jungen hatten es vorgezogen, das Haus zu verlassen. Sie spielten vor der Kate mit einer strohgefüllten Schweinsblase.
Zunächst schaute Argula nach dem Kleinen, dessen Ohnmacht nicht mehr ganz so tief zu sein schien. Er bewegte die Arme, seine Augen öffneten sich von Zeit zu Zeit einen Spalt breit, und er brabbelte unverständliches Zeug. „Bekommt er genug Wasser?“, fragte die Frau des Pflegers den Vater und tupfte währenddessen die nicht mehr ganz heiße, jedoch noch immer etwas zu warme Stirn des Kleinen. Der Vater nickte und gab mit gebrochener Stimme zu verstehen, er versuche immer wieder, dem Jungen mit einem kleinen Löffel etwas Wasser einzuflößen.
Argula erkannte sofort, dass dieses Tun nicht von Erfolg gekrönt sein konnte, lag das Kind doch flach auf dem Rücken. Entschlossen griff sie nach der Decke, die über dem Kind lag, rollte sie zusammen und schob sie ihm unter den Kopf. Wieder öffneten sich die Augen des Kleinen. Argu-

la meinte, ein Erkennen in seinem Blick wahrzunehmen. Leise sprach sie auf das Kind ein, stützte seinen Kopf mit ihrer Hand und fuhr ihm mit einem nassen Tuch über den Mund. Das Kind leckte sich gierig die Lippen und öffnete den Mund ein wenig. Beruhigend sprach sie auf den Knaben ein, schob den Löffel mit dem Wasser in seinen Mund, und ein Gefühl der Freude stieg in ihr auf, als der kleine Junge das kühle Nass schluckte und wie zur Aufforderung, mehr zu bekommen, den Mund erneut, diesmal sogar weit, öffnete. Sein Vater schaute die Frau seines Pflegers dankbar und voller Bewunderung an. Diese nickte ihm zu und flüsterte, er solle wieder zum Feld zurückkehren, dem Jungen werde es bald besser gehen, am Abend spätestens wisse man, ob er „über den Berg"[12] sei.
Nach einer angedeuteten Verbeugung und einem letzten besorgten Blick auf das Kind schlurfte der Vater aus dem Raum, während Argula zum vierten Mal Wasser auf den Löffel gab.
So war es noch sicher mehr als eine halbe Stunde gegangen, dann war der Kleine erschöpft, aber mit nicht mehr ganz so bleichem Gesichtchen selig eingeschlummert.
„Ihr müsst dem Jungen immer, wenn er wach ist, mindestens eine halbe Kanne frisches, kühles Wasser einflößen. Wenn er viel trinkt, wird er bald wieder gesund. Wascht ihm das Gesicht, dann fühlt er sich erfrischt. Und erzählt ihm kleine, lustige Geschichten", wies Argula die Töchter des Landarbeiters an. Als sie die verständnislosen Blicke der Mädchen sah, meinte sie nur: „Schon die heilige Hilde-

12 Sprichwort: meint bei Krankheiten, der Patient schwebt nicht mehr in Gefahr. Eine Besserung ist wahrscheinlich.

gard hat gesagt, Kranke, insbesondere kranke Kinder, bedürfen neben Flüssigkeit vor allem der Medizin der Heiterkeit. Euch allen fehlt die Mutter, aber der Kleine, der kaum mehr eine Erinnerung an sie hat, er vermisst sie am meisten. Er ist doch noch so jung und so hilflos.“ Die Schwestern des Jungen schluckten und schauten Argula dankbar an. Auch ihnen fehlte es an liebevollem Zuspruch, und oft mangelte es ihnen einfach an Kraft, sich für den jüngsten Bruder Zeit zu nehmen und ihn zu liebkosen, waren sie doch selbst noch beinahe Kinder. Argula verstand ohne Worte und drückte die beiden zum Abschied sanft. Sie versprach, solange wiederzukommen, bis der Kleine vollkommen genesen sei. Am Abend berichtete sie ihrem Mann von ihrem Besuch bei der Familie seines Arbeiters. Und Friedrich verstand, warum dieser heute so bedeutend stärker und ausgeglichener gewirkt hatte – das hatte seine Argula vollbracht! Mit unverhohlener Bewunderung schaute er seine Frau an. Sie würde mit ihrer tatkräftigen Entschlossenheit dazu beitragen, dass er seine Position in Dietfurt festigen konnte. Was beide noch nicht ahnten, war, dass genau das Gegenteil geschehen würde: Argulas Entschlossenheit und ihr entschiedenes Handeln würde den Pfleger von Dietfurt in naher Zukunft diskreditieren.

## Kapitel 20

1517
Dietfurt

### Die junge Mutter

Erst im Spätsommer 1517 hatte Argula sich von der Schwangerschaft und der Geburt ihres ersten Kindes, eines zarten kleinen Jungen, erholt, dessen Lippen sich in seinen ersten Lebenswochen immer wieder mal bläulich verfärbten und der dann zum Entsetzen seiner Eltern wie ein zerbrechliches Püppchen japsend in seiner Wiege lag und nach Luft schnappte.
Erst sehr spät hatte Argula die Zeichen der Schwangerschaft bemerkt. Sie war schon im fünften Schwangerschaftsmonat, als ihr klar wurde, dass der sich wölbende Leib, das schnelle Ermüden und die sie über den Tag begleitende leichte Übelkeit die Geburt eines Kindes ankündigten. Als sie die Tritte des Lebewesens, das in ihr heranwuchs, spürte, entschloss sie sich, ihrem Gatten davon zu erzählen. Insgeheim hatte sie Angst vor seiner Reaktion und fürchtete, er werde ihr aus Sorge um sein ungeborenes Kind die Besuche in den Familien seiner Bauern und Arbeiter, die ihr inzwischen zu einer lieben Gewohnheit geworden waren, untersagen. So hatte sie das Gespräch mit Friedrich immer wieder hinausgeschoben, und die Frauen von Dietfurt wussten eher als der werdende Vater von ihrer Schwangerschaft.

Der Pfleger war außer sich vor Freude, als er hörte, dass ein Nachkomme erwartet wurde. Und es geschah, wie Argula gefürchtet hatte, er band sie fortan ans Haus, trug der Magd auf, Argula nicht aus den Augen zu lassen und sie auf keinen Fall schwer heben oder tragen zu lassen. Manchmal, wenn Friedrich unterwegs war und seinen Pflichten nachkam, stahl sich Argula davon.
Ja, einerseits freute sie sich auf das Kind, andererseits wurde ihr nun noch einmal unausweichlich deutlich, dass sie lebenslänglich an diesen Mann an ihrer Seite gebunden war. Das machte der freiheitsdurstigen Tochter des Ritters Bernhardin von Stauff Angst, auch wenn sie sich in den letzten zwölf Monaten an Friedrich gewöhnt und ihn sogar schätzen gelernt hatte.

Ende September 1517, der mittlerweile sechs Monate alte Knabe, den sie nach Friedrichs jüngerem Bruder Georg genannt hatten, hatte überlebt und gedieh, doch der Kleine wurde noch immer von allen im Haushalt mit Besorgnis beobachtet. Und tatsächlich sollte er zeitlebens kränklich und schwach bleiben, seine Familie jedoch mit seinem freundlichen, klugen Wesen erfreuen.
Vormittags überließ Argula den Kleinen meist seiner Amme, einer etwas mürrischen, jedoch dem Kind in selbstloser Hingabe zugetanen, vor wenigen Wochen verwitweten Frau eines Tagelöhners aus der Gegend. Sie hieß Agathe und hatte kurz nach dem Tod ihres Mannes ein kleines Mädchen, das den Namen Lene trug, zur Welt gebracht. Lene war ein Nachkömmling. Agathe hatte bereits vier Kinder, die ihren Unterhalt schon selbst verdienten. Drei

Söhne arbeiteten, wie es ihr Vater getan hatte, als Tagelöhner. Die Tochter hatte man im Alter von 14 Jahren im Haushalt eines großen Gutes, eine Tagesreise weiter nördlich, untergebracht.
Glücklicherweise hatte Agathe genug Milch für zwei, sodass Argula schon bald nach dem Wochenbett ihre zur Gewohnheit gewordenen Besuche in den Familien der Bauern und Tagelöhner der Umgebung von Dietfurt wieder aufnehmen konnte. Sie musste immer wieder feststellen, dass besonders die sehr kinderreichen Familien kaum in der Lage waren, ihr Leben zu organisieren. Sicher, es war üblich, dass die Großen, insbesondere die älteren Mädchen, die Kleinen versorgten, doch wurden ihnen bereits im Alter von sieben oder acht Jahren schwere körperliche Arbeiten und ihre Möglichkeiten weit übersteigende Verantwortlichkeiten zugemutet. Sicher, sie selbst hatte sich auch um die jüngeren Geschwister zu kümmern gehabt, doch wie viel Zeit war ihr noch für Träumereien und das Spiel geblieben! Einmal mehr bedauerte sie, ihren Eltern nicht genug für alles, was sie ihr gegeben, was sie ihr ermöglicht hatten, gedankt zu haben.

So waren es auch besonders die Mädchen, deren Geschicke ihr besonders am Herzen lagen.
„Schau, Martha“, wandte sie sich eines Tages an die verschwitzt und sonnenverbrannt von der Feldarbeit heimkehrende Mutter einer neunköpfigen Familie, „Deine gerade mal sieben Jahre zählende Maria ist ein gutes Kind, sie tut alles, was Du ihr aufträgst, sie wäscht die Laken und die Kittel, sie kümmert sich darum, dass die Kleinen ihre

Suppe bekommen, sie legt die Gurken und das Gemüse für den Winter ein, und abends, wenn Ihr heimkommt, bereitet sie Euch allen ein Mahl. Aber schau sie Dir genau an, ihr Blick ist leer vor Anstrengung, ihr Rücken beginnt sich zu krümmen wie der einer Bäuerin von 30 Jahren, dabei ist sie doch selbst ein Kind!“ Und abends schläft sie im Sitzen ein“, ergänzte Argula. Die Mutter des Mädchens schaute zu Boden, seufzte und sprach: „Ich weiß, Herrin, ich hab es ja selbst erlebt. Als mein Vater vom Heuboden stürzte und sich das Genick brach, war ich erst acht Jahre alt. Die Mutter arbeitete von früh bis spät. Keiner fragte mich, wie ich es schaffte, fünf Geschwister zu versorgen und das Haus sauber zu halten. Aber was, Herrin, was bleibt? Die einfachen Leute sind dazu bestimmt, so lange zu arbeiten, bis sie tot umfallen.“ Erschrocken schlug sie sich voller Scham vor den Mund, und das schon von der Sonne glühende Gesicht wurde noch ein wenig röter. Stotternd begann sie, sich für ihre Offenherzigkeit zu entschuldigen. Argula legte der auf einmal wie eine Greisin ausschauenden Martha die Hand auf die Schulter: „Schau, ich bin nicht gekommen, um Dich zu schelten, vielmehr ist mir in den letzten Tagen ein Gedanke nicht aus dem Kopf gegangen, den ich mit Dir und einigen anderen Frauen, denen es wie Dir geht, besprechen will. Ihr alle lebt von Eurer Hände Arbeit, Ihr alle habt viele Kinder, die Ihr sehr, sehr lieb habt …“ Argula schaute Martha direkt in die Augen, die nun wieder wacher dreinschauten. Eifrig nickte die Frau zur Bestätigung. Sie wollte jetzt genau zuhören, was die Pflegerin, wie sie die Frau von Grumbach nannten, wenn sie unter ihresgleichen waren, ihr zu sagen hatte. Argula sah diesen Blick voller

Hoffnung und Vertrauen, und ihr wurde warm ums Herz. Zugleich erschrak sie, als sie das Ausmaß der Verantwortung begriff, die sie zu übernehmen begonnen hatte. Mit fester Stimme fuhr sie fort, ihre Überlegungen zu erläutern: „Ihr wollt nur das Beste für Eure Familien. Und doch leiden besonders Eure Töchter. Sie ertragen ihr Los genau wie Ihr es tatet, in großer Tapferkeit, auch für sie gibt es keine Freude – und sie sind doch selbst noch so jung! Die Arbeit muss getan werden – auch in Zukunft, aber vielleicht gibt es eine Lösung. Wie viele Mädchen wie Maria gibt es hier bei Euch, zehn oder zwölf? Wir versammeln sie alle und lehren sie, ihre Hausarbeit zu planen, zeigen ihnen, wie man mit Kranken umgeht, lehren sie, einfache Heilmittel wie Tinkturen und Salben herzustellen. Und gemeinsam könnten sie viel schneller als allein das frische Obst verarbeiten und das Gemüse in Salz einlegen. Während die einen kochen, passen die anderen auf die kleinen Kinder auf. Jede ist einmal Köchin, Bäckerin, Wasch- und Kinderfrau. So lernen sie für ihre Zukunft, wenn sie selbst einmal Kinder haben werden. Und ...“, hier hielt Argula inne, um zu sehen, ob Martha ihr folgte und ob eine Wirkung ihrer Rede auf die Frau erkennbar war. Zu ihrer großen Freude schaute sie ein beinahe wieder jung wirkendes Gesicht an. Argula spürte, dass sie den Nerv getroffen hatte, und setzte erneut an: „Und die Mädchen haben, weil sie ein gemeinsames Tun haben, sogar etwas Freude an ihrer Verantwortung. Und, seien wir ehrlich, mit Freude im Herzen arbeitet es sich leichter! Den Koch- und Hauswirtschaftsunterricht werden wir in der Schlossküche abhalten, dort ist genug Platz für neun oder zehn Mädchen und Hermi, unsere Wirt-

schafterin, kann Unterstützung leisten. Die kleineren Kinder spielen derweil mit ein oder zwei Mädchen unter Agathes Aufsicht im Schlosshof. Da kann mein Georg gleich zuschauen. Er sieht so selten andere Kinder." Martha war sprachlos über so viel Engagement der Herrin. Sie war geneigt, Argulas Hand zu küssen, diese zog sie jedoch hastig zurück und meinte sachlich: „Wir haben alle etwas davon. Eure Kinder sind glücklich, und Ihr Frauen könnt beruhigt Eure Arbeit tun, ohne Euch zu sorgen. So seid Ihr zuverlässige Arbeitskräfte, und das stärkt Stadt und Land."
Nach einer längeren Zeit des Schweigens fügte Argula noch hinzu: „Ein wenig Bildung könnte den Mädchen ja auch nicht schaden. Aber darüber reden wir später", murmelte Argula, die in Gedanken schon überlegte, wie sie Friedrich am Abend ihren Alleingang erklären sollte und wie es ihr gelänge, nicht nur die Billigung ihres Tuns, sondern auch seine volle Unterstützung zu erlangen.

## Kapitel 21

1517
Dietfurt

### Argula, die Lehrerin

Wie es Argulas Art war, hatte sie Friedrich noch am selben Abend auf ihr Vorhaben angesprochen. Friedrich von Grumbach hatte seine Frau zunächst fassungslos angeschaut, als sie ihm von ihrer Idee berichtete. Was ihn am meisten gewundert hatte, war, dass sie ihn gewissermaßen vor vollendete Tatsachen stellte. Sie hatte nicht gefragt, ihn nicht um Erlaubnis gebeten, nein, sie hatte die Notwendigkeit ihrer Hilfe für die Frauen und Mädchen in und um Dietfurt erklärt und ihm mitgeteilt, was sie zu tun gedachte. Er hatte tief durchgeatmet, dann mit belegter Stimme gesagt: „Da bleibt mir wohl nichts anderes, als Dir viel Glück zu wünschen. Mögen Deine Bemühungen von Erfolg gekrönt sein! Nur eines erwarte ich von Dir – vernachlässige nicht unseren Sohn, sondern sei ihm weiterhin eine gute Mutter! Andernfalls werde ich dies alles sofort unterbinden." Argula war rot geworden, hatte ihrem Mann sofort eifrig versichert, an erster Stelle stehe selbstverständlich der Georg. Doch insgeheim hatte sie sich geärgert. Da war sie wieder, diese Erwartung, dass eine Frau sich unterzuordnen hatte, und dass in letzter Instanz sich der Mann die Entscheidung vorbehielt.

Doch im Grunde wusste sie, dass andere Ehemänner diese die Hausfrau vom Heim fernhaltenden Aufgaben nie billi-

gen würden. Die Schwäche ihres Mannes war ein großer Vorteil für sie.
Voller Eifer hatte sich die Staufferin, die nun in aller Munde einfach „die Pflegerin von Dietfurt" war, auf die selbst gewählte Aufgabe gestürzt. Die Frauen und Mädchen hatten sie zunächst ungläubig, ja fassungslos angeschaut, als Argula ihnen ihren Plan eröffnete. Aber nachdem die erste Unterrichtsstunde unter Hermis Leitung in der Schlossküche stattgefunden hatte, war auch die letzte Zweiflerin überzeugt worden. Schwieriger war es schon mit den Ehemännern, die fürchteten, daraus werde ein Aufstand ihrer Frauen und Töchter resultieren. Aber Argula hatte ihren Mann dazu überreden können, vor die Bauern und Arbeiter zu treten und ihnen die vielen Vorteile für ihre Familien zu erklären. Schließlich hatten sie verstanden, und nach wenigen Wochen nahmen sie sogar mit Erstaunen wahr, dass ihr Zuhause gemütlicher, das Essen abwechslungsreicher, die Kinder fröhlicher und die Frauen ausgeglichener waren.

Der Herbst 1517 war wie im Fluge vergangen. Zufrieden hatte Argula eines Abends kurz vor Weihnachten bei Tisch eine erste Bilanz gezogen, und Friedrich hatte zugeben müssen, dass seine Frau ihm nicht zu viel versprochen hatte – seine Arbeiter schafften mehr, wenn es ihren Familien gut ging. So traute sich die Pflegerin nicht, ihm zu eröffnen, dass sie ein zweites Kind unterm Herzen trug … Sie wollte ihr Geheimnis noch ein wenig wahren. Wenn sie richtig rechnete, dann käme das Kind im Mai oder Juni 1518 zur Welt. Bis dahin sollte es gelingen, einen regelmäßig stattfindenden Schulunterricht für die Mädchen einzurichten.

Sie dachte an ein oder zwei Stunden in der Woche. Neulich hatte sie die Angelegenheit bereits vorsichtig bei dem Priester der Heiliggeistkirche, Pater Pius, anklingen lassen. Pius war – obwohl schon recht betagt – aufgeschlossen gegenüber Neuerungen. Er hegte eine unverhohlene Sympathie für Argula, die in seiner Achtung sehr gestiegen war, als sie den hauswirtschaftlichen Unterricht für die Mädchen mit Erfolg eingerichtet hatte. Pius, dessen war sich Argula sicher, würde sie in dieser Angelegenheit unterstützen. Er könnte den Bibelunterricht, an dem viele Kinder bereits teilnahmen, einfach etwas ausweiten und den Mädchen Grundkenntnisse im Lesen und später vielleicht sogar im Schreiben vermitteln. Bei dem Gedanken daran wurde ihr ganz warm ums Herz.

Nach der Neujahrsmesse sprach Pius das Ehepaar Grumbach auf die Pläne an. Argula war heilfroh, dass sie ihren Mann am Altjahresabend noch in ihre Überlegungen einbezogen hatte. Hätte sie diese Vorarbeit nicht geleistet, so wäre ihr Mann sicher außer sich gewesen, als Pius die Angelegenheit thematisierte. So aber gab Friedrich den um die Jugend Dietfurts besorgten Herrn, der die Sache gemeinsam mit seiner Frau initiieren wollte. Argula merkte, wie ihr der Schweiß auf die Stirn trat. „Jetzt kann er nicht mehr zurück, ohne den Pfarrer zu düpieren", dachte sie bei sich und freute sich an ihrem unverhofft einfachen Sieg. Man einigte sich darauf, dass Pius in einigen Tagen zum Abendessen ins Schloss kommen sollte, wo man dann Absprachen treffen würde. Auf dem Heimweg schaute Friedrich seine Frau von der Seite an und lächelte zaghaft:

„Du hast Dich wieder einmal durchgesetzt. Wärest Du ein Mann, so könntest Du in der Politik Erfolg haben.“ Argula gab sich Mühe, bescheiden dreinzuschauen, und fixierte ihre Stiefelspitzen.

Wegen des schlechten Wetters – es hatte wochenlang beinahe ohne Unterbrechung geregnet – traf die Post am 3. Januar verspätet in Dietfurt ein. Argula schaute gerade aus dem Kinderzimmerfenster im oberen Stockwerk, als die Post kam. Sie sah, dass der Knecht ein Paket entgegennahm. Hoffend, dass es sich um Nachrichten aus Ernfels handelte, wo sich ihr Bruder Bernhardin vermutlich zurzeit aufhielt, wollte sie gerade behände die Treppe hinuntereilen, als sie eine kleine Bewegung im Bauch verspürte. Gerade so, als schwimme ein Fischlein von der einen zur anderen Seite eines Bassins, dachte sie. Das war ihr Baby, das sich jetzt zum ersten Mal bemerkbar machte. In wenig mehr als vier Monaten würde es das Licht der Welt erblicken. „Ob es wohl diesmal ein Mädchen ist?“, überlegte sie und lächelte bei dem Gedanken, dass sie alles daran setzen würde, eine mutige und starke Frau aus ihr zu machen. Aber vielleicht käme ja auch noch ein Bub, dann hätte Georg einen Spielkameraden.
Zügig, aber mit gebremstem Schaum, eilte sie die breite Sandsteintreppe hinunter und musste sich beherrschen, dem Dienstboten das Paket nicht zu entreißen. Ja, es war Bernhardins, ihres älteren Bruders Handschrift! Sie riss das grobe Tuch, das den Inhalt umhüllte, achtlos herunter und hielt ein gesticktes Bild in Händen, auf dem die Umrisse von Ernfels zu sehen waren. Sicher hatte es eine

ihrer Nichten gefertigt. Erstaunlich, dass die Mädchen daran Freude hatten, ihr selbst war die Handarbeit immer lästig gewesen. Oder ob wohl ihre Schwägerin die Töchter zwang, der Tante ein Bild zu sticken – möglich wär's. Mit ihr hatte man das ja als Kind und sogar noch als Hofdame auch versucht – „vergeblich allerdings" –, dachte Argula und musste unwillkürlich lächeln.

Aber da war ja auch noch ein Brief, und darüber freute sie sich am meisten: Neuigkeiten aus der Heimat! Rasch überflog sie begierig die eng beschriebenen Seiten. Weihnachtsgrüße an sie und ihre Familie standen darin, ausführliche Beschreibungen der Handwerksarbeiten, die das alte Burggemäuer sichern, aber auch verschönern sollten. Irgendetwas hatte man falsch gemacht, der Grundwasserspiegel war gesunken, sodass man aus dem Brunnen im Burghof kaum mehr Wasser schöpfen konnte. Nun mussten die Mägde das Wasser aus den Brunnen vor den Toren der Burg pumpen.

Undenkbar wäre das gewesen zu den turbulenten Zeiten ihres Vaters und Großvaters, als die Burg schweren Angriffen zu widerstehen hatte – die Bewohner hätten keiner Belagerung standhalten können.

Aber die Zeiten hatten sich ja gottlob geändert. Die großen Fehden waren glücklicherweise Vergangenheit geworden! Und, was schrieb ihr Bruder da noch am Ende seines Briefes, nachdem alle familiären Neuigkeiten berichtet waren: „Der alte Pater Martin, Du erinnerst Dich sicher an ihn, hat mir von einem Professor der Theologie, einem Augustinermönch, erzählt, der am Vorabend von Allerheiligen ein großes Papier mit doch sage und schreibe 95 Thesen

über den Ablass an die Tür der Wittenberger Schlosskirche geheftet haben soll. Er heißt Luder oder Lüder oder so ähnlich. Pater Martin meint, man habe noch nie von ihm gehört. Aber in Würzburg sollen sie Abschriften davon herumgehen. Erzählt man sich in Dietfurt auch davon? Vielleicht weiß Dein Mann mehr darüber, er hat doch Familie in Würzburg.
Dieser Professor soll sich gegen den Verkauf eines neuen päpstlichen Ablasses für den Bau der Peterskirche in Rom in den Erzdiözesen Mainz und Magdeburg und auch in der Diözese Brandenburg gewandt haben. Er soll behaupten, es sei Menschenlehre und nicht Gottes Gebot, wenn die Priester predigen, dass ‚die Seele der Sünder in den Himmel springt, wenn eine Münze in dem Kasten klingt' – ich muss sagen, liebe Argula, mir schien diese Praxis auch immer merkwürdig, denn das hieße ja, dass Arme ins Fegefeuer müssen, wenn sie den Ablass nicht bezahlen können, die Reichen aber immer wieder sündigen können, denn sie kaufen sich jederzeit wieder frei. Ich dachte mir, die Sache wird Dich interessieren. Wenn Du mehr darüber weißt, dann lass mich doch an Deinem Wissen teilhaben, gute Schwester! Sei von ganzem Herzen gegrüßt von Deinem Bruder Bernhardin, Stauffer von Ernfels".

Argula hatte beim Lesen dieser Neuigkeiten rote Wangen bekommen. Sie würde Pater Pius fragen, vielleicht wüsste er mehr zu berichten. Die Familie ihres Mannes, deren Mitglieder ja alle sehr fromm waren, gäbe sicher nichts auf diese Neuigkeiten. Von ihnen könnte sie gewiss nichts erfahren.

Kurz darauf, am Dreikönigstag, kam der Pater zum Abendessen ins Schloss. Das Gespräch mit ihm war wie immer sehr anregend. Auch Friedrich von Grumbach schätzte den Geistlichen sehr, denn er sah sich nicht nur als Kirchenmann, der die Messe las, sondern auch als Seelsorger, der sich ganz besonders um die Armen, Kranken und Beladenen kümmerte.

So fasste sich Argula ein Herz und erzählte dem Gast nach Tisch von dem Brief ihres Bruders. Pius war ein aufmerksamer Zuhörer. Als sie ihre Rede mit der Frage: „Vater, wisst Ihr, was es mit diesem Professor aus Wittenberg auf sich hat?“ begann, schwieg er eine ganze Weile, seufzte schließlich und hob dann mit sorgenvoll gerunzelter Stirn an: „Ja, auch ich habe Kunde davon erhalten. Man erzählt sich in unseren Kreisen hinter vorgehaltener Hand davon. Ein Freund, den ich aus dem Seminar kenne, ist Prälat in Würzburg. Als er mich im Dezember auf der Durchreise nach München besuchte, hatte er eine Abschrift der Thesen dieses ehemaligen Augustinermönches dabei. Ich sage Euch beiden, das ist Zündstoff, wenn das die Runde macht, gibt es Aufruhr, vielleicht gar eine Revolution. Ich musste ihm versprechen, von mir aus niemandem davon zu erzählen, aber, da Ihr ja bereits Bescheid wisst …“
Friedrich von Grumbach wandte den Blick ruckartig seiner Frau zu. Sein Gesicht war gerötet. Erst jetzt erfuhr er vor einem Dritten, was seine Frau bereits seit Tagen wusste. Argula konnte ihm seine Enttäuschung und seinen Zorn, den er ihr gegenüber empfand, nicht verübeln. Um Verzeihung bittend, schaute sie ihn an und schlug dann die Augen

nieder. Für ihren Mann war dies erneut ein Beweis, dass seine Frau ihm nicht traute. Um sich und Argula vor dem Gottesmann nicht bloßzustellen, schwieg er dazu. Pius bemerkte zwar, dass das Ehepaar Blicke tauschte, die nichts Gutes verhießen, doch er überging diese offensichtliche Verstimmung – schließlich sollte es das öfter geben, dass sich Eheleute nicht in allen Dingen einig waren – und berichtete, was ihm der Prälat vor wenigen Wochen anvertraut hatte.

Mit eigenen Augen hatte Pius gelesen, was dieser Luther geschrieben hatte, nämlich, dass der wirklich reuige Sünder auch ohne Ablassbriefe Nachlass von Strafe und Schuld erhalte. „Erinnert Euch, ich habe Euch immer schon gepredigt, dass Gott will, dass Ihr Euch der Bedürftigen annehmt. Der Kauf von Ablassbriefen ist Euch freigestellt und nicht von Gott geboten. Das hatte mir einfachem Gottesmann immer schon mein Gewissen gesagt. Und nun sagt dieser Martinus Luther, dass, wer den Bedürftigen sieht, ihm aber nicht so sehr hilft wie er kann, stattdessen aber einen Ablassbrief erwirbt, den Zorn Gottes auf sich zieht. Sicher ist es für die Kirche förderlich und gut, wenn die Reichen, die Geld im Überfluss haben, Ablassbriefe kaufen. Wenn aber der Arme vor der Frage steht, entweder Ablassbriefe zu kaufen und seine Familie deshalb hungern zu lassen oder aber kein Geld für den Ablass auszugeben und dafür die hungrigen Mäuler seiner Kinder zu stopfen, dann solle man ihn darin bestärken, zunächst an das Überleben seiner Familie zu denken, denn er hat ja genau diese Pflicht als guter Hausvater. Ich glaube übrigens, dass der Papst, wenn er wüsste, mit welchen Methoden die Ablassprediger das Geld eintreiben, lieber den Petersdom verfallen ließe, als seine Schäfchen dafür mit dem Leben ihrer Familie bezahlen zu lassen. Eigentlich könnte doch der Nachfolger Petri die Seelen in Not auch ohne Geld, einfach aus heiligster Liebe erlösen – das will uns dieser Augustiner in Wittenberg sagen, und ich finde, da hat er vollkommen recht. Und trotzdem darf man dies nicht jedermann entgegenrufen", stammelte der sich inzwischen in Rage geredete Pater. In einem waren sich alle drei einig, dass das Leben der Menschen, insbesondere der Kinder, wichtiger war als der Ablass für den Petersdom, und dass allein Gott wisse, ob jemand aufrichtig bereut. So könne auch allein Gott in seiner unendlichen Gnade Vergebung schenken.

Das Ehepaar Grumbach versprach, dass das Besprochene die vier Wände des Speisezimmers nicht verlassen werde. Es war schon spät, als Friedrich und seine Frau den Geistlichen wie einen Verschworenen verabschiedeten.

Argula hatte es sehr gewundert, dass ihr Mann sich an diesem ernsten Gespräch, wenn auch eher zurückhaltend, beteiligt hatte, und sie war ihm dankbar dafür. Spontan entschied sie, dass der Zeitpunkt gekommen sei, ihm von ihrer Schwangerschaft zu erzählen. Sie konnte ihm nicht schon wieder etwas verheimlichen: „Friedrich, mein Lieber, ich bin mir inzwischen sicher, wir bekommen ein weiteres Kind. Ende Mai oder in den ersten Junitagen wird es zur Welt kommen", sagte sie, als sie beide schon im Bett lagen und er sich gerade zum Schlafen auf die Seite drehen wollte. Zunächst verstand er nicht, schlaftrunken brummte er vor sich hin, bis er endlich begriff, welche Neuigkeit ihm da eröffnet wurde. Rasch setzte er sich auf. Argula sah sein Profil im Mondlicht: Erstaunen schien ihm ins Gesicht geschrieben. Er hatte wohl fragen wollen, seit wann sie es wisse, biss sich jedoch auf die Zunge und gab seiner Frau einen Kuss auf die Stirn: „Da bekommt unser Georg also einen Bruder, das ist gut!“ Er wollte sich gerade wieder auf sein Lager fallen lassen, als Argula protestierte: „Es könnte ja aber auch ein Mädchen sein.“ Doch diesen Einwand ließ der Pfleger von Dietfurt nicht gelten – die ersten drei Kinder eines Mannes hatten Buben zu sein, schließlich sollten sie den Fortbestand der Familie sichern und, wenn sie größer wären, dem Vater bei der Arbeit zur Seite stehen. Argula war nun wirklich müde und entschied, dass es sich nicht lohne, die Diskussion fortzusetzen. Man müsse sowieso nehmen, was komme, dachte sie bei sich und schlief endlich ein.

## Kapitel 22

1518
Dietfurt

### Das zweite Kind

Am 6. Juni 1518 erblickte das zweite Kind der Eheleute Grumbach das Licht der Welt. Es war, sehr zur Zufriedenheit des stolzen Vaters, wieder ein Junge, dem er die Vornamen Hans und Georg gab, ganz so, als wollte er sicher sein, dass ein Nachfolger im Familienvorstand auf jeden Fall den Namen vieler seiner Vorfahren und auch seines Bruders, Georg, trug. Da der Erstgeborene noch immer schwächlich war, hatte Friedrich seinem zweiten Kind vorsorglich denselben Namen gegeben. Argula schloss den Kleinen, der glücklicherweise nicht so zart wie ihr Erstgeborener zu sein schien, liebevoll in ihre Arme. „Egal, ob Junge oder Mädchen“, dachte sie, „wichtig ist, dass es gesund ist.“ Ihr selbst ging es besser als nach der ersten Entbindung, und sie verließ das Wochenbett bereits drei Tage nach ihrer Niederkunft. Da auch dieses Kind von der Amme liebevoll betreut wurde, plante die Pflegerin, bald wieder ihre Besuche bei den Bauern und Tagelöhnern aufzunehmen.

Der Juni war noch nicht vorüber, als Argula wieder die Töchter der Landarbeiterfamilien im Umland in der Sakristei der Kirche begrüßte. Sie hatte wie immer ihre deutsche Bibel dabei und schrieb säuberlich mit Kreide die ersten zwei Verse des 23. Psalms auf ein Schieferbrett. Geduldig

erklärte sie den Mädchen, die ihr eifrig und mit geröteten Wangen zuhörten, Buchstabe für Buchstabe.
Dann ließ sie nacheinander eine jede selbst eine Zeile abschreiben. Was war das für ein anstrengendes Unterfangen! Doch Argula war geduldig mit ihren Schülerinnen, denn sie merkte, dass sich alle große Mühe gaben, und sie sollten doch mit Erfolg dafür belohnt werden. Wie so oft gegen Ende des Unterrichts, kam Pater Pius auch heute in den letzten Minuten herein und ließ sich berichten, was die Schülerinnen gelernt hatten. Er staunte, wie klug die Frau von Grumbach den Psalm erklärte. Und da hatte er früher immer geglaubt, Frauen hätten nicht den Verstand und damit auch nicht das Recht, die Heilige Schrift zu lesen, geschweige, denn darüber zu sprechen!
Als die Mädchen fröhlich plappernd den Raum verlassen hatten, trat Pius auf die Stauffertochter zu und lächelte sie gewinnend an: „Ich muss gestehen, sehr verehrte Dame, ich bin überrascht und zugleich erfreut, wie gut Ihr Euch mit dem Wort Gottes auskennt und wie es Euch gelingt, die Mädchen zu begeistern und ihnen Bildung angedeihen zu lassen. Euresgleichen ist mir bis dato noch nicht begegnet. Nein, ich muss sogar sagen, dass ich in meinem ganzen, nun schon mehr als fünf Jahrzehnte währenden Leben nicht einen Mann, der nicht Priester war, kennengelernt habe, der so gewissenhaft und auch vollmächtig mit der Bibel umgegangen ist.“ Er legte den Kopf schief und fügte leise, fast beschämt, hinzu: „Ihr habt Gottes Wort nicht studiert, habt keine ehrwürdige Universität von innen gesehen und habt doch den meisten meiner geistlichen Kollegen so viel voraus.“ Hastig griff er nach dem schwe-

ren Schlüsselbund und lief schnell zur Tür, als habe er es plötzlich sehr eilig. Flink ging Argula durch die ihr aufgehaltene, schwere Eichentür und verabschiedete sich mit kurzem Gruß von Pius. Geschwind strebte sie mit für eine hochgeborene Dame viel zu großen Schritten dem Schloss zu, innerlich leicht verwirrt und doch erfreut über die eben erfahrene Wertschätzung. Hatte nicht schon ihr Vater angedeutet, sie wäre ein besserer Junge als ihre Brüder gewesen? Ja, sie litt darunter, nicht wie die Brüder Bernhardin und Marcellus ihre Bildung an einer Universität vollenden zu können – und das nur, weil sie eine Frau und als solche dazu bestimmt war, Ehefrau und Mutter zu sein. Es war ja nicht so, dass sie sich jetzt nicht freute, gleich Georg und Hans Georg in die Arme zu schließen, dachte sie, und ein warmer Schauer lief ihr über den Rücken. Ja, sie hatte die Kleinen doch so lieb! Aber es missfiel ihr, auf Haus und Hof beschränkt zu sein.

„Meine Liebe, ich muss mit Dir über Deinen Unterricht der Mädchen sprechen“, sagte Friedrich von Grumbach noch am selben Abend zu seiner Frau. Die Unterredung versprach unangenehm für ihn zu werden, das merkte Argula sofort, denn er druckste herum und schien nach den passenden Worten zu suchen. „Die Bauern haben sich besorgt an mich gewandt, der Aschengruber Gotthold kam heute als ihr Sprecher auf mich zu. Die Männer fürchten, dass Du ihren Frauen und Töchtern Flausen in die Köpfe setzen könntest. Sie lernen lesen und auch etwas schreiben, außerdem haben sie stolz erzählt, dass sie eine deutsche Bibel anschauen und selbst darin lesen durften – und das auch noch in der Sakristei unter den Augen des Priesters. Argula, die Väter und Ehemänner fürchten den Aufruhr am heimischen Herd. Vergiss nicht, sie selbst sind unwissend und können den Vorteil, den sich ihre Frauen und Töchter erarbeiten, nicht aufholen."

Argula errötete – einen kurzen Augenblick war sie sprachlos, dann aber brach es aus ihr hervor: „Wie können sie nur so dumm sein! Ihre Frauen lernen, wie man sparsam und gut wirtschaftet, sie erwerben Kenntnisse über Heilpflanzen, können die Kranken viel besser versorgen. Die Töchter werden mit ihrem Wissen später leicht eine Arbeitsstelle finden, vom Glück ihrer zukünftigen Ehemänner mal ganz zu schweigen! Hast Du es Deinen Leuten denn nicht erklärt, Friedrich?"

Ein langes Schweigen stand zwischen ihnen. Argula war entschlossen, nicht nachzugeben, und ihr Mann wand sich – die Situation war ihm entglitten. Er stand nun hilflos da, denn er hatte dem Aschengruber Gotthold natürlich nichts auf dessen Vorwurf entgegen gehalten, war er sich doch selber nicht darüber im Klaren, was er von Argulas Initiative halten sollte. Einerseits erfüllten ihn die Energie und der Einfallsreichtum seiner Frau insgeheim mit Stolz – stand doch sogar der Priester hinter ihr – , andererseits verstand er die Besorgnisse seiner Bauern und Tagelöhner nur zu gut, bereitete ihm die Sache doch schließlich selbst Kopfzerbrechen, musste er doch selbst fürchten, sein Gesicht zu verlieren. Betreten schaute er auf den Boden und brummelte, er sei müde und müsse sich zu Bett begeben, morgen werde man weiter sehen. Argula blieb nichts, als ihm zu folgen.

Wenige Tage später nutzte Argula die Gelegenheit, beim Priester Unterstützung zu suchen. Zum Leseunterricht waren diesmal nur wenige Frauen und Mädchen erschienen. Die, die teilnahmen, entschuldigten die Fehlenden entweder mit Krankheit oder zu viel Arbeit. Argula wusste aber, was der eigentliche Grund für ihr Fernbleiben war. Als sie schließlich gemeinsam mit Pater Pius die Sakristei aufräumte, fasste sie sich ein Herz und berichtete ihm von dem Ansinnen der Männer, Graf von Grumbach solle die Unterrichtsstunden, das Lesen- und Schreibenlernen sowie die hauswirtschaftlichen Unterweisungen unterbinden: „Ach, Pater, vielleicht hören die Männer ja auf Euch. Wenn Ihr ihnen nur den Vorteil klarmachen könntet, den die Ehemänner und Väter davon haben, wenn ihre Frauen und Töchter zum Unterricht gehen. Einige sollen sogar damit gedroht haben, die Frauen und Mädchen daheim einzuschließen." Pius wiegte nachdenklich sein Haupt: „Ich werde die nächste Sonntagsmesse nutzen und über die tugendsame Hausfrau sprechen."

Am Sonntag waren die Familien der Bauern und Tagelöhner zahlreich in der Kapelle erschienen. Pius hatte zuvor über seine Messdiener verbreiten lassen, er werde über das gottesfürchtige Verhalten des Weibes in der Gemeinde sprechen. Und so hob er denn an und begann seine Predigt: „Liebe Schafe Gottes! Wie der Apostel Paulus schon im ersten Brief an die Korinther im 14. Kapitel in den Versen 33-40 schrieb: ‚Denn Gott ist nicht ein Gott der Unordnung, sondern des Friedens!' Was heißt das an dieser Stelle? Es heißt zum Beispiel, dass in den Gemeinden der

Heiligen die Frauen in der Gemeindeversammlung schweigen sollen. Nach dem Gesetz sollen sie sich unterordnen. Wenn sie Fragen haben – und sie haben immer Fragen – dann sollen sie daheim Euch Männer fragen, und Ihr habt ihnen Rede und Antwort zu stehen. Was aber ist, wenn Ihr keine Antwort wisst? Nun, liebe Brüder, dann erlaubt ihnen, die zu fragen, die Antwort geben können! In Eurem Falle heißt dies: Lasst die Weiber lernen, wenn sie lernen wollen, wenn sie es nur ehrbar und ordentlich tun. Lasst sie gemeinsam lernen, wie sie Eure kranken Kinder pflegen können, lasst sie lernen, wie sie gut den Haushalt besorgen können, obwohl sie untertags oft stundenlang mit Euch auf dem Feld arbeiten. Euer Schade wird es nicht sein, wenn Eure Frauen und Töchter mehr wissen als Eure Voreltern und Ihr selbst. Und Ihr Weiber, lernt fleißig und seid Euren Männern und Vätern eine Zier! Hat doch der Apostel an die Galater geschrieben: ‚Denn, was der Mensch sät, das wird er ernten.‘ Dabei sei die Gnade unseres Herrn Jesus Christus mit Eurem Geiste, meine Brüder und Schwestern!“

Nach einer nicht enden wollenden Minute der Stille ging ein leises Raunen durch das Kirchenschiff. Die Männer steckten die Köpfe zusammen, tauschten sich aus, nickten oder schüttelten die Köpfe, und Pius schaute herab auf seine Schäfchen und ließ sie gewähren, schließlich hatte er ihnen gerade nicht wenig zugemutet. Dann aber machte er der Unordnung mit donnernder Stimme ein Ende: „Ich freue mich über Euren Gehorsam, liebe Brüder, ermahne Euch aber mit dem Apostel, der den Römern im 16. Kapitel schrieb: ‚Ich will, dass Ihr weise seid zum Guten, aber geschieden vom Bösen, nehmt Euch also in Acht vor denen, die Zwietracht und Ärgernis anrichten entgegen der Lehre, die Ihr gelernt habt!'"

Als der Gottesdienst vorüber war, versammelten sich alle Besucher im Pfarrgarten, und es wurde noch lange gesprochen. Die Männer standen in Grüppchen auf der einen, die Frauen auf der anderen Seite. Während die Mütter und ihre Töchter wie aufgeregte Hühner durcheinander sprachen und die Möglichkeiten, die sie ihrem Geschlecht in der Predigt eingeräumt sahen, noch einmal durchgingen, hörte man aus dem Kreise der Männer die lauten Stimmen derer, die sich vom Priester in ihrer Dominanz beschnitten fühlten. Es fehlten jedoch auch nicht die Besonnenen, die beharrlich auf die Vorteile weiblicher Bildung hinwiesen.

Pius, der sich im Hintergrund hielt, versuchte, die Gemengelage einzuschätzen, und beobachtete genau, wer in welcher Gruppe Wortführer beziehungsweise Wortführerin war.
„Aber letztlich", so dachte er seufzend, „wird der Himmlische entscheiden, was rechtens ist und was geschieht."
Und abends vor dem Schlafengehen pries er seinen Herrn: „Dem Gott, der allein weise ist, sei Ehre in Jesus Christus in Ewigkeit!" Das „Amen" auf den Lippen schlief er erschöpft ein.

## Kapitel 23

1520 / 1521
Dietfurt

### Erste persönliche Berührung mit der Reformation

Etwas mehr als zwei Jahre waren vergangen, als Argulas dritter Sohn Gottfried Anfang 1520 das Licht der Welt erblickte. Sein großer Bruder Georg, inzwischen dreieinhalb Jahre alt, war nach wie vor ein zartes Kind – schmal von Statur, doch mit einem freundlichen, vielleicht etwas zu schreckhaften Wesen bedacht. Er hing gerne am Rockzipfel seiner Mutter, begleitete sie nach Möglichkeit bei ihren Besuchen in den Dörfern rings um Dietfurt, hörte aufmerksam zu, wenn sie mit dem Priester sprach. Ja, er schien wissbegierig wie seine Mutter zu sein. Obwohl noch ein kleiner Kerl, erstaunte er oft die Erwachsenen mit seinen Fragen.
So ließ er seiner Mutter keine Ruhe, wenn es darum ging, zu erfahren, was sie gerade in der Bibel las oder von ihr Erklärungen des Nutzens der Pflanzen im Kräutergarten des Schlosses zu erhalten.
Seinem Vater war dieses Kind nicht geheuer. Friedrich von Grumbach hatte zwar einige Verwandte, die die „Hohe Schule“ von Ingolstadt besucht hatten, fand es aber einem Buben, noch dazu einem Staufferenkel, unangemessen, dass sich Georg nicht für Knabenspiele, Turniere und Besuche im Pferdestall interessierte, es sei denn, um die Tiere zu striegeln und zu streicheln. Fragte man ihn, was er denn

später, wenn er groß sei, tun wolle, sagte er nicht etwa, er wolle in die Fußstapfen seines Vaters treten und wie dieser ein Pflegamt übernehmen, sondern antwortete stets, er wolle Priester oder Arzt werden.
Abends vor dem Schlafengehen war der nach Meinung seines Vaters „seltsam aus der Art Geschlagene" oft Gegenstand des Gespräches zwischen den Eheleuten. Diese Unterhaltungen endeten dann zumeist mit einem tiefen Seufzer Friedrich von Grumbachs, der sich damit zu trösten suchte, dass sein Zweitgeborener, Hans Georg, „Gottlob!" das Zeug dazu zu haben schien, ihm ein würdiger Nachfolger zu werden. Angesichts der körperlichen und nach Meinung seines Vaters auch charakterlichen Schwäche Georgs war Friedrich froh, dass auch das dritte Kind ein Knabe war. Er war, wie Hans Georg es gewesen war, ein strammer Säugling und sollte auch später ein mit guter Gesundheit gesegnetes Kind von stabilem Körperbau sein. Ja, er war das Abbild seines Vaters, wie Argula manchmal bei einem Blick in seine Wiege irritiert feststellte.
Sie liebte sie alle drei, doch einzig der Erstgeborene war ihr wirklich nahe. Um ihn sorgte sie sich wegen seiner körperlichen Schwäche und seelischen Zartheit. Die anderen beiden würden sich schon ihren Platz im Leben erobern.

Der Beginn des Jahres 1521 war für die erneut schwangere Argula von großem Kummer bestimmt. Ihre Schwester Zormarina und ihr Bruder Feirafis verstarben innerhalb kurzer Frist nacheinander an der Pest. Argula hatte in den vergangenen Jahren zwar nur sporadisch Kontakt zu ihnen gehabt, doch traf sie ihr Tod sehr. Die Familie der Stauffer war kleiner geworden. Und war es nicht die Familie, auf die man sich in der Not immer verlassen konnte? „Seltsam“, dachte sie, „dass mir bei dem Gedanken an die Familie immer nur meine Eltern, Geschwister und selbstverständlich meine Kinder in den Sinn kommen. Mein Mann und meine Schwiegerfamilie nehmen keinen besonderen Platz in meinem Herzen ein.“

Ein Trost und eine große Freude war es dann für Argula, als Apollonia 1521, ziemlich genau ein Jahr nach Gottfried, zur Welt kam. Sie ähnelte ein wenig Argulas Schwester Sekundilla, sah ihrer Mutter zwar recht ähnlich, hatte aber feinere Züge.
Friedrich, der zunächst kein größeres Interesse an seiner Tochter genommen hatte, konnte sich nach kurzer Zeit dem Liebreiz der Kleinen nicht entziehen. Er verhätschelte sie, wiegte sie in seinen Armen und alberte mit ihr herum, was er mit seinen Söhnen niemals getan hätte. „Verwöhne mir das Kind nicht zu sehr!“, schimpfte Argula, als sie ihn wieder einmal dabei überraschte, wie er die Kleine auf seine Knie hob und dem Kind mit glücklichem und zugleich etwas stupidem Blick Reime aufsagte: „Ei, ei, wer kann das sein? Das ist Apollonia mein, Vaters süß Prinzesselein.“
Die Kleine hopste dabei auf noch wackeligen Beinchen, verstand sicher noch nicht des Vaters Worte, begriff aber, dass sie ausschließlich ihr gewidmet waren und ihr huldigten.
Mit triumphierendem Blick wandte sich das gerade zehn Monate alte Mädchen zu seiner Mutter um, ganz so, als wollte es sagen: „Siehst Du, ich bin hier die Herrin im Hause!“

Argula musste unweigerlich grinsen. Alle Strenge war dahin, hatte nicht ihr Vater einst ebenso mit ihr, seinem Liebling, gescherzt? Doch im Grundsatz war sie der Meinung, die Kleine sollte ebenso wie die Jungen mit viel Liebe, aber auch großer Konsequenz aufwachsen. Dies allein würde die Kinder auf das Leben vorbereiten. War es ihre Rolle, bei den Söhnen Nachsicht zu üben, da schon der Vater sie mit Strenge, ja manchmal sogar Härte auf ihre zukünftigen Aufgaben vorzubereiten gedachte, so würde es bei Apollonia sicher umgekehrt sein. Verzärtelt würde sie, wie es aussah, von Friedrich schon genug. Sie selbst würde der Tochter das Rüstzeug[13] fürs Leben mitzugeben haben. Sie sollte alles lernen, was ihre Mutter gelernt hatte: Das Lesen und Schreiben sollte sie sicher beherrschen. Das Rechnen sollte sie ebenfalls üben, und die heilkundlichen Rezepte sollte sie kennenlernen. Vielleicht, so überlegte die Mutter, würde sie ja in dem Kinde später eine Gleichgesinnte finden, überlegte Argula, schob den Gedanken jedoch sogleich wieder beiseite, war das Kind doch noch kein Jahr alt.

Argula liebte es zu reisen. Wenn ihr auch Friedrichs Familie nicht sehr nahe stand, so fuhr sie doch gern nach Burggrumbach und Zeilitzheim im Norden von Würzburg. Es war eine mehrtägige Reise, daher machten sie unterwegs zweimal Halt. Friedrich hatte meist auch Geschäfte in Würzburg zu erledigen, blieb also regelmäßig mit seiner Frau bei Verwandten in der Domstadt, wo sie die

13 Herkunft: Ausrüstung im Ritterkampf. Hier: Das für eine bestimmte Tätigkeit / Aufgabe nötige Wissen und die Kenntnisse.

Bekanntschaft des Dompredigers Paul Offer, der sich dann Speratus, „der Hoffende“, nannte, machen sollte. Dieser Speratus hatte eine geheimnisumworbene Vergangenheit und eine noch ungewöhnlichere Lebensweise in der Gegenwart.
Argula hatte gehört, wie Friedrich darüber mit einem Cousin sprach. Alles hatte ganz ordnungsgemäß mit einer Pfarre in Dinkelsbühl begonnen, ab 1512 hatte er in Salzburg als Priester seinen Dienst getan. Dort hatte der bärtige Mann mit der langen Nase seine Zuneigung zu seiner Haushälterin, Anna Fuchs, entdeckt und hatte fortan mit ihr in eheähnlicher Gemeinschaft gelebt und tat dies seit diesem Jahr nun auch in Würzburg.
Argula bekam rote Ohren, als sie von dieser Geschichte hörte. Sie war gerade an der offenen Tür des Kontors im Hause des Cousins vorbeigegangen, als sie Ohrenzeugin seines Entsetzens wurde: „Friedrich, stell Dir vor, dieser Mann, unser Domprediger, lebt hier offen mit der Füchsin unter einem Dach! Man sagt ihm auch noch nach, er habe es mit dem Martin Luther und sei vielleicht auch einer von den Papstgegnern.“
Argula verharrte einen Augenblick und hörte, wie ihr Mann sich dafür aussprach, dem Speratus, der sich ja selbst lateinisch „der Hoffende“ nannte, alle Hoffnung zu nehmen und Rom darüber zu unterrichten: „Eingesperrt gehört er, und zwar schnell!“, ereiferte sich Friedrich. Argula hatte genug gehört und ging schnellen Schrittes in den großen Wohnraum zurück, in dem sie die Frau des Cousins ihres Mannes erwartete. Man wollte gemeinsam einen Spaziergang durch den Park nahe des Doms machen. Kaum hatten

sie das Haus wenige Meter hinter sich gelassen, als Argula ihre Gastgeberin auf Speratus ansprach: „Sag, wie verhält es sich mit dem Speratus und der Füchsin? Machen sie wirklich keinen Hehl aus ihrer Verbindung? Was denkt die Gemeinde, und was sagen die Kirchenoberen, die Inspizienten und der Bischof?“

Ihre Begleiterin blieb abrupt stehen, beugte sich vor und legte geheimnisvoll den Zeigefinger an die Lippen: „Jeder weiß es, aber wir sprechen nicht darüber. Der Domprediger ist ein sehr gelehrter und beliebter Mann. Aber er lebt gefährlich, denn er stellt sich in vielen Angelegenheiten gegen Rom. So sagt er, der Ablass sei nicht gottgewollt und könne auch der Seele nicht die Zeit im Fegefeuer verkürzen, weil allein Gott Schuld vergeben kann. Außerdem ist er der Ansicht, dass auch Priester heiraten dürfen sollten.“

Argula war ganz aufgeregt, und es brach aus ihr hervor: „Wollen wir am Sonntag gemeinsam in die Messe gehen? Ich möchte diesen Mann so gerne einmal hören.“

Die beiden ließen sich auf einer Bank nieder und überlegten, wie sie es anstellen sollten, dass ihre Männer sie in die Messe gehen ließen. Sie wären wohl beide nicht begeistert, wenn ihre Frauen diese Lehren, die ihnen wie Häresie erschienen, von der Kanzel hörten. Argula hatte einen Einfall, wie sie ihren Mann vielleicht dazu bewegen konnte. Sie wollte ihm sagen, sie habe doch so selten Gelegenheit, in einem Dom die Heilige Messe zu erleben, und hier biete sie sich. Diesen Wunsch würde er ihr nicht abschlagen können.

Und so geschah es denn auch. Friedrich von Grumbach willigte tatsächlich ein, mit seiner Frau und der Familie seines Cousins der Sonntagsmesse im Dom beizuwohnen. Allerdings warnte er seine Argula vor: „Man hört so einiges über Speratus, den Prediger. Glaube nicht alles, was er sagt, er soll gewisse moderne Ansichten vertreten, die, wüsste unser Papst davon, dazu führen könnten, dass man ihn des Amtes enthöbe. Aber es ist sicher schön, mal wieder eine Messe im Dom zu erleben.“ Damit war für ihn die Angelegenheit erledigt.

Sicher war Argula einer der aufmerksamsten Zuhörer während der Messe. Bereits nach wenigen Minuten hatte dieser Speratus sie mit seiner Predigt in den Bann gezogen. Er sprach von der angeblichen Bedeutung des Ablasses für das Seelenheil und der Bindung der Christen an die Römische Kirche und stellte dem das christliche Gewissen eines Gläubigen gegenüber und – das faszinierte Argula noch viel mehr – er unterschied, was den Glauben betraf, nicht zwischen Mann und Frau!
Die Stauffertochter, die, wie es in nur wenigen Kirchen üblich war, neben ihrem Gatten in der Kirchenbank saß, warf einen vorsichtigen Seitenblick auf ihren Mann, bemerkte den beunruhigten Ausdruck auf seinem Gesicht und gab sich große Mühe, eine gleichgültige Miene aufzusetzen. Sie nahm sich fest vor, in Gegenwart der Männer kein lobendes Wort über den Domprediger zu verlieren. Friedrich und sein Cousin würden dies doch nicht verstehen.

## Kapitel 24

1522
Dietfurt

### Heimlichkeiten

Kaum zurück in Dietfurt, griff Argula zu Federkiel, Tinte und Papier und schrieb einen Brief an Speratus. Darin verlieh sie ihrer Begeisterung über das kürzlich vor einer großen Gottesdienstgemeinde Gesagte Ausdruck: „Ich lobe Euch für Euren Mut und möchte Euch darin bestärken, fest zu Eurem Glauben zu stehen. Leider bin ich nur ein armes Weib, dem es nach Meinung der Kirche nicht zusteht, öffentlich aufzutreten, habe ich mich doch um Haus, Hof, Mann und vier Kindlein zu kümmern, doch bitte ich Euch, mir Eure Predigten, so sie denn verschriftet sind, zuzusenden, vielleicht auch einmal die Kopie einer Schrift vom Wittenberger Luther …“ Den Brief gab sie ihrem Bruder Bernhardin mit, der auf der Durchreise zu einem Geschäft im Norden Frankens bei ihr im Schloss übernachtete. Sie weihte Bernhardin ein, und er gestand ihr, dass er ebenfalls mit dem Luther sympathisiere, es aber bislang geheim gehalten habe.

Ungeduldig wartete Argula nun Woche um Woche und hoffte auf Antwort aus Würzburg. Der ersehnte Brief traf erst im Frühjahr 1522 in Dietfurt ein. Als sie gerade mit den Mädchen in der Sakristei das Schreiben übte, stürzte ihr Gatte hochroten Kopfes und sich nur mit Mühe beherrschend herein. „Sofort, sofort“, verlangte er, seine Frau zu sprechen. Bislang hatte er nie einen Besuch in ihrem Unterricht gemacht. Bewusst hatte er sich distanziert ferngehalten, allein schon, um seine Bauern nicht zu beunruhigen, aber auch, weil er ihr deutlich machen wollte, dass er ihr Tun nur zähneknirschend duldete, ja, es in seinem Herzen verabscheute, dass seine Frau gegen seinen ausdrücklichen Wunsch, die Angelegenheit endlich zu beenden, verstieß. Hielt er sich fern, so sollte ihr dies sagen: „Bis hierher und keinen Schritt weiter! Und denk immer daran, ich kann dem mit einem Handstreich ein Ende bereiten.“ Das war er seinem Stolz schuldig.

Und jetzt auch noch dies! Dieser unanständige Domprediger Speratus hatte doch tatsächlich die Unverschämtheit besessen, seiner Frau zu schreiben! Aus welchem anderen Grunde sollte dieser Mensch, der vorgab, ein Gottesmann zu sein, seiner Frau schreiben, wenn nicht, weil sie ihm zuerst geschrieben hatte?

Kaum hatte der Pfleger seine Frau vor den weit aufgerissenen Augen sechs junger Mädchen vor die Tür gezogen, da brach es auch schon aus ihm hervor: „Ist es nicht genug, dass Du Deine Kinder vernachlässigt, sie über Gebühr lange in der Obhut einer alten Amme lässt, dass Du gegen den ausdrücklichen Willen der Väter den Töchtern meiner Bauern und Landarbeiter die Köpfe verdrehst, musst Du nun auch noch mit einem wegen seiner Unzucht in der Gesellschaft beinahe geächteten Priester Kontakt aufnehmen? Wenn das ruchbar wird, bin ich erledigt. Ist es das, was du willst, Argula? Sag es mir!“

Argula wollte gerade das Wort ergreifen, da fuhr ihr Mann

schon fort: „Sei gewarnt, ich sehe da nicht tatenlos zu. Notfalls lass, ich Dich wegschließen."
Entsetzt blickte Argula in das gerötete Gesicht, in seine blutunterlaufenen Augen – zuzutrauen wäre ihm das! Sicher, sie verstand seinen Ärger, doch musste er nicht auch begreifen, dass es ihr Gewissen war, das sie angetrieben hatte, an Speratus zu schreiben?
Friedrich hielt seiner Frau den geöffneten Brief entgegen. „Um Gottes willen, was mag nur darin stehen? Hoffentlich nicht zu viel reformatorisches Gedankengut!", dachte sie. Mit zitternden Händen ergriff sie das Papier, verkniff sich aber, den Brief sofort zu lesen, und ließ ihn stattdessen in ihre Rocktasche gleiten. Gebeugten Hauptes ging sie zurück in die Sakristei, fürchtend, er könne sie zurückrufen, doch das hätte ihm wohl zu großes Aufsehen erregt. Schon so würden die Mädchen zuhause über seinen Auftritt berichten … Argula verlor kein Wort über das Geschehene, ignorierte die zwölf fragenden Augen, die sie fixierten, und setzte genau dort wieder ein, wo sie in ihrem Unterricht unterbrochen worden war.
Als die Stunde um war, konnte sie es kaum erwarten, endlich allein zu sein, um den Brief des Predigers zu lesen. Speratus dankte ihr für ihr Vertrauen und schrieb, er werde ihrem Wunsch entsprechen und ihr einige interessante Schriften zukommen lassen. „Oh Gott, bin ich froh, dass er Luther nicht mit Namen nennt und diesem Brief keine Lutherschriften beigefügt hat. Friedrich hätte womöglich seine Drohung, mich wegzuschließen, wahr gemacht!", schoss es ihr durch den Kopf, und sie beschloss, beim nächsten Mal besonders vorsichtig zu sein, denn eines war

klar, diesen Kontakt würde sie keineswegs abbrechen. Sie fände schon Mittel und Wege …

Und tatsächlich, Argulas Plan schien aufzugehen. Noch in derselben Woche schrieb sie an ihren Bruder Marcellus, der sich derzeit in Ingolstadt aufhielt und plante, sich an der dortigen Universität einschreiben zu lassen. Auch er, das wusste sie, hatte Kontakte zu lutherisch gesinnten Geistlichen und würde sie unterstützen. Seine Schwester bat ihn, als Mittelsmann zwischen ihr und Speratus zu fungieren.

So dauerte es auch nicht lange, bis ihr von Marcellus ein Brief aus Würzburg zugeleitet wurde. Friedrich von Grumbach hatte keinen Verdacht geschöpft und seiner Frau nach dem Mittagessen den Brief seines Schwagers ungeöffnet überreicht. Dass Argula in regem Briefkontakt zu ihren Geschwistern stand, war ihm bekannt. Und er hatte sich immer schon sehr gewundert, was sich die Staufferkinder so viel zu berichten hatten. Er wäre nie auf die Idee gekommen, seiner Familie zu schreiben, es sei denn, es gäbe einen wichtigen Anlass.

Argula „setzte alles auf eine Karte“[14] und bot ihrem Mann an, den Brief zu lesen. Dieser lehnte jedoch dankend ab. Er war zufrieden, dass es sich so offensichtlich um familiäre Nachrichten handelt, denn sonst hätte sie ihm ja wohl den Brief nicht hingehalten.

Argula harrte noch eine Weile bei ihm aus, fragte den Gatten nach seinen Plänen für den Nachmittag und hörte sich mit freundlichem Interesse seine immer wiederkehrenden Beschwerden über die Bauern und deren Unzuverlässigkeit an. Schließlich verabschiedete sie sich, weil sie im Kin-

14 Sprichwort: alles riskieren, zum Einsatz bringen.

derzimmer nach dem Rechten sehen wollte. Tatsächlich setzte sie sich an Apollonias Bettstatt, streichelte der Kleinen über die Stirn und reichte dem Kinde schließlich den Zeigefinger ihrer linken Hand, den das Mädchen so gerne beim Einschlafen mit ihren kleinen Fäustchen umklammert hielt. Mit der Rechten nestelte sie am Umschlag, in dem sich die Post befand, lockerte die Bänder und zog den gesiegelten Begleitbrief ihres Bruders heraus. Sie erbrach das Siegel, entfaltete den Brief, überflog ihn hastig und schob ihn dann in ihre Rocktasche. Ungeduldig wandte sie sich nun dem zweiseitigen Brief von Speratus zu. Er berichtete, dass seine Tage in Würzburg gezählt seien. Zu groß sei das Missfallen an seiner Lebensform, das einflussreiche Bürger in großer Zahl äußerten. Es hatte tatsächlich Eingaben an den Papst gegeben. Man hatte ihm ausrichten lassen, der Bischof biete ihm zwei Möglichkeiten: Entweder er entferne die Füchsin unmittelbar aus dem Pfarrhaus und beschäftige eine mindestens 50 Lebensjahre zählende Haushälterin oder aber er verlasse die Domstadt binnen weniger Wochen. "Nun soll ich ins ferne Ungarn ziehen, dem Klerus aus den Augen. Dort gibt es eine Stelle bei Budapest. Ofen heißt der Ort. Keiner kennt's, keiner will dorthin, doch werde ich mich wohl fügen müssen. Will und kann meine Füchsin nicht verstoßen, bin ihr mit Leib und Seele fest verbunden. Aber es bleibt Hoffnung, denn, wenn sich Bruder Luther durchsetzt, wird Unsereiner wieder gefragt sein.
Ich sende Euch, hochverehrte Argula, eine Abschrift von Luthers größten Schriften, wenn nicht der Größten. Er hat sie Anno Domini 1520 verfasst. Darin macht er keinen Hehl daraus, dass im Papsttum unserer Zeit der An-

tichrist gekommen ist. Das Jüngste Gericht ist nahe. Um zu retten, was noch zu retten ist, wendet er sich an den edelsten christlichen Laienstand, an unseren Kaiser und den Adel. Er schreibt über die Notwendigkeit eines Konzils und stellt 26 Forderungen darin auf. Hochverehrte Staufferin, der Luther, er will die Kirche nicht stürzen, er will sie zu ihrem Besten reformieren. Die Nöte der Menschen sind ihm nur allzu gut bekannt. Da die Schrift sehr lang ist, sende ich Euch einige Auszüge in Abschrift. Legt Euer besonderes Augenmerk auf die Frage der Priesterehe und die Einrichtung von Mädchenschulen. Ersteres wird Euch meine Entscheidung, mit Anna zu leben, verständlich machen. Luthers Haltung zur Bildung von Mädchen wird Euch in Eurem Tun in Dietfurt bestärken. Ich schrieb übrigens jüngst an Martin Luther über Euren Unterricht der Bauerntöchter."

Argula hatte beim Lesen ganze heiße Wangen bekommen, schob nun den Brief des Würzburger Predigers zu dem ihres Bruders in die Rocktasche. Als sie vorsichtig den Finger aus der Hand des Kindes zog, jammerte die Kleine im Schlaf, gab aber sofort Ruhe, als ihr die Mutter über den Kopf strich. Mit der ausgeblichenen Abschrift des Luthertextes in ihrer Hand trat sie ans Fenster. Speratus hatte eine Stelle markiert. Argula kniff die Augen zusammen, denn der Tag neigte sich bereits, und sie konnte die Buchstaben nur mit Mühe erkennen: „Da hat sich nun der Römische Stuhl aus eigenem Übermut eingemischt und hat ein allgemeines Gebot daraus gemacht und dem Priesterstand verboten, verehelicht zu sein. Das hat ihn der Teufel geheißen, wie Sankt Paulus im 1. Timotheus im vierten Kapitel in

den Versen 1-3. ankündigt: ‚Es werden Lehrer kommen, die Teufelslehre bringen und verbieten, sich zu verehelichen!‘ Dadurch ist leider so viel Jammer entstanden, dass er nicht zu zählen ist … Was wollen wir nun hier tun? Ich rate, man mache es wieder frei und lasse jedem seine freie Entscheidung, sich zu verehelichen oder nicht. Aber da müsste eine ganz andere Verwaltung und Ordnung der Güter geschehen und das ganze geistliche Recht zugrunde gehen, und es dürften nicht viele Lehen an Rom kommen. Ich fürchte, die Habgier ist eine Ursache der elenden unkeuschen Keuschheit gewesen, woraus dann folgte, dass jedermann hat wollen Priester werden und jedermann sein Kind hat dazu studieren lassen. Weiter rate ich dem, der sich zukünftig zum Pfarrer weihen lässt, dass er dem Bischof auf keine Weise gelobe, Keuschheit zu halten …“
Argula las begeistert weiter. Der ehemalige Augustinermönch hatte wirklich recht! Welch ein Zündstoff waren diese Worte! Kein Wunder, dass Speratus sich so davon hat begeistern lassen, und kein Wunder, dass die Unruhe unter den Obrigkeiten wuchs! Argula vertiefte sich wieder in die Schrift: „Man findet manchen rechtschaffenen Pfarrer, dem sonst niemand einen Tadel geben kann, als dass er schwach ist und mit einem Weib zuschanden worden, obwohl beide im Grunde ihres Herzens so gesinnt sind, dass sie gerne immer beieinander bleiben wollten in rechter ehelicher Treue, wenn sie das nur mit gutem Gewissen tun könnten … die zwei sind gewiss vor Gott verehelicht … Er nehme sie zum Eheweib, behalte sie und lebe im Übrigen redlich mit ihr, wie ein Ehemann, ohne Rücksicht darauf, ob das der Papst will oder nicht will.“

Argula hielt den Atem an, da forderte doch dieser Luther die Menschen zu Ungehorsam gegenüber dem Papst auf: „Wer den Glauben hat, solches zu wagen, der folge mir nur frisch! Ich will ihn nicht verführen, habe ich nicht Vollmacht als ein Papst, so habe ich doch Vollmacht als ein Christ … Weil der Papst nicht Macht hat, solches zu gebieten, so wenig, wie er Macht hat, Essen, Trinken und den natürlichen Ausgang oder dick werden zu verbieten … Es ist noch nie Gutes aus dem Papsttum und seinen Gesetzen gekommen und wird nimmer mehr kommen …"
„Das ist wahrlich Zündstoff!", fuhr es Argula erneut mit Schrecken durch den Kopf. Dies waren nicht nur Verbesserungsvorschläge oder Ansätze für Reformen! Hier drohte der Umsturz einer ganzen Gesellschaft und allem voran des obrigkeitlichen Systems! „Dafür werden Menschen sterben", murmelte sie leise und schlug sich mit der Hand vor den Mund, als ihr klar wurde, dass sie sich unweit des Bettchens ihres jüngsten Kindes befand. Doch welch große Chancen auf Freiheit lagen in diesen Ideen! Schon als kleines Mädchen auf der Burg Ernfels hatte sich Argula gefragt, warum es denn Gedanken gab, die man nicht äußern durfte, warum sie denn zwischen erlaubten und nicht erlaubten Gefühlen unterscheiden musste. Erst als sie neulich von der Zensur für Druckschriften gehört hatte, hatte sie wieder darüber nachgedacht.
Hatte Speratus nicht auch von Luthers Vorschlag, auch für Mädchen Schulen einzurichten, gesprochen? Wo stand das? Argula zwang sich, das zarte Papier vorsichtig ohne Hast zu blättern. Da! Luther zitierte Johannes 6,45: „Sie müssen alle von Gott selbst gelehrt sein" und meinte die

Lehrer. Argula vertiefte sich in das reformatorische Gedankengut. „Nun fragt der Heilige Geist nicht nach roten und braunen Baretten …, auch nicht, ob einer jung oder alt, Laie oder Pfaffe, Mönch oder weltlich, jungfräulich oder verehelicht ist. Ja, er redete vor Zeiten durch eine Eselin zu dem Propheten …"

Die Stauffertochter musste an ihren Vater, den alten Bernhardin, denken, der ihr einst die deutsche Bibel mit dem Auftrag, regelmäßig darin zu lesen, zum Geschenk gemacht hatte. Der Vater hatte schon vor Jahrzehnten begriffen, dass die Wichtigste aller Schriften auch von Laien gelesen werden durfte, ja, sogar von kleinen Mädchen, so sie denn des Lesens kundig waren. Was schrieb Luther dazu? „Vor allen Dingen sollte in den hohen und niederen Schulen die Heilige Schrift die wichtigste und allgemeinste Lektüre sein, und für die jungen Knaben das Evangelium. Und wollte Gott, jede Stadt hätte auch eine Mädchenschule, in der die Mädchen täglich eine Stunde das Evangelium hörten, es wäre auf Deutsch oder Lateinisch."

„Ach!", dachte Argula, „wie gerne hätte ich Latein gelernt, doch das galt auch bei Hofe nicht als schicklich für eine junge Frau." Am liebsten hätte sie ihren Gedanken weiter nachgehangen, aber da kam gerade ihr Ältester hereingestürmt und verlangte volle Aufmerksamkeit: „Mutter, Mutter, schaut nur, der Hans hat mir ein Holzpferd gesägt", und er wies auf das Steckenpferd, das er sich zwischen die Schenkel geklemmt hatte. Argula wandte sich kurz ab, schlug die Lutherschriften wieder in die Tücher ein und tat sie zu den Briefen. Der Junge war neugierig, sollte aber nicht bemerken, dass seine Mutter gerade etwas gelesen hatte, was nicht für ihn bestimmt war. Zu groß war das Risiko, dass er es seinem Vater erzählte. Bei Tisch plapperte er gerne, ja, manchmal war er nicht zu bändigen, auch wenn die Eltern ihn zur Ruhe riefen.

So ließ sich seine Mutter das neue Spielzeug erklären und begleitete den „Hüh, Hüa!“ Rufenden vor die Tür, denn seine kleine Schwester sollte noch etwas schlafen.

## Kapitel 25

1522
Dietfurt

### Argulas Kontakte zu führenden Reformatoren

1522 verließ Speratus Würzburg. Wien lag am Reiseweg, und der Prediger hatte das Angebot erhalten, am Stephansdom zu predigen.
Nur zu gerne nahm er dieses an. Vermutlich hätte man ihn nie gefragt, hätte man auch nur im Geringsten geahnt, dass er eine glühende Predigt über den Ehestand halten würde. Sein „Auftritt" erregte Aufsehen bis weit über die Stadtgrenzen Wiens hinaus. Die Münchner Theologische Fakultät mischte sich ein und verurteilte den Domprediger in aller Öffentlichkeit. Dieser ließ die Vorwürfe nicht auf sich sitzen und forderte die Professoren zu einem öffentlichen Disputationsgespräch heraus. Doch, wie schrieb er der Frau von Grumbach in seinem letzten Brief etwas entmutigt: „Man muss wissen, wann man sich tunlichst zurückzieht. Ich habe anders entschieden. Anna und ich fahren nach Wittenberg, wo wir gemeinsam mit Bruder Martin für die Reformation zu Felde ziehen wollen."
Allerdings sollte er so weit nicht kommen. Er blieb in Iglau in Mähren und wurde bald zum Pfarrer der dortigen Gemeinde berufen. Dass seine reformatorischen Predigten auch hier Anstoß erregen würden, war ihm klar gewesen, nicht aber hatte er erwartet, dass er gleich gefangengesetzt und verurteilt würde. Wie Argula später erfuhr, hatte man

ihn sogar wegen Ketzerei zum Tode auf dem Scheiterhaufen verurteilt, ihn aber im letzten Moment begnadigt.

Welche Überraschung war es, als Argula Ende August 1522 ein Brief Luthers ins Haus wehte. Glücklicherweise war ihr Mann gerade bei den Bauern, die das Korn einholten. So gelang es ihr, ohne große Mühe geheim zu halten, welch illustrer Zeitgenosse ihr geschrieben hatte. War sie sonst auch der Ansicht, alle Menschen sollten die Gelegenheit erhalten, wenigstens etwas lesen zu lernen, so war sie nun doch froh, dass Knechte und Mägde, durch deren Hände die Post nun einmal ging, bevor sie die Herrschaft erhielt, nicht des Lesens kundig waren …
Der Brief Luthers war kurz. Speratus hatte einen Brief, in dem Argula ihm vor Wochen von der Verfolgung der Anhänger der Reformation in den Niederlanden, berichtet hatte, an den Reformator weitergeleitet. Darauf nahm Luther Bezug, und er ließ verlauten, dass Speratus Argulas Mut, sich für die Frauen und Mädchen aus dem Bauernstand einzusetzen, gepriesen hatte. Besonders das Unterfangen, ihnen die Lektüre der ins Deutsche übersetzten Heiligen Schrift nahe zu bringen, lobte er und ermunterte sie, auch als nicht akademisch gebildete Laiin für die Sache des Evangeliums einzutreten. In diesem und auch späteren Briefen betitelte er sie als „Hausfrau Julia“, was Argula nicht wenig mit Stolz erfüllte, schließlich war das römische Kaisergeschlecht aus dem Patriziergeschlecht der Julier hervorgegangen. Und hießen nicht die Töchter Cäsars und auch des Augustus Julia? Andererseits überlegte sie, ob sie wohl in ihren Briefen an Speratus zu standes-

bewusst, vielleicht sogar dünkelhaft aufgetreten sei: „Ob er das wohl ironisch meint?“, fragte sich Argula, kam aber dann zu dem Ergebnis, dass das ja eigentlich keine Rolle spielte. Entscheidend war doch, dass ein Doktor Martin Luther ihr, einer Laiin, einer Hausfrau, schrieb und sich für ihre Meinung interessierte!

Ebenfalls aus der frühen Reformationstagzeit stammte auch Argulas Kontakt zum Magister Spalatin. Der Theologe war seit 1512 im Auftrag Friedrichs des Weisen Verwalter an der Universitätsbibliothek im Schloss Wittenberg. Danach war er zum Hofkaplan und schließlich zum Geheimschreiber der Universität avanciert. Als Beichtvater seines Kurfürsten begleitete er diesen auf Reichstagen. Später sollte er *der* Organisator der Reformation in Sachsen werden. Spalatin fungierte ebenfalls als Argulas Mittelsmann zu Luther. Er war es auch, der Argula ein Verzeichnis der ins Deutsche übersetzten Lutherschriften zusandte. Ihm und Speratus hatte sie es zu verdanken, dass sie über das Reformationsgeschehen aus erster Hand informiert war. Zunächst nur brieflich hatte Argula auch Kontakt zu dem Nürnberger Prediger von St. Lorenz, Andreas Osiander. Auch er stand dem reformatorischen Gedankengut sehr nahe.
Im Jahre 1522 gelang es der Pflegerin meist noch, die Briefe ihrer Glaubensgenossen abzufangen, sodass ihr Mann Friedrich die Ausmaße ihres reformatorischen Engagements nicht wirklich kannte. Zwar tat sie es für die Sache, doch fiel es ihr zugleich sehr schwer, ihren Gatten hinters Licht zu führen. Hatten sie sich nicht versprochen, alles zu teilen, Freud und Leid? Abends lag sie oft grübelnd wach,

während Friedrich schon schlief. „Ich muss es ihm sagen, wenn er es von Dritten erfährt, ist es nicht viel anders als setzte ich ihm ‚Hörner' auf"[15], entschloss sie sich in einer stürmischen Herbstnacht, als der Regen auf die Schieferwand des Schlafgemachs prasselte und ihr den Schlaf raubte.

Am Morgen erwachte sie spät, das Bett neben ihr war leer, und als sie nach dem Leinentuch auf der anderen Seite der Bettstatt tastete, fand sie es kalt vor. Friedrich war also längst aufgestanden. Kurz überlegte sie, ob sie sich sputen sollte, denn ihr Mann hatte vielleicht das Haus noch nicht verlassen, und die Kinder würde sie wohl auch noch bei Milch und Brei antreffen, doch dann schossen ihr ihre Gedanken vom Vorabend durch den Kopf, und sie drehte sich noch einmal um und döste ein wenig vor sich hin.

„Ob er mich verstoßen wird, wenn ich ihm die Wahrheit sage? Was wird dann aus den Kindern? Ich werde sie vielleicht nie wiedersehen. Ist es das alles wert? Sollte ich nicht zufrieden sein mit meinem Leben als Hausfrau und Mutter?", dachte sie. Immerhin würde nicht jedermann sein Eheweib so gewähren lassen, wie Friedrich es tat. Sie dachte an die Unterrichtsstunden, die sie den Mädchen gab, obwohl sie genau wusste, dass ihr Mann dies nicht guthieß und es ihm Probleme mit seinen Leuten bereitete.

Irgendwann hielt sie es nicht mehr im Bett aus, wusch sich, schlüpfte in ihre Kleider und ging forschen Schrittes in den

15 Den Ehemann betrügen. Herkunft: mittelalterliche Narrenspiele, bei denen man sich Hörner aufsetzte. Später wurden den Betrogenen zum Spott Hörner aufgesetzt.

Speiseraum. Zu ihrem Erstaunen traf sie dort ihren Mann an, der, wie sich herausstellte, auf sie gewartet hatte. Als sie eintrat, erhob er sich und kam ihr entgegen. Zeitgleich setzten die Eheleute an: „Friedrich, ich muss …", „Argula, wir müssen …" Die Situation war so komisch, dass beide die Ernsthaftigkeit ihrer Anliegen für einen Augenblick vergaßen und lachten. Argula wurde als Erste wieder ruhig und setzte eine gestrenge Miene auf. Es fiel ihr erkennbar schwer, den Anfang zu machen, doch sie hatte sich nun mal entschlossen. „Mein Lieber, ich danke Dir, dass Du mich gewähren und die Mädchen und Frauen unterrichten lässt. Ich weiß wohl, dass es für Dich nicht leicht ist, immer wieder den Bauern und Arbeitern zu erklären, dass es zu ihrem Besten geschieht. Obwohl ich fest glaube, dass der eine oder andere erkennt, welch wertvolle Früchte die Stunden bringen …", fügte Argula nicht ohne Stolz in der Stimme hinzu. Friedrich nickte bedächtig: „Da magst Du recht haben. Vielleicht wird das mit der Zeit sogar zu einer Selbstverständlichkeit, doch das ist es nicht, worüber ich mit Dir sprechen möchte. Du weißt, dass Ehrlichkeit ein Pfeiler der Ehe ist …" Argula schoss das Blut ins Gesicht, und sie rieb sich den Nasenrücken: „Friedrich, ich wollte es Dir schon lange sagen, hatte aber nicht den Mut …" Traurig schaute er sie an. Er sah, dass es ihr schwerfiel, die Angelegenheit hinter sich zu bringen. Doch er würde es ihr nicht leicht machen. Abwartend hielt er ihrem Blick stand und schwieg. Argula merkte, dass sie sich noch so viel drehen und wenden konnte, es gab kein Zurück. Bruchstückhaft brach es aus ihr hervor. Mit bebender Unterlippe und belegter Stimme beichtete sie ihm ihr Geheimnis. Sie ließ

nichts aus. Jetzt sollte er auch alles erfahren, die Entscheidung, wie er damit umgehen würde, lag bei ihm. „Auch wenn Du‘s nicht glaubst, ich hab‘s für Christus getan. Diese Kirche ist nicht mehr die Kirche Jesu Christi. Schau, der Ablass knechtet die Menschen. Die Kirche hat ihre fetten Pfründe, doch die Menschen, die auf den Ländereien arbeiten, haben nicht genug, um ihre Kinder großzuziehen. Während sich die Bischöfe in Samt und Seide kleiden und Krägen mit Hermelinbesatz tragen, hängt den Tagelöhnern das Hemd in Fetzen vom Leibe. Die Priester verstecken ihre Weiber, obwohl es sie doch zueinander zieht. Es ist eine verkehrte Welt. Wenn das Ende wirklich nahe ist, sollten wir dann nicht Liebe untereinander walten lassen? Im Jüngsten Gericht werden die Wölfe von den Schafen getrennt. Glaubst Du wirklich, dass der Arme zu den Wölfen kommt, nur weil er nicht in der Lage war, den Ablass in entsprechender Höhe zu zahlen? Ja, ich habe gegen Deinen ausdrücklichen Willen Briefe an Speratus und auch Magister Spalatin geschickt und ihre Antworten hier empfangen. Sogar der Luther schrieb mir jüngst. Und der Prediger von St. Lorenz, Andreas Osiander, schreibt mir auch gelegentlich aus Nürnberg.“
Argula war das Zucken des linken Augenlides ihres Mannes nicht entgangen. Das geschah immer dann, wenn er sich erregte und ratlos war, was er als Nächstes tun sollte. „Jetzt nur nicht kneifen!“, sagte sie sich. „Nun muss alles gestanden werden.“ „Meine Brüder Bernhardin und Marcellus unterstützen mich. Auch sie halten es mit Luther, wenn auch – genau wie ich – nicht in aller Öffentlichkeit. Sie haben mir schlimme Dinge aus Regensburg berichtet.

Du weißt ja, dass Bernhardin sich dort um den Staufferhof kümmert. Der Name Balthasar Hubmaier ist Dir doch auch ein Begriff. Er ist dort katholischer Priester und Universitätsprofessor.
Dieser angebliche Gottesmann ruft von der Kanzel zur Judenverfolgung auf und soll sich sogar selbst an der Zerstörung der Regensburger Synagoge beteiligt haben. Jetzt wollen die Ratsherren an dieser Stelle eine Kapelle bauen. Noch vor drei Jahren gab es mehr als 700 Juden in Regensburg. Jetzt will man sie aus der Stadt vertreiben. Und dieser Hubmaier behauptet, man wolle damit einem drohenden Pogrom der Stadtbewohner zuvorkommen. Es handele sich also nur um eine Schutzmaßnahme. Das darf man aber nicht glauben." Argula verschluckte sich vor Aufregung, und es dauerte eine Weile, bis sie sich wieder beruhigt hatte. „Was sollte ich da tun? Es war meine Christenpflicht, darüber zu schreiben. So habe ich Luther und Speratus informiert."

Argula, die dieses Geständnis mit gesenktem Haupte vorgebracht hatte, schaute nun ängstlich zu ihm auf – unruhig und angespannt – in Erwartung eines Donnerwetters.
Friedrich, dessen Gesicht immer noch puterrot war, atmete keuchend und stieß hervor: „Du sagst, Du tust es im Verborgenen wie Deine Brüder? Ich werde Dich nicht daran hindern können, außer ich wäre bereit, Dich einzumauern."
„Heißt das, Du wirst mich gewähren lassen und nicht bestrafen?", fragte Argula und schaute ihren Mann erstaunt an. Dieser hatte sich ein paar Schritte rückwärts entfernt und machte entschieden abweisende Gesten mit beiden Händen, ganz so, als wolle er ihr bedeuten: „Komm mir

nicht zu nahe, verschone mich mit Deiner Anwesenheit und komm bloß nicht auf die Idee, mir mehr darüber zu erzählen …“ Dann fuhr er fort: „Solange es niemand von Einfluss erfährt, werde ich Dich nicht hindern.“ Er sprach‘s und verließ gebeugten Hauptes den Raum.
Argula verharrte bewegungslos. Nein, ihr Mann hatte sie nicht aufgefordert, das Schloss zu verlassen, und nein, er hatte nicht vor, sie bei der Kirche anzuschwärzen, um sich von jeglicher Kritik und dem Verdacht, er könne ihre Haltung teilen, zu schützen. Er hatte einfach nur gefordert, sie möge sich diskret verhalten. War das nun Zeichen seiner Schwäche oder gar einer bislang ungeahnten Stärke? Hieß dies nun, dass sie ihm viel oder vielleicht gar nichts bedeutete? Sie wurde aus diesem Mann nicht schlau. Die Zeit würde helfen, Antworten auf all diese Fragen zu finden. Sie würde also weiterhin das Tagesgeschehen und das Fortschreiten der Reformation verfolgen.
Argula rührte sich und spürte, dass sie wieder zur Ruhe fand. „Am Allerwichtigsten aber ist, dass ich bei meinen Kindern bleiben darf“, dachte sie.

# Kapitel 26

1523
Dietfurt und Nürnberg

## Der Fall Arsacius Seehofer bringt den Stein ins Rollen

Marcellus, der sich im Jahr 1522 an der Universität Ingolstadt eingeschrieben hatte, berichtete seiner Schwester in mehreren in kurzen Abständen aufeinander folgenden Briefen von Unruhen in der Theologischen Fakultät. Sowohl unter den Studenten als auch den Professoren waren nun zahlreiche Lutheranhänger, die ihrer Überzeugung mal mehr, mal weniger laut Ausdruck verliehen.
Besonders von sich reden machte ein junger Mann namens Arsacius Seehofer, der einer angesehenen Münchner Bürgerfamilie entstammte. 1521 war er gegen den Wunsch seines Vaters nach Wittenberg übergesiedelt und hatte dort zum engeren reformatorischen Kreis um Luther gehört. Von der Begeisterung einer Gruppe Wittenberger Studenten angesteckt, wollte er der Universität den Rücken kehren und seine Magisterprüfung nicht ablegen, sondern sich unter das Volk mischen und dort für die Erneuerung des Glaubens kämpfen. So sehr er auch seine Eltern in vielen Briefen gebeten hatte, ihn gewähren zu lassen, hatte ihn der Vater doch gezwungen, sein Studium fortzusetzen. Seit dem Sommer 1522 lebte er in Ingolstadt, blieb aber selbstverständlich – wie war es anders zu erwarten – in engem Briefkontakt mit seinen Wittenberger Freunden. In Ingolstadt hatte er sich auch bald einer Gruppe von Landsleu-

ten, die ebenfalls aus München stammten, angeschlossen und war dann prompt in bewaffnete Auseinandersetzungen mit der schwäbischen Studentenschaft verwickelt worden. Einige seiner Freunde wurden sogar in Karzerhaft genommen. Da er jedoch schwor, sich von Luther abwenden zu wollen, gab man seinem Gesuch, unter die Magister in der Fakultät aufgenommen zu werden, statt. Womit er aber wohl nicht gerechnet hatte, war, dass man durchaus weiterhin ein Auge auf ihn hatte. So blieb es kein Geheimnis, dass er seine Studenten in kleinen Zirkeln versammelte und unverhohlen für die Reformation bei ihnen warb.

Marcellus berichtete seiner Schwester Ende August 1522 über den Stand der Dinge: „Die Universitätsoberen schöpften schließlich Verdacht, und am 13. August 1523 wurde offiziell das Verfahren gegen Seehofer eröffnet. Der jetzt Achtzehnjährige wurde zu einem Verhör vor das altehrwürdige Prüfungsgremium zitiert. Im Mittelpunkt der Untersuchung soll die Frage, ob die Heilige Schrift die alleinige Glaubensquelle sei, gestanden haben. Worauf die Professoren hinaus wollten, kannst Du Dir vorstellen, liebe Schwester. Dahinter steckte die Frage nach der Bedeutung der kirchlichen Traditionen und dem Wert der guten Werke und selbstverständlich auch nach Arsacius‘ Position zur Rechtfertigung allein aus dem Glauben. Seehofer soll zunächst versucht haben, ausweichend zu antworten, gab aber schließlich zu, in seinem Kolleg auch Schriften von Luthers Freund Melanchthon gelesen zu haben. Daraufhin wurde Arsacius verhaftet. Die Kunde davon ging wie ein Lauffeuer herum. Unmittelbar im Anschluss veranlasste

der Rektor eine Hausdurchsuchung bei dem Magister. Alle bedeutenden Männer der Universität sollen anwesend gewesen sein: Der Dekan der Artistenfakultät, der Universitätsnotar, ein Doktor der Theologie und sogar der berühmte Theologe Leonhard von Eck, der sich zurzeit im Auftrag der Bayerischen Herzöge eigentlich in Rom aufhalten sollte. Man hatte ihn von dort zurückgeholt, um Herzog Wilhelm detailliert Bericht über das Verfahren erstatten zu können. Daran erkennst Du, dass das Verfahren und die Verhaftung von langer Hand geplant waren. Schon einen Tag später verhörte man zwölf von Seehofers Studenten, alles junge Männer aus seiner ‚Natio Bavarica'. Sie wurden gezielt unter Druck gesetzt und schworen ohne Umschweife vor versammelter Zeugenschaft der lutherischen Lehre ab.
Hier ist die Aufregung groß, wie Du Dir denken kannst, von allen Kanzeln wird gegen Luthers Lehre gepredigt. Man droht allen, die uneinsichtig sind, mit drakonischen Strafen. Die Verbrennung der beiden Augustinermönche in Brüssel und die Enthauptung eines Feindes der Marienverehrung in München werden immer wieder in den schaurigsten Varianten zur Abschreckung erzählt, doch das hält beileibe nicht alle ab. Stell Dir vor, da sollen doch sogar ein paar Druckergesellen eine polemische Schrift gegen die Hohen Herren der Universität verfasst haben!"

Argula mühte sich, die an den Seitenrand gekritzelte Nebenbemerkung zu entziffern: „Die Drucker haben in unseren modernen Zeiten große Macht, sie sind die neuen Politiker." Argula dachte: „Recht hat er, der Marcellus. Wer schreibt, der bleibt. Das geschriebene Wort stellt eine große Gefahr für die Obrigkeiten dar, erst recht das gedruckte Wort …“ Die Staufferin bewunderte die Druckergesellen für ihren Mut, gingen sie doch schließlich ein großes Risiko ein. Begierig las sie, was Marcellus noch zu berichten hatte: „Am 16. August beschloss dann der Universitätsrat, die Häresien und Glaubensirrtümer Seehofers in 17 Artikeln zusammenzufassen. Wie man hört, soll Kaspar Seehofer, der Vater des Beschuldigten, sogar an den Dir einst so vertrauten Wilhelm IV. geschrieben zu haben, um über den Stand des Verfahrens informiert zu werden. Man darf gespannt sein, ob dem jungen Magister nun ein regelrechter Prozess bevorsteht, dann müsste er ja an den Bischof in Eichstätt ausgeliefert werden, was sowohl einer Beschränkung der universitären Freiheit gleichkäme, als auch der herzoglichen landeskirchlichen Hoheit im Wege stünde. Ich halte Dich auf dem Laufenden, geliebte Schwester, und hoffe, dass Dein Leben mit Friedrich einträchtig verläuft in diesen bewegten Zeiten …“

Gespannt wartete Argula nun auf einen weiteren Brief ihres Bruders. Sie vermutete, dass der Herzog, temperamentvoll und von schnellem Entschluss, wie er nun einmal war, die Universitätsoberen nicht lange auf seine Antwort würde warten lassen. Schließlich stand für sie alle einiges auf dem Spiel. Sie hatten nicht weniger als ihren Einfluss an den Bischof von Eichstätt zu verlieren. Es wunderte Argula nicht, als sie eine Woche später erfuhr, dass Leonhard von Eck, der Drahtzieher aller kirchenpolitischen Angelegenheiten, ein Mann, dem Argula bei Hofe in München gelegentlich begegnet war und den sie für äußerst verschlagen und hinterlistig hielt, dem Herzog vorgeschlagen hatte, man solle eine Selbstbestrafung Seehofers in Form öffentlicher Buße arrangieren. Diese würde Universität wie Stadt der Verlegenheit eines Prozesses entheben, denn der Bischof würde nicht eingreifen können, da eine Selbstbezichtigung verbunden mit einem Widerruf kirchlichem Recht entspräche. Aufgeregt schrieb Marcellus: „Der Herzog hat dazu sein Einverständnis erklärt, doch der tapfere Magister scheint sich nicht fügen zu wollen. Jetzt versucht man, Druck über seine Familie auf ihn auszuüben. Sein Vater ist ein braver Bürgersmann in München, und man droht ihm mit Gesichtsverlust und Handelsverbot. Ich fürchte, das wird ihn brechen. Du hörst von mir, sobald es Neuigkeiten gibt. Dein Dir immer ergebener Bruder Marcellus Freiherr von Stauff."

Wie sie aus seinem nächsten, mit großer Ungeduld von ihr erwarteten Schreiben, das ihr ein Freund des Bruders schon wenig später überbrachte, erfuhr, hatte sich der Magister Anfang September dem Druck gebeugt. Seine Familie hatte eine hohe Kaution hinterlegt, der Sohn war aus dem Karzer geholt worden und hatte mit ernster Miene und bleichem Gesicht in der Universitätsversammlung stammelnd den ihm ausgehändigten Text seines Widerrufes verlesen und eine Urkunde unterschrieben, in der er ausdrücklich anerkannte, dass Rektor und Senat ihn dem Eichstätter Bischof hätten übergeben können. Unmittelbar danach war Arsacius Seehofer in das Benediktinerkloster Ettal verbracht worden, wo ein Leben lang zu bleiben, er sich verpflichtet hatte. Argula legte den Brief betroffen beiseite – hier war die reformatorische Bewegung deutlich in ihre Schranken gewiesen worden. Gab es denn überhaupt keine Möglichkeit einzugreifen? „Man müsste sich mit dem Prediger Osiander besprechen“, schoss es ihr durch den Kopf. „Er kennt Arsacius gut, und ihm sind auch die Universitätsoberen keine Unbekannten. Ob ich vielleicht zu ihm nach Nürnberg reisen sollte?“ Hier wurden ihre Überlegungen unterbrochen, denn Friedrich kam von draußen herein, die Schuhe noch ganz schlammig, das Haar zerzaust. Er hatte die Felder um Dietfurt herum inspiziert. Das Getreide war in diesem Jahr erst spät gereift, wegen des Regens waren große Teile der Ernte verdorben. Nun galt es, da das Wetter stabil zu bleiben versprach, das verbliebene Korn mit vereinten Kräften zu mähen und einzuholen. Eigentlich hätte ihr Mann also ganz andere Dinge im Kopf und war nur heimgekommen, um etwas zu essen und zwei Knechte zur Verstärkung hinzuzuholen. Argula wusste, wie sehr es ihn eilte, doch vielleicht war ja die Gelegenheit gerade daher günstig. „Friedrich, der Ingolstädter Magister Seehofer hat Buße getan und widerrufen und ist nun im Kloster.“ Ihr Mann schaute nur kurz auf und meinte brummelnd: „Dann kann er ja wohl keinen Unsinn mehr anrichten“, und wollte sich schon wieder auf den Weg machen, als Argula schnell auf die Angelegenheit zurückkam: „Ich dachte, es wäre vielleicht richtig, nach Nürnberg zu Osiander zu fahren. Die Kinder sind hier gut versorgt, und ich käme auch zeitig zurück.“ Ohne aufzuschauen nickte der Graf von Grumbach wie abwesend und meinte nur: „Wenn es Dir so viel bedeutet …“ Argula war überrascht, hatte Friedrich ihr überhaupt zugehört? Schließlich hatte sie ihm gerade mitgeteilt, dass sie eine mehrtägige Reise zu machen gedachte und noch dazu, dass sie vorhatte, sich mit dem reformatorisch gesinnten Nürnberger Prediger von St. Lorenz zu treffen. Es brauchte keine zwei Minuten, da stand ihr Entschluss fest, alle Skrupel beiseitezulassen und die „Gunst der Stunde“ zu nutzen.

Sie wies die Kammerfrau an, das Nötigste für fünf Tage zu packen, ließ zum Erstaunen der Knechte die Kutsche bereit machen, drückte ihren Kindern einen Kuss auf die Stirn und machte sich nach nicht mehr als einer Stunde auf den Weg.

Nach eineinhalb strapaziösen Reisetagen erreichte sie das Kloster „Unser Lieben Frauen“, wo sie während ihres Aufenthaltes in Nürnberg ihre Unterkunft haben würde. Osiander hatte bereits Kunde von Seehofers Widerruf erhalten und war wie Argula der Ansicht, dass man die Angelegenheit nicht einfach schweigend übergehen durfte. Als Argula spontan die Überlegung äußerte, selbst ein Sendschreiben an die Ingolstädter Universität zu verfassen, bestärkte er sie in ihrer Idee: „Ihr seid eine Frau von Adel, Euer Geschlecht genießt ein hohes Ansehen, und Ihr seid, und das ist vielleicht das Wichtigste, mit den Herzögen gut bekannt. Auch für Leonhard von Eck seid Ihr kein ‚unbeschriebenes Blatt‘! Einen Brief von Euch kann man in Ingolstadt nicht unbeachtet lassen.“ Nach einer kurzen Pause fügte er hinzu: „Allerdings müsst Ihr Euch im Klaren darüber sein, dass Ihr, sollte die Öffentlichkeit davon Kunde erhalten, schweren Angriffen ausgesetzt sein werdet. Von dem Ärger, den dies für Euren Gatten bedeuten könnte, einmal ganz abgesehen."

Argula zuckte zusammen. „Richtig“, dachte sie, „dann habe ich vielleicht endgültig bei Friedrich und seiner Familie verspielt. Doch kann es eine Alternative sein, aus Bequemlichkeit gegen die Stimme des Gewissens zu verstoßen?“, fragte sie sich und wusste sogleich die Antwort: „Nein, ich muss es tun“.

Unmittelbar am Tag darauf machte sich Argula auf den Heimweg. Während die Kutsche über die Straßen, Wald- und Feldwege holperte, entwarf sie im Kopf ihren Brief an die Vertreter der Hohen Schule zu Ingolstadt. Sie würde gleich in der Anrede deutlich machen, dass es sich nicht um die niedergeschriebenen Flausen einer jungen Hausfrau und Mutter handelte, die sich ohne Legitimation zu Wort meldete. Nein, sie würde klarstellen, dass sie mit beiden Beinen fest auf dem Boden der Heiligen Schrift stand. Als Christin würde sie sich Gehör verschaffen, dachte sie und erschrak zugleich über die eigene Tollkühnheit. Argula atmete tief durch und schob ihre Besorgnis und Ängste beiseite. Sie durfte jetzt nicht allein an sich und ihre Familie denken! Schließlich stand die Zukunft der Kirche Jesu Christi auf dem Spiel. Wenn es so weiter ginge wie in den letzten Jahren, verkäme die Gemeinschaft der Christen zu einer Gruppe von Verehrern des Mammons und der Gleichgültigkeit gegenüber den Armen und Beladenen. Und bald würde Gottes Wort nicht mehr zählen. „Ich werde Matthäus

10,32 zitieren: ‚Wer nun mich bekennt vor den Menschen, den will ich auch bekennen vor meinem Himmlischen Vater.‘ Und vielleicht auch den Vers 26 im neunten Kapitel des Lukas: ‚Wer sich mein und meiner Worte schämt, dessen wird sich der Menschensohn auch schämen …‘“
So verging der erste Reisetag wie im Fluge. In der Nacht in einer Herberge wälzte sich Argula unruhig von einer auf die andere Seite ihres Lagers. Das Ziel stand ihr klar vor Augen. Sie hatte den Entschluss gefasst, umgehend nach ihrer Rückkehr nach Dietfurt den Brief an die Hohen Herren der Universität Ingolstadt zu schreiben. Dann würde man ja sehen, was geschah! Vermutlich würde Eck seinem Herzog Kunde davon geben. Und das ihr einst von dem jungen Herzog Wilhelm IV. bei ihrem Abschied vom Münchner Hof gegebene Versprechen lebenslanger Freundschaft würde auf die Probe gestellt werden. „Aber noch ein Versprechen wird auf die Probe gestellt“, schoss es Argula durch den Kopf: Das gegenseitige Eheversprechen, das sie und Friedrich von Grumbach sich vor Jahren gegeben hatten: Sie wollten zusammenstehen, ‚in guten und in schlechten Zeiten‘ – so hatten sie einander gelobt. „Die schlechten Zeiten könnten uns nun bevorstehen. Friedrich wird entsetzt über mein Vorhaben sein, und der Ausgang für uns beide ist ungewiss“, dessen war sie sich sehr bewusst.

Als sie am frühen Nachmittag in Dietfurt eintraf, wurde sie schon sehnlichst von ihren Kindern erwartet. Die Jungen, mittlerweile sechs, fünf und drei Jahre alt, hatten unter Anleitung des Ältesten die Tage der Abwesenheit ihrer Mutter gezählt. Vier Tage waren sie ohne sie gewesen. Georg

wies die Mutter mit vorwurfsvoller Miene darauf hin und forderte unter zustimmenden Rufen seiner jüngeren Brüder und dem Jubel der zweijährigen Apollonia, dass so etwas nicht sobald wieder vorkommen dürfe. Argula konnte ihre Rührung nicht verbergen und wollte gerade alle vier Kinder auf einmal in ihre Arme schließen, als hinter ihr die Holztür aufschlug und die laute Stimme ihres Mannes erscholl: „Die Kinder haben völlig recht, Du gehörst nach Hause, wo man Dich liebt und braucht. Über alles Weitere sprechen wir nachher …“, sagte der Graf mit unverhohlenem Ärger in der Stimme.
Das würde sicher kein angenehmes Gespräch werden, vermutete Argula, doch jetzt wollte sie erst einmal mit ihren Kindern, die ihr so viel zu erzählen hatten, zusammen sein.

## Kapitel 27

1523
Dietfurt

### Zwei Briefe, die das Leben verändern

Seit drei Tagen herrschte zwischen Argula und Friedrich eisiges Schweigen. Allenfalls in der Nähe der Kinder, etwa zu den Mahlzeiten, fielen Worte wie: „Gib mir doch bitte die Suppenschüssel!“ Und „Hoffentlich gelingt es den Bauern, die Rüben rechtzeitig zu ernten, es wird ein Herbstunwetter geben.“

Argula hatte ihrem Mann aufs Heftigste widersprochen, als er ihr androhte, er werde sie unter Arrest stellen, falls sie nicht umgehend jedweden Kontakt zu den reformatorisch gesinnten “Lutherfreunden“ abbreche. Sie, so hatte sie erbost gekontert, sie werde nicht gegen ihr christliches Gewissen handeln. Sei er auch ihr Ehemann, so etwas dürfe er nicht von ihr verlangen. Beide waren beharrlich bei ihren Standpunkten geblieben und einander seither konsequent aus dem Wege gegangen. Was Friedrich von Grumbach nicht wusste, war, dass seine Frau dabei war, ihren Entschluss in die Tat umzusetzen: Kaum hatte der Pfleger morgens das Schloss verlassen, da saß sie auch schon auf der tiefen Fensterbank der Kemenate, die nach Osten ausgerichtet war, und schrieb an ihrem Brief an die Verantwortlichen der Universität von Ingolstadt. War sie zunächst auch von allerlei Bedenken geplagt worden und hatte sie sich auch mehrfach mit dem Gedanken getragen, die Feder beiseitezulegen und anderen die Politik zu überlassen, so war sie doch nach kurzem Überlegen immer wieder zu dem Schluss gelangt, es sei ihre Bestimmung, das Schweigen zu brechen und um der Kirche willen die Stimme zu erheben. Nun saß sie wieder an gewohntem Ort und rang mit sich um die richtigen Worte. Auf einmal flossen ihr die Buchstaben aus der Feder und sie schrieb:

*„Der Herr sagt im Johannesevangelium im zwölften Kapitel: ‚Ich, das Licht, bin in die Welt gekommen, dass ein jeder, der an mich glaubt, nicht in der Finsternis bleibt'. Ich wünsche, dass dieses Licht uns allen beiwohnen werde und alle verstockten und blinden Herzen erleuchte. Amen. Im zehnten Kapitel des Matthäusevangeliums habe ich einen Spruch gefunden, der so lautet: ‚Wer sich zu mir bekennt vor den Menschen, zu dem werde ich mich bekennen vor dem Himmlischen Vater'. Und in Lukas 9, Vers 26: ‚Wer sich meiner und meiner Worte schämt, dessen werde ich mich auch schämen, wenn ich komme in meiner Herrlichkeit.' Solche von Gott selbst gesagten Worte stehen mir alle Zeit vor Augen. Denn es werden weder Frauen noch Männer davon ausgeschlossen. Aus diesem Grunde sehe ich mich als Christ gezwungen, Euch zu schreiben. Denn es steht bei Ezechiel 33: ‚Siehst Du sündigen Deinen Bruder, so strafe ihn, andernfalls will ich sein Blut von Deinen Händen fordern'. Und in Matthäus 12, Vers 31 spricht der Herr: ‚Alle Sünden werden vergeben, aber die Sünden gegen den Heiligen Geist werden nicht vergeben, weder hier noch dort ...' Ach Gott, wie werdet Ihr bestehen mit Eurer Hohen Schule,*

*da Ihr doch so töricht und gewalttätig handelt gegen das Wort Gottes und den Arsacius Seehofer mit Gewalt zwingt, das Heilige Evangelium in der Hand haltend, eben dies zu verleugnen. Unter Androhung von Gefängnisstrafe, ja, sogar des Scheiterhaufens, habt Ihr ihn gezwungen, Christus und sein Wort zu verleugnen. Wenn ich dies so betrachte, dann zittern mein Herz und alle meine Glieder. Was lehren denn Luther und Melanchthon anderes als das Wort Gottes? Hat Euch das Christus gelehrt oder die Evangelisten, zeigt mir, wo es steht, Ihr Hohen Meister. Ich finde es an keiner Stelle in der Bibel, dass Christus, seine Apostel oder Propheten Menschen eingekerkert, mit dem Feuer bedroht, getötet oder davongetrieben haben. Man weiß sehr wohl, dass man der Obrigkeit gehorchen soll. Aber über das Wort Gottes haben sie nicht zu gebieten, nicht der Papst, nicht der Kaiser noch die Fürsten ...“*

Argula hielt inne, nachdenklich schaute sie in das gleißende Morgenlicht, das zwar hell, aber doch schon herbstlich kühl war. Der Sommer war so schnell vergangen. Bald würde man wieder die meiste Zeit des Tages vor dem Kamin verbringen müssen. Sobald die Ernte eingebracht wäre, hielte sich dann auch Friedrich wieder häufiger im Schloss auf. Seufzend überflog sie die eben zu Papier gebrachten Zeilen und wunderte sich ein wenig über ihren Mut: „Dies ist etwas anderes als mein Leseunterricht für die Bauernmädchen. Friedrich wird es mir nie verzeihen, dass ich mich an die Mitglieder der Universität gewandt habe“, dachte sie bei sich, und ein eisiger Schauer lief über ihren Rücken. „Bald werde ich ganz auf mich gestellt sein.

Wer wird sich schon trauen, ein gutes Wort für mich einzulegen?", murmelte die Stauffertochter leise vor sich hin und wusste, dass es nur eine Antwort darauf gab. Entschlossen tauchte sie ihre Feder wieder in das zierliche kleine Tintenfässchen, das ihre Initialen trug – Friedrich hatte es ihr zu Apollonias Geburt geschenkt, nicht ohne anzumerken, sie werde ja wohl als Mutter von vier kleinen Kindern und Vorsteherin eines großen Haushaltes kaum mehr häufig zum Schreiben Gelegenheit haben, doch das Utensil habe ihm gefallen, und gelegentlich schreibe sie ja auch Briefe an ihre Familie.

„Wenn Du wüsstest …", ein Grinsen huschte über ihr bis dahin in grüblerische Falten gezogenes strenges Gesicht. Sie schrieb geschwind:

*„Der Geiz hat Euch besessen, warum sonst ginget Ihr so mit Gottes Wort um? Ich habe es erlebt, wie mein Herr Vater, Gott hab' ihn selig, zwanzig Gulden für vier Ratschläge hat zahlen müssen. Sie waren nicht einen Pfennig wert. Euer Prediger zu ‚Unser Lieben Frauen' hat von der Kanzel verkündet, Luther sei ein Ketzer. Immer wollte ich Euch schreiben und auffordern, die ketzerischen Artikel dieses treuen Arbeiters für das Evangelium zu benennen. Doch bisher bin ich Paulus gefolgt, der im ersten Timotheusbrief im Kapitel 2, Vers 12 schrieb: ‚Die Weiber sollen schweigen und nicht reden in der Kirche'. Da ich nun aber keinen Mann sehe, der weder reden will noch darf, halte ich mich an das oben genannte Wort. ‚Wer sich zu mir bekennt vor den Menschen, zu dem werde ich mich bekennen vor dem himmlischen Vater'. Und heißt es nicht in den Psalmen: ‚Ich schicke ihnen Kinder zu Fürsten, und Weiber werden*

*sie beherrschen'. Sagt nicht auch Jesus in Lukas 10 in Vers 21: ‚Vater, ich sag Dir Dank, dass Du diese Dinge verborgen hast vor den Weisen und sie geoffenbart den Kleinen'.*"

Argula stützte ihr Kinn auf ihre Hände, der Kopf tat ihr weh vom Schreiben. So viel musste noch gesagt werden. „Ich werde ihnen auf den Kopf zusagen, was ich von ihren Gesetzen halte und dass die wenigsten Anhalt an der Heiligen Schrift haben". Der Federkiel kratzte auf dem Papier, als sie entschlossen schrieb:

„*Wo aber ein Gesetz in der Bibel, welche allen Befehl Gottes enthält, gegründet ist, wollen wir es gern und fröhlich annehmen. Wo aber nicht, da gilt es uns eben auch nichts. Wie sollen die Gesetzesmacher und ihre Statthalter, die die Gesetze in ihren Köpfen und nicht auf dem Grunde des göttlichen Rates machen, bestehen? Wehe Euch Gesetzesweisen, die Ihr den Menschen schwere Bürden aufbindet, die sie nicht tragen können! Die Fürsten und Herzöge, sie wissen nichts vom ketzerischen Treiben dieser Herren in Ingolstadt.*"

„Ich müsste es Ihnen sagen", schoss es der Schreiberin durch den Kopf:

„*Die Fürsten haben viele von Euch reich gemacht. Haben sie nicht diese Universität gestiftet? Und nun macht Ihr sie zum Gespött der ganzen Welt. So ist also Euer Dank für die empfangene Guttat! Aber Gott wird ihnen den rechten Verstand geben, darum bete ich. Das bin ich ihnen schließlich schuldig, denn die edlen Herren und Frauen haben mich erzogen und mich Gottesfurcht gelehrt – Gott belohne sie hier und in der Ewigkeit dafür! Mich erbarmt es, dass ihnen niemand die Wahrheit berichtet, dass man weniger sie liebt als das Geld, das man von ihnen empfängt. Ich bin entschlossen, ihnen davon zu schreiben. Einst haben ihre Eltern so löblich diese Universität gestiftet und erhalten. Wüssten sie die Wahrheit, sie handelten nicht nach Eurem Ratschlag, so wie sie es auch im Falle Seehofer getan haben. Ich hoffe, Gott wird noch viel Gutes von diesem Jüngling kommen lassen. Schämt Ihr Euch nicht, dass er alle Schriften Martin Luthers hat verleugnen müssen? Ich bitte Euch um der Gerechtigkeit Gottes willen, mir die Artikel, die Ihr in Luthers oder Melanchthons Schriften als ketzerisch bezeichnet, schriftlich zu benennen. In den deutschen Schriften finde ich keine Einzige, die mir ketzerisch zu sein scheint. Und ich hab' sie alle auf Deutsch gelesen. Spalatin hat mir die Titel genannt. Und glaubt mir, ich lese in der Bibel, welche mir mein lieber Herr Vater befahl zu lesen, als er sie mir gab, als ich zehn Jahre alt war. Leider habe ich dem nicht genug Folge geleistet, denn die Geistlichen haben mir gesagt, das verführe mich. Aber ach, der Geist Gottes gab mir den Verstand. Gelobt sei Gott, dass ich das rechte wahre Licht scheinen sehe. Ich will mein eigenes Pfund nicht vergraben. Der Herr verleihe mir seine Gnade.“*

Argula atmete tief aus, ihr war durchaus bewusst, dass ihre Worte in den Ohren der „Hohen Herren“ der Ingolstädter Universität anmaßend klingen würden. Aber war es nicht so, öffnete ihr nicht Gottes Wort Augen und Ohren? „Wenn ich die Frauen aus Dietfurt unterrichte, dann predige ich das Evangelium ohne Zier, kein Wort ändere ich, ich missbrauche meine Stellung nicht“, sprach sie leise vor sich hin und schrieb weiter:

*„Ich sage Euch, wahrlich, das Licht ist nun wieder in der Welt. Gott ist der Brunnen des Lebens, er gibt auch den Kleinen Verständnis seiner Botschaft. Wer aus Gott ist, der hört auch seine Botschaft, darum hört Ihr es nicht, denn Ihr seid nicht aus Gott. Ich bitte Euch und hoffe auf Antwort, ob Ihr meint, dass ich mich irre. Ich scheue mich nicht, zu Euch zu kommen und Euch anzuhören und mit Euch zu reden, denn ich kann auch auf Deutsch fragen, Antworten hören und lesen – all das kann ich aus der Gnade Gottes. Und sollte es gar dazu kommen, dass Luther widerriefe – da sei Gott vor! – so würde es mich nicht von meinem Glauben und meiner Überzeugung abbringen, denn ich baue mein Haus auf keines Menschen Verstand, sondern auf den wahren Felsen, Christus selbst. Weder Philosophie, Theologie noch Juristerei können mir etwas anhaben. Ich kann kein Latein, aber Ihr seid des Deutschen mächtig. Ich habe Euch kein Weibsteding[16] geschrieben, sondern das Wort Gottes. Getan habe ich dies als ein Glied der christlichen Kirche, vor welcher die Pforten der Hölle nicht bestehen können. Aber vor der Römischen Kirche bestehen sie wohl. Möge Gott uns seine Gnade zuteilwerden lassen, auf dass wir alle selig werden. Möge seine Gnade walten. Amen.“*

---

16 Weibergerede / Gewäsch

Argula hielt inne und schaute aus dem Fenster. Inzwischen war es beinahe Mittag, der Tau auf der Wiese im Hof war getrocknet, draußen tobten die Jungen. Apollonia lag im Arm der Kinderfrau und schaute interessiert ihren Brüdern hinterher. Welch eine Idylle! Sie hatte eine Familie, der es gut ging. Alle waren gesund, und man lebte in Wohlstand. „Das alles setze ich aufs Spiel. Ich entscheide mit meiner Unterschrift unter diesem Brief über die Zukunft meines Mannes und meiner Kinder." Sie zögerte noch. „Aber muss ich das nicht tun um des Wortes Gottes willen?" Sie gab sich einen Ruck und beendete ihren Brief:

*Dietfurt*
*Sonntag nach Erhebung des Heiligen Kreuzes*[17]
*Anno Domini 1523*
*Meine Handschrift*
*Argula von Grumbach*
*eine Geborene von Stauff*

Den Brief adressierte sie:
*"Den ehrwürdigen, würdigen, wohlgebornen, hochgelehrten, edlen und festen Rektoren und der gemeinen Versammlung der ganzen Universität zu Ingolstadt."*

Nur kurz hielt die Staufferin inne, verwarf aber im selben Moment den Gedanken, den Brief noch einmal durchzule-

17 20. September / Die Umstellung vom Julianischen auf den Gregorianischen Kalender erfolgte erst 1582: Auf den 04.10.1582 (nach Julianischem Kalender) folgte der 15.10.1582 (nach gregorianischem Kalender).

sen und an Sprache und Inhalt zu feilen. Zart fuhr sie über das Papier, faltete und siegelte es. Einen Begleitbrief an den Freund Osiander, kurz und knapp geschrieben, hatte sie beigefügt. Die Post ging zunächst an den Nürnberger Domprediger. Er sollte den Brief lesen und ihn dann weiterleiten. So war es besprochen.

An diesem Tag sollte Argula keine Ruhe mehr finden. Sie lief auf und ab in der Kemenate und grübelte darüber, wie es nun weitergehen sollte, als die Kinderfrau zaghaft an die Tür klopfte und ihr mitteilte, dass die Kinder nach ihrer Mutter verlangten. Diese vertröstete die Alte und gab ihr zu verstehen, dass sie gerade mit einer wichtigen Angelegenheit befasst sei und dass die Kinder warten müssten. Dann zog sie die nur einen Spalt breit geöffnete Eichentür abrupt wieder zu.

Sie brauchte jetzt absolute Ruhe! Die Gedanken drohten ihr zu entgleiten. Sie rang um Klarheit. Sollte sie nicht auch sofort an Wilhelm IV. schreiben, ehe man ihn von anderer Seite unterrichtete? Hatte ihr Vertrauter aus Jugendtagen nicht ein Recht darauf, die Wahrheit über den Fall Seehofer und über das Gebaren seiner Universitätsprofessoren zu erfahren? Sie wischte sich den Schweiß von der Stirn. Es dämmerte bereits. Bald käme Friedrich heim. Sie musste sich sputen.

Argula zündete eine Kerze an, ließ sich seufzend auf den dreibeinigen Stuhl mit den gerundeten Armlehnen fallen und stellte sich den jungen Wilhelm IV. vor, wie er einst eifrig über seine Erlebnisse am Wiener Hof berichtete und sich über Unregelmäßigkeiten im politischen Gebaren sei-

nes Onkels, des Kaisers, ereiferte. Sollte dieser Mann nicht froh sein, wenn man ihn darüber aufklärte, was in Ingolstadt geschah? Sicher, Wilhelm war kein Lutherfreund, allein schon, weil jede Neuerung Unruhen mit sich brachte, und welcher Fürst war risikofreudig, wenn es um die Stabilität von Macht und Territorium ging? „Und doch, wenn ich ihm nur deutlich genug sage, dass das Wort Gottes in Gefahr ist, dann wird er sich sicher der Sache annehmen", murmelte Argula vor sich hin.
Entschlossen griff sie nach Schreibbrett, Papier und Federkiel, und die Worte kamen wie von selbst:

*„Mögen Gnade und Friede von Gott und dem Heiligen Geist immer bei Euch sein, so wünsche ich von Herzen Euren Fürstlichen Gnaden. Es hat sich an Euer Fürstlichen Gnaden Hochschule zu Ingolstadt Folgendes zugetragen. Ein junger Gesell namens Arsacius Seehofer ist nach langer Karzerhaft und Androhung des Todes auf dem Scheiterhaufen ohne jede Disputation gezwungen worden, das Heilige Evangelium, Gottes Wort, zu verleugnen. Ich weiß das alles von einem Nürnberger Bürger."*

Argula überlegte, ob sie Osiander beim Namen nennen sollte, ließ es aber lieber bleiben und fuhr fort:

*„Sicher hat man Euer Fürstlichen Gnaden nicht die Wahrheit berichtet, denn ich kenne Euch als christlichen Mann, der sich nicht in Gottes Macht einmischt, denn kein Mensch hat die Vollmacht, Gottes Wort zu verbieten oder ihm hineinzuregieren. Allein Gottes Wort soll und muss alle Dinge*

*regieren. Man nennt sie lutherische Worte, doch es sind Gottes Worte. Und wenn nun der Teufel das Heilige Evangelium verkündete, so bliebe es doch das Wort Gottes. Schreibt nicht auch Paulus den Galatern in Kapitel 1, Vers 8: ‚Auch wenn ein Engel vom Himmel käme und etwas anderes als das Evangelium lehrte, so soll er doch verflucht sein.'*
*Ich kann nicht glauben, dass solch ein Umgang mit der Schrift, ja die Verleugnung des Wortes Gottes, auf Euer Fürstlichen Gnaden Befehl hin geschehen ist und geschieht – es sei denn, man hätte Euch in der Sache falsch unterrichtet. Die Herren der Universität haben sich ein Kind von 18 Jahren vorgenommen und haben sich dabei nicht der Schrift bedient. Im Gefängnis war er dreimal, geächtet wurde er. Er hat seinen Eid unter Zwang geschworen. Aus ihren blutdürstigen Händen wurde er schließlich auf Euren Befehl dem Tode entrissen. Gott wird es Euer Gnaden nicht unbelohnt lassen. Denn das gerechte Blut schreit zu Gott. Für den jungen Mann hoffe ich nur, dass der Herr ihn wie einst Petrus, der ihn dreimal verleugnete, ansehen werde. Und Petrus war nicht im Gefängnis, und man hatte ihm nicht mit dem Feuertod gedroht. Gott will nicht den Tod des Sünders, er will, dass der Sünder sich bekehrt und lebt. Ich bitte Euer Fürstlichen Gnaden um Gottes willen, glaubt nicht den Worten der Ingolstädter! Vielmehr ist der aus Gott, der Christus bekennt. Es ist nicht genug, wenn wir sagen: ‚Ich glaube, was meine Eltern geglaubt haben. Wir müssen an Gott und nicht an unsere Eltern glauben. Denn, wenn das Alter den rechten Glauben machte, dann wäre doch der jüdische der beste …'*
*Im 10. Kapitel des Matthäusevangeliums sagt Christus in*

*Vers 32: ‚Wer sich zu mir bekennt vor den Menschen, zu dem bekenne ich mich vor meinem Vater, wer sich aber nicht zu mir bekennt, zu dem bekenne ich mich auch nicht', und bei Lukas heißt es in Kapitel 9 im Vers 26: ‚Wer sich meiner schämt und meines Wortes, dessen werde ich mich auch schämen, wenn ich in meiner Majestät wiederkomme'. Solches soll mir alle Zeit vor Augen stehen, denn es hat mein Gott selbst gesagt. Und durch die Gnade Gottes würde ich mich nicht fürchten und schweigen, auch wenn es mich tausend Hälse kostete. Aus mir selbst heraus aber vermag ich nichts als zu sündigen. Matthäus sagt: ‚Fürchte nicht den, der Dir den Leib nimmt und der danach nichts mehr vermag. Fürchte aber den, der die Macht hat, Seele und Leib zu töten und in die Hölle zu versenken. Denn wer Vater, Mutter, Schwester, Bruder oder Kind lieber als mich hat, der ist meiner nicht würdig. Auch der, der seine Seele und seinen Leib lieber hat als mich, ist meiner nicht würdig.' Euer Fürstlichen Gnaden dürfen keinen Zweifel daran haben: Wer das Wort Gottes annimmt, gibt einem jeden, was ihm gebührt. Paulus schrieb im Römerbrief im 13. Kapitel: ‚Gib dem die Ehre, dem sie gehört, und seid gehorsam aller Obrigkeit, denn alle Gewalt ist von Gott.' Seht aber zu, dass Ihr Eure Gewalt nicht missbraucht, denn für sie gilt wie für uns die Regel des Evangeliums. Das Wort Gottes aber zu verbieten, lehrt uns das Evangelium nicht! Hält es Euer Fürstlichen Gnaden mit dem Wort Gottes, so sind Glück und Heil Land und Leuten gewiss, wenn aber nicht, so wird Gott es nicht ungerächt lassen. In der Bibel können wir lesen, mit welchen Plagen Gott die bestraft hat, die sich nicht an sein Wort gehalten haben: Pestilenz, Hungertod und Unfruchtbarkeit, um nur einige Strafen zu benennen. Warnen will ich Euch auch vor den falschen Propheten, die mit Schafskleidern sich bekleiden, inwendig aber reißende Wölfe sind. Ich meine, Gott hat zum Teil schon gezeigt, dass es Pfaffen, Mönche und Nonnen sind. Sie tragen die Kutte, um ihre Fleischeslust zu verbergen – ach, wenn das hülfe, sollten wir alle Kutten tragen.“*

Argula lächelte. Sie war zufrieden mit ihrer Wortwahl. Auch wenn ihr klar war, dass sie in diesem Brief noch schärfer in ihrer Kritik war als in dem Schreiben an die Hohen Herren der Universität. Sie musste einfach alles auf diese eine Karte setzen. Vielleicht war dies die einzige Chance, Gehör bei der weltlichen Obrigkeit zu finden. Und wer konnte sich diese Freiheit eher herausnehmen als eine ehemalige Hofdame der Mutter des Fürsten? Und Wilhelm wusste sehr genau, dass Argula Kunigundes Entscheidung, sich als Witwe im Pütrich-Regelhaus bei den Nonnen zurückzuziehen, zwar persönlich sehr bedauerte, jedoch stets geachtet und vor bösen Lästerzungen verteidigt hatte. Er würde ihren Anspruch, er solle von seiner Macht auch in geistlichen Dingen guten Gebrauch machen, spüren. Die Staufferin strich das Papier glatt und tauchte die Feder erneut in das Tintenfass.
Zügig schrieb sie sich die Worte von der Seele:

*„Der Papst ist dem Rat des Teufels gefolgt, er hat den Priestern Ehefrauen verboten, aber erlaubt, dass sie sich für Geld Gefährtinnen nehmen. Oh, Ihr Fürsten, kümmert Euch, dass sie nicht daran sterben. Euch gehört das Schwert der Strafe und nicht den Geistlichen. Euch steht es zu, das Wort Gottes*

*zu verkünden. Ach, wollte doch Gott, dass Euch die Augen geöffnet würden und dass Ihr selbst das Schwert, das Gott Euch in die Hand gegeben hat, in die Hände nehmt. Helft, Euer Fürstliche Gnaden, helft Euch und uns allen, dass Gott nicht seinen Zorn wie oben beschrieben über uns schicke. Wollte Gott, es ließen sich nicht die Fürsten und Herren länger am Affenseil führen. Viele Pfarreien sind mit Narren besetzt, die nichts können. Der Freiburger Pfarrer in Vohburg zum Beispiel hat mehr als 800 Gulden aus Pfründe, hält aber das ganze Jahr über keine einzige Predigt. Mögen Euer Fürstlichen Gnaden doch ein Einsehen haben, dass den Armen das Evangelium gepredigt werden muss, dann folgte Sieg und Glück.*

*Ich habe es nicht unterlassen mögen, Euer Fürstlichen Gnaden als meinem ‚Bruder in Christo' zu schreiben. Der Geist Gottes sei bei uns. Ich meine es gut, Gott sei mein Zeuge! Eure Glückseligkeit ist meine größte Freude, denn ich habe bis heute nicht vergessen, wie Ihr mir beigestanden habt, als ich innerhalb von fünf Tagen Vater und Mutter verlor. Als Hofdame Eurer Mutter war ich Euch anbefohlen. Als mein Vormund habt Ihr mich in meinem Elend getröstet, und Ihr habt gesagt, ich sollte nicht so weinen, Ihr wolltet nicht allein mein Landesfürst, sondern auch mein Vater sein. Ihr habt dies auch meinen Mann gnädig spüren lassen. Wegen all dieser Guttaten sah ich mich gezwungen, Euch zu schreiben, um Euch meine Dankbarkeit zu zeigen. Mir geht es nicht anders als dem Heiligen St. Peter. Weder Silber noch Gold habe ich, allein die Liebe zu Gott und Euer Fürstlichen Gnaden, als meinem Nächsten. Aus christlicher Pflicht habe ich nicht schweigen können. So habe ich der Hohen Schule geschrieben. Euch schicke ich davon Kopie, damit Ihr die Wahrheit kennt, falls man mich bei Euch verleumden sollte. Was ich geschrieben habe, weiß ich aus göttlicher Gnade zu verantworten, denn es ist nicht mein, sondern Gottes Wort. Möget Ihr es Euch zu Herzen nehmen. Denn fürwahr Gott wird die Seelen Eurer Untertanen aus Euren Händen fordern. Mögen Euer fürstlichen Gnaden nicht den Pfennigfuchsern Glauben schenken, denn sie fechten aus Geiz wider Gott, und doch sind sie in Wahrheit ohne Kraft. Was Recht ist, könnte wohl ein vernünftiger Richter entscheiden. Ihr solltet verständige Leut' in diese Ämter bringen, in denen der Geist des Herrn wirkt, und nicht Ehebrecher, Gotteslästerer und Mörder! Diese werden reich, Land und Leute aber arm.*

*Gnädiger Fürst und Herr, ich habe Euch die großen Gedanken meines kleinen Verstandes angezeigt. Damit ist das Volk Christi beschwert. Euer Fürstlichen Gnaden mögen bedenken, was ich geschrieben habe, denn es betrifft nicht ein Zeitliches, sondern die Ewigkeit. Gott ist mein Herr in diesem Schreiben, ihm empfehle ich Euch und Eure Lieben an, hier in der Zeit und dort in der Ewigkeit, Amen. Hört meine demütige Bitte, Rat anzunehmen.*

*Datum Dietfurt*
*Sonntag nach des Heiligen Kreuzes Erhebung. 1523*[18]
*Euer Fürstlichen Gnaden*
*Demütigst*
*Argula von Grumbach*
*Eine Geborene von Stauff*

---

18 20. September, vgl. Anmerkung 17.

Ohne ihn noch einmal zu lesen, faltete Argula auch diesen Brief, siegelte ihn und schob ihn mit dem ersten in ihre Rocktasche und trat ans Fenster. War es auch ein heller sonniger Vormittag gewesen, so merkte man nun zu vorgerückter Stunde doch, dass der September sich neigte.
Es war damit zu rechnen, dass Friedrich gleich heimkam und sie höflich nach ihrem Tag fragte. Obwohl sie wusste, dass er es nicht wirklich zu wissen begehrte, was seine Frau bewegte, war es ein vertrautes Ritual zwischen den Eheleuten, sich darüber auszutauschen, wo man gewesen war, welche Neuigkeiten es etwa draußen bei den Bauern oder hier in der Stadt und zuhause im Schloss gab und ob die Kinder wohlauf seien. „Die Kinder!", durchfuhr es die Mutter heiß: "Sie haben vergeblich nach mir gerufen. Die Kinderfrau habe ich abgewiesen und habe nicht einmal für ein paar Minuten bei den Kleinen vorbeigeschaut." Argula biss sich auf die Unterlippe, raffte ihre Röcke und lief eilig hinaus aus der Kemenate, die Stufen des Turmes hinab, quer durch das Speisezimmer, rannte an der offenen Küchentür, aus der es bereits vielversprechend nach dem Abendessen duftete, vorbei und riss atemlos die Kinderzimmertür auf. Gerade wollte sie rufen: „Hier bin ich!", als sie feststellen musste, dass niemand da war. Ein kurzer Schreck durchfuhr sie: „Hoffentlich ist nichts Schlimmes geschehen!" Dann hörte sie auch schon Apollonias vergnügtes Quietschen und das laute Jubeln ihrer Söhne. Argula folgte dem Stimmengewirr und stand wieder vor der Küche. Da waren ja alle! Sie war vorbeigelaufen, ohne ihre Kinder wahrzunehmen. „Mutter", rief ihr Ältester, „Mutter, wir haben Esskastanien gesammelt, und Hermine hat sie im Ofen ge-

braten." Nun waren die Jungen nicht mehr zu halten: „Das hat vielleicht geknallt, als die Schalen aufgerissen sind!" Rotwangig stürzten die drei Jungen auf die Mutter zu und drückten sich an sie. Im letzten Moment schob Argula noch die Briefe in ihrer Rocktasche beiseite, damit sie nicht zerknickten, und umschloss dann ihre Söhne mit ihren Armen. Als Apollonia das sah, fing sie auf dem Arm der Kinderfrau bitterlich an zu weinen. Argula gab jedem der Jungen einen Kuss auf die Wange und lief mit ausgestreckten Armen auf die Kleine zu, die immer nur „Mama! Mama!" rief, ganz so, als wäre die Mutter tagelang verreist gewesen. Sie herzte das Mädchen, das sofort wieder strahlte. Genau in diesem Moment stand plötzlich der Hausherr im Rahmen, schaute zufrieden auf die Familienidylle und gesellte sich hinzu. Seine Söhne erzählten auch dem Vater von den lauten Geräuschen, die die Esskastanien im Ofen gemacht hatten, und Friedrich vergaß ganz, seine Frau nach ihrem Tag zu fragen. „Glück gehabt!", dachte sich diese, „dann muss ich wenigstens nicht lügen."

## Kapitel 28

Oktober 1523
Dietfurt

### Argulas Briefe in der Öffentlichkeit

Zu Argulas Verwunderung geschah in den folgenden Wochen nichts Außergewöhnliches. Jeden Morgen war sie mit wild schlagendem Herzen erwacht, denn sie rechnete täglich damit, dass ihr Mann oder sie selbst eine Vorladung nach München erhielte oder dass ihr ein Gesandter des Herzogs gemeldet würde, der käme, um sie im Namen der Obrigkeiten, der Adressaten ihrer beiden Briefe, in der Angelegenheit Arsacius Seehofer zurechtzuweisen oder sie gar mitzunehmen und sie vor Gericht zu stellen. War man nicht just mit dem Magister ebenso verfahren?

Auch Friedrich hatte offenbar nicht Kunde ihrer heimlichen Aktivitäten erhalten. Er wirkte so gelassen und ausgesprochen zufrieden. Doch das, dessen war sich die Pflegerin gewiss, würde nicht mehr lange anhalten.

Fünf Wochen waren vergangen seit dem Tag, an dem sie die Schreiben auf den Postweg geschickt hatte. Ob die Briefe Osiander vielleicht nie in Nürnberg erreicht hatten? Oder ob dieser sie vielleicht gar nicht ihren Adressaten zugeleitet hatte? Hatten sie dem Nürnberger Domprediger vielleicht missfallen? Das konnte Argula sich aber nicht vorstellen, schließlich hatten sie sich ja bei ihrem letzten Treffen ausführlich besprochen.

Es klopfte an der Tür der Kemenate. Jäh wurde Argula aus ihren Gedanken gerissen. Mit einem Lächeln auf den Lippen riss sie die schwere Holztür schwungvoll auf. Gerade wollte sie rufen: „Kinder, lasst uns spazieren gehen! Es sieht so aus, als erwarte uns morgen Regenwetter, wir sollten noch etwas an die frische Luft gehen.“ Da stand zu ihrer Überraschung aber nicht die Kinderfrau mit ihren vier Kindern vor ihr, sondern es knickste die Magd Almuth vor ihr und hielt ihr schüchtern ein verschnürtes Bündel entgegen: „Herrin, dieses Paket ist gerade von einem Boten abgegeben worden.“ Argula schaute erstaunt, gab sich aber Mühe, nicht zu neugierig auszusehen. Sie dankte der jungen Frau und nahm die Post betont desinteressiert entgegen. Kaum hatte sie aber die Tür zugezogen, da riss sie schon an den Bändern und zog den Jutebeutel auf. Sie ahnte, dass es Osiander war, der ihr das Paket sandte. Da war ja auch schon ein gesiegelter Brief! Sie brach das Wachs und konnte das Papier nicht schnell genug entfalten. Ihre Hände zitterten wie Espenlaub. Argula ließ sich auf das Lager fallen und begann zu lesen: „Hochwohlgeborene Staufferin, ich will Euch nun endlich Antwort geben, habe Eure beiden Briefe gelesen und sie unverändert an die Adressaten, die Hohen Herren der Ingolstädter Universität und Wilhelm IV., unser aller hochverehrten Herzog, weitergeleitet. Erlaubt habe ich mir, Kopien beider Briefe anzufertigen, um sie an mir vertraute Glaubensbrüder weiterzuleiten. Auch habe ich, Euer Einverständnis vorausgesetzt, eine Abschrift Eures Briefes an die Universität Ingolstadt meinem Nürnberger Freund, dem Drucker Friedrich Peypus, zugeleitet. Er will Euren Brief, mit einem von mir ersonnenen Titel und einem

Vorwort aus meiner Feder versehen, gerne als Flugschrift drucken. Den Wortlaut meines Geleitwortes findet Ihr in der Anlage zu diesem meinem Schreiben. Euren Brief an den Bayerischen Herzog Wilhelm habe ich dem Bamberger Drucker Georg Erlinger, ebenfalls mit Titel ausgestattet, zugesandt.
Die Öffentlichkeit soll erfahren, welch mutiges und belesenes Weib die Stauffertochter Argula von der Burg Ernfels ist."

Argula hielt den Atem an: Was las sie da? Der Osiander hatte nicht nur beide Briefe kopiert und weitergegeben, sondern ließ auch noch ihre Schrift an die Ingolstädter Universität mit einem von ihm selbst verfassten Vorwort drucken! Argula spürte ihren Herzschlag in ihren Schläfen. Es war ihr, als müsse sie jeden Augenblick explodieren. Gott sei Dank, saß sie auf dem Bett, sodass sie im Falle einer Ohnmacht nicht stürzte, dachte sie. Es war eine Mischung aus Angst und Stolz, die sie erzittern ließ. Die Welt würde erfahren, was sie dachte. Obwohl sie nur eine Frau war, hatte sie sich Gehör verschafft. Und war es nicht so, diese Flugschriften gingen doch von Hand zu Hand! Auch las man sie sich in kleinem oder größerem Kreise vor und sprach darüber. Unglaublich, war sie doch bis vor Kurzem noch eine, wenn auch aus dem Ritteradel stammende, unbedeutende Ehefrau eines Pflegers des Herzogs von Bayern gewesen. Und nun würden viele Menschen etwas mit ihrem Namen verbinden. Aber am allerwichtigsten war, dass es ihr auf diesem Wege vielleicht gelänge, andere Menschen dazu zu bewegen, sich ebenfalls für das

Wort Gottes und seine wahre Kirche einzusetzen. Vielleicht würde es ihr gelingen, die Kirche Jesu Christi mit Luther gemeinsam zu reformieren! Abrupt rief sie sich zur Vernunft: „Nur nicht eitel sein, Argula! Bedenke auch die Konsequenzen für Deine Familie!“ Und tatsächlich hatte sie, als sie die Neuigkeiten gelesen hatte, überhaupt nicht an Friedrich und die Kinder gedacht. Was wäre, wenn man sie auswiese oder einsperrte, vielleicht sogar zum Tode verurteilte? Wer kümmerte sich dann um ihre vier Kinder? Wären dann nicht auch sie Geächtete? „Was wird Friedrich dazu sagen? Wird er mich verstoßen, des Hauses verweisen, die Ehe annullieren lassen?“ Von all dem hatte man ja schon gehört. Seine Familie jedenfalls würde sie sicher nicht mehr empfangen. Würde die Aufmerksamkeit, die sie erregte, vielleicht auch ihrem Bruder Marcellus, der sich 1522 an der Universität Ingolstadt hatte immatrikulieren lassen, schaden? So viele Ängste stürzten auf sie ein. Voller Entsetzen schlug sie sich auf den Mund, den sie besser gehalten hätte. „Was habe ich nur angerichtet!“ Tränen der Verzweiflung liefen ihr über die Wangen. Wie sollte sie das nur Friedrich erklären? Würde er ihr zu Recht Verrat vorwerfen?
Plötzlich meinte sie, die Stimme ihres Vaters zu hören, irrte sie sich oder war er es, der sie zurechtwies: „Argula, mein Kind, Du bist eine Staufferin, kämpferisch und stark. Wärest Du ein Sohn geworden, dann wärest Du mein würdigster Nachfolger. Also heule nicht wie ein Waschweib und betraure nicht die Konsequenzen Deines Handelns im Voraus. Du hast Dich einmal entschieden, für Gottes Wort zu kämpfen, dann gehorche Deinem Gewissen und weiche

nicht! Feigheit ist keine Eigenschaft einer Staufferin. Bedenke, Du tust, was Du tust, für Deine Kinder und Kindeskinder. Geh den eingeschlagenen Weg erhobenen Hauptes weiter!"

„Vater, ich werde Dich nicht enttäuschen", gelobte sie und war sich nicht im Klaren, ob sie zu ihrem leiblichen oder zu dem im Himmel sprach. Endlich beruhigte sie sich, und der Friede hielt wieder Einzug in ihre eben noch aufgewühlte Seele. Furcht und das Gefühl der Hilflosigkeit waren vertrieben.

Entschlossen setzte sich die Staufferin auf und griff nach dem Papier, auf dem Osianders Vorrede zu ihrem Brief an die Universität Ingolstadt stand. Sie war gespannt, was der Freund schrieb. Argula trat mit dem Papier ans Fenster. Sie musste die Augen fest zusammenkneifen, damit sie an diesem grauen Novembertag die kleine krakelige Handschrift Osianders lesen konnte.

Schon das Titelblatt kündigte das Schreiben einer adligen Dame zum Fall des jungen Magisters in Ingolstadt an:

*„Wie eine christliche Frau des Adels in Bayern durch ihren in göttlicher Schrift wohl gegründeten Sendbrief die Hohe Schule zu Ingolstadt wegen der von einem evangelischen Jüngling erzwungenen Verleugnung von Gottes Wort straft."* Weiter las sie auf der ersten Seite: *„Brüder, es ist Zeit, vom Schlaf aufzustehen, denn unser Heil ist näher als wir glauben. Darum, oh christlicher Leser und auch Ihr verblendeten Blinden, wütenden Pharisäer, die Ihr allezeit dem Heiligen Geist widerstanden habt, wollt Ihr den Worten Christi nicht glauben, so glaubt den Werken, die er*

*dadurch tut! Legt ab Hoffart, Geiz und fleischliche Wollust. Merket und greifet, wie gnädiglich, väterlich, mannigfaltig und wunderbar Christus, unser Seligmacher in diesen letzten Tagen, wie es am Anfang seiner Kirche auch geschah, uns nicht allein durch Gelehrte und die Schrift, sondern auch andere, viele junge und alte Männer und Frauen zu seinem seligen, göttlichen selig machenden Werk lockt und stärkt und die Verfolger desselben schändet, damit Euer Herz nicht verstockt und verhärtet bleibe. Beim Propheten Joel im 3. Kapitel in den Versen 1-3 heißt es: ‚Ich werde gießen meinen Geist auf alles Fleisch, und ich werde weissagen Euren Söhnen und Töchtern. Auch an Euren Knechten und Mägden werde ich Wunder wirken im Himmel und auf Erden ehe der große und erschreckende Tag Gottes kommt.‘ Dieser Spruch wird jetzt in diesem Weib wahr, wie man in dem nachgestellten Sendbrief finden wird. Darin hat sie Schriftgelehrte der Universität Ingolstadt mit vielen bekannten unüberwindlichen göttlichen Schriften wegen der Verfolgung des Heiligen Evangeliums ermahnt und unterwiesen – so wie es zuvor vom weiblichen Geschlecht wenig und in unseren Zeiten nie gehört wurde. Es wird daraus deutlich, dass sie ihr Schreiben nicht durch anderer Menschen Unterweisung, sondern allein durch das Wort Gottes verfasst hat. Sie lässt sich nicht von ihrem christlichen Werk abbringen, sondern sie bleibt beständig wie die Heilige Esther, die sich um des Heils des Volkes willen dem Tod und dem Verderben ergeben hat. Wie die Heilige Susanna will sie lieber ohne Werke in die Hände der Menschen fallen als durch Verschweigen der Wahrheit vor Gott zu sündigen. Darum mögen wir wegen der Überwindung der größten Feinde Christi zu Gott beten und sprechen: ‚Oh Herr, es wird zum Gedenken Deines Namens gereichen, wenn die Hand des Weibes sich überwindet.' Mit dem Heiligen Zacharias sollen wir jubeln und singen: ‚Gebenedeit sei der Herr, Gott Israel, der Heimsuchung und Erlösung gewirkt hat an seinem Volk.'"*

Hier endete Osianders Geleitwort. Darunter stand noch in seiner krakeligen Schrift zu lesen: „Sicher wollt Ihr auch wissen, welche Überschrift ich auf die Titelseite, die Erlinger mit einem vielsagenden Holzschnitt zu verzieren versprochen hat, setzen lasse. Dort wird für jedermann zu lesen sein:

*Eine Christliche Schrift*
*einer ehrbaren Frau von Adel,*
*darin sie alle Christlichen Stände und Obrigkeiten*
*ermahnt,*
*bei der Wahrheit und dem Wort Gottes zu bleiben*
*und solches aus Christlicher Pflicht zum Ernstlichsten*
*zu handhaben*

*Argula Stauffin*
*Anno Domini 1523*
*Richtet selbst, ob's vor Gott recht sei, dass wir Euch mehr*
*gehorsam sein sollen als Gott"*

Argula atmete tief durch. Welche Ehre wurde ihr da zuteil! Osiander, der angesehene Nürnberger Prediger, dieser kluge Mann, er verglich sie mit Esther und Susanna. Und er beurteilte ihr Tun als von Gott gelenkt! Und das sollte nun auch noch gedruckt werden. Argula wurde ganz schwindelig. Ob sie diesem Anspruch auch wirklich gerecht werden könnte? Sie würde es versuchen – um Gottes und auch ihres Vaters Bernhardin willen. Unter dem einleitenden Vorwort stand nicht etwa der berühmte Name seines Autors, nein, dort fand sich in vier kurzen Zeilen ein Hinweis auf sie, die Verfasserin dieses Sendbriefes:

*Nun folgt hernach der Christliche*
*Sendbrief des oben erwähnten Weibes, dessen Name am*
*Ende desselben zu finden ist.*

Noch immer fassungslos darüber, was sie mit ihrem Brief ausgelöst hatte, lehnte sich die Staufferin an den Fensterrahmen und ließ ihren Blick nach draußen in die Ferne schweifen, schon fast wehmütig Abschied nehmend, denn alles würde sich nun ändern. Sie wäre ab sofort nicht mehr nur Ehefrau und Mutter, sondern eine Person des öffentlichen Lebens, die nicht nur Zuspruch und Beifall bekommen würde. Vielmehr hatte sie sich bereits jetzt viele Feinde gemacht – und es würden noch mehr! Und dazu würde sie gleich morgen ein Weiteres tun. Unbedingt wollte Argula auch dem Rat der Stadt Ingolstadt ihre Position im Falle Seehofer erläutern, denn Osiander hatte in seinem Brief verlauten lassen, dass man dort seitens der Hochschullehrer Dinge erzähle, die sie nie geschrieben hatte. Auch Marcellus hatte Ähnliches berichtet. „Es ist der Zeitpunkt gekommen, dass ich offen mit Friedrich spreche und ihm sage, was ich getan habe und was ich noch zu tun gedenke. Aber erst werde ich den Brief schreiben. Absenden kann ich ihn auch noch zu einem späteren Zeitpunkt", überlegte sie. „Vielleicht wäre es klug, wenn ich Dietfurt für kurze Zeit verließe. Ich sollte nach Burggrumbach fahren, dann wäre Friedrich entlastet, hätte nicht immer sein Eheweib vor Augen und müsste sich nicht mehrmals täglich fragen, ob er sie nicht eigentlich zu züchtigen hätte, da ich ihm doch nicht den geschuldeten Gehorsam zeige", dachte sie, und bei dem Gedanken tat ihr Ehegatte ihr fast leid, denn er verstand nicht, was sie antrieb, und wusste nicht, was er tun sollte, schimpfte nur immer mit ihr und drohte, sie zu bestrafen.

## Kapitel 29

Ende Oktober 1523
Burggrumbach

### Unter Aufsicht in Burggrumbach

Am 25. November war sie in Burggrumbach eingetroffen, wo ihr von der Familie ihres Mannes ein eisiger Empfang bereitet wurde. Man sprach sie nur an, wenn es unvermeidbar war, zum Beispiel bei Tisch. Argula sollte sich ausgeschlossen, ja, geächtet fühlen.

„Also los!“, sagte sie sich nach drei Tagen freudloser Isolation. „Dann werde ich die mir aufgezwungene Ruhe nutzen und schreibe an den Rat der Stadt Ingolstadt.“ Und sie adressierte ihren Brief:

*„Dem ehrsamen vorsichtigen und weisen Bürgermeister und dem Rat der Stadt Ingolstadt, meinen guten Freunden.“*

Argula grinste, sie hatte sich nicht verkneifen können, diese sturen, verblendeten Herrschaften als gute Freunde zu bezeichnen. Ach, wie würden diese toben, wenn sie dies läsen! Sie fuhr fort:

*„Gnade und Frieden in Gott wünsche ich Euch, samt meinem freundlichen Gruß an Euch besonders liebe Brüder in Christus. Es hat sich vor nicht langer Zeit begeben, dass*

*ich über das, was man mit Arsacius Seehofer getan hat, der Hochschule geschrieben und aus christlicher Pflicht darauf hingewiesen habe. Ich hatte geglaubt, sie würden es für sich behalten, nun aber habe ich gehört, dass darüber laut geredet wird. Man hat mich mehrfach darauf angesprochen. Vieles erzählt man sich, was ich nicht geschrieben oder so nicht gemeint habe. Daher habe ich mich entschlossen, Euch hiermit Kopie meines Schreibens zu schicken, nicht, weil ich dächte, ich müsste mich dafür rechtfertigen. Allein, die, die sich über mein Schreiben ärgern, die bitte ich, es zu lesen. Ich zweifle nicht daran, dass der Geist Gottes Schulmeister sein und das rechte Urteil fällen wird. Darum muss der, der ein Christ sein will, soviel er kann denen widersprechen, die Gottes Wort verdammen wollen, dies aber nicht mit Waffen, sondern eben mit dem Wort Gottes. Welcher Doktor ist je so wohl gelehrt gewesen, dass er ein bedeutenderes Gelöbnis abgelegt hat als ich? Mir ist auch Gottes Geist verheißen, genau wie ihm. Ich höre, dass Etliche so über mich erzürnt sind, dass sie es gar nicht wissen, wie sie es anstellen sollen, dass ich vom Leben zum Tode komme. Aber ich weiß sehr wohl, dass sie mir nicht wirklich schaden können, denn Gott wird mich wohl erhalten. Sagt nicht Jesaja in Kapitel 51 in Vers 12: ‚Wer bist Du, dass Du Dich fürchtest vor dem sterblichen Menschen ...‘ Ich wüsste gern, welchen Gewinn sie daran hätten, wenn sie mich gleich ermordeten. Wäre dies denn die Stadt, in der man Christen martert, ebenso wie Jerusalem, dann geschehe mit mir, wie Gott es will. Aber bittet Gott, dass er nicht auch über Euch dieselbe Strafe verhängt! Würde mir die Gnade zuteil, den Tod um seines Namens willen zu erleiden, würden dadurch viele Herzen erweckt. Und 100 Weiber schrieben gegen sie. Was mir nachgesagt wird, soll Euch nicht ärgern, die Verfolgung ist mir eine Freude, denn ich werde nur um des Heiligen Evangeliums willen vermaledeit. Ich bitte auch herzlich für die Verfolger, Gott möge sie erleuchten. Auch Euch bitte ich, für sie und alle verstockten Herzen zu beten. So sagt Jeremia in Kapitel 23 im Vers 16: ‚Ihr sollt nicht auf die Worte der Prediger hören, die weissagen. Sie betrügen Euch, denn sie verkünden Euch Gesichte aus ihrem Herzen und nicht aus dem Munde des Herrn.' Hütet Euch vor der Lehre der Pharisäer, die er mit dem Sauerteig vergleicht. Wie ein wenig Sauerteig den Teig sauer macht, so schadet ein wenig falsche Lehre und bringt viel Übel. Darum, meine lieben Freunde und Brüder in Christo, seht Euch vor, dass Ihr nicht samt ihnen verderbet. Dafür wünsche ich Euch Gottes Gnade, in welche ich Eure Seele und Euren Leib befehle. Bittet Gott für mich, desgleichen will ich Gott auch für Euch bitten.*

*Datum Grumbach*
*Am Abend Simonis und Judas*[19]
*Anno Domini 1523*
*Argula von Grumbach*
*Geborene von Stauffen"*

Argula legte dem Brief an die Ingolstädter Räte eine Abschrift ihres Schreibens vom 20. September an die Ingolstädter Universität bei und schob beide gefaltet und gesiegelt zum Versand in eine Stoffhülle.

19 28. Oktober

Eine Abschrift ihres Briefes an den Rat von Ingolstadt faltete und siegelte sie ebenfalls und adressierte die Sendung an Osiander. Er würde schon wissen, ob man auch dieses Schreiben veröffentlichen sollte. Dann holte sie tief Atem und lehnte sich auf dem harten Stuhl zurück, den sie neben das kleine Tischchen, auf das sie die einzige Kerze, die sie im Raum hatte finden können, gestellt hatte.
Sie würde morgen versuchen, Friedrichs jüngste Schwester, Maria, beiseitezuziehen und sie bitten, die Schreiben aus dem Haus zu schmuggeln. Zu ihr hatte sie seit ihrer ersten Begegnung in Lenting ein freundschaftliches Verhältnis. Obwohl Maria selbst sicher keinerlei Neigung zu Widerspruch oder Ungehorsam hatte, empfand sie eine große, ihr selbst nicht ganz erklärliche Sympathie für ihre wagemutige Schwägerin, die ja offenbar wirklich glaubte, was sie sagte. Maria wusste zwar nicht, was sie von den Lutheranhängern, über die sie schon so manches gehört hatte, halten sollte, doch sie bewunderte Argula wegen ihrer Bildung, und sie beneidete sie glühend um ihre Bibelkenntnis. Wie gerne hätte sie auch eine ins Deutsche übersetzte Bibel ihr Eigen genannt!

Und tatsächlich gelang es Maria schon bald, in einem unbeobachteten Moment die Post einem durchreisenden Schleifer mitzugeben, der Messer und Erntegeräte schärfte. Sie gab ihm einen guten Wein aus dem Keller der Familie und eine Speckseite mit und nahm ihm das Versprechen ab, Stillschweigen über seinen Botendienst zu bewahren.
Niemand hätte je Maria, die Fromme und Folgsame, der Konspiration mit der verrufenen Staufferin, die allen in

Burggrumbach suspekt war, verdächtigt. Ungeduldig und rastlos bewegte sich Argula in den folgenden zwei Wochen innerhalb der dicken Mauern der Burg. Man hatte ihr zu verstehen gegeben, dass sie das Anwesen nicht zu verlassen hatte. Immer, wenn sie Hufgetrappel und das Holpern der Räder eines Gespannes auf dem buckligen Pflaster der Brücke hörte, eilte sie zu einem der schmalen Fenster, die nach vorne heraus gingen, aber vergebens. Kein Bote schellte am Tor. „Kein Wunder, hier ist ja niemand des Wortes mächtig, warum sollte also jemand schreiben?", dachte sie bei sich und grinste nicht ganz frei von Häme.

Erst in der letzten Novemberwoche, sie hatte es fast aufgegeben, auf Post von Osiander zu warten, da kam Maria am späten Mittag in Argulas Schlafkammer. Mit einem sonst für sie nicht typischen energischen Klopfen machte sich die Schwägerin bemerkbar. Ohne auch nur auf eine Antwort zu warten, stürmte sie entschlossen herein, zog sofort die Tür hinter sich zu, griff in ihre Rocktasche und hielt der Frau ihres Bruders ein in ein Leinentuch eingewickeltes Paket entgegen. Argula riss sie ihr aus der Hand und schaute verblüfft auf den Absender. Das Paket kam von einem Priester aus Nürnberg, dessen Name ihr nichts sagte. Sie löste die Knoten des Bandes und wickelte das Leinen ab. Maria hatte keine Anstalten gemacht, das Schlafgemach zu verlassen. Argula war es nur recht, schließlich war Maria sowieso eingeweiht in ihr heimliches Tun und sollte nun ruhig sehen, was das Paket enthielt. Gebannt schauten die Frauen auf den Inhalt, der nun vor ihnen lag. Es war ein ansehnlicher großer Papierstapel. Obenauf lag ein Zettel von diesem Priester aus Nürnberg, der Antonius Hammerl hieß und die Stauffertochter herzlich von Osiander grüßte. Argula legte das Papier beiseite und schaute voller Überraschung auf den Stapel. Das waren ja ihre Sendbriefe an die Hochschule und ihr Schreiben an Wilhelm IV. und dann noch der dritte, den sie an den Ingolstädter Rat geschrieben hatte! Und alles war gedruckt! Und da war ja auch Osianders Vorwort! „Gedruckt sieht es so würdig aus. Alle werden begreifen, dass es wichtig ist, schließlich ist es gedruckt“, seufzte Maria und konnte ihren Blick nicht von den Flugschriften lassen. „Schaut mal, auf den Deckblättern der Schriften an den Herzog und an den Ingolstädter Rat sind sogar Holzschnitte!“, jubelte Maria.

„Sie rahmen den Titel ein“, sagte Argula und hatte fast ein schlechtes Gewissen, denn sie konnte sich des Stolzes nicht erwehren.

„Wie schön der Erlinger aus Bamberg das Titelblatt gestaltet hat.“ Maria wies auf die Abbildungen hin. Links und rechts vom Titel verzierten Ornamente das Blatt, und in der Leiste oben war Gott Vater und rechts neben ihm ein Kreuz zu sehen. Die Leiste unten zeigte links eine auf einem siebenköpfigen gehörnten Drachen mit spitzen Ohren reitende Frau. „Das ist die Martha, die Schwester Marias!“, rief Argula aufgeregt aus und schlug sich sogleich mit der flachen Hand auf den Mund – sie war viel zu laut gewesen, hoffentlich hatte sie niemand vom Personal gehört oder, schlimmer noch, Marias Eltern hatten etwas mitbekommen. „Osiander hat mir den vor sechs Jahren erbauten Martha-Altar in der Nürnberger Martha-Kirche gezeigt. Im 11. Kapitel des Johannesevangeliums spricht sie als einzige Gestalt des Neuen Testamentes ein dem des Petrus ähnliches Bekenntnis zu Christus. Anders als im Lukasevangelium ist es bei Johannes nicht Maria, die Jesus zuhört, sondern es ist Martha, die nicht von ihrer Trauer ergriffen weint, sondern fest im Glauben stehend sich zu Christus bekennt. Das drachenähnliche, gehörnte Ungeheuer steht für das Böse. Drache und Schlange stellen den Teufel dar, und die sieben Köpfe sind die sieben Todsünden. Anders als Darstellungen der Drachentöter Georg und Michael, die den Drachen töten, wird Martha immer als Drachenbändigerin gezeigt." Argulas Schwägerin hatte rote Wangen und glänzende Augen bekommen: „Und das seid Ihr, Ihr bekennt Euch wie Martha zu Christus und seid eine berühmte Reformatorin!" Argula legte ihr die Hand auf die Schulter: „Leise, Schwester, leise! Die anderen dürfen diese Schriften nie zu Gesicht bekommen. Sie würden mich der Eitelkeit und Hoffart bezichtigen." Schweigend schauten die beiden Frauen nun wieder auf den Titelholzschnitt. Plötzlich sog Argula pfeifend Luft ein, und dann brach es aus ihr hervor: „Schaut Euch die Männer rechts an! Ich glaube, sie stellen die verschiedenen Stände dar. Am rechten Rand kniet ein Mönch. Der Bärtige hinter ihm ist ein Bauer, das sieht man an seinem Hut. Links neben ihm steht ein Ritter. Er trägt einen Umhang, und dann ist da noch ein Mann mit einem Barrett auf dem Kopf, das ist sicher ein Gelehrter, vielleicht ein Vertreter der Universität. Die beiden im Hintergrund sind vermutlich Ingolstädter Bürger."

Maria schaute ihre Schwägerin voller Verehrung an: „Ihr wisst so viel. Aber sagt, wer ist der zwischen der Frau auf dem Drachen und den Männern? Er steht nicht ganz in der

Mitte, sondern etwas näher bei der Männergruppe als bei der Drachenreiterin."
Argula runzelte die Stirn und jubelte schließlich verhalten: „Ich hab's! Ihr habt recht, er gehört wirklich nicht zu den Männern. Es muss ein Edelmann sein. Schaut, der weite Mantel mit dem Kragen, der sicher aus Pelz ist! Energisch stemmt er seine Rechte in die Hüften, mit der Linken weist er die Männer auf die Drachenbezwingerin hin, ganz so, als wolle er vermitteln. Maria, das kann nur der Bayerische Herzog Wilhelm sein!"
„Seht mal, die Drachenbezwingerin hält ein Schwert in ihrer Rechten und einen Kelch in ihrer Linken. Was heißt das, Schwägerin?", fragte Maria aufgeregt. Argula purzelten die Gedanken durcheinander: „Die Frau weist mit dem Schwert auf den Herzog, er hat das Recht zu strafen". Sie will, dass er richtet, will ihn zum Handeln zwingen. Der Kelch ist das Zeichen des Evangeliums. Der Herzog soll auf dieser Grundlage richten. Und der Drache steht hier für die Verfehlungen der Papstkirche. In der Offenbarung kommt auch ein Drache vor, das ist die Hure Babylon. Die Reformatoren sprechen von der Kirche oft als ‚Hure Babylon'. In der Endzeit muss der weltliche Herrscher über die Kirche richten – genau dies soll man begreifen."
„Und die Drachenreiterin, die das Untier bezwingt, seid Ihr, Schwägerin!", sagte atemlos Maria und schaute Argula mit roten Wangen und glänzenden Augen an."Ihr seid Martha, die sich zu Christus bekennt, während andere wie Maria allenfalls Tränen vergießen. Ihr seid ausgezogen, das Christenvolk von der Unterdrückung zu befreien. Ihr beruft Euch auf das Evangelium. Ihr wendet Euch an den Herzog

mit der Bitte, nein, mit der Forderung, er solle seine Pflicht tun und Recht sprechen.“ Argula schaute die Jüngere liebevoll und zugleich auch unsicher an. Maria hatte begriffen. Sie hatte in Worte gefasst, was Argula im Herzen bewegte. Ja, sie wollte an Luthers Seite kämpfen, wenn auch nur als kleine Martha. Sie wollte dem Evangelium wieder zur Macht verhelfen. Sie wollte die Schäfchen ihres Herrn retten, um des Evangeliums willen. Erschöpft lehnte sie sich an die zarte Schulter der Freundin und seufzte: „Ja, das ist mein Auftrag. Meine Pflichten als Ehefrau und Mutter und alles, was mir lieb und teuer ist, habe ich hintanzustellen, wenn es darum geht, für den Glauben einzutreten.“

## Kapitel 30

Ende November 1523
Burggrumbach und unterwegs

### Argula zu Gast beim Reichsgrafen von Simmern

Seit zwei Tagen waren nun auch Friedrich und die Kinder in Burggrumbach. Die Kinder waren der Mutter bei ihrer Ankunft jubelnd entgegengelaufen. Sie freuten sich, anders als ihr Gatte Friedrich, endlich wieder bei ihr zu sein. Ihr Mann war, kaum der Kutsche entstiegen, sofort mit seinem Vater im Kontor verschwunden und hatte sich auch danach erfolgreich bemüht, seiner Frau aus dem Wege zu gehen. Erst am dritten Tag kurz vor dem Abendessen begegneten sich die Eheleute. Argula blieb mit gesenkten Augen in Erwartung schwerer Vorwürfe und Worten der Missbilligung vor ihm stehen, denn schließlich dürfte es ihm nicht entgangen sein, dass sie keineswegs aufgehört hatte, sich für die Reformation zu engagieren. Und als er schweigend auf einem Meter Abstand verharrte, brach sie das Schweigen und fragte ihn mit noch immer gesenktem Haupt nach seinem Befinden und den Geschäften. Er brummelte ein paar unverständliche Worte. In Dietfurt stehe es schlecht, er wisse nicht, ob man dorthin je zurückkehren könne. Ja, er ginge von seiner baldigen Amtsenthebung aus. Dem habe er zuvorkommen wollen. Nur aus diesem Grunde sei er mit den Kindern nach Burggrumbach gekommen. „Es ist allein Deine Schuld“, zischte er gerade so laut, dass nur sie ihn verstand. Es sei ihm zugetragen worden, dass der Kanzler

Leonhard von Eck den herzoglichen Brüdern geraten habe, sich von dem Pfleger von Dietfurt zu trennen. Sogar über einen Nachfolger werde bereits gesprochen.
Dann setzte er sich ächzend auf seinen angestammten Platz als ältester Sohn der Familie und löffelte seine Kohlsuppe. Die Kinder waren überglücklich, der Mutter von ihren Erlebnissen während ihrer mehrwöchigen Trennung erzählen zu können. Der Große hatte inzwischen begonnen, lesen zu lernen. Er hatte den Priester solange bekniet, bis dieser endlich nachgegeben und ihm die Buchstaben und auch die Zahlen erklärt hatte. „Ich möchte so gerne genauso gut wie Ihr in der Bibel lesen können, Mutter", sagte der Knabe und errötete, als er den strafenden Blick seines Vaters auffing. „Vater sagt, ich soll später das Rechnungsbuch führen können, das Bibellesen soll ich dem Priester überlassen." Fragend schaute er Argula an, ganz so, als erwarte er, dass sie ihm zur Seite stünde. Gerade wollte sie anheben, als Friedrich sie mit kalten Augen anschaute und entschieden den Kopf schüttelte. So beschränkte sie sich darauf, den Knaben zur Geduld zu ermahnen, er sei ja schließlich noch sehr jung. Insgeheim ärgerte sie sich über ihre Zurückhaltung, denn eigentlich freute sie sich ja über den Eifer des Jungen und wollte diesen keineswegs bremsen. Nur war heute nicht der Tag, mit Friedrich zu streiten.

Der November war neblig und grau. Die meiste Zeit verbrachte die Stauffertochter im Kinderzimmer oder in der Kirche bei dem alten Pater Xaver. Er war der einzige Mensch, dem sie sich in diesen Zeiten anvertrauen konnte. War er auch keineswegs ein Anhänger der Reformation, so war er doch ein kritischer Geist, der sich einen aufrichtigen Klerus wünschte. Er wiederholte immer wieder mit in Sorgenfalten gelegter Stirn, er könne nicht glauben, dass der Papst von all diesem wisse. Seine Heiligkeit würde es nie zulassen, dass sich Menschen um des Entkommens vor dem Fegefeuer verschuldeten und ihre Kinder dem Hungertod preisgaben: „Ich bin gewiss, der Heilige Vater würde die Äbte und Bischöfe, die solches fordern, sofort ihres Amtes entheben." Argula mochte den alten Mann und schwieg, wenn er solche Äußerungen tat. Immerhin nahm er ihr ab, dass sie zum Besten der Kirche Christi handeln wollte. Und so war er es auch, der als Erster erfuhr, dass die Pflegerin eine Einladung nach Nürnberg erhalten hatte. Der Pfalzgraf Johann von Simmern, dem sie schon einige Male bei feierlichen Anlässen begegnet war, hatte sie eingeladen. Er wollte aus ihrem Munde hören, was in Ingolstadt an der Universität vorgefallen war. Der Pfalzgraf hatte ihre Briefe als Flugschriften gelesen und hatte, wie er ihr hatte ausrichten lassen, viele Fragen an die gleichaltrige Ritterstochter.

Argula fühlte sich geschmeichelt, dass dieser gebildete Mann, der als sehr kundig in der Staats- und Rechtslehre galt, mit ihr das Gespräch suchte. Der Pfalzgraf genoss ein hohes Ansehen bei Kaiser Karl V., der 1520, ein Jahr nach dem Tod seines Großvaters Kaiser Maximilians I., im Jahre 1519, gekrönt worden war. Der Pfalzgraf war in diesem Jahr Statthalter beim Reichsregiment geworden und vertrat den Kaiser bei Abwesenheit. Von Osiander wusste sie, dass Johann von Simmern auch in den schönen Künsten sehr bewandert war. Er pflegte Kontakt zu vielen zeitgenössischen Künstlern, las viel und engagierte sich für die Jugend. So hatte er schon vor neun Jahren in seiner Residenzstadt eine Lateinschule einrichten lassen und hatte seither viele begabte junge Männer aus Adel und gehobenem Bürgertum gefördert.

Johann von Simmern hatte es klug angestellt. Er hatte Argula von Grumbach als Tochter des Bernhardin von Stauff zu einem Festbankett mit anderen Vertretern des Ritteradels zu sich eingeladen. So konnte Friedrich von Grumbach, dem sie die Einladung mit zitternden Händen am folgenden Tag vorlegte, wohl oder übel nur ‚gute Miene zum – seiner Meinung nach – bösen Spiel machen'[20] und seiner Frau die Reise gestatten.

Es war eine lange Tafel, an der die geladenen Gäste saßen. Johann von Simmern hatte hochrangige Vertreter des Reichsregimentes mit ihren Gattinnen geladen, und unter den illustren Gästen fanden sich auch zahlreiche Adlige, deren Bekanntschaft Argula einst am Münchner Hof gemacht hatte. Damit es auf die Gäste nicht befremdlich wirkte und Argula nicht in Verlegenheit geriet, weil sie ohne ihren Gatten angereist war, erklärte der Pfalzgraf Argulas Erscheinen ohne Friedrich von Grumbach mit seinen zahlreichen Verpflichtungen in Burggrumbach, deren Erledigung keinen Aufschub duldete. Erstaunen stand den Herren zwar

20 Sich z. B aufgrund von gesellschaftlichen Gegebenheiten höflich verhalten, etwas Unangenehmes notgedrungen hinnehmen und sich dabei nicht seinen Unmut anmerken lassen, obwohl man eigentlich seinem Ärger Ausdruck verleihen möchte. Herkunft: Kartenspiel um Geld. Das Gegenüber darf nicht bemerken, dass die Karten wertlos sind (Bluff).

ins Gesicht geschrieben, doch niemand wagte es, dies vor dem Gastgeber zu kommentieren. Alle beäugten die in ganz Bayern im Adel berühmt-berüchtigte Autorin dieser unerhörten, insbesondere für eine Frau sich nicht schickenden Flugschriften. Und Johanns Gäste erhielten denn auch mehr als eine Kostprobe ihrer Entschlossenheit und ihres Temperamentes.

„Sagt nicht Jesus in der Schrift: ‚Wer mich bekennt vor den Menschen, zu dem will ich mich bekennen vor meinem Vater. Wer aber sich nicht zu mir bekennt, zu dem will ich mich auch nicht bekennen', wandte sich Argula direkt an die am Tische versammelten Vertreter des Reichsregimentes und die Abgesandten, die ihre Fürsten auf dem Reichstag begleiten würden. „Findet die Kraft im Glauben an Jesus Christus, Gottes Sohn, kämpft unerschrocken und fürchtet weder weltliche noch geistliche Gewalt. Seid vielmehr fröhlich und der Sache Gottes gewiss, dann wird Euch das Heil Christi zuteilwerden. Denn der Herr will nicht, dass den Armen das Reich Gottes versperrt werde", fügte die Stauffertochter in prophetischer Manier hinzu. Alle Augen waren auf sie gerichtet, teils mit Anerkennung, Sympathie und Bewunderung, teils aber auch mit Entsetzen oder gar Abscheu.

Noch ehe die Stille gebrochen werden konnte, ergriff der Gastgeber das Wort, erhob sein Glas und prostete den Geladenen zu: „Möge unser Tun auf dem Reichstag gesegnet sein!"

„Möge unser Tun auf dem Reichstag gesegnet sein!", brummelten die einen und riefen die anderen. So hatte der Pfalzgraf allen, die vielleicht gerne gestritten oder heftig disku-

tiert hätten, den ‚Wind aus den Segeln‘[21] genommen, und man wandte sich im weiteren Verlauf des Bankettes anderen, unverfänglicheren Themen zu.
Argula konnte nach diesem üppigen Mahl und den aufregenden Gesprächen nicht einschlafen und überdachte das Erlebte bis in die frühen Morgenstunden. Johann von Simmern hatte sich als ein kämpferischer Geist erwiesen, ganz so, wie man ihr über ihn berichtet hatte. Ihn zu gewinnen, und dass er auf der "richtigen" Seite stand, dessen war sie sich gewiss, war ein weiterer wichtiger Schritt in die Zukunft. Schließlich war er Abwesenheitsvertreter des Kaisers auf dem Reichstag, und sein Wort hatte Gewicht! Müde, aber zufrieden drehte sie sich auf die Seite und schlummerte schließlich beim ersten Hahnenschrei ein.

Wieder in Burggrumbach, machte sie sich schon am Tag darauf an die Arbeit und schrieb einen höflichen Dankesbrief an ihren Gastgeber. Dass sie auch die Gelegenheit nutzen wollte, ihre Ansicht erneut darzustellen und den Pfalzgrafen dafür einzunehmen, verstand sich von selbst. Schließlich musste man ‚das Eisen schmieden, solange es heiß war‘[22].
Inzwischen, das beobachtete Argula an sich selbst nicht ohne Stolz, flossen ihr die Worte geradezu aus der Feder. Hatte sie bei ihren ersten Sendbriefen noch oft lange nachgedacht und mit sich gerungen, welche der möglichen Anreden ihrer Adressaten wohl am trefflichsten wären und ob sie

21 Sprichwort: jemandem den Grund für sein Vorhaben nehmen. Bei Gefechten auf See: Durch geschicktes Manövrieren wurde das gegnerische Schiff in den Windschatten gebracht.

22 Sprichwort: die Gelegenheit nutzen, solange sie sich bietet, solange sie günstig ist.

denn bereits bei der Anschrift mit der ‚Tür ins Haus fallen‘[23] und gewissermaßen einen Ausblick auf Inhalt und Ziel ihrer Schreiben geben sollte, so hielt sie sich inzwischen an die Vorbilder anderer Flugschriftenautoren. Sie sprach denjenigen, für den das Schreiben gedacht war, mit allen Titeln und großer Hochachtung an, kam aber dann ohne Umschweife sofort ‚auf den Punkt‘[24]. So auch in diesem Brief, der, und da war sie sich sicher, von Osiander, dem sie eine Abschrift zukommen lassen wollte, an einen Drucker weitergegeben werden würde.
Leise murmelte sie vor sich hin, bevor sie ihre Worte niederschrieb:

*„Dem Durchlauchtesten Hochgebornen Fürsten und Herren, Herrn Johann Pfalzgraf bei Rhein, Herzog zu Bayern und Graf zu Spanheim, meinem gnädigen Herrn. Dass seine Fürstlichen Gnaden sich an das Wort Gottes halten sollen. Von einer ehrbaren Frau von Adel seiner Gnaden zugeschickt. Gnade und Friede in Gott, hochgeborener Fürst, gnädiger Herr. Als ich neulich abends mit anderen Herren zur Tafel geladen wurde, wofür ich mich in Demut bedanke, habe ich aus etlichen Reden Euer Fürstlichen Gnaden herausgehört, dass Ihr anfangt, die Schrift und Gottes Wort zu lesen. Auch habe ich wahrgenommen, dass Euer Fürstlichen Gnaden das göttliche Licht scheinen sehen, worüber ich nicht wenig erfreut bin. Möge der allmächtige barmherzige Gott dieses begonnene Werk fruchtbar machen und Euch vollkommen erleuchten. Dieses Licht kann allein*

23 Ohne Umschweife zum Eigentlichen kommen, direkt sein.
24 Sofort zum Kern des Anliegens kommen.

*Gott durch sein Wort entzünden, welches in menschlicher Vernunft weder gesucht noch gefunden werden kann."*

Argula rieb sich den Nasenrücken, wie immer, wenn sie sich konzentrierte. „Ich muss ihn ermuntern, unerschrocken für das Wort Gottes zu streiten – so wie ich es ihm schon bei Tisch gesagt habe. Das hat ihn doch im Herzen angesprochen und bei seiner Ehre als Mann von Adel gepackt", ging es ihr durch den Kopf.
Nachdem sie noch einige Psalmzitate angeführt hatte, forderte sie Graf Johann von Simmern auf, er möge, da doch der Herr das Heil „aufgerichtet habe", freudig dafür einstehen:

*„Nun haben wir das Wort Gottes. Darum werden wir keine Gewalt fürchten, sondern freudig und unverzagt vor alle Hohen Herren treten. Ich habe es nicht unterlassen können, Euer Fürstlichen Gnaden Ratschläge zu erteilen und Hilfe anzubieten, damit das Reich Gottes den Armen nicht versperrt werde und wir alle verderben. Euer Fürstlichen Gnaden seien gesegnet. Und ich befehle mich und uns alle der freundlichen Güte Jesu Christi an.*

*Dienstag nach Andreae*[25]
*Anno Domini 1523*
*Euer Fürstlichen Gnaden*
*demütige*
*Argula von Grumbach*
*Geborene von Stauff"*

---

25 1. Dezember

## Kapitel 31

1. Dezember 1523
Burggrumbach

### Argula schreibt an Friedrich den Weisen von Sachsen

„Der Herr möge mir verzeihen, dass ich schon wieder meinen mir vor Gott angetrauten Gatten hintergehe“, dachte sie, als sie noch am selben Nachmittag den Brief und seine Abschrift faltete, versandfertig verpackte und beides Pater Xaver, der ihr angeboten hatte, als Mittelsmann zu fungieren, mit der Bitte überreichte, er möge dafür sorgen, dass Osiander die Post so schnell wie möglich erhalte. Der Nürnberger würde den Brief ihrem Adressaten zuleiten und vermutlich einem Drucker seines Vertrauens eine Kopie geben.

Plötzlich klopfte es energisch an der Tür, und Argula zuckte zusammen, schnell schob sie Papier und Feder hinter ihren Nähkorb, und es gelang ihr gerade noch, Nadel und Garn zur Hand zu nehmen, da stand auch schon ihr Mann im Rahmen. „Ruhig bleiben!“, befahl sich die Staufferetochter und schaute Friedrich freundlich an. Gerade wollte sie ihn fragen, was ihn herführe, da brach es auch schon aus ihm hervor: „Der Bacher Anton ist in den Rechen gefallen, er hat sich den Kopf schwer verletzt. Ich hab‘ nach dem Arzt schicken lassen. Und jetzt gehe ich zum Anton in sein Haus, dort liegt er auf dem Lager. Erwarte mich nicht zu früh zurück. Ich hole mir aus der Küche einen Salzwecken und nehme für die Familie vom Anton auch etwas zu essen und einen guten Wein mit." Und schon war der Pfleger wieder draußen. Obwohl Argula den Anton und seine Familie kannte und ihm nur Gutes wünschte, war sie doch froh, dass Friedrich nicht etwa bei ihr erschienen war, weil er von ihrer Schreiberei gehört hatte. Sie selbst hatte ihn schließlich im Glauben gelassen, der Brief an den Rat der Stadt Ingolstadt sei ihre letzte Aktivität in dieser Hinsicht gewesen.

„Es eilt", dachte die Staufferin, „ich muss schreiben, solange man mich nicht gewaltsam daran hindert", und sie erinnerte sich mit Bitternis im Herzen daran, dass der Kanzler Leonhard von Eck ihren Vertrauten aus Jugendtagen, Herzog Wilhelm IV., aufgefordert hatte, auf seinen Bruder Ludwig einzuwirken, er solle ihrem Mann empfehlen, er möge ihr notfalls zwei Finger abhacken oder sie gleich erwürgen, sollte es ihm anders nicht gelingen, seine Frau zum Schweigen zu bringen. Doch es war niemandem, nicht den Obrigkeiten und auch nicht ihrem Mann gelungen, sie mundtot zu machen. Die herzoglichen Brüder hatten ihre Konsequenz gezogen: Man hatte Friedrich von Grumbach seines Amtes enthoben.
Bei dem Gedanken, Friedrich könnte der Forderung der Obrigkeiten, sie hart zu bestrafen, unter diesen Umständen doch noch Folge leisten, um sein Gesicht zu wahren, überlief sie ein kalter Schauer.
„Ich brauche Hilfe, und zwar Unterstützung von einer einflussreichen Persönlichkeit", murmelte sie leise, und in ihrem Kopf begann ein Entschluss heranzureifen. Sie

würde sich an Luthers Landesherrn wenden, den Kurfürsten Friedrich III. von Sachsen. Er war zugleich Erzmarschall des Heiligen Römischen Reiches. Mit diesem Amt war er vom Deutschen Kaiser für seine Loyalität bei der Kaiserwahl belehnt worden. Er hatte damit nicht nur bedeutenden politischen Einfluss und Einblick gewonnen, sondern ihm oblagen die obersten Hofämter. Auch durfte er die zwei gekreuzten roten Kurschwerter auf schwarzweißem Grund im Wappen tragen.

Friedrich *der Weise*, so wurde er nicht nur vom Volksmund genannt, war dafür bekannt, es mit dem christlichen Glauben und der Kirche sehr ernst zu nehmen. Tief verwurzelt im Katholizismus, besuchte er täglich die Messe und war für seine leidenschaftliche Heiligenverehrung bekannt. Er hatte Reliquien im Wert von zwei Millionen Jahren Ablass gesammelt. Man munkelte, er nenne fast 20.000 Reliquien sein Eigen. Argula war zu Ohren gekommen, dass es sich der fromme Friedrich zum Ziel gesetzt hatte, politische Reformen durchzusetzen. Er wollte die Territorialfürsten stärken. Die Geldgier des Papstes und seiner Getreuen hatte ihn dazu bewogen, den ehemaligen Mönch Martin Luther zu unterstützen. Argula war sich sicher, dass es Friedrich dem Weisen nicht in erster Linie um Luthers theologische Ziele ging, vielmehr fürchtete er, dass Rom mit seinen ständig steigenden finanziellen Forderungen die Landesfürsten in die Knie zwingen und die Länder in die Armut treiben würde. „Er hat Luther nie empfangen, das ist schon seltsam. Eine Sympathie für den Doctor Theologiae hegt er nicht, aber er macht sich die reformatorische Bewegung zunutze. Vermutlich hat er 1518 das Ketzerurteil gegen Luther auch aus genau diesem Grunde nicht anerkannt. Und darum hat er Luther auch freies Geleit zum Reichstag zugesichert und ihn nach der in Worms ausgesprochenen Ächtung auf die Wartburg bringen lassen. Der Kurfürst hat sich gezielt gegen die Papstkirche positioniert. Man munkelt ja auch, dass er seine schützende Hand nur deshalb über Luther hält, weil sein Begehren, die Kaisertochter Margarete zu ehelichen, zweimal abgelehnt wurde. Wie dem auch sei!", dachte Argula und entschied, gewissermaßen „auf diesen Wagen aufzuspringen"[26].

Sie schob das Nähzeug beiseite und holte Papier und Feder wieder hervor. Entschlossen tauchte Argula den Federkiel in das Tintenfässchen und schrieb in ihrer schönsten Schrift die Adresse auf das Papier:

*"Dem Durchlauchtesten Hochgebornen Fürsten und Herren, Herrn Friedrich, Herzog zu Sachsen, des Heiligen Römischen Reiches Erzmarschall und Kurfürst, Landgraf in Thüringen und Markgraf zu Meißen, meinem gnädigsten Herrn."*

Ohne lange zu überlegen, schrieb die Stauffertochter, was ihr Anliegen war:

*„Möge Euch die Gnade und der Friede Gottes in alle Ewigkeit begleiten. Das wünsche ich Euch, Gnädigster Fürst und Herr. Ich mochte es nicht unterlassen, Euer Kurfürstlichen Gnaden zu schreiben, dass ich sehr hocherfreut bin ob der Hoffnung, dass der allmächtige Gott den einberufe-*

26 Sprichwort: Sich etwas zunutze machen, sich aus Eigeninteresse einer Haltung anschließen.

*nen Reichstag regieren wird und seine Gnade und Weisheit alle Handelnden stärken werde. So werden sie das Wort Gottes den Armen zuteilwerden lassen, dass es nicht mehr mit Gewalt durch etliche der heidnischen Fürsten verboten und den Armen entrissen werde.*

*Ich wünsche und bitte Gott, Ihr möget weiterhin solch ein Gemüt haben und Gott ehren, wie ich es bei Euer Fürstlichen Gnaden gespürt habe, auf dass Euer Kurfürstlichen Gnaden mit fröhlichem und christlich freudigem Gemüt Gott unter die Augen treten.*

*Wir sehen das Heil, Gott sei gelobt, und haben alle Gewalt auf unserer Seite, Euer Kurfürstlichen Gnaden, lasst sie toben und wüten, sind sie doch ohne Kraft. Euer Kurfürstlichen Gnaden mögen nicht beachten, dass sie grießgrämen über Christus, denn ihnen ist alle Gewalt genommen ... Darum mögen Euer Fürstlichen Gnaden Gottes Wort sprechen, das in seiner Kraft trotzig ist, denn Euer Fürstlichen Gnaden sehen es brennen wie Jeremia*[27]*.*

*Ich habe neulich abends mit Herzog Johann gesprochen, der auch dem Reichsregiment angehört. Gerne hätte ich noch viel länger mit ihm gesprochen, wäre mehr Volk dort gewesen, das mir zugehört hätte. Ich fürchtete, mich um Gottes willen nicht und träte ihnen auch, wann immer sie wollten, unter die Augen.*

*Nun bitte ich Euer Fürstlichen Gnaden, durch Gott ein fröhliches Gemüt zu haben, in Dankbarkeit, dass aus sei nem Ratschluss aus Euer kurfürstlichen Gnaden Land und*

27 Gemeint ist die prophetische Rede in Jeremia 21,14b: „Ich will ein Feuer in ihrem (der Jerusalemer) Wald anzünden, das soll alles umher verzehren."

*durch Euren Schutz unser Heil kommt und Christus wieder gelehrt und erkannt wird.*
*Der allmächtige Gott habe Euer Kurfürstlichen Gnaden in seiner Benedeiung, hier und dort.*

*1. Dezember Anno Domini 1523*
*Euer Fürstlichen Gnaden*
*Demütige*
*Argula von Grumbach*
*Eine Geborene von Stauff"*

## Kapitel 32

Mitte Dezember 1523
Burggrumbach

### Argulas Brief an Adam von Thering

Die Familie von Thering war Verwandtschaft ihrer Mutter, die eine Geborene von Thering gewesen war. Adam war Argulas Vetter, mit dem sie in Kindertagen viel gespielt hatte und den sie bislang immer zu ihren Freunden gezählt hatte. Er hatte im Namen der Familie gesprochen, als er ihr ein vorwurfsvolles Schreiben hatte überstellen lassen, in welchem er sie inständig gebeten hatte, kein Aufsehen mehr zu erregen, indem sie, ein Weibsbild, sich erlaubte, an bekannte Persönlichkeiten des öffentlichen Lebens zu schreiben, und es auch noch wagte, diese zu belehren, was rechtens bzw. Unrecht sei. Adam von Thering war Statthalter der Pfalzgrafen zu Neuburg und sehr besorgt, dass die leutselige Verwandte seinen Ruf beschädigen könnte. Argula war selbstverständlich nicht bereit, um der Verwandtschaft willen zu dem geschehenen Unrecht zu schweigen oder gar Gottes Wort zu verleugnen. Das wollte sie ihm nun auch schriftlich geben. Ein schiefes Grinsen stand ihr im Gesicht, als sie zu schreiben ansetzte:

*„Gnade und Frieden in Gott wünsche ich Euch, mein herzlieber Herr und Vetter. Möge der Geist Gottes bei Euch sein. Mir wurde gesagt, dass man Euch zugetragen hat, ich habe der Hohen Schule zu Ingolstadt geschrieben, was*

*Euch sehr erzürnt haben soll, weil ich doch nur ein törichtes Weib bin, das unbillig gehandelt hat und Schmach und Schande über sich gebracht hat und zum Gespött geworden ist. Daraus, dass Ihr Euch dessen annehmt, erkenne ich, dass Ihr mich liebt wie Eure verwandte Freundin, wofür ich Euch großen Dank sage. Denn ich weiß schon, dass Ihr, wenn Ihr mir nicht treulich zugetan wäret, Euch wenig darum schertet, ob mir Gutes oder Böses nachgesagt würde. Dieser Beweis Eurer Freundschaft hat mich bewogen, Euch zu schreiben und Euch die Wahrheit zu berichten. Darum schicke ich Euch Kopie meines Schreibens an die Hohe Schule zu Ingolstadt, sodass Ihr Euch selbst ein Urteil bilden könnt. Sollte ich Unrecht getan haben, so will ich gerne die Strafe auf mich nehmen. Aber Ihr solltet mich nicht für das, was Gott mir gebietet, schelten. Denn in der Taufe habe ich gelobt zu glauben, mich zu Gott zu bekennen und dem Teufel zu widersagen. Darum, lieber Herr und Vetter, wundert Euch nicht, dass ich Gott bekenne, denn, wer Gott nicht bekennt, ist kein Christ und auch wenn er tausendmal getauft worden wäre. Auch muss jeder für sich selbst Rechenschaft ablegen im letzten Gericht. Es können weder Papst, König, Fürsten oder Doktoren für mich Zeugnis ablegen. Und da hilft auch kein Reichtum, denn es heißt bei Ezechiel 7 im Vers 19: ‚Weder Silber noch Gold vermag sie zu erlösen am Tage des Herrn. Und wenn die Angst über sie kommt, werden sie den Frieden suchen, ihn aber nicht finden.'*

*Darum, mein herzlieber Vetter, bitte ich Euch, werdet nicht schwermütig, wenn Ihr hört, dass man mir Schande nachsagt und mich verspottet, weil ich mich zu Christus*

*bekenne. Erschrecken sollte es Euch nur, wenn Ihr hörtet, ich verleugnete Gott. Ich rechne es mir zu großer Ehre an, wenn man mich um Gottes Lobes willen der Schande bezichtigt.*
*Man bezeichnet mich als lutherisch, ich bin es aber nicht, ich bin im Namen Christi getauft, zu ihm bekenne ich mich, nicht zu Luther. Aber ich bekenne, dass in Martinus Luther auch ein treuer Christ bekennt. Helfe Gott, dass wir solches nimmer mehr verleugnen, weder durch Schmach, Schande, Kerker, Peinigung oder sogar durch den Tod. Dabei helfe Gott allen Christen. Amen!"*

Argula stützte ihr Kinn in ihre Hände. Sie war so müde. Es fröstelte sie. Erstaunt stellte sie fest, dass sie zitterte wie Espenlaub. „Dieser Brief strengt mich mehr an als alle anderen zusammen", dachte sie. "Die Lage spitzt sich zu. Irgendetwas Schreckliches wird geschehen, das spüre ich. Und es gibt kein Zurück." Ihre Zähne schlugen aufeinander. Argula spürte Übelkeit in sich aufsteigen. „Reiß Dich zusammen, gibt nicht auf, mach weiter!", sagte ihr eine innere Stimme, und sie straffte den Rücken, richtete sich gerade auf ihrem Schemel auf und tauchte die Feder erneut in das Tintenfässchen:

*„Ich habe gehört, Ihr sollt gesagt haben, wenn mein Mann nichts gegen mich unternimmt, dann müssen Verwandte etwas tun und mich einmauern. Das glaube ich aber nicht. Friedrich tut leider viel zu viel dazu, dass er Christus in mir verfolgt. Aber ich bin ihm nicht Gehorsam schuldig, denn in Matthäus 10 im Vers 38 heißt es: ‚Wer Vater und*

*Mutter mehr liebt als mich, der ist meiner nicht wert, und wer Sohn oder Tochter mehr liebt als mich, der ist meiner nicht wert'. Und beim Evangelisten Markus im 8. Kapitel im Vers 34 ist zu lesen: ,Denn, was hülfe es dem Menschen, wenn er die ganze Welt gewönne und nähme an seiner Seele Schaden!' Das schmeckt aber dem Fleisch nicht Freundschaft, Ehre und Leben zu verlassen. Es ist erbarmungswürdig, dass unsere Obrigkeit, weder die geistliche noch die weltliche, sich nicht der Bibellektüre zuwendet. Auch wollen sie nicht wissen, was Gottes Befehl ist. Sie toben und verfluchen in Unwissenheit und Unkenntnis der Heiligen Schrift. Dennoch sagt niemand, dass es unchristlich gehandelt sei. Es ist ihnen auch egal, wenn man ihnen sagt, was Gott gesagt hat, ganz so als habe ein Narr geredet. Deshalb sind sie in der Bibel so unkundig wie die Kuh beim Brettspiel. Sie sagen immer nur, sie glaubten, was schon Ihre Eltern geglaubt haben. Dabei ist es doch aller Christen Pflicht, das Wort Gottes zu kennen. Von wie vielen habe ich gehört: ,Wenn mein Vater und meine Mutter in der Hölle wären, wollte ich ungern im Himmel sein.' Mir geht es nicht so – selbst wenn alle meine Freunde in der Hölle wären – davor Gott sei! –, wollte ich nicht mit ihnen sein. Es ist die Schuld der Eltern, dass sie die Kinder nicht das Richtige lernen lassen. Obwohl sie zur Schule gegangen sind, haben sie nur Ovid und Terenz kennengelernt. Sie haben nur gelernt, wie man buhlen soll.*
*In allen Städten gibt es solche Leute, die sich ihrer Schande rühmen, anstatt sich dessen zu schämen. Oft kommt es vor, dass höhere Frauen und ihre Liebhaber größere Treue halten als andere in der Ehe. Möge Gott alle behüten, die da-*

*gegen kämpfen und den Gefallenen aufhelfen. Sagt man's den Freunden, so wird gelacht. Desgleichen die Obrigkeit, die meint, ,eine Geige aus demselben Holz'[28] zu besitzen. Ich höre, dass es einen Reichstag geben wird. Gott sende allen Teilnehmenden seinen Geist, der sie die Wahrheit erkennen lasse, damit dieser Reichstag nicht vergeblich seinen Namen trage, sondern wir reich an Seel' und Leib werden und wir alle in einem wahren christlichen Glauben regiert werden. Damit wir nicht noch ärmer werden. Mögen sie ebenso viel Wert auf Gottes Wort legen wie auf Essen, Trinken, Bankett halten und Spiele ... Wie viele hunderttausend Gulden sind schon auf Reichstagen verzehrt worden! Ob es was genutzt hat, wisst Ihr besser als ich. Was kann man schon erreichen, wenn sie nachts die Köpfe kaum tragen können vor Völlerei! Ich hab' es mit eigenen Augen in Nürnberg gesehen – so ein kindisches Wesen der Fürsten. So lange ich lebe, werde ich das nie vergessen! Ach, wie schwer wird es aber sein, wenn der Herr sie schließlich auffordert, die Rechnung ihrer Haushalterschaft abzuliefern. Danach werden sie nicht mehr Meier[29] sein.*

*Darum, mein herzlieber Herr und Vetter, richte ich an Euch meine freundliche Bitte, nehmet Euch der göttlichen Schrift an! Ihr habt lange den Fürsten Ratschläge erteilt, nun ist es Zeit, dass Ihr Eure Seele beratschlagt. Vor Eurem Ende könnt Ihr die Evangelien nicht mehr alle lesen. Eigentlich hätte Gott es gewollt, dass Ihr die ganze Bibel gelesen hättet. Es ist übrigens auch nie die Ansicht Luthers gewesen,*

28 Hier: mit der Obrigkeit verhält es sich auch nicht anders.

29 Verwalter bei einem geistlichen oder weltlichen, oft adligen Grundherrn.

*dass man an seine Worte glauben soll, vielmehr sollen sie ein Leitfaden zum Wort Gottes sein.*
*Möget Ihr in Eurem Herrschaftsbereich viel Gutes bewirken. Sorgt dafür, dass Pfarr- und Predigtämter mit gelehrten Männern besetzt werden.*
*Man hat mich gewarnt, man werde meinem Manne das Amt nehmen. Ich kann nichts dafür, ich habe alles vorher wohlbedacht. Aber es hat mich und wird mich nichts hindern an meinem Heil. Ich bin die Gefahr eingegangen, alles zu verlieren, sogar Leib und Leben. Gott stehe mir bei! Ich vermag von selbst nichts Gutes zu tun. Bittet Gott ernstlich für mich, dass er meinen Glauben mehre, auch wenn ich zugrunde gehen müsste. Schämt Euch meiner nicht, sondern lobt Gott. Das Gut, das man mir nehmen kann, ist nicht viel. Ihr wisst, dass einst mein Vater unter den Herren von Bayern gelitten hat und seine Kinder zu Bettlern wurden. Auch wenn sie mir und meinen Kindlein durch das Pflegamt, das sie meinem Gatten übertrugen, Gutes getan haben. Gott sei ihr Lohn! Meine vier Kindlein wird Gott wohl versorgen und sie speisen mit den Vögeln in der Luft und sie bekleiden mit den Blumen des Feldes. Er hat's gesagt, er kann nicht lügen."*

Hier hielt Argula kurz inne und versuchte, sich an Luthers Schrift „An den Christlichen Adel Deutscher Nation" zu erinnern. Hatte er nicht ungefähr so argumentiert: „Es ist meine allergrößte Sorge und Furcht, dass meine Sache unverdammt bleiben könnte, woran ich gewiss erkennen würde, dass sie Gott noch nicht gefällt. Darum lass sie nur frisch daherkommen, es sei der Papst, Pfaffe, Mönch oder

Gelehrter. Sie sind das rechte Volk, die die Wahrheit verfolgen sollen …“

Argula stärkte sich an den Worten des Wittenbergers und fuhr fort:

*„Eigentlich hatte ich vor, mein Schreiben geheim zu halten. Nun sehe ich, dass Gott es kundgetan wissen will. Würde ich nun deshalb geschändet, so wäre es ein gutes Zeichen, dass es nach Gottes Willen geschieht, denn, wenn es die Welt lobte, wäre es nicht Gottes Wille.*

*Damit, mein lieber Herr und Vetter*
*befehle ich Euch jetzt und alle Zeit*
*in die Gnade Gottes*
*Datum zu Grumbach*

*Dezember Anno Domini 1523*
*Argula von Grumbach*
*Geborne von Stauffen“*

Erschöpft lehnte sich Argula auf dem Schemel zurück. Tränen liefen ihr in nicht endendem Strom über das Gesicht. Nur schwer konnte sie ein Schluchzen unterdrücken. „Ich habe auf dieser Erde so gut wie keine Vertrauten, keine Freunde mehr. Mit meiner Familie hab‘ ich‘s mir verdorben, mit allen Hohen Herren ebenfalls. Herzog Wilhelm, mein Freund aus Jugendtagen, hat es nicht für nötig gehalten, mir auf mein Schreiben Antwort zu geben. Er ist dem Rat Leonhard von Ecks gefolgt und hat seinen Bruder

Ludwig überredet, meinen Mann zu strafen und ihn seines Amtes zu entheben, weil er mich nicht züchtigte. Dass er kein Pfleger mehr ist in Dietfurt und diese Stadt beinahe fluchtartig verlassen musste, ist meine Schuld. Der Herzog hat ihm mit Strafen für Leib und Leben gedroht, wenn ich nicht schweige. Ich riskiere unser aller Leben. Doch was bleibt mir? Mein Gewissen befiehlt mir, für den Glauben zur Märtyrerin zu werden. Ich kann nicht zurück. Gott helfe mir. Amen."

Argula saß wie ein Häuflein Elend zusammengekauert und fröstelnd auf dem hölzernen Sitzmöbel. Sie wischte sich die Augen trocken, straffte ihren Rücken und faltete den Brief an den Vetter mit ernster Miene und schob ihn mit der Kopie ihres Briefes an die Ingolstädter Universität in eine Hülle.
Kurz beschlich sie der Gedanke, sie dürfe ihre Schwägerin Maria in diesen gefährlichen Zeiten nicht mit hineinziehen, doch dann schob sie alle Bedenken beiseite und ließ den Brief in seiner Hülle in ihre Schürzentasche gleiten und verließ die Kemenate, um die Post an die innerhalb der Familie über allen Zweifel erhabene Schwester Friedrichs weiterzugeben. Auf dem dunklen Flur begegnete ihr Friedrich, der einen Leuchter in der Hand hielt und im Kerzenschein krank und elend aussah. Er vermied es, ihr in die Augen zu sehen, und Argula war froh darüber. Er rührte sie, er war ein gebrochener Mann, der sie in seiner Gutmütigkeit nicht einmal hassen konnte. Vielleicht wäre es für ihn und seine Familie ein Glück, wenn sie einfach ver-

schwände, sich „aus dem Staube machte“[30]? Aber konnte sie ihre Kinder „im Stich lassen“[31]? Sie musste sich wohl oder übel in Geduld üben und zunächst hier in Grumbach ausharren, wurde sie hier auch noch so sehr wie eine Aussätzige behandelt. Aber immerhin hielt man sie nicht hinter Gittern, sondern sah lediglich zu, dass sie das Haus nicht alleine verließ. So fand sie Zeit, die ihr von Osiander und auch gelegentlich von Spalatin zugesandten Lutherschriften zu lesen.

An diesem Abend legte sie sich sofort nach dem Nachtmahl ins Bett und hörte weder, dass sich ihr Mann kurz nach ihr ebenfalls zu Bett begab, noch wurde sie wach, als er am darauffolgenden Morgen in aller Herrgottsfrühe wieder aufstand. Als Argula dann in der neunten Stunde erwachte, hörte sie, dass alle anderen Familienmitglieder geschäftig herumliefen. Sie holte sich nur ein Stück Brot und einen Becher Kamillenaufguss aus der Küche und zog sich wieder in die Kemenate zurück, um zu lesen. Begeistert sog sie Luthers Ausführungen über die Bedeutung des Gewissens und der Gnade Gottes, für den Glauben, in sich auf: „Genau so habe ich immer gefühlt. Nicht die theologische Begründung entscheidet, ob man Gottes Sohn Folge leistet, sondern die Gnade Gottes und die Stimme des Gewissens! Kein Wunder, dass so viele Nonnen und Mönche die Klöster verlassen haben!“ Die Lutherschrift „Ursach

30 Hier: verschwinden, flüchten. Herkunft: Ritterkämpfe, Turniere, in denen bei Richtungswechsel und Wendemanöver so viel Staub aufwirbelte, dass so mancher dies nutzte, um „das Weite zu suchen“.

31 Hier: in schweren Zeiten jemanden verlassen. Herkunft: Jemanden im Kampf dem eine Lanze tragenden Gegner überlassen.

und Antwort, dass Jungfrauen Klöster gottlich verlassen mögen", die schon im April 1523 als offener Brief an die Öffentlichkeit gelangt war, bestätigte die Stauffertochter in ihrer Meinung, dass man niemanden zu klösterlichem Leben zwingen dürfe. Wie treffend sagte Luther da, dass man tun müsse, wozu man geschaffen sei: „Weil er Mann und Frau geschaffen hat, dass sie zusammen sein sollen, soll ich mir keinen anderen Stand vornehmen und jenen liegen lassen aus eigenem Vorwitz und Mutwillen. Denn damit gebe ich mich ohne Not und Ursach' in Gefahr und versuche Gott, zumal ein anderer göttlicher Stand da ist, in dem ich keine Gefahr und Versuchung herausfordere. Denn wer zwingt und beruft mich, dass ich ehelos bleibe? Was ist mir die Jungfrauenschaft vonnöten, wenn ich doch fühle, dass ich sie nicht habe und Gott mich nicht besonders dazu beruft, und weiß auch, dass er mich zur Ehe geschaffen hat? Darum, willst Du etwas bitten von Gott, so bitte, was Dir nötig ist und wozu Dich die Not dringt." Argula hielt atemlos inne. Jeder sollte also Gott bitten, ihm zu helfen, herauszufinden, was seine eigentliche Bestimmung sei? „Wie war das bei mir, als man mir eröffnete, ich solle die Frau des aus unterfränkischem Adel stammenden Friedrich von Grumbach werden? Hat sich in mir nicht etwas gesträubt? Vielleicht war es nicht meine Bestimmung, Hausfrau und Mutter zu sein? Aber meine vier Kinder liebe ich doch! Wie dem auch sei, für schicksalhafte alles verändernde Entscheidungen ist es nun zu spät. Viel wichtiger ist, dass ich Gottes Ruf gefolgt bin und für den wahren Glauben eintrete. Die Ablehnung und Verachtung, die ich täglich hier zu spüren bekomme,

ist nichts gegen die Verfolgungen der ersten Christen …“
Eifrig las sie weiter. Hier nannte Luther auch die Namen der neun jungen Nonnen, die an Ostern, am 4. April 1523, aus dem Zisterzienserkloster Nimbschen geflohen waren. Oder sollte man lieber sagen, „auf eigenen Wunsch entführt wurden“, da ihnen ihre Familien den Austritt untersagt hatten? Es war jedenfalls der Kaufmann und Lutherfreund Leonhard Koppe gewesen, der dieses Schelmenstück bewerkstelligt hatte. Man munkelte, er habe die Nonnen auf einem Wagen hinter Heringsfässern versteckt aus dem Kloster herausgeschmuggelt.
Alle neun waren adlige Damen: Magdalene von Staupitz, Elisabeth von Canitz, Veronika von Zeschau und deren Schwester Margarethe von Zeschau, Laneta von Gohlis, Ave Grosse, Katharina von Bora, Ave von Schönfeld und ihre Schwester Margaretha von Schönfeld.
Argula stand auf, trat ans Fenster und schaute in den wolkenverhangenen, grauen Himmel. „Der Dezember“, so dachte sie, „ist in diesem Jahr ein schlimmer Monat. Die Freude auf das Christfest will nicht so richtig einkehren. Wir haben draußen ein feuchtes Herbstwetter, und drinnen sind nur die Kinder fröhlich, allerdings auch nur, wenn sich Vater und Mutter nicht wieder streiten …“ Argula dachte an die neun entflohenen Nonnen, die alle irgendwo eine Unterkunft gefunden hatten. Ob sie wohl irgendwann in den ehelichen Stand treten würden? Ihr war zu Ohren gekommen, dass fast alle von ihren Familien verstoßen worden waren, weil sie gegen deren Entscheidung und wider kirchliches Recht gehandelt hatten, als sie ihrem eigenen Gewissen gefolgt waren. Sie hatten Luthers Worte von

dem *einen* Geist des Glaubens ernst genommen. Argula erinnerte sich nur zu gut an des Wittenbergers Schrift „An den christlichen Adel Deutscher Nation: Von des christlichen Standes Besserung“, die ihr Osiander geliehen hatte, als sie ihn im Spätsommer in Nürnberg besucht hatte. Hatte Doktor Martinus Luther nicht gesagt, dass alle Christen Priester seien, weil sie doch alle *ein* Glaubensbekenntnis, *ein* Evangelium und *ein* Sakrament haben? Wie sollten dann nicht auch alle das Vermögen haben, zu urteilen, was Recht und was Unrecht im Glauben ist, das hatte Luther unmissverständlich geschrieben. Argula erhob sich hastig und griff nach ihrer Bibel, die auf der Fensterbank lag. Wie gut, dass Friedrich nicht den Mut gehabt hatte, sie ihr wegzunehmen, hatte er doch unmittelbar nach seiner Amtsenthebung damit gedroht! Sie schlug das Buch auf. „Wo sagt Paulus das nur? Es steht in beiden Briefen an die Korinther etwas davon“, überlegte die Stauffertochter und rieb sich den Nasenrücken. Richtig, es musste im 1. Korintherbrief im 2. Kapitel und im 2. Brief an die Korinther im 4. Kapitel zu finden sein. Argula blätterte ungeduldig in der Heiligen Schrift und lächelte zufrieden, als sie die erste Stelle dort im Vers 15 gefunden hatte. Da war zu lesen: „Ein geistlicher Mensch richtet alle Dinge und wird von niemanden gerichtet.“ Leise las sie diese Worte des Paulus und nickte beifällig, ohne es selbst zu bemerken. Auch den Text im zweiten Korintherbrief fand sie schnell. Im 13. Vers stand: ‚Wir haben alle einen Geist des Glaubens.‘ Wie sollten wir denn nicht ebenso gut wie ein Papst fühlen, was dem Glauben gemäß oder nicht gemäß ist?“, sinnierte sie.

Argula dachte an die Eselin des Propheten Bileam, die

doch auch klüger war als ihr Herr.[32] Gott hatte schließlich durch die Eselin mit dem Propheten gesprochen. Lag es da nicht nahe, dass er auch durch einen frommen Christen zum Papst reden konnte? „Gebührt es da nicht einem jeden Christenmenschen, dass er wie einst St. Paulus, der St. Peter tadelte[33], dass sich dieser durch sein unaufrichtiges Handeln ins Unrecht setzte, danach strebt, gemäß dem Glauben zu leben und alle Irrtümer zu verdammen?“, überlegte Argula und dachte an des Paulus‘ Worte an Petrus: „Wenn Du, der Du ein Jude bist, heidnisch lebst und nicht jüdisch, warum zwingst Du dann die Heiden, jüdisch zu leben?“

„Ich habe gleich Bileams Eselin zu den Gelehrten und den Bürgermeistern von Ingolstadt, zu meinem gestrengen Vetter, ja sogar zu meinem Herzog, Wilhelm IV., zum Pfalzgrafen von Simmern ebenso wie zu Friedrich von Sachsen gesprochen. Die Worte, die ich sprach, waren nicht meine Worte, sondern sie wurden mir von Gott gegeben. Ich war und bin sein Werkzeug und will es immer sein“, gelobte die Stauffertochter still bei sich, und ihr stand der Auftrag, den ihr der Herr erteilt hatte, deutlich vor Augen. „Ich werde weitermachen, werde an Luther selbst schreiben, ihm berichten, was ich erlebt und gehört habe, und ihn in seinem Wirken bestärken, schließlich hat er uns Adlige aufgerufen, für den rechten Glauben einzustehen. Es ist unsere Standespflicht, ihm zu folgen.“

Allerdings schloss sie darin mit keinem Gedanken Friedrich von Grumbach, geschweige denn seine Familie, ein.

---

32 vgl. 4. Mose 22,28ff.

33 Galater 2,11-14.

Dieser unterfränkische Adel war nicht aus demselben Holze gemacht wie sie und ihre Familie! Die Stauffer hatten immer schon für ihre Überzeugung gekämpft. Insgeheim dankte sie Osiander noch einmal, dass er ihre Briefe in den Druck gegeben und damit für eine breite Öffentlichkeit zugänglich gemacht hatte. Auch der Titel war von dem Freund gut gewählt worden: „Wie eine christliche Frau des Adels in Bayern durch ihren in göttlicher Schrift wohlgegründeten Sendbrief die Hohe Schule zu Ingolstadt dafür bestraft, dass sie einen evangelischen Jüngling zur Widerrufung des Wortes Gottes gedrängt haben."
„Er hat es wohl bedacht. Aus meinem mehr oder weniger privaten Schreiben, von dem sonst niemand erfahren hätte, hat er eine viel beachtete und von zahlreichen Menschen gelesene Flugschrift gemacht. Den Adel interessiert sie, weil jeder dieses Standes aufmerksam verfolgt, was Gleichrangige tun, und die lesenden Bürger erfahren, wie ernst eine Adlige die Fragen der Religion nimmt. Schließlich ist es auch unsere Aufgabe, Vorbilder zu sein", fand sie. Zufrieden trat Argula vom Fenster zurück und ließ sich auf ihren Schemel fallen. Was hatte Friedrich ihr neulich an den Kopf geworfen? Sie legte die Stirn in Falten. Er hatte ihr wütend zugeschrien, es sei ihr ja nicht genug gewesen, den Gelehrten der Universität einen Brief zu schreiben – den hätte man ja noch als „Weibergeschreibsel" abgetan. Nein, sie habe den Sendbrief auch noch zur Veröffentlichung freigegeben. Was hatte er noch auf ihr Beteuern, sie habe das nicht zu verantworten, Osiander habe die Abschrift an den Nürnberger Drucker Friedrich Peypus weitergegeben und der habe ihn dann gleich in zwei Ausgaben gedruckt,

geantwortet? Richtig, er hatte sie an den Schultern gepackt und geschüttelt und laut seiner Abscheu und Verzweiflung mit Worten Ausdruck verliehen: „Und die anderen zwölf Ausgaben, sind sie auch ohne das Zutun meiner Frau entstanden?“ Dann hatte er auf dem Absatz kehrtgemacht und die Tür krachend hinter sich zugeworfen. Gleich darauf waren ihre Söhne angelaufen gekommen und hatten sie mit vor Schreck geweiteten Augen angeschaut, und der Älteste, wie immer der Wortführer der kleinen Bande, hatte mit ängstlicher Stimme gefragt, ob die Mutter nun eingemauert werde. Argula war entsetzt, dass dieses Gerücht schon im Kinderzimmer angekommen war und nahm sie alle drei in ihre Arme und versicherte ihren Söhnen, dass alles gut werde, der Vater sei zurzeit nur nicht ganz gesund.
Über diesem aufregenden Zwischenfall hatte sie völlig vergessen, was Friedrich ihr da mitgeteilt hatte. Jetzt wurde es ihr plötzlich klar. Es gab inzwischen 14 Ausgaben ihrer Schrift an die Ingolstädter Universität! Wenn es stimmte, was sie gehört hatte, dann wurden von den meisten reformatorischen Flugschriften 1000 Exemplare gedruckt. Das hieße ja, dass ihr Brief 14.000-mal im Umlauf war. Ihr wurde ganz schwindelig. Vermutlich hatten sogar noch mehr Menschen ihren Brief gelesen, schließlich konnte man davon ausgehen, dass andere Menschen genau wie sie selbst Druckschriften aus- und verliehen. Kein Wunder, dass sie sich so viele Feinde gemacht hatte! Friedrich hatte auch noch erwähnt, dass seine Frau nicht nur in Süddeutschland, sondern auch im Norden und sogar in Basel und Straßburg bekannt sei. Argula atmete heftig und glaubte jeden Moment umzufallen. Sie wankte auf das Bett zu und wollte

sich auf ihr Lager legen, verfehlte es aber um nur wenige Zentimeter, stürzte und schlug mit der Stirn auf dem kalten Steinboden auf.

Offenbar war sie einen Moment ohnmächtig gewesen. Sie schlug die Augen auf, schloss sie aber sogleich wieder, denn um sie herum drehte sich alles. Erschreckt von ihrem eigenen Stöhnen, tastete sie nach der Bettkante, war aber noch zu schwach, sich daran hochzuziehen. Wie lange sie da so zusammengekrümmt gelegen hatte, wusste sie nicht. Als sie wieder die Augen auftat, war es im Raum fast ganz dunkel. Es musste bereits Nachmittag sein. Man hatte sie also nicht vermisst, oder man war froh, dass sie nicht zum Mittagsmahl erschienen war … „Aber was wundert es mich?“, brummelte sie vor sich hin und versuchte, diesmal mit mehr Erfolg, sich aufzurichten. Sie krabbelte ins Bett und bedeckte ihren kalten Körper mit einem Laken. Als sie versuchte, sich an den Sturz und die Zeit unmittelbar danach zu erinnern, bemerkte sie, dass ihr sicher drei oder vier Stunden in ihrem Gedächtnis fehlten.
Aber schnell stellte sich die Erinnerung an die Erkenntnis ihrer großen Bekanntheit wieder ein. „14.000 oder mehr Menschen bin ich keine Unbekannte mehr – und das nur durch den Brief an die Universität Ingolstadt. Wie steht es mit den anderen?“, fragte sie sich, verbot sich dann aber energisch jeden weiteren Gedanken daran, sie wollte nicht wieder der Ohnmacht nahekommen …

## Kapitel 33

Februar 1524
Burggrumbach

### Argula schreibt an Luther

Anfang Februar 1524 erhielt Argula einen Brief von Spalatin, der ihr schrieb, dass der Reformator sie in einem Schreiben vom 18. Januar des Jahres in höchsten Tönen für ihre Entschlossenheit und ihren Mut gelobt habe und die Stauferin als eine zum wahren Christsein Bekehrte bezeichne. Auch solle er, Spalatin, der tapferen Frau von Grumbach Trost spenden.
Argula hatte den Brief direkt am Burgtor abgefangen und war schnellen Schrittes damit in der Kemenate verschwunden. Natürlich freute sie sich über Lob und Anteilnahme des Wittenbergers, doch hatte sie sich eigentlich eine persönliche Antwort Luthers auf ihren Brief erhofft, den sie ihm im Dezember kurz vor dem Christfest geschrieben hatte und den ihm Osiander, wie dieser ihr versichert hatte, auch persönlich übergeben hatte. Argula fuhr sich durch die Haare. Es war immer dasselbe mit dem Luther! Er antwortete ihr nur selten direkt und wenn, dann nur sehr kurz auf ihre Briefe. War es Zurückhaltung, weil sie eine Frau war oder weil sie nicht wie er eine Universität besucht hatte? War es vielleicht doch vorsichtige Schüchternheit oder war es gar Dünkel?

Zwei Jahre zuvor, im Frühjahr 1522, hatte sie erstmals brieflichen Kontakt zu Luther aufgenommen. Damals hatte der ehemalige Würzburger Domstiftsprediger, Paul Speratus, der nach seiner legendären Predigt im Wiener Stephansdom, in der er offen das Zölibatsgelübde angegriffen hatte, als Ketzer exkommuniziert worden und ins mährische Iglau entwichen war, den Brief der Staufferin an Luther weitergeleitet. Argula hatte Luther damals in ihrem Schreiben von der Verfolgung zum evangelischen Glauben bekehrter Christen in den Niederlanden berichtet. Ein ganzes Kloster, in dem Mönche zu Anhängern der Reformation geworden waren, war im Oktober 1522 zerstört worden. Evangelisch Gesinnte waren von ihren Gütern verjagt worden, und nicht wenige von ihnen waren einen grausamen Tod gestorben. Luther hatte ihr daraufhin einen kurzen Brief geschrieben, worin er auf das Schicksal der Mönche Bezug nahm und sie für ihren Mut, sich für die Frauen und Mädchen aus dem Bauernstand einzusetzen und ihnen die Bibellektüre nahezubringen, lobte. Der Wittenberger hatte sie in seinen Briefen als „Hausfrau Julia" bezeichnet und damit wohl auf die römische Kaiserdynastie aus dem Patriziergeschlecht der Julier angespielt. Argula war ob dieser Zeilen ein wenig verärgert gewesen. „Will er mich verspotten? Unterstellt er, ich bildete mir zu viel auf meine Herkunft ein? Ein sehr freundlicher Mensch scheint dieser Luther nicht zu sein. Doch darum darf es hier nicht gehen. Er ist, daran besteht kein Zweifel, wie ich, ein Werkzeug Gottes", hatte sie sich damals gesagt und beschlossen, die Angelegenheit nicht persönlich zu nehmen, obwohl es ihr schwergefallen war und sie sich, wie sie zugeben musste, noch immer darüber etwas grämte.

Jetzt war es Spalatin, der den Mittelsmann zwischen ihr

und Luther gab und ihr Grüße vom Reformator ausrichtete. Sie hatte in ihren letzten Schreiben nach Wittenberg ihrer großen Besorgnis und Ungeduld über das nur sehr langsame Fortschreiten der Reformation in Bayern Ausdruck verliehen. In Spalatins Brief wurde nun aber die Situation der reformatorisch gesinnten bayerischen Christen mit keinem Wort erwähnt. Argula überlegte, ob sie sich vielleicht nicht klar genug ausgedrückt hatte und ob sie eventuell gleich einen weiteren Brief an Luther verfassen sollte. „Allein, dass ich mir diese Frage stelle, ist Antwort genug", dachte sie bei sich und ließ sich auf das weiche Kissen auf dem Lehnstuhl, der seit Kurzem neben ihrem Bett stand, fallen. Es fröstelte sie, was nicht nur auf ihre innere Unruhe, sondern auch auf die winterlichen Temperaturen zurückzuführen war. Die dicken Außenwände waren auch drinnen mit Eis bedeckt, und selbst das sonst so angenehme Kaminfeuer konnte den Raum nicht erwärmen. Aber eingewickelt in eine wollige Decke und mit warmen Strümpfen an den Füßen, würde sie es wohl trotz der Kälte aushalten. Bevor sie zur Feder griff, rieb sie ihre Hände aneinander bis sie rot waren, dann legte sie los:

„Sehr verehrter Herr Luther. Ich bin nur eine Frau, doch hat mich unser Herrgott dazu berufen, ohne Unterlass für unseren Glauben einzustehen. Eine Pause ist mir nicht vergönnt, gleichwohl ich ihrer bedürfte. Die Umstände in Bayern werden zunehmend ernster. Nicht zuletzt der Staatsmann und Doktor der Rechte und nun auch Kanzler, Leonhard von Eck, der Euch ja auch kein Unbekannter ist, ist daran schuld. Es ist wie so oft, wenn kluge Männer em-

porkommen – der Eck stammt ja nur aus niederem Adel, der nie turnierfähig war.
Am Hofe habe ich als junges Mädchen diesen Vertrauten meines Herzogs Wilhelm schon als einen nicht ungefährlichen, sehr ehrgeizigen und geltungssüchtigen Zeitgenossen kennengelernt. Beinahe zehn Jahre prägt er nun schon das politische und auch das religiöse Leben in Bayern. Seine Ränkelust, aber auch seine Bestechlichkeit sind hier legendär. Er ist durch und durch ein Intrigant. Sein Ziel, mithilfe seines Einflusses den Protestantismus in Bayern zu unterdrücken und Bayerns Machtposition gegenüber Rom zu stärken, verfolgt er konsequent und mit entschiedener Härte. Es scheint, das Amt des Ketzerrichters ist sein liebstes. Mir ist keine religiöse Angelegenheit bekannt, die ohne den Kanzler verhandelt wurde. Denkt nur an sein Eingreifen in das Ingolstädter Verfahren gegen den Magister Seehofer! Ist Euch ein Religionsmandat bekannt, das ohne Zustimmung dieses Mannes erlassen wurde? Mich hat er ‚ein Teuflin' genannt in seinem Brief an Österreicher, den Sekretär des Herzogs. Meinen Landesvater und Vertrauten aus Jugendtagen hat er gedrängt, etwas gegen mich zu unternehmen. Und dabei hatte der Kanzler nicht nur an eine Standpauke gedacht … Nein, ‚mundtot machen'[34] sollt' er mich. Herzog Wilhelm sollte seinen Bruder Ludwig dazu bringen, meinen Hausherrn und Ehemann zu sich zu zitieren und ihm ernstlich zu drohen. Dem ist er auch gefolgt. Mein Friedrich wurde vorgeladen, und er musste das Versprechen geben, dass er mich zum Schweigen bringen würde – es ist ihm, wie Ihr wisst, ja nicht gelungen –, so hat er

---

34 Bedeutung im 16. Jahrhundert: entmündigen.

sein Pflegamt und damit auch Geld und Ansehen verloren. Er ist nun ein gebrochener Mann. Er wird verlacht, schlimmer könnt's nicht sein, hätte ich ihm ‚Hörner aufgesetzt'. Hochverehrter gelehrter Herr Luther! So wisst Ihr nun, wie's um die Brüder und Schwestern in Bayern steht. Ich hoff', Ihr werdet alles tun, uns zu unterstützen, nicht um unseres, sondern um unseres Herrn im Himmel und seines Evangeliums willen. Ein Anderes kann und will ich Euch nicht verschweigen: In protestantisch gesinnten Häusern macht man sich Gedanken über die Schicksale der neun Frauen, deren Flucht Ihr gemeinsam mit Eurem Freund, dem Rat Leonhard Koppe, bewerkstelligt habt. Seht zu, dass diese mutigen ehemaligen Klosterfrauen unter die Haube kommen! Wollen doch ihre Familien nicht mehr Verantwortung für sie tragen. Sucht ehrenwerte Männer für sie, und auch Ihr selbst sollt nicht zögern, eine zu ehelichen. So könnt Ihr gleichsam als öffentliches Bekenntnis zur Bekräftigung Eurer Lehre das in Eurer Schrift ‚Ursache und Antwort, dass Jungfrauen das Kloster göttlich verlassen mögen' Gesagte in die Tat umsetzen. Gott wird es Euch lohnen. Möge der Herr Euch beschützen.

Ich befehle Euch allezeit in die Gnade Gottes
Hier und jetzt
Und dort in Ewigkeit
Im Februar Anno Domini 1524

Eure demütige
Argula von Grumbach
Eine Geborene von Stauffen"

Argula überlegte kurz, ob es wohl von Luther als Anmaßung und Einmischung in seine persönlichen Angelegenheiten verstanden würde, wenn sie ihm so unverblümt Rat gäbe. „Aber“, so schoss es ihr durch den Kopf, „er steht im Lichte der Öffentlichkeit. Er ist der Vater der reformatorischen Bewegung, daraus entstehen ihm Pflichten. Und ich bin nicht die Einzige, die der Meinung ist, dass auch er ein Zeichen setzen sollte. Schließlich munkelt man schon so einiges …“

Während enge Freunde des Wittenbergers meinten, er folge den evangelischen Räten, die Armut, Gehorsam und Ehelosigkeit forderten, erzählten sich andere, Luther habe längst ein Auge auf die ehemalige Nonne Ave von Schönfeld geworfen, deren legendäre Schönheit in aller Munde war.

## Kapitel 34

Frühling und Sommer 1524
Burggrumbach / Lenting / Ingolstadt

### Die Heilerin

Es war Anfang Juni 1524. Die Sonne stand sehr hoch, die Tage waren lang. Argula genoss es, sich mit ihren Kindern im Freien aufzuhalten. Friedrich hatte ihr zwar untersagt, die Burg zu verlassen, doch in der schönen Jahreszeit störte es sie nicht, auf Haus und Garten beschränkt zu sein. Sie hatte ihr Kräuterbüchlein wiederentdeckt, und es war ihr gelungen, ihre Schwiegermutter davon zu überzeugen, dass man, allein um der Gesundheit willen, Beete mit medizinischen Pflanzen und Küchenkräutern anlegen sollte. Die alte Frau von Grumbach hatte Argula von Anfang an mit Misstrauen, deren Mann hatte seine Schwiegertochter mit Abscheu betrachtet. Allein, dass man ihrem Lieblingssohn durch die Ehe mit der Staufferin ein solch einflussreiches und auskömmliches Amt übertragen hatte, hatte bei der Eheschließung aus der Sicht der Schwiegereltern für diese Schwiegertochter gesprochen. Nachdem Friedrich von Grumbach nun sein Amt verloren hatte, wofür sie nicht zu Unrecht Argula verantwortlich machten, gaben sich die Alten gar keine Mühe mehr, aus ihrer Ablehnung einen Hehl zu machen. Als jedoch Friedrich im Winter eine schwere Erkältung mit Atemnot hatte, von Kopfschmerzen und hohem mehr als zehn Tage währendem Fieber heimgesucht wurde, hatte Argula nach Meisterwurz und Galant verlangt. In ihrer Unkenntnis und ihrem Hass gegen die Schwiegertochter hatten seine Eltern ihr unterstellt, sie wolle ihren Ehemann vergiften. Fassungslos hatte Argula die Alten angeschaut und versucht, ihnen die Wirkung der Pflanzen zu erklären. Vergebens! Erst als der Priester einige Tage später zur Letzten Ölung geholt worden war – alle rechneten mit Friedrichs baldigem Ableben, denn der Zustand des Kranken hatte sich weiter verschlechtert – , gelang es Argula, sich bei den besorgten Eltern in Gegenwart des Geistlichen Gehör zu verschaffen. Der Priester wusste von der Heilkraft der Kräuter und riet der Familie, es damit zu versuchen. Argula hatte die Erlaubnis erhalten, mit einem Knecht nach Würzburg zu fahren, dort die Medizinpflanzen zu kaufen, um dann sofort nach Burggrumbach zurückzukehren.

Unmittelbar nach ihrer Rückkehr mit Meisterwurz und Galant hatte sie die Wurzel zerstoßen und die Stückchen in Wein eingelegt. 24 Stunden hatte der Kräuterwein durchziehen müssen. Das ursprünglich aus Arabien stammende Heilkraut Galant überbrühte sie mit heißem aber noch nicht kochendem Wasser und verabreichte es dem Kranken unter den wachsamen Augen seiner Mutter noch am selben Tag schluckweise gemischt mit etwas Wein. Man sagte der Pflanze nach, sie löse festsitzenden Husten und helfe gegen Kreislaufschwäche und Lungenprobleme. Tatsächlich ging es Friedrich am Folgetag bereits etwas besser. Er konnte wieder durchatmen, fieberte aber noch immer. Jedes Mal, wenn der Patient wach war, trank er abwechselnd vom

Wein mit Meisterwurz und dem Sud von Galant. Der Alkohol unterstützte die Wirkung der Kräuter. Endlich dämmerte Friedrich nicht mehr nur vor sich hin, sondern konnte tief und entspannt schlafen. Noch einen Tag lang schwitzte er so stark, dass mehrfach die Laken gewechselt werden mussten. Doch schon 24 Stunden später konnte er wieder aufrecht im Bett sitzen, was seine Familie sehr beruhigte, denn man glaubte sich den finsteren Mächten des Todes ausgesetzt, wenn man im Liegen schlief.
Als der Sohn vollends genesen war, kamen seine Eltern nicht umhin, anerkennende Worte an Argula zu richten, wenn ihnen auch keine Entschuldigung für die von ihnen Argula gegenüber geäußerten Unterstellungen über die Lippen kam.
Immerhin wurde der Stauffertochter nun gestattet, einen Kräutergarten anzulegen. Meisterwurz und Galant wurden dort ebenso angebaut wie Quendel, eine Wildform des Thymians, die gegen Kopfschmerzen hilft, und Alant, Fenchel, Wermut, Ysop und Bibernelle. Aus diesen Pflanzen konnten Kräuterwein, Tee und Salben hergestellt werden. „Bertram, Galant und Quendel", so erklärte Argula ihrer Schwiegermutter, „sollten täglich als Gewürze auf den Tisch kommen, da sie die Säfte anregen und man so seltener krank wird." Die Köchin hatte noch nie davon gehört und protestierte zunächst energisch dagegen, da sie fürchtete, diese Zutaten würden den Geschmack ihres Essens verderben, doch nachdem Argula die alte Frau von Grumbach überzeugt hatte, ordnete diese die Beigabe von Kräutern zu jedem warmen Essen an. So hatte Argula ihre Stellung innerhalb ihrer Schwiegerfamilie etwas verbessert, man be-

hielt sie noch immer misstrauisch im Auge, unterstellte ihr aber nicht mehr so häufig böse Absichten, sondern begnügte sich mit der Ansicht, die Staufferin sei halt verschroben, vielleicht verrückt und daher auch nicht ungefährlich. Aber sie meine es wohl nicht böse.

Einzig Friedrichs Verhältnis zu Argula entspannte sich nach seiner Heilung dank der fürsorglichen Pflege durch seine Frau. Er hatte seine Stellung verloren, dafür trug Argula die Schuld. Aber er würde sich mit seinem Leben auf Burggrumbach arrangieren können. Vielleicht, so hoffte er, würde Gras über die Angelegenheit wachsen, und die Familie würde sich die Achtung der Gesellschaft zurückerobern können.

Argulas Schwägerin Maria wusste, welche Energie in der Stauffertochter steckte und dass diese es nie aufgeben würde, zu tun, was ihr das Gewissen befähle. Maria und Argula mussten sich fortan nicht mehr heimlich zusammentun, sondern konnten unter dem Vorwand, sie wollten im Kräuterbuch lesen, stundenlang beisammen sitzen. Bei gutem Wetter spielten die beiden Frauen mit den Kindern Tricktrack, Argulas liebstes Würfelspiel, in dem sie meist einen „guten Stein im Brett“[35] hatte. Argula erfand lustige Geschichten, über die nicht nur die Kleinen lachten. Die beiden großen Söhne übten regelmäßig mit der Mutter das Lesen und Schreiben. Oft lehnte sich Apollonia während des Unterrichts zärtlich an Argula und lauschte mit großen Augen dem Unterricht. Der Frühsommer gewährte der ganzen Familie eine angenehme Verschnaufpause. Die Eheleute hatten die alte Gewohnheit wieder aufgenom-

---

35 Hier: gute Gewinnchancen.

men, sich abends gegenseitig die Ereignisse ihres Tages zu berichten. Bei dieser Gelegenheit sprach Argula ihren Mann auf die Bildung ihrer Kinder an und schlug vor, den Ältesten, Georg, zur Erziehung nach Nürnberg zu Johann Denck, dem Schulmeister von St. Sebald zu geben. Für Hans Georg, den Zweitältesten, sei es noch zu früh, das Elternhaus zu verlassen. Friedrich war einverstanden, stellte aber die Bedingung, dass man darauf achten müsse, dass der Junge nicht unter reformatorischen Einfluss geriete. Argula schluckte schwer, beendete dann aber unter Hinweis auf ihre Müdigkeit nach schwerer Gartenarbeit das abendliche Gespräch.

Drei Tage später reisten Friedrich von Grumbach und seine Familie nach Lenting. Lange schon hatte er sich auf der Hofmark seiner Familie nicht mehr blicken lassen. In den vergangenen Jahren hatte er alle Hände voll mit seinem Pflegamt in Dietfurt zu tun gehabt, und nun war es ihm gerade recht, den bösen Zungen in Burggrumbach und Würzburg zu entkommen, die über seinen Rauswurf und seine Unfähigkeit, die eigene Ehefrau in den Griff zu bekommen, lästerten. Alle Familienmitglieder freuten sich auf eine unbeschwerte Sommerzeit in Lenting. Die beiden ältesten Söhne würden beim Heuen dabei sein. Da die Kinder der Landarbeiter ebenfalls mit von der Partie wären, verspräche das fröhliche Spiele in den Pausen.

Argula hatte, als Friedrich ihr von seinen Reiseplänen berichtete, sofort daran gedacht, dass Lenting nicht weit von Ingolstadt lag, wo auch zeitweise zwei ihrer Brüder lebten. Ihr Mann würde ihr nicht verbieten können, ihre Verwandten zu treffen. So hätte sie hoffentlich Gelegenheit, mehr über den am 27. Juni beginnenden Regensburger Konvent zu erfahren. Man munkelte, dass dieser Konvent, dieses Treffen altkirchlicher Reichsstände, bis zum nächsten Nationalkonzil, das im November 1524 in Speyer stattfinden sollte, für Ordnung im Glaubensstreit sorgen sollte, was ja hieße, dass das Wormser Edikt vom 8. Mai 1521 nun von den Reichsständen konsequent umgesetzt würde. Argula war bei diesem Gedanken ein kalter Schauer über den Rücken gelaufen. Zum einen bedeutete dies die Umsetzung der Reichsacht für Luther, des „Hausungs- und Wohnungsverbotes" im Reich. Auch würde man alles daran setzen, Luther gefangen zu nehmen und ihn dem Kaiser auszuliefern. Ob da sein Landesherr weiterhin seine schützende Hand über den Reformator halten könnte? Und würde nicht die Reformation niedergeschlagen, wenn ihrem „Kopf" „die Hände gebunden wären"[36], oder – noch schlimmer – wenn man ihm gar das Leben nähme? Zum anderen hätte dies mit Sicherheit die Folge, dass die gestärkten Reichsstände dann das Verbot des Kaufs, Verkaufs, des Besitzes und des Lesens von Luthers Schriften oder anderer Druckwerke reformatorischen Inhaltes unter Strafe stellen würden. Das beträfe dann auch sie selbst und ihre Sendbriefe, zumal es inzwischen noch viel mehr verschiedene Ausgaben, ja sogar Sammelausgaben ihrer Flugschriften gab. Die Reichsstände bekämen, wenn sie sich in

36 Hier: wenn er sich verstecken müsste und nicht öffentlich auftreten und publizieren könnte. Herkunft: Gefangenen wurden die Hände mit Stricken gebunden.

einer Versammlung, also einem regelmäßig tagenden Gremium zusammenschlössen, eine unglaubliche Machtfülle. Es wäre nicht auszudenken, was passierte, wenn die Herzöge, Kurfürsten, Fürsten, Grafen, Erzbischöfe, Bischöfe und Prälaten Einigkeit erzielten. „Man müsste irgendetwas unternehmen, ja, versuchen, Einfluss zu nehmen“, war Argulas erster Gedanke gewesen, als sie von dem geplanten Konvent erfahren hatte. Und sie hatte sofort daran gedacht, an den Rat der Stadt Regensburg zu schreiben. Schließlich waren die Stauffer dort wohlbekannt, besaß ihre Familie doch in Regensburg seit langem einen Freihof. Die Freiherrn von Stauff waren dem Rat der Stadt zwar immer ein „Dorn im Auge“[37] gewesen, da sie ja von Steuern und anderen Pflichten befreit waren, was insbesondere bei den seit Jahrzehnten sinkenden Steuereinnahmen nachvollziehbar war, doch würde man ihr wohl oder übel Gehör schenken müssen …

Bereits eine Woche nach Ankunft der Familie in Lenting ließ Marcellus seine Schwester mit einer Kutsche nach Ingolstadt abholen. Argula würde in einem Gasthaus logieren, und am folgenden Tag wollte Marcellus sie zurück zur Hofmark begleiten. Er hatte seine Neffen lange nicht gesehen, und die kleine Apollonia kannte er überhaupt noch nicht. Friedrich war zwar etwas brummelig gewesen, als Argula ihm den Brief ihres Bruders, in dem er sie einlud,

37 Hier: jemandem ein Ärgernis sein. Herkunft: 4. Mose 33,55: „Wenn ihr aber die Bewohner des Landes nicht vor euch her vertreibt, so werden euch die, die ihr übrig lasst, zu Dornen in euren Augen werden und zu Stacheln in euren Seiten und werden euch bedrängen in dem Lande, in dem ihr wohnt.“

einen Tag mit ihm in Ingolstadt zu verbringen, unter die Nase gehalten hatte, aber er mochte ihr die Begegnung mit dem Lieblingsbruder nicht versagen. Jedoch ließ er es sich nicht nehmen, seine Frau vor ihrer Abreise noch „ins Gebet zu nehmen“[38]: „Argula, ich erlaube Dir diese Reise, weil ich weiß, wie sehr Dir Deine Familie fehlt, doch enttäusche mich nicht! Solltest Du es wagen, mein Vertrauen zu missbrauchen – und Du weißt genau, was ich damit meine – dann wirst Du in den nächsten Jahren nicht mehr vor die Tore von Burggrumbach oder Lenting kommen. Meide also jedweden Konflikt. Geh nicht in die Nähe der Universität! Es ist ein Verwandtenbesuch und nicht mehr. Schwörst Du mir das? Tu es bei dem Leben Deiner Kinder!“ Argula schaute ihn voller Entsetzen an. Wie konnte er so etwas fordern! Doch sie versprach es ihm, hob aber nicht die Hand zum Schwur.

Nach fast vier Stunden Fahrt an der Stadtgrenze im Gasthaus zum Ochsen angekommen, hatte sie gerade noch genug Zeit, sich die Haare zu richten, als schon die Wirtin energisch an die Tür der Kammer klopfte und ihr mitteilte, der Freiherr von Stauff erwarte sie in der Gaststube. Eilig setzte sie sich die Haube auf, griff nach ihrem leichten Umhang und lief dem Bruder, der sie mit offenen Armen empfing, leichtfüßig entgegen: „Ach Marcellus, mein Lieber! Ich bin so froh, Dich wiederzusehen. Manchmal habe ich gefürchtet, wir kämen in diesem Leben nicht mehr zusammen. Friedrich und seine Familie waren sehr hart gegen

---

38 Für jemanden um Gottes Segen bitten, jemandem ins Gewissen reden, ihn ermahnen. Herkunft: Das „Gebett“ (frühneuhochdeutsch) war ein Einsatz, den man z. B widerspenstigen Pferden ins Maul steckte, damit sie nicht zubeißen konnten.

mich. Es gab Tage, da hatte ich keine Hoffnung, da musste ich davon ausgehen, bis zum Ende meiner Tage festgesetzt zu werden. Manchmal bangte ich sogar um mein Leben."
Da unterbrach Marcellus die Schwester und legte ihr den Zeigefinger auf die Lippen: „Leise, auch wenn wir hier allein zu sein scheinen – Wände haben Ohren in diesen Zeiten." Dann hielt er sie an gestreckten Händen von sich und betrachtete Argula, die erblasste. „Nun, reg dich nicht auf", sprach er im Flüsterton zu ihr.
Argula konnte es kaum erwarten, in Ingolstadt anzukommen, denn auch in der Kutsche hatten sie sich lieber nur über das Gedeihen der Kinder und die Gesundheit zahlreicher Verwandter unterhalten. „Lass uns ein paar Schritte im Park tun, dort können wir dann auch offen miteinander sprechen", sagte Marcellus, nahm die Schwester beim Arm und lenkte sie zu einer hübsch bepflanzten Fläche, wo sie die leuchtenden Sommerblumen bewunderten. Die Bienen summten herum, und der Duft der Blüten war betörend. Argula seufzte vor Glück und ließ sich dann auf der Bank nieder, die Marcellus angesteuert hatte. Für einen kurzen Augenblick fiel die Anspannung der letzten Monate von ihr ab. Sie schaute sich vorsichtig um, und als sie sah, dass niemand in der Nähe war und sie belauschen konnte, legte sie sofort los: „Marcellus, was weißt Du über die Verhältnisse in Regensburg? Stimmt es, dass die Steuereinnahmen dort weiter drastisch gesunken sind, dass also die Stadt zu verarmen droht? Ist unser Freihof in Gefahr?"
Marcellus wiegte bedächtig seinen Kopf: „Ich gehe davon aus, dass Regensburg als Reichsstadt und zukünftiges Mitglied der ‚Gemeinen Versammlung Deutscher Nation' alles

tun wird, um seine Situation zu verbessern. Aber es wird nicht mehr mit Nürnberg oder Augsburg konkurrieren können.
Das haben die Enkel der Fugger in ihren Verhandlungen mit dem verstorbenen Kaiser Maximilian im Zusammenhang der Königswahl gut eingefädelt. Sie haben geschickt zugunsten Karls V. agiert. Sein Großvater hatte seine Nachfolge vor seinem Tod nicht mehr regeln können. Und obwohl Karl des Deutschen nicht mächtig war, hatte man ihn als deutschen Kandidaten vorgestellt. Man kann sich denken, dass Karl dringend der Unterstützung aus Deutschland bedurfte. Die Leute erzählen sich, dass Karl von den Fuggern mehr als 500.000 Gulden Kredit erhalten hat. Stell Dir das vor, 500.000 Gulden! Insgesamt sollen mehr als 800.000 Gulden Bestechungsgelder geflossen sein. Glaub mir, er wird bis ans Ende seiner Tage von ihnen abhängig sein. Und die Kurfürsten haben ihn gewählt, weil er hat durchsickern lassen, dass er ihnen, wenn sie ihn wählten, deutlich mehr Freiheiten gewähren würde. Ich sage dir, es kümmert ihn nicht, was sie tun, er ist ja nur sehr selten in Deutschland. Aber Du fragst nach Regensburg – Regensburg hat keine Fugger, wie soll es da konkurrieren können? Es wird Nürnberg und Augsburg nie wieder ‚das Wasser reichen‘[39] können. Um die Reformation steht es auch schlecht, denn Papst Leo erwartet hartes Durchgreifen gegen Luther und seine Anhänger. Konnte der Wittenberger

39 Hier: Regensburg wird Nürnberg und Augsburg nie wieder ebenbürtig sein. Herkunft: Bei einem mittelalterlichen Bankett wurde den vornehmen Gästen von Pagen Wasser zum Reinigen der Hände gereicht. Ein niederer Angestellter durfte den Adligen nicht das Wasser reichen.

1521 auch entkommen, so wissen wir nicht, was nun nach dem Konvent in Regensburg und nach dem Reichstag im nächsten Jahr geschieht. Was unseren Freihof angeht, so kann ich Dir nicht sagen, was uns bevorsteht. Wir haben schon mehrere Kaufangebote von der Stadt erhalten. Sie hofft, den Hof nach dem Kauf weiterveräußern zu können und dann daraus Steuereinnahmen zu erzielen. So ist nämlich die rechtliche Situation, meine Liebe." Nach einer kurzen Pause fügte Marcellus noch hinzu: „Aber wir denken zur Zeit nicht an Verkauf." Argula schaute den Bruder voller Staunen an. Was er alles wusste! Man merkte gleich, dass er auch die Rechte studiert hatte. Sie rieb sich den Nasenrücken und hob erneut an: „Dann ist ja zu vermuten, dass der Rat von Regensburg seine Stimme auf dem Konvent zum Höchstgebot feilbieten wird, denn den Regensburgern ‚steht das Wasser ja wirklich bis zum Halse'[40]." Marcellus schaute seiner Schwester mit ernstem Blick in die Augen und nickte schweigend. Argula lehnte sich an seine Schulter und fuhr fort: „Als du mir damals geschrieben hast, dass kurz nach des Kaisers Tod Schluss gemacht wurde mit der Regensburger Toleranz und die Juden aus Regensburg vertrieben wurden, ihre Synagoge abgerissen und an deren Stelle eine Kapelle errichtet wurde, habe ich sofort einen Brief an Martin Luther geschickt und ihm davon berichtet. Der Rat der Stadt hatte mit der Ausweisung von mehreren hundert Juden angeblich ein Pogrom der Stadtbürger verhindern wollen. Der damalige Domprediger Balthasar Hubmaier heizte die Stimmung noch an, rief

40 Hier: Die Lage der Regensburger ist aussichtslos. Herkunft: Jemand ist kurz vor dem Ertrinken.

von der Kanzel zur Verfolgung der Juden auf und beteiligte sich sogar höchstpersönlich an der Zerstörung der Synagoge. Er initiierte mehrere Wallfahrten zu der neuen Kirche ‚Zur Schönen Maria', die bis zu hundert Tage Ablass versprachen und ließ dabei judenverachtende Lieder singen. Es war übrigens derselbe Hubmaier, der die Schrift ‚Die Wahrheit ist untödlich', ein Bekenntnis gegen die gewaltsame Bekehrung zum Glauben, verfasst hat und der heute vom Kanzler Eck, seinem ehemaligen Vertrauten, als Ketzer bezeichnet wird, weil er in Waldshut für die Reformation eintritt."

„Vom Saulus zum Paulus", kommentierte Marcellus und grinste etwas schief.

„Hast Du Antwort aus Wittenberg auf Deinen Brief erhalten?", fragte er interessiert. „Nein, es sind meist Osiander oder Spalatin, die mir Grüße von Luther ausrichten", seufzte sie und fuhr fort: „Dieser indirekte Kontakt auf Umwegen kostet wertvolle Zeit", beklagte Argula. „Aber, und das wollte ich Dir eigentlich sagen, ich werde an den Rat der Stadt Regensburg schreiben. Die Hohen Herren sollen sich ihrer Verantwortung auf dem Regensburger Konvent in wenigen Tagen und auf dem im nächsten Jahr stattfindenden Reichstag bewusst werden und sich gut vorbereiten. Meinst Du nicht auch, dass sie eine Mahnung einer von Stauffen nicht übergehen können?" Marcellus wiegte bedenklich sein Haupt: „Meine Liebe, Bernhardin und ich, wir sorgen uns um Dich. Argula, ich weiß, dass weder er noch ich und schon gar nicht Dein Mann Dich von irgendetwas abhalten können, doch bedenke, welches Risiko Du eingehst! Die Zensur wird immer strenger – und ich nehme doch an, dass

Du nicht bloß einen Brief versenden willst, sondern schon jetzt über eine Veröffentlichung desselben nachdenkst …"
Argula lächelte ihn freundlich an und meinte nur, es sei wohl besser für ihn, wenn er nicht alles ganz genau erführe.

Marcellus hatte der Schwester noch etwas zu sagen, aber er wusste nicht so recht, wie er anfangen sollte. „Argula, da ist noch etwas, was Du wissen solltest …", brach es aus ihm hervor. Als seine Schwester ihn forschend anschaute, gab er sich einen Ruck: "Man sagt, hier in Ingolstadt kursiere die Flugschrift eines gewissen Johannes aus Landshut. Es heißt, es sei eine Spottschrift über Dich. Sie soll den Titel ‚Ein Spruch der Staufferin ihres Diskutierens halben' tragen und sehr polemisch sein. Ich habe sie nicht zu fassen bekommen, werde mich aber darum kümmern. Wer weiß, wer der Autor ist, Johannes heißen heute so viele …" Hier hielt er inne und schaute seine Schwester vorsichtig an. Zu seinem Erstaunen schien sie sehr gefasst zu sein. „Weißt Du, mein Lieber, mich kann nicht mehr viel erschrecken. Seit geraumer Zeit ist mir klar, dass die Altgläubigen alles versuchen werden, mich zum Schweigen zu bringen. Schwach werde ich nur, wenn meine Kinder in Gefahr sind, und das ist gottlob nicht der Fall! Aber ich wäre Dir dankbar, wenn Du mir die Schrift zuleiten könntest, sobald Du sie in Händen hältst."
Marcellus versprach es ihr und griff nach ihrer Hand, hielt diese eine Weile, schaute der Schwester ernst in die Augen und sprach: „Liebe Argula, Bernhardin und ich stehen voll und ganz hinter Dir. Als Ausdruck unserer Treue und Hochachtung haben wir Dir diese Medaille von dem Holz-

schneider und Medailleur Hans Schwarz in Blei gießen lassen", sagte Marcellus und überreichte ihr das in ein Tuch gewickelte Geschenk. Argula öffnete es vorsichtig. Ein gehauchtes „Oh!" kam ihr über die Lippen. Marcellus lächelte und fuhr fort: „Schau, die Medaille trägt Dein Porträt, das wir nach der Zeichnung, die Friedrich vor vier Jahren von Dir hat anfertigen lassen, bei Hans Schwarz in Auftrag gegeben haben. Glücklicherweise gab es ja noch ein zweites Exemplar. Es war übrigens gar nicht so einfach, es ausfindig zu machen." Ein bubenhaft stolzes Lächeln stand ihm im Gesicht. „Jetzt wende die Medaille und schau, was auf der Rückseite geschrieben steht!"
Argula staunte nicht schlecht, als sie las:

„VERLOGEN UND
NEIDISCH ZUNGEN
HAN[41] MICH ZU LEID
UN[42] SCHMERZ GEDRUNGEN"

Eine heiße Träne kullerte ihr über die Wange. Rasch wischte sie sie mit dem Handrücken ab und lächelte ihren Lieblingsbruder an: „Habt Dank für Euer Verständnis und dieses Zeichen Eurer Zuneigung. Ich werde es in Ehren halten. Es bekommt seinen Platz in der Rosenholzschachtel, die ich von den Eltern am Tage meiner Abreise aus Ernfels erhielt."
Danach war das Thema für beide beendet, und das Gespräch drehte sich fortan um die Geschäfte der Stauffer,

---

41 haben
42 und

das Gedeihen der Kinder und um die nächste Ernte. Die Geschwister genossen das ungestörte Beisammensein.
Um nicht hochrangigen Universitäts- oder Ratsangehörigen über den Weg zu laufen, hielten sie sich vom Kern der Stadt fern und wanderten in friedlicher Eintracht über die Felder. Die Sonne schien, der Himmel leuchtete blau. Es war ein wundervoller Frühsommertag, der beiden guttat.

Am folgenden Morgen holte Marcellus die Schwester im Gasthof ab, und sie reisten gemeinsam nach Lenting, wo sie am Nachmittag eintrafen und mit großem Hallo der Kinder begrüßt wurden. Marcellus hatte ihnen ein neues Brettspiel, die sogenannte Fünfer-Mühle, in einem hübschen Lederbeutel mitgebracht. „Die Spielsteine müsst Ihr hüten wie Euren Augapfel. Es sind Halbedelsteine und sie sind sehr, sehr wertvoll“, sagte Marcellus und tätschelte die kleine Apollonia, der er ein bunt besticktes Kissen überreichte.

Friedrich war froh, seine Frau wieder daheim zu haben. In den vergangenen 30 Stunden hatte ihn der Gedanke, Argula käme vielleicht nicht zurück, nicht losgelassen. Selbstverständlich erzählte ihm seine Frau nicht von dem Gespräch im Park und schon gar nicht von dem Geschenk der Brüder, sondern schwärmte nur von dem gemeinsamen Spaziergang in der frühsommerlichen Sonne und den Neuigkeiten im Hause der Stauffer. So besänftigt, fragte ihr Gatte sie auch an den folgenden Tagen nicht, was sie denn mache, wenn sie sich trotz Sommerwetters stundenlang in die Kemenate zurückzog. So konnte Argula an ihrem Brief an die Regensburger Ratsherren feilen. Und am Morgen des 26. Juni, einen Tag vor Beginn des Regensburger Konventes, las sie sich ihr Schreiben noch einmal durch, bevor sie es versandfertig machte:

*„Dem Ehrsamen vorsichtigen und weisen Bürgermeister und dem Rat der Stadt Regensburg, meinen guten Freunden."*

Ein schelmisches Lächeln huschte über Argulas Gesicht: „Ich lasse ihnen keine Wahl. Sie müssen meine Worte zur Kenntnis nehmen. Wir Stauffer sind ihnen schließlich keine Unbekannten", dachte sie und fuhr fort zu lesen:

*„Gottes Gnade und Friede in Gott mehre sich bei Euch lieben Herrn und Brüdern in Christo. Ich habe vernommen, dass neulich bei Euch ein Mandat gegen das Wort Gottes ausgerufen wurde, ein Werk des Satans, der sich bemüht und nicht feiert, wie wir im ersten Petrusbrief im 5. Kapitel in Vers 8 lesen können: ‚Seid wachsam, denn Euer Widersacher, der Teufel, geht um wie ein brüllender Löwe und sucht, wen er verschlinge.' Demselben sollt Ihr stark im Glauben widerstehen. Oh, wollte Gott, dass Ihr Euch diese Worte zu Herzen nehmt, auf dass es nicht zu spät ist. Er sagt, wir sollen auf den Gräuel schauen. Darum tut auf Eure Augen, denn es ist wahrlich Zeit, dass man ihn wohl erkennt, dass es der Papst ist mit all seinem Hofgesinde. Unter seiner Gewalt steht Ihr. Der Herr möge Euch zu Hilfe kommen und uns alle erleuchten. Auch jammert es mich nicht wenig, dass Ihr Euch von den anderen Reichsstädten dazu treiben lasst, wider Gott zu streiten. Aber der Herr ist groß und gar löblich, und seine Macht endet nicht. Gott ist ein Herr über*

*alle Herren. Ich bitt' Euch um Gottes willen, nehmt es mir schwachem Weibsbild nicht übel, denn ich weiß, dass ich nach weltlichem Brauch Euer nicht würdig bin. Aber Gott liebt die Verachteten. Ich will mein eigenes Pfund nicht vergraben. Nun, da ich Euch irren sehe, kann ich's um Gottes Befehl willen nicht unterlassen, Euch zu ermahnen, obwohl ich doch weiß, dass ich von vielen Weltweisen verlacht werden werde. Oh, ihr Lieben, gebt Acht auf diese bösen Wölfe. Sie sind Euch ganz nahe. Möge Gott Euch erhalten, dass Ihr nicht mit den Blinden in die Grube fallt und verderbt. Es ist Zeit, vom Schlaf aufzustehen und den Herrn anzuschauen, denn unser Heil ist näher, als wir geglaubt haben. Darum lasst uns ritterlich gegen die Feinde Gottes kämpfen, er wird sie erschlagen mit dem Atem seines Mundes. Das Wort Gottes muss unsere Waffe sein, aber nicht, um damit zu schlagen, sondern den Nächsten zu lieben und den Frieden untereinander zu haben. Sagt nicht Jesus im Lukasevangelium im 19. Kapitel, als die Pharisäer wollen, dass er seine Jünger zurechtweise, sodass sie stillschweigen: ‚Ich sage Euch, wenn diese schweigen, so werden die Steine schreien.' Darum hab' ich's gewagt, Euch zu schreiben, obgleich man es für eine Torheit hält. Nun seid ewig in Gottes Gnade befohlen. Möge er regieren nach seinem Gefallen.*

*In Eile Datum*
*Lenting, am Tag Peter und Paul*[43]
*Anno Domini 1524*
*Argula von Grumbach*
*Geborene von Stauff*

---

43 29. Juni

## Kapitel 35

Juli 1524
Lenting

### Wertschätzung für Argula

Bereits drei Tage vor Beginn des Regensburger Konventes am 23. Juni waren Ferdinand von Österreich und der päpstliche Legat Campeggio schon in Regensburg eingetroffen, zwei Tage später der Bischof von Salzburg und am ersten Verhandlungstag die Bayerischen Herzöge Wilhelm und Ludwig. Wie erwartet, wurde auf dem Konvent, der bis zum 7. Juli tagen sollte, noch einmal die Durchführung des Wormser Ediktes gefordert, eine Klerusreform in Aussicht gestellt, die Verschärfung der Zensur und der Predigtüberwachung gefordert sowie den bayerischen Landeskindern ein Studienaufenthalt in Wittenberg untersagt.
Der Regensburger Konvent endete am 7. Juli. Da der Konvent von Campeggio und Herzog Ferdinand von Österreich persönlich im Namen Karls V. einberufen worden war und man sich sorgte, dass die Reichsstadt bei diesen in Misskredit geraten könne, hatte der Rat bereits einige Wochen vor Versammlungsbeginn den Buchdruckern das Herstellen, Feilbieten und Verkaufen von Druckwerken reformatorischen Inhaltes bei Höchststrafe untersagt. Den Drucker Paul Kohl, der bekannt dafür war, viele reformatorische Schriften gedruckt zu haben, hatte man gezwungen, noch während der Konvent in der Stadt tagte, Schriften altgläubiger Autoren zu drucken. Andere Drucker entzogen sich

drohenden Verhaftungen durch Abwanderung. Den in die Jahre gekommenen Kaplan der „Alten Pfarre“ hatte man wegen reformatorischer Umtriebigkeit für die Dauer des Konventes in Haft genommen. Man hatte dem kaiserlichen Hauptmann über diese Vorsichtsmaßnahme Rapport geliefert, und der von ihm unterrichtete Kardinal soll dieses Wohlverhalten Regensburgs ausdrücklich begrüßt haben. Allerdings hatte es, wie meist im Leben, die eine oder andere undichte Stelle gegeben, sodass Argulas mahnende Worte, die Anfang Juli bei der Versammlung in Regensburg eintrafen, bald in aller Munde waren. Ihr Brief hatte beim Rat der Stadt und allen voran beim Bürgermeister für große Verunsicherung und auch für Verärgerung gesorgt, wusste man doch, dass Argulas Schriften sich großer Beliebtheit erfreuten und es nur eine Frage der Zeit wäre, bis auch dieser Brief gedruckt und in alle Welt verkauft und von jedermann gelesen würde. Hinzu kam, dass noch eine weitere den Regensburgern bekannte Persönlichkeit Stellung zum Regensburger Konvent und der dort thematisierten Umsetzung des Wormser Ediktes nahm. Es war der ehemalige Domprediger Balthasar Hubmaier, der erst wenige Jahre zuvor an der Vertreibung der Juden aus der Stadt und der Zerstörung ihrer Synagoge beteiligt gewesen war, der ebenfalls kritische Zeilen an den Rat von Regensburg geschrieben hatte. In diesem Brief teilte er, der inzwischen Pfarrer in Waldshut war, mit, dass er nun dem evangelischen Glauben anhänge. Auch bereute er öffentlich seinen früheren Wandel und verfluchte seine Predigten als Domprediger: „Gott sei es geklagt, dass ich so lange in dieser Krankheit bin krank gelegen.“ Auch verlieh er seinem Kummer über den religiösen Wandel in Regensburg unverblümt Ausdruck: „So höre ich mit großer Traurigkeit, wie in Eurer Stadt Regensburg noch auf diesen Tag mehr Menschen Tand gepredigt wird, denn das pure Wort Gottes. Derhalb sagt Christus: Ergründet die Schrift. Er sagt nicht: Folget den Bräuchen."

Den Regensburgern hielt er andere Städte als gute Beispiele vor: „Gedenkt, dass Nürnberg, Nördlingen, Augsburg, Ulm, Reutlingen, Konstanz, St. Gallen, Appenzell, Zürich, Schaffhausen, Basel, Straßburg, Speyer, Metz und gar noch das ganze Land Sachsen auch nicht Narren sind …"

Hubmaier, dem die Geistlichen der Stadt wohlbekannt waren, sagte diesen nach, sie hätten nicht das richtige Verständnis der Heiligen Schrift und stellte ihnen Argula von Grumbach gegenüber, die den Regensburgern als aus dem Hause der Stauffer stammende Verfasserin reformatorisch gesinnter Schriften keine Unbekannte war.

Als Argula diese Worte Anfang August in einer Abschrift von Hubmaiers Flugschrift las, die ihr Spalatin über einen Mittelsmann zugesandt hatte, errötete sie ob des Lobes: „Sie wissen wohl, dass eine einzige Frau, nämlich die fromme christliche Frau Argula von Stauff, mehr vom göttlichen Wort versteht als die roten Häubler[44] je werden sehen und greifen können." Argula freute sich dieser Äußerung des noch vor Kurzem dem reformatorischen Gedanken so fernstehenden Mannes. Auch an anderer Stelle lobte Hubmaier sie öffentlich. So erfuhr sie, dass er in seinen auf Latein und auch auf Deutsch erschienenen „Schlussreden" gegen den Kanzler Leonhard von Eck voll des Lobes für

44 Die Kardinäle mit ihrer Kopfbedeckung aus rotem Stoff.

sie war. Er hatte sie mit frommen Frauenfiguren der Bibel auf eine Stufe gestellt: „Wo aber die Männer von Furcht erschreckt zu Weibern wurden, da redeten die Weiber und wurden zu Männern, gleich wie Deborah, Hulda, Anna und die vier Töchter des Evangelisten Philippus und Argula zu unseren Zeiten."

Argula freute es, zu erfahren, dass sie, die sich innerhalb ihrer Familie oft so einsam mit ihrer religiösen Überzeugung fühlte und sich selbst immer wieder ermahnen musste, ja nicht den Mut zu verlieren, von Schwestern und Brüdern hörte, die, wie sie selbst, für ihre Überzeugung eintraten. Dass sie gelegentlich Lob und Ermunterung erfuhr, gab ihr die Kraft zum Durchhalten und unverdrossenem Festhalten an ihrer Gewissensentscheidung. „Schade nur, dass mir niemand seine Hochachtung persönlich ausspricht", schoss es ihr durch den Kopf, und sie musste vor sich selbst eingestehen, dass sie sich ein solches Lob eigentlich von Martin Luther wünschte. „Aber, ich will nicht eitel sein, denn es geht hier nicht um mich", dachte sie voller Scham, rief sich dann zur Vernunft und wandte sich wieder ihrem häuslichen Tun zu.

Sie hatte der Köchin versprochen, ihr zu zeigen, wie man Obst besonders haltbar einkochen konnte, denn es war ihr aufgefallen, dass die meisten der mit gezuckerten Früchten gefüllten Tontöpfe Schimmel angesetzt hatten. Die nächsten drei Tage verbrachte Argula in Speisekammer und Küche. Anders als in Burggrumbach ließ hier die Haushaltung sehr zu wünschen übrig. Sicher lag es daran, dass die Familie Grumbach, abgesehen von kurzen Aufenthalten, meist nur in der Sommerzeit hier lebte und die Dienerschaft in der übrigen Zeit nach eigenem Gutdünken wirtschaftete. Agnes, die Haushälterin, war in die Jahre gekommen, litt unter Knochenschmerz und einer Art von Dauerhusten. Sie war von der Verantwortung überfordert. So hatte sich Argula nach einer Bestandsaufnahme der Vorräte über die Rechnungsbücher gesetzt und feststellen müssen, dass es um die Finanzen der Hofmark nicht gut stand. Hier fehlte eine straffe Führung. Sie fand eine Reihe deutlich überhöhter Rechnungen. So schien ihr der Preis für die neue Mühlsteinkette, die im letzten Herbst angeschafft worden war, erheblich zu hoch. Auch für die neue Sense hatte man ihrer Ansicht nach viel zu viel bezahlt. Dem gegenüber standen zu geringe Einnahmen für zehn Fuder Getreide, und auch für das auf dem Markt verkaufte Vieh hatte man nicht genug Geld bekommen. Argula runzelte die Stirn und beugte sich nochmals kritischen Blickes über die Abrechnungen. Entweder war Anton, der bei Abwesenheit der Grumbachs die Hofhaltung versah, also Ein- und Ausgaben überwachte, von seiner Aufgabe ebenfalls überfordert und hatte sich „übers Ohr hauen“[45] lassen, oder, was schlimmer wäre, er hatte für sich selbst etwas beiseitegeschafft. Letzteres konnte und wollte sie sich nicht vorstellen, denn der freundliche Mann in den mittleren Jahren wurde allseits sehr geschätzt. Sie würde sich in den nächsten Monaten die Buchführung in regelmäßigen Abständen vorlegen lassen. Mit ihrem Mann wollte sie auch auf jeden Fall über die Abgaben der zur Hofmark gehörenden Bauern sprechen. Das Jahr 1523 war kein leichtes für die Landwirtschaft gewesen – es hatte im Sommer wochenlang beinahe ohne Unterlass geregnet.

45 Hier: betrügen. Herkunft: Konterschlag auf einen Fechthieb.

Und so war die Getreideernte nicht gut ausgefallen. Anders war es mit den Rüben gewesen. Der schwere, nasse Boden bot eine ideale Bedingung für das Wachstum der Zuckerrüben. Im letzten Herbst hatte man sie in großen Mengen geerntet und eingekellert. Den ganzen Winter bis in den Sommer hinein hatte die Köchin Suppen aus Rüben gekocht, und der Sirup aus Zuckerrüben hatte ihnen allen geschmeckt – zum Brot, auf Eierkuchen und an Festtagen auf Pudding. Aber anders als Getreide waren Rüben keine gefragten Tauschmittel auf dem Markt, und verkaufen ließen sie sich auch nicht. In dieser Gegend hatte jeder Hof einen Rübenacker. Niemand kaufte Rüben auf dem Markt. Es mangelte der Hofmark an Geld, Geld, welches in guten Jahren immer das Getreide einbrachte. Alle hofften, dass es der Herrgott in diesem Jahr gut mit ihnen meinte und dass das Getreide diesmal trocken eingebracht werden konnte.
Hier lag aber noch mehr im Argen. Die Grafen von Grumbach hatten auch das Amt des Dorf- und Amtsrichters inne, eine Aufgabe, die Friedrich meist nur durch schriftliche Verfügungen wahrgenommen hatte. Nur in besonders schweren Fällen war er aus Burggrumbach hierher gereist. Feldstreitigkeiten hatte es nicht gegeben. Raufereien, Beleidigungen und Ruhestörungen waren nicht gemeldet worden. Man hatte sich untereinander geeinigt. „Aber“, so fürchtete Argula und dachte an den weisen Spruch: ‚Ist die Katze aus dem Haus, tanzen die Mäuse auf dem Tisch‘[46], auf diese Weise haben uns unsere Bauern und Arbeiter si-

46 Hier: Ist der Ranghöhere abwesend, nutzen die Rangniederen die Gelegenheit, Verbotenes zu tun. Herkunft: Auf einem Hof ohne Katzen ist das Essen nicht sicher.

cher auch um einen Teil der uns zustehenden Abgaben gebracht. Ich werde Friedrich raten, dass wir hier nicht nur für kurze Zeit verweilen. Wir müssen unsere Rechte und Pflichten ernster nehmen. Es geht hier schließlich um unser Auskommen und das Überleben zahlreicher Abhängiger. Vielleicht sollten wir uns auch eines dieser neuen Geräte kaufen. Sie sollen Gestellsensen heißen", schoss es Argula durch den Kopf. Was hatte Anton berichtet? Er hatte neulich auf dem Markt solch ein Ding gesehen. Begeistert hatte er erzählt, dass die Ernteausbeute damit erheblich größer wäre. Im Vergleich mit der herkömmlichen Sensenmaht sollte die Gestellsense eine viermal so große Arbeitsleistung erbringen. Angesichts der gestiegenen Getreidepreise würde sich die Anschaffung sicher bald rechnen.
Anton hatte die Sense genau beschrieben: An seinem Sensenbaum hätte dieses Gerät eine Ablage für das Getreide, was das Garbenbinden erheblich erleichtern sollte. Man könnte damit auch früher mähen als sonst und das Getreide auf dem Feld nachreifen lassen. Auch erlaube diese neue Sense, das Getreide in verschiedener Höhe zu schneiden. Je nachdem, ob man es verfüttern wollte oder anders verarbeiten, repetierte Argula das Gehörte. Sie spürte, dass ihre Wangen glühten. Wie meist, wenn sie von einer Idee begeistert war, rieb sie sich auch jetzt den Nasenrücken.
Am Abend vor dem Einschlafen trug sie ihrem Mann die Ergebnisse der Durchsicht der Rechnungsbücher vor und erinnerte ihn daran, dass Anton ja dieses neue Erntegerät gesehen und begeistert gepriesen habe. Wie immer wies ihr Mann alles Neue, insbesondere, wenn sie ihn darauf ansprach, zunächst von sich, ließ sich aber dann doch über-

zeugen, dass es sich lohnen könnte, das Erntegerät „in Augenschein zu nehmen“[47]. Er wollte Anton mitnehmen und es sich vorführen lassen, schließlich wolle man ja nicht „die Katze im Sack kaufen“[48], entschied er.
„Gut, dass Du Dich jetzt wieder um Haus und Hof kümmerst und nicht mehr den lutherischen Spinnereien nachhängst“, brummte er schon im Halbschlaf und drehte sich auf die Seite. Argula überlegte kurz, ob sie widersprechen sollte, entschied sich jedoch zu schweigen.

Irgendwie war es dieser letzte Satz Friedrichs gewesen, der ihr am nächsten Morgen beim Erwachen sofort wieder einfiel, und sie dachte an den Hinweis ihres Bruders auf die Schmähschrift, die dieser Johannes aus Landshut, oder wie auch immer er wirklich hieß, gegen sie verfasst hatte. Bisher hatte Marcellus ihr noch keine Kopie davon geschickt. Hatte er es vergessen oder vorsätzlich unterlassen, weil er sie nicht aufbringen wollte, oder fürchtete er, sie würde eventuell mit einer weiteren Schrift antworten? Argula erwog, Friedrich zu bitten, sie zu einem Verwandtenbesuch nach Ingolstadt mitzunehmen, wenn er wegen des neuen Gerätes dorthin reiste. Dann würde sie Marcellus aufsuchen und ihn nach der Schmähschrift fragen. Dazu sollte es jedoch nicht kommen, denn Friedrich erwähnte das Ern-

47 kritisch begutachten

48 Hier: Man müsse selbst prüfen, ob die Qualität des Gerätes auch gut sei. Herkunft: Die Händler gaben dem Käufer seine Ware meist in einem Sack mit. Da kam es gelegentlich vor, dass beispielsweise der Käufer eines Ferkels zuhause entdeckte, dass man ihm anstelle des bezahlten Tieres eine wertlose Katze in den Sack gesteckt hatte.

tegerät, das ihm seine Frau beschrieben hatte, nie wieder. Für Veränderungen, auch wenn sie eine Verbesserung versprachen, war er eben nicht zu haben. Marcellus sollte sich jedoch schon bald bei seiner Schwester melden.

# Kapitel 36

Spätsommer / Herbst 1524
Lenting / Burggrumbach

## Die Schmähschrift des Johannes aus Landshut

Unter dem Vorwand, seinen Neffen und der kleinen Nichte ein Geschenk machen zu wollen, hatte Marcellus einem Freund, der auf der Durchreise an Lenting vorbeikam, ein verschnürtes Stoffbündel mitgegeben, worin sich, wie Argula ahnte, nicht nur Geschenke für ihre Kinder befanden, sondern auch ein kleiner Stapel bedruckten Papiers für seine Schwester.
Argula war, kaum hatte der Freund ihres Bruders nach einem guten Mittagsmahl, zu dem man ihn selbstverständlich eingeladen hatte, wieder die Kutsche bestiegen, von ihren jubelnden Kindern umringt worden. Sie hatten natürlich geahnt, dass das Paket des Onkels Überraschungen für sie enthielt.
Marcellus war, anders als sein Bruder Bernhardin, noch unverheiratet und kinderlos und hielt daher gerne Kontakt zu seinen Neffen und der kleinen Nichte. Er mochte sie gerne und war der Meinung, sie sollten nicht einzig ihren Vater als standesgemäßes erwachsenes Gegenüber haben. Er nannte Friedrich von Grumbach insgeheim immer „den Bauern“. Besonders hingezogen fühlte sich Argulas Lieblingsbruder immer zu ihrem Zweitgeborenen Hans Georg. Dieser energische Knabe hatte nicht die empfindsame Nachdenklichkeit seines ältesten Bruders und auch nicht

dessen zarte körperliche Statur. Er ähnelte aber auch nicht Argulas drittem Sohn Gottfried, der immer mehr ein Abbild seines Vaters wurde. Hans Georg war kräftig und geradeheraus. Sollte er selbst einmal Kinder haben, so wünschte sich Marcellus einen Sohn wie Hans Georg.

Argula und die Kinder ließen sich im Hof auf der langen Eichenbank nieder, und unter den Augen ihrer aufgeregten Kinder öffnete sie die Bänder, die das Paket zusammenhielten und wickelte das Tuch vorsichtig ab. „Hoffentlich hat Marcellus die Schrift nicht obenauf gelegt“, überlegte sie und tastete sich vorsichtig zwischen den Stoffschichten vor, ganz so, als wolle sie die Spannung erhöhen. Da! Sie fühlte einen Holzrahmen und etwas Weiches, sicher die Puppe für Apollonia, die Marcellus der Kleinen versprochen hatte. Mit zwei Fingern angelte sie die Puppe heraus und überreichte sie ihrer Tochter, die sofort überlegte, welchen Namen diese schönste aller Puppen tragen sollte. Da die Jungen unruhig wurden und schon an dem Tuch zu nesteln begannen, zog Argula wie eine Zauberin den Rahmen mit einem Ritterbild hervor und rief: „Schaut, Jungs! Dieses Bild hing immer im Turmzimmer meines Vaters, Eures Großvaters Bernhardin von Stauff. Der Abgebildete ist einer seiner Brüder. Schaut Euch genau seine Rüstung an, so schützte man sich noch vor 50 Jahren im Turnier. Wie viel hat sich geändert!“, murmelte sie zum Schluss leise, doch ihre Kinder hatten ihr nicht zugehört, sondern betrachteten voller Ehrfurcht den eindrucksvoll gerüsteten Vorfahren. „Es war ein guter Gedanke von Marcellus, ihnen auch Einblick in die mütterliche Linie ihrer Verwandtschaft zu geben. Friedrich wird nicht sehr begeistert sein.“,

überlegte Argula und wies Georg an, das Bild ins Haus zu tragen und auf der Truhe im Speisezimmer abzulegen. Morgen würden sie einen geeigneten Platz dafür suchen. Die kleine Apollonia lief mit der Puppe, die, wie sich jetzt geklärt hatte, Maria wie die Schwester ihres Vaters heißen sollte, ins Haus.
Argula atmete tief durch. „Endlich!“, dachte sie und musste sich zwingen, nicht wie ein kleines Mädchen loszurennen. Mit dem scheinbar leeren Stoffbündel zog sie sich in die Kemenate zurück, trat ans Fenster, um zu schauen, wo die Kinder waren, und ließ sich dann erleichtert auf den Schemel fallen. Die Kinder waren im Spiel und Friedrich draußen auf den Feldern, um zu schauen, wie es um die Ernte stand. „Endlich!“, seufzte sie noch einmal, erbrach das Siegel und wickelte den Stapel Papier aus. Sie merkte, wie ein Schauer sie überlief. So fürchtete sie sich. Es war der erste öffentliche schriftliche Angriff, den sie erlebte. Sie wollte keine Zeit verstreichen lassen, es nützte ja nichts, die Lektüre aufzuschieben. Sie würde es jetzt direkt angehen. Wie immer, wenn sie erregt war, rieb sie sich den Nasenrücken. Mit zitternden Händen begann sie zu lesen. Die Schrift trug den Titel:

*„Ein Spruch von der Staufferin ihres Disputierens halben.“*
Der Autor ging sofort zum Angriff über: *„Frau Argel, arg ist Euer Name.“* „Wie überaus einfallsreich“, dachte Argula und grinste: „Doch meinen Feinden wird es wohl gefallen.“
Wie ging es nun weiter nach diesem wenig geistreichen Aufschlag? *„Viel ärger ist es, dass Ihr ohne Scham und alle*

*weibliche Zucht vergessend so frevelnd seid und so vermessen, dass Ihr Euren Fürsten und Herrn erst wolltet einen neuen Glauben lehren und Euch dann auch noch untersteht, eine ganze Universität zu strafen und zu beschimpfen mit Eurem närrischen Allegieren*[49]*. Aus 100 Stellen zusammengeflickt, von denen keine zu der anderen passt. Und es wird auch falsch zitiert. Als ihr auf 1. Timotheus*[50] *hinweist, verkauft ihr Hafer für Gerste, denn Paulus weist die Frauen an zu schweigen und verbietet ihnen zu lehren. Er fordert sie auf, die Männer zu ehren in Furcht, Gehorsam, Zucht und Scham, denn Adam wurde zuerst gemacht, die Frau aber hat sich zur Übertretung verführen lassen. Daraus schließe ich, dass Ihr nicht sollt disputieren, sondern vielmehr das Haus daheim regieren. Und in der Kirche, soll sie schweigen still. Sehet nun, meine liebe Sibyll', welch freches und wildes Tier Ihr seid und wie Ihr Euch doch dünkt so sehr gescheit als ob Ihr die Heilige Schrift wolltet deuten, als gebräche es uns an Leuten und als wäre uns nicht alles schon vor 1000 Jahren klar geoffenbart worden von vielen Heiligen und bewehrten Gottesfreunden und Hochgelehrten. Sie haben concordiert*[51] *in allen Dingen. Solches mag den Ketzern nicht gelingen, denn Euer Abgott Martinus Luther, der abtrünnige und lose Bruder, streitet nicht allein mit anderen, sondern liegt sogar mit sich selbst im Streit. Und was ihm heute gar wohl gefällt, wird morgen von ihm wieder abgestellt. Noch sprichst Du, blinde Kobel*[52]*,*

49 Frühneuhochdeutsch für „eine Schriftstelle anführen".
50 1. Tim.2,.8 ff.
51 waren einträchtig
52 Stute

*fort, alles, das er schreibt, sei Gottes Wort. Er und Philippus Melanchthon, die da leuchten wie schwarze Kohlen, fälschen die Schrift ganz unverhohlen und kehren Gottes Wort gar um, wie bist Du denn so toll und dumm. Dass Du der Ketzer Lehr' vergleichst mit Gottes Wort und Ehr'.*"

Argula legte die Papiere in ihren Schoß und schloss die Augen. Es drehte sich alles um sie herum. Wer war dieser Johannes aus Landshut? Wohl kaum ein Student! Es klang ihr eher so, als stammten diese üblen Reime aus der Feder eines Johann Eck. Oder aber war es ein Auftragswerk, das Eck oder einer der Altgläubigen am Hofe Wilhelms IV. bestellt hatte? Bosheit und Hass waren jedenfalls die Antriebsfeder dieses Schmierfinken. Marcellus hatte ja auch vermutet, dass es keiner der Studenten mit Namen Johannes, deren es viele in Ingolstadt gab, war. Und die Tatsache, dass die Schrift in Landshut gedruckt worden war, müsste auch nicht bedeuten, dass ihr Verfasser daher stammte. Die Staufferin zwang sich, weiterzulesen, trotz des Gefühls des Ekels, das sich ihrer bemächtigt hatte. Da konnte sie auch noch allerhand Schmähworte gegen Spalatin lesen. „Immerhin kann der Autor nicht leugnen, dass Spalatin ein kluger und gebildeter Mann ist", dachte Argula, als sie las: „*Es ist eine alte Wahrheit: Ein Kluger tut keine kleine Torheit.*" Und dann folgte ein erneuter Angriff gegen sie: „*Ich merke, was Dir wohl behagt, an Luthers Lehre und seinen Worten. Dass er Euch Weibern öffnet die Pforten der Unzucht und der Büberei*[53]*. Die Ehe zu brechen frisch und frei und um eines bösen Wortes willen zu raufen und bald von*

53 unzüchtiges Verhalten

*einem zum anderen laufen. Ich sag bei meiner Treue und dem Eid, dass ich von der Weiber Keuschheit in Luthers Schriften nichts Gutes halten kann ... Denn soviel ich von Dir gehört habe, hat Dich dieser Mönch auch selbst besessen. Daher kommt auch Dein großes Mitleiden und gefällt Dir vielleicht an der Schneiden[54] Arsacius im krausen Haar, ein Jüngling von 18 Jahr'. Deshalb glimpfst[55] Du in seiner Angelegenheit. Sonst würdest Du wohl die Nase darüber rümpfen. Merk nun, meine Argel traut, wie bist Du gar eine arge Haut, dass Du nun mit der Schrift willst schrecken, Deine Schand' und Bosheit mit zudecken."*

Argula spürte, dass ihr Blut in Wallung geriet – oh könnte sie ihn nur erwischen, den Feigling, der sich hinter dem Pseudonym Johannes aus Landshut versteckte! Sie überflog die letzten Zeilen und las noch seinen Rat: *„So stell nun ab Deinen Mut und Dein gut Dunkel[56] und spinn dafür an Deiner Kunkel[57] oder strick Hauben und fertige Borten. Ein Weib soll nicht mit Gottes Worten stolzieren und die Männer lehren, sondern mit Magdalena zuhören. Ich geb' Euch, Frau, einen guten Rat.*
*So werde ich Johannes genannt. Zu Ingolstadt bin ich ein freier Student, eines Bürgers Sohn aus Landshut. Und kommt mit dieser Angelegenheit nicht wieder, sonst liegt Ihr mit allen Euren Ketzern nieder."*

54 am Geschlecht
55 übst Du Nachsicht
56 Besserwisserei, Heuchelei, Wahn, Phantasterei.
57 Spinnrocken: Stabförmiger Teil des Spinnrades, auf das das Material gewickelt wird.

Argula warf den Papierstapel voller Wut auf den Boden und vergaß sich für einen kurzen Moment, stampfte mit dem Fuß auf und schimpfte laut: „Nichts als Verleumdungen! Ich werde es ihm zeigen, dass man sich mit der Tochter Bernhardins von Stauff nicht anlegt!“ Sie wollte gleich morgen ein Antwortschreiben verfassen und überlegte, ob es nicht vielleicht klug wäre, das Pamphlet dieses sich Johannes nennenden Mannes als Anlage ihrer Flugschrift beizufügen. Marcellus hatte ja geschrieben, dass die Schmähschrift nur in geringer Auflage gedruckt worden war. So würde sie ihren Lesern vermitteln, dass sie keinen Grund hatte, dieses schändliche Machwerk zu verstecken. Im Gegenteil, sollten doch alle wissen, was man ihr antat und wie kühl und gleichzeitig abweisend sie damit umging. Argula beruhigte sich langsam, hob die losen Blätter wieder vom Boden auf, schob sie unter die große Wäschetruhe und trat ans Fenster. „Nur für ein Problem kenne ich keine Lösung“, dachte sie. „Wie erkläre ich es meinem Mann? Wenn ich wieder für die Öffentlichkeit schreibe, werde ich es ihm nicht verheimlichen können“, seufzte sie und beschloss, mit Friedrich zu sprechen, sobald ihre „Antwort“ auf dem Postweg wäre.

Um etwas Abstand zu finden, widmete sie sich den Rest des Tages ganz ihren Kindern. Apollonia forderte sie auf, mit der Puppe Maria zu spielen. Das Mädchen übernahm die Rolle der Mutter, und Argula sollte Marias Vater und Apollonias Ehemann spielen. Argula gab sich große Mühe als „Vater“, doch die Kleine war mit ihr nicht zufrieden: „Du musst das anders machen. Du sollst mit Maria schimp-

fen, wenn Sie dummes Zeug macht, aber danach vergisst Du es wieder. Außerdem solltest Du so tun, als wärest Du sehr beschäftigt und hättest keine Zeit für Deine Tochter. Auch sprichst Du viel zu viel!“ Argula schluckte schwer. Nahm Apollonia so den Vater wahr? „Ich versuche, so zu sein, wie mein Vater war“, verteidigte sie sich.
„Dann war Dein Vater ja ein netter Mann“, überlegte Apollonia laut und schaute Ihre Mutter fragend an. „Das war er. Er war gut zu uns Kindern und hat uns viele Dinge erklärt und auch viel beigebracht. Er hat mir die alte Bibel, in der ich oft lese, geschenkt, weil er wollte, dass ich Gottes Wort, wann immer ich will, selbst nachlesen kann.“
„Vater hat mich noch nichts gelehrt“, sagte die Kleine und machte ein Schmollmündchen, „aber das können wir ja im Spiel wirklich anders machen, nicht wahr?“, fragte sie ihre Mutter nach Bestätigung heischend. Argula nickte, war jedoch erleichtert, als ihre drei Söhne von draußen hereinkamen und die Kleine fragten, ob sie nicht mit ihnen Verstecken spielen wollte. Sie jubelte, da es nur selten geschah, dass die Jungen sie in dieses Spiel einbezogen – meistens schlossen sie sie mit der Begründung, sie könne ja noch nicht bis 20 zählen, aus.
Alle vier rannten nach draußen, und Argula konnte ihr Lachen von Weitem hören. Es war doch erstaunlich, was ihre beiden Jüngsten einfach durch Nachahmen der älteren Geschwister lernten. Vieles fiel ihnen leichter als damals Georg und Hans Georg. Argula beschloss, sich ebenfalls nach draußen zu begeben und ihren Kindern beim Spiel zuzuschauen.
Als der Tag sich neigte, saß sie schließlich von ihren Kin-

dern umringt in der kleinen, offenen Laube. Das Licht reichte gerade noch, um die Schrift in ihrer Bibel zu erkennen. Die Kinder hatten sich gewünscht, dass sie ihnen die Geschichte von den Menschenfischern vorlese. Argula zögerte, entschied sich dann aber, die Geschichte nicht vorzulesen, sondern sie ihren Kindern zu erzählen. So könnte sie besser auf die Fragen der großen Jungen eingehen, aber auch für Gottfried spannend erzählen. Apollonia verstand noch nichts, genoss es aber, auf den Knien der Mutter lauschend zu sitzen. Meistens döste sie früher oder später ein. Auch diesmal dauerte es nur wenige Minuten, da kuschelte sie sich schon an ihre Mutter und schloss die Augen.

Argula hielt einen Augenblick inne und betrachtete ihre Tochter. Sie hatte rosige Wangen in dem von der Sonne der letzten Wochen leicht gebräunten Gesicht. Ihr Atem ging schnell, sie duftete nach dem Kompott, das die Köchin aus den frischen Augustäpfeln gekocht hatte. Die Hände der Kleinen zuckten im Schlaf wie die Pfötchen einer kleinen Katze. Ein Stubs in die Seite, den ihr der ungeduldige Gottfried verpasst hatte, holte die Mutter aus ihren Gedanken, und sie begann zu erzählen: „Als Jesus ein junger Mann war, machte er sich auf die Suche nach Menschen, die er sich an seiner Seite wünschte. Er kam an einem See vorbei und sah zwei Fischer mit Netzen im Wasser stehen. Es waren die Brüder Andreas und Simon, die Fische für das Abendessen fangen wollten. Jesus schaute sie an, und sie gefielen ihm. So sagte er: ‚Kommt und folgt mir nach! Ihr sollt Menschenfischer werden.‘“ Hier unterbrach Argula und wandte sich an ihren Ältesten: „Weißt Du, was damit gemeint ist?“ Georg errötete zart und stammelte, wie er es

gelegentlich tat, wenn er aufgeregt war: „Meint er, sie sollen Menschen zu Gott bringen?“ Argula strich ihm sanft über das Haar und nickte: „Andreas und Simon kamen aus dem Wasser und folgten Jesus. Sie liefen am Seeufer entlang und trafen andere Fischer, einen Vater mit seinen Söhnen. Die jungen Männer hießen Jakobus und Johannes. Jesus forderte sie auf, ihm nachzufolgen. Und sie verabschiedeten sich von ihrem Vater und gingen mit Jesus, Andreas und Simon. Als sie an einem Zollhaus vorbeikamen, ließ der Zöllner, er hieß Matthäus, alles stehen und liegen und schloss sich ihnen ebenfalls an.“
Hier wurde Georg unruhig und fragte aufgeregt: „Wird Matthäus denn nicht bestraft, wenn er alles zurücklässt? Schließt er denn das Zollhaus auch ab? Vater würde sehr böse, wenn ein Knecht den Stall nicht abschlösse und einfach so verschwände.“
Argula musste zugeben, dass dieser Gedanke nicht abwegig war. Auch sie hatte sich als Kind darüber gewundert. Aber was hatte ihr lieber Vater, der alte Bernhardin von Stauff, in dieser und ähnlichen Situationen immer zu sagen gepflegt? „Bei Jesus war das alles etwas anders als in unserem Leben …“ Argula hatte sich als Mädchen mit dieser Antwort nicht wirklich zufriedengegeben, doch hatte sie dann geschwiegen. Und so tat es jetzt auch Georg. Allerdings sah man ihm den Zweifel an. Wie konnte der Zöllner, wurde er auch Jünger, so wenig achtsam sein?
Seine Mutter aber fuhr fort zu erzählen, und die Kinder lauschten weiter gebannt: „Eines Abends forderte Jesus seine Jünger auf, mit ihm in ein Schiff zu steigen und über den See zu fahren. Viele Menschen standen am Ufer und wink-

ten und schauten so lange auf das Wasser, bis das Schiff nur noch als ein klitzekleines Pünktchen zu sehen war. Der See war groß, darum dauerte die Überfahrt sehr lange. Jesus wurde müde, so müde wie Ihr jetzt, meine Lieben. Ihr geht jetzt schlafen, und morgen, wenn es dämmert, erzähle ich die Geschichte weiter. Georg, Du kennst die Geschichte, weißt Du noch, was dann geschah?" Der Junge kratzte sich am Hinterkopf und machte ausladende Handbewegungen: „Es wird sehr, sehr windig, und die Jünger bekommen große Angst …" Argula legte den Zeigefinger auf den Mund: „Psst! Verrat nicht zu viel, sonst ist es morgen nicht mehr spannend …", sagte sie und erhob sich mit der noch immer schlafenden Apollonia auf dem Arm.
Just in diesem Moment kam Friedrich durch das Tor geritten. Seine Gesichtszüge entspannten sich, als er seine Familie so froh beisammen sah. Argula spürte einen Stich im Herzen. Eines war klar, sie hat diesen Mann unglücklich gemacht und ihn um ein beträchtliches Einkommen gebracht, – ein Einkommen, das Friedrich allerdings seiner Verbindung zu ihr zu verdanken hatte. Auch wenn sie ein schlechtes Gewissen plagte und er ihr leidtat, wusste sie doch, dass das, was sie um der höheren Sache willen tat, richtig war. Sie erhob sich mit dem jüngsten Kind auf dem Arm und folgte ihren drei Söhnen, die auf den Vater zuliefen und ihm eine Kurzfassung der Geschichte von Jesus als Menschenfischer gaben. Forschend schaute Friedrich sie mit misstrauischem Blick an. „Er fürchtet, ich könnte daraus eine Schulstunde in Reformationslehre gemacht haben…", durchfuhr es sie, und sie schüttelte andeutungsweise ihren Kopf, um ihn zu beruhigen. Er wusste ja noch

nichts von dem Spottgedicht dieses sogenannten Studenten, und er ahnte auch nicht, dass sie eine Gegenoffensive plante … „Soll er noch ein paar geruhsame Tage im Kreise seiner Familie haben! Es wird nicht lange dauern, und die Hölle bricht los …"
Gemeinsam betraten sie das Haus und begaben sich zu Tisch. Argula hatte Bohnen mit Zwiebeln und Speck zubereiten lassen und der Köchin den Auftrag gegeben, alles ordentlich mit Kümmel und Liebstöckel abzuschmecken, damit die Kinder kein Bauchweh bekämen.
Auch in Lenting gab es mittlerweile einen kleinen Kräuter- und Gewürzgarten, wenn die frischen Pflänzchen auch noch recht zart waren. Seit seiner Heilung von schwerer Krankheit fragte ihr Mann gelegentlich, welche Gewürze denn diesmal das Essen verfeinerten, wenn die Mahlzeit anders schmeckte, als er sie aus seiner Jugendzeit kannte. Neulich hatte er sogar anerkennend vor sich hin gebrummelt, die Leserei habe ja doch ihren Sinn, schließlich wäre er gestorben, hätte seine Frau nicht nach Heilmitteln in ihrem Buch für ihn gesucht und sie ihm verabreicht.
Als es dunkelte und die Kinder schon lange schliefen, setzten sich Argula und Friedrich noch mit einer heißen Milch auf die Bank im Hof und schauten schweigend in den klaren Sternenhimmel. Erst als es kühler wurde, erhoben sie sich und gingen Hand in Hand ins Schlafgemach – er zufrieden und beinahe glücklich, sie nach Monaten der familiären Auseinandersetzungen die kurze Erholungspause genießend, aber in Gedanken doch schon wieder bei der bevorstehenden Auseinandersetzung mit diesem Johannes aus Landshut.

Lange noch lag sie wach und lauschte auf die gleichmäßigen Atemzüge ihres Mannes. Erst kurz vor Sonnenaufgang fand sie ein wenig Schlaf, und als sie am Morgen erwachte, war Friedrich bereits auf den Feldern. „Gut so, dann werde ich nach den Kindern sehen, einen Kamillentee trinken, meinen Gerstenbrei essen und mich dann sofort an die Arbeit machen." So geschah es.
Da sie die Kinder beschäftigt wusste – sie warteten darauf, das heute in den frühen Morgenstunden geborene Kälbchen anschauen zu dürfen –, hatte Argula den Vormittag für sich.
Ohne lange zu zögern, tauchte sie den Federkiel ins Tintenfässchen. Und die Worte sprudelten nur so, hatte sie doch in den wachen Stunden der vergangenen Nacht unentwegt darüber nachgedacht:
*„In Gottes Namen heb' ich an zu antworten dem kühnen Mann, der sich Johannes nennen tut, welcher zeigt mir an, er sei von Landshut – nicht gar so frei als Ihr Euch rühmt, hättet Ihr doch sonst Euren Namen nicht so verblümt. Auf diesen Namen sind viel' getauft. Seid Ihr ein redlicher christlicher Mann, in Ingolstadt tretet auf den Plan. An einem Tag, der Euch gefällt. Hab' ich geirrt, das selbst erzählt. Wenn Ihr mir Gottes Wort herbringt, folg' ich wie ein gehorsam' Kind. Zeigt mir meinen Irrtum redlich an wie es sich gebührt für einen Christenmann. Daher drei Wochen oder vier, denselben Tag nennet mir, damit auch andre kommen her, gar fröhlich will ich zu Euch geh'n obgleich ich kein Geschrifte kann[58], keinen Schrecken hab' ich daran, will zu Euch kommen ohn' Beschwer dem Namen Gottes zu*

58 Nicht (wie ein Theologe) der Bibel kundig bin.

*Lob und Ehr', den Ihr so groß jetzt lästern tut. Ihr macht Euch einen Abgott nach eignem Mut*[59]*. Ich hoffe, Gott wird in mir Schwacher wirken und mir meinen Geist zu seinem Lob stärken wie Christus im Matthäusevangelium sagt: ‚Fürchtet Euch nicht vor dem, der den Leib tötet, doch die Seele nicht töten kann. Fürchtet Euch vielmehr vor dem, der Leib und Seele verderben kann in der Hölle.*[60]*'"*
Argula legte die Feder beiseite, denn sie wollte in der Bibel nachschlagen. Keineswegs würde sie sich die Blöße geben, die genaue Stelle nicht benennen zu können. Schließlich wäre dies nur „Wasser auf den Mühlen"[61] dieses Johannes. Sie würde ihm zeigen, dass auch eine Frau des richtigen Lesens und Schreibens mächtig war. Sie würde auf Joel 3, Vers 1 hinweisen und darlegen, dass Gott seinen Geist über alles Fleisch ausgießen werde. Keiner würde davon ausgeschlossen – „weder Weib noch Mann und auch nicht der Bauer." Argula blätterte hastig im Lukasevangelium bis sie die Stelle fand, in der geschrieben stand, dass einige der Apostel Fischer waren. Triumphierend führte sie die Feder über das Papier:
*„Wer sind denn die Apostel gewesen? Wo haben sie in Hohen Schulen gelesen? Johannes, der auch ein Fischer war, der doch schreibt so hoch und klar. Desgleichen Petrus ist gewesen ein Fischer, wie wir von ihm lesen. Weiter macht Paulus uns bekannt, Gott hab' seinen Geist in uns gesandt, dass er der Schwachheit helfen tät' wie am achten zu den*

59 Nach eigenem Sinn, eigener Absicht.
60 MT. 10,28.
61 Ein Vorteil bei der Durchsetzung seiner Absichten. Herkunft: Die Mühlräder drehen sich schneller, wenn viel Wasser fließt.

*Römern steht*[62]*. Wir wüssten nicht, was wir sollten beten, so uns der Geist nicht tät' vertreten. Wie es sich uns dann als Christen gebührt, hört zu, dass uns der Geist auch führt. Im 1. Korintherbrief im 2. Kapitel in den Versen 11–12 steht: ‚Gottes Geist zur Erkenntnis treibt, welche alle Ding' erforscht. Niemand weiß, was in dem Menschen ist, allein der Geist, der in ihm wohnt. Und niemand zu keiner Frist, was auch in Gott verborgen ist.'"*
Argula suchte erneut in der Heiligen Schrift und ergänzte ihren Gedankengang durch weitere Hinweise und Zitate, diesmal aus dem 2. Korintherbrief: „Der Herr ist selbst der Geist!"
„Ich muss klar sagen, dass ich allein von Christus gelehrt werde, – nur von ihm", überlegte sie. „Wo steht das nur im Johannesevangelium?", grübelte sie. Dann schlug sie die Schrift auf und fand die gesuchte Bibelstelle. Es war Johannes 6, Vers 45: „Jesus sprach: Es kann niemand zu mir kommen, es sei denn ihn ziehe der Vater, der mich gesandt hat." Schnell schrieb Argula die Bibelstellen seitlich an den Textrand. Es folgten noch viele Hinweise auf Psalmtexte, die Evangelien und das Alte Testament. Immer arbeitete Argula mit derselben Sorgfalt, wohl wissend, dass ihr Adressat kein einfacher junger Mann war und dass, sollte Osiander auch diese Schrift in den Druck geben, wovon sie ausging, viele Menschen ihre Zeilen lesen und genauer Untersuchung unterziehen würden. Es würden sich, darin war sie sich sicher, zahllose Altgläubige auf ihre Schrift stürzen und versuchen, sie zu zerpflücken wie Herbstwind und Wintersturm die Blumen und die zarten Pflanzen. Ge-

62 Röm. 8,26.

nau an diese Altgläubigen wollte sie jetzt das Wort richten: *„Eure Dekrete vermaledeien und verbannen, sie tun nichts als Seele und Leib zu verdammen und an den Strick zu legen – das alles wegen der Finanzen aus Geiz gemacht ... Wie wird Euer Dekretal bestehen, da wenig göttliches Wort drin steht. Wie mögt ihr nun aber Christus hören? Sagt und gebt uns Bescheid. Wenn ein Blinder den anderen leitet, werden sie beide in die Grube fallen. Herr hilf heraus den Armen allen, lass uns Deine Gnade hier erwerben, dass wir nicht mit ihnen verderben. Gott gebietet uns, die lassen fahren, die so verblendet und verstockt waren ... So doch Gott nicht gibt Euch die Wahl, weder zu dichten noch zusammenzusetzen, sein Wort zu verdunkeln und zu verletzen, wie Ihr bisher lang habt getan. Gott mocht's nicht länger sehen an, zu betrügen Arm und Reich. Niemand kann so sein gleich Euch im Kaufen, Finanzieren, Stolzieren. Dazu tut Ihr ein Leben führ'n und treibt auch viel Gleißnerei*[63]*, mit Gottes Wort nur Krämerei. Sagt Paulus doch: Sucht nicht Gewinn, ja hie noch dort, sagt all sein Wort. So Ihr auch tätet dergleichen, wollten wir Euch folgen freudenreich. Ihr wolltet uns aber gar verführ'n. Ist Zeit, dass die Steine schreien*[64]*. Dieweil Ihr Gottes Wort verdreht und Gott schändet, raubt der Teufel Eure Seele.*

*Ich will es gar nicht unterlassen, zu reden im Haus und auf den Straßen. So mir Gott Gnade gewährt, will ich's teilen meinem Nächsten mit. Paulus mir's nicht verboten hat, wo Gottes Wort nicht befolgt wird, wie es leider bei uns ist. Ei, lieber Hans, spart Euch Eure Rede. Nehmt Euch ein Bei-*

63 äußerer Schein, Heuchelei
64 Vgl. Lukas 19, 40.

*spiel an Bileams Eselin, der Gott hat aufgetan den Mund. Mit Menschen Stimm' red's zu der Stund', straft Bileam, den weisen Mann. Im Buche Numeri*[65]*, da lest davon, wie er sie schlug, mit Sporen ritt ... Darum so streitet nicht wider Gott. Ihr werdet sonst fürwahr ob ihm zum Spott."*

Argula entschied sich, noch eine Passage über die mutige Judith, die den Holofernes überwand, zu schreiben. „Ich werde diesem Johannes nahelegen, mich mit Judith zu vergleichen, und auch auf die Weissagerin Deborah will ich hinweisen." Und sie schrieb:

*„Darum stärkt Gott Judith auch die Hand, sodass sie Holofernes überwand, und sie ihm auch abschlug sein Haupt*[66]*. Ja, wer hätte das davor geglaubt, dass Holofernes würde zu Spott, den sie einst nannten einen starken Gott. Find' auch noch weiter geschrieben steh'n. Im Buch der Richter lest Ihr davon. Eine Weissagerin, Deborah*[67] *genannt. Auch sie war von Gott gesandt, das israelische Volk zu führen, darüber zu richten und zu regieren. Wäret Ihr selbst dabei gewesen, Ihr hättet abgestritten, dass Gott durch das Weib gehandelt hat. Darum zürnet nicht so hart, dass Gott jetzt werde Weiber schaffen, die Euer Hoffart müssen strafen. Und auch von Gott geschlagen, dass Euch nur müssten Weiber plagen, sodass Ihr gar nicht würdig seid, dass ein Gelehrter mit Euch streit'. Gott hat gesandt über Euch seinen Zorn, dass Ihr seid zum Kind geworden. Das sieht man gar wohl in Eurem Gedicht, das Ihr mit Lüg' habt zugericht'. Meint, Ihr wollt mich damit erschrecken. Eure*

65 Vgl.4.Mose 21-35.
66 Vgl. Judith 13,1-10.
67 Vgl. Richter 4.

*Torheit tut Ihr selbst aufdecken. Darauf ein ganzes Jahr verwendet und bedacht habt Ihr. Ich hab' nicht viel Poesie gelesen, bin auch auf keiner Hohen Schul' gewesen. Doch hab' ich mich nach Euren Sitten gericht' und gleich jetzt gemacht mein erst' Gedicht, dass Ihr nicht meint, Ihr seid der Weiseste, wie Ihr Euch fühlt und selber einbildet. Ihr meint, Ihr habt alles gelesen und seid selbst Gottes Meister gewesen ... Im Buch der Sprüche*[68] *sagt der weise Mann: ‚Torlich antworte dem Narren mit Fleiß, dass er nicht meint, er sei weis.'*

*Ich bitt' Euch noch: Tretet auf den Plan, dass ich auch seh' den weisen Mann. Und probieret frei, ob Luther schreibt doch Ketzerei. Dazu Philippus Melanchthon ... Ich sag' es nach wie vor, das Wort Gottes schreiben sie uns klar. Warum schändet Ihr solch' christlich' Männer, die Euch kein Leid getan? Wie sehr Ihr auch sie und andere schändet, so wird mir doch ihre Lehre nicht gewendet. Ich sag' nach wie vor, aus Gott sie sei, der Herr wohne ihnen ewig bei. Wie sehr Ihr auch hoch aufgestellt, als wolltet Ihr wider Gott fechten. Gleich wie der Rauch habt Ihr Euch aufgebläht, genauso mit ihm Eure Gewalt vergeht. Gleich wie das Wachs vom Feuer wird fallen Euer Abenteuer.*
*Wenn Ihr aber in Eurer Lehre mir bringt Gottes Wort daher, folg' ich ... wie ein gehorsam' Kind. Verflucht sei der, der auf Menschen traut, selig, der sich auf Gott erbaut. Das auch Martinus hat getan. Mit ihm auch manch' gelehrter Mann. Auf Gottes Wort will ich mich verlassen, an diesem selbst werdet Ihr Euch stoßen ... Dass Ihr Arsaci-*

68 Vgl. Spr.26,5.

*us zieht hinein, dazu Luther und Melanchthon. Kein Wort hab' ich je mit ihnen geredet, das bezeuge ich vor Gott und öffentlich ... Hättet Ihr nur mich beschimpft, so hätte ich keine Antwort gegeben und mich wie ein Christ gezeigt, die andere Backe hingeneigt.*
*So Ihr aber wollt Gottes Wort verletzen, will ich mich stark widersetzen ... Ja, mit den Worten seines Mund's erschlägt Euch Gott. Seht diese Prophezeiung wohl an, sie wird Euch wahrlich treffen. Wie ich vernommen hab', achtet Ihr nicht darauf, wer die Schäflein schert, wenn Euch danach die Wolle nur gegeben wird. Gar oft war einer sehr vermessen. Er wollt' mich auf der Kanzel fressen. Wenn ich ihm aber unter die Augen kam, gar wenig Schrift von ihm vernahm ... Sag' ich, teilt mir Eure Weisheit mit, so kommen Sie mit der Kunkel[69] her. Dieser Meister von hohen Sinnen will mich Haushalten lehren und Spinnen. Gehe ich doch täglich damit um, dass ich dies wohl vergessen kann ... Und meinen Mann halten in Ehren. Es wär' mir Schmerz, sollt' ich's verheeren. Mein Herz und Gemüt dazu geneigt ist, ihm zu dienen alle Zeit, Gehorsam und mit ganzer Freud'. Tät' ich's nicht, so wär's mir leid. Auch acht' ich drauf, dass er keinen Grund hat, Klag' zu führen ... Wo er aber mich wollte dringen von Gottes Wort treiben und zwingen, find' ich bei Matthäus geschrieben, ja dass ich müsste treten ab von Kind, Haus, Hof und was ich hab."*

Argula schluckte schwer. Ja, sie gab sich Mühe, ihrem Mann eine gute Ehefrau zu sein, doch verriet sie ihn, den Altgläubigen, nicht um ihres Glaubens willen? Sicher, sie hatte

69 Vgl. Anm. 53: Spinnrocken.

versucht, ihm zu erklären, was sie im vergangenen Jahr bewogen hatte, diese Briefe zu schreiben und damit sein Pflegamt zu riskieren, dass sie nur ihrem Gewissen folge, dass sie Gottes Wort und den Glauben an ihn als ihre Richtschnur sehe und nicht die Katholische Kirche. Er konnte oder wollte sie nicht verstehen. Und sie hatte sich über seine Bitte, sie möge ihre publizistischen Aktivitäten einstellen, und dann auch über das konkrete Schreibverbot hinweggesetzt. „Wer auch immer dieser Johannes aus Landshut ist, er hat nicht ganz unrecht. Friedrich hat – zumindest aus seiner Sicht – Grund genug, Klage zu führen", wusste sie sehr genau.

Argula las noch einmal den „Spruch" ihres Gegners – wie anders sollte sie ihn nennen! Es war ein Mann mit schwachem Verstand und ohne gesellschaftlichen Schliff. Allein, wie er den Namen Spalatins und auch den ihren verunglimpfte! Na, sie würde ihm dazu noch ein paar passende Worte schreiben. Auch wollte sie es nicht unterlassen, noch einmal auf ihre Verbindung aus Jugendtagen zu Herzog Wilhelm IV. hinzuweisen:

*„Ihr werft mir vor, dass ich meinem Fürsten geschrieben hab', gebt acht, Eure Sorge sei groß dabei, denn sie erfahren von Eurer Büberei, wie Ihr die Leut' so habt verführt. Eure Bosheit wird gespürt. Ich hoff', sie werden bald ermessen, dass Euch gar der Teufel hat besessen.*
*In Freuden ich vernommen hab', jetzt fangen's auch zu lesen an. Wolle Gott ihnen darin Beistand tun, dass sie das Wort Gottes nehmen an. Und schicken seinen Heiligen*

*Geist, der sie in der rechten Wahrheit unterweist. Ja, dieses Wort mein Herz erfreut. Christus sagt: ‚Ihr selig seid, so Ihr durch mich Verfolgung leid'*[70]*. Und Euch die Menschen werden hassen, ja, verschmähen und verstoßen, werden Eurem Namen Lästerung tun nur wegen des Menschen Sohn. An diesem Tag erfreuet Euch, Euer Nam' ist groß im Himmelreich.*
*Weh' Euch, die Ihr jetzt lacht! Ihr werdet Klagen und Weinen gemacht. So gar und ganz vor Gott zunicht', wenn ihr kommt vor das streng' Gericht.*
*Drum lasst ab und seid besinnt. Für diesmal ist's genug davon, bis er hervortritt auf den Plan."*

*Von Bileams Eselin nehmt zugut*
*Mein lieber Johannes aus Landshut*
*Will's Gott*
*AVG*
*Geborne von Stauffen"*

Argula verschloss das Tintenfass, legte den Federkiel ab und seufzte: „Es ist geschafft! Ich habe mit diesem ungehörigen Menschen ‚Fraktur geredet'[71]. Er hat versucht, ohne Kenntnis meiner Situation ‚schmutzige Wäsche zu waschen'[72], aber ich war, wie mein Vater gesagt hätte, ‚gut gerüstet'[73], habe selbst tüchtig ‚vom Leder gezogen'[74] und ‚den Spieß

70 Vgl. Matthäus.5.10.
71 Unmissverständlich die Meinung sagen.
72 Im Streit Privates des Gegners öffentlich kundtun.
73 vorbereitet
74 mich scharf geäußert

umgedreht'[75]. Hoffentlich schweigt er fortan. Ich sollte ihn wohl ,in die Schranken gewiesen'[76] haben.", dachte Argula und erschrak ob ihrer Gehässigkeit angesichts des erwarteten Triumphes. „Eigentlich ist nun alles gesagt, ich schicke den Brief an Osiander. Er wird schon wissen, was damit zu tun ist. Dumm nur, dass in den nächsten Tagen niemand zu Besuch kommt, dem ich vertraue und die Post mitgeben kann", überlegte die Stauffertochter, griff nach den 14 eng beschriebenen Bögen – dies war ihre längste Schrift – und legte sie zu dem Schmähbrief des Johannes unter die Wäschetruhe. Die Feder war inzwischen getrocknet und konnte zusammen mit dem Tintenfässchen zurück in den Rosenholzkasten gelegt werden, in dem sie ihre persönlichen Dinge verwahrte.

„Wo waren wir stehengeblieben, Kinder?", fragte Argula ihre kleine Bande, als sie am frühen Abend wieder auf der Eichenbank saßen. Hans Georg rief: „Jesus hat sich im Boot schlafen gelegt!" Und sein älterer Bruder ergänzte: „Plötzlich standen dunkle Wolken am Himmel, und ein starker Wind kam auf. Das Boot schaukelte auf den Wellen, das war sehr gefährlich, es hätte umkippen können." Auf Georgs Stirn standen plötzlich kleine Sorgenfalten, seine Augen hatte er weit aufgerissen. Gottfried und Apollonia wurden unruhig und rutschten dicht an ihre Mutter heran. „Keine Sorge, Jesus schlief so tief, dass er gar nichts mitbekam. Aber seine Jünger waren sehr aufgeregt, etwa so wie Ihr jetzt, und sie weckten Jesus. Und wisst Ihr, was

75 Von Abwehr zum Angriff übergegangen.
76 Die Grenzen aufzeigt haben.

Jesus da sagte?“, fragte Argula ihre Kinder, die nur stumm die Köpfe schüttelten. „Jesus sagte, sie sollten sich nicht fürchten, er sei doch bei ihnen. Und dann geschah etwas, das wir uns nicht vorstellen können, Georg, erinnerst Du Dich?“, wandte sich die Mutter an ihren Erstgeborenen. Stolz, dass er die Geschichte schon kannte, stellte er sich vor seine Geschwister und schaute in die Ferne: „Er rief: ‚Wind und Wellen sollen still sein!‘ Und plötzlich war der See spiegelglatt.“ Argula nickte beifällig: „Könnt Ihr Euch vorstellen, wie überrascht die Jünger waren? Sicher haben sie untereinander getuschelt und einander gefragt: ‚Wusstest Du, Simon, oder Du, Andreas, dass Jesus dem Wind und den Wellen befehlen kann? Johannes, Jakobus und Matthäus, wisst Ihr, wer dieser Mann ist, dass er die Wogen glätten kann?‘“
„Aber eines hast Du vergessen zu sagen: Das Meer blieb wirklich still!“, ergänzte Georg triumphierend, und seine Geschwister sahen ihn voller Bewunderung an.
Gottfried und Apollonia hatten zwar nicht viel verstanden, hatten es aber wie immer genossen, gemeinsam mit den Großen der Mutter zuzuhören. Jetzt allerdings drängte es sie nach Bewegung. Sie machten alle zusammen ein Wettrennen, bei dem sie, die Kleinen, einen ordentlichen Vorsprung erhielten. Georg und Hans Georg hatten einander zugezwinkert und die jüngeren Geschwister gewinnen lassen.
Müde und zufrieden ging die Familie zu Tisch. Apollonia konnte gar nicht genug vom Wettrennen und ihrem vermeintlichen Sieg erzählen. Friedrich war sichtlich erfreut, dass es allen so gut ging und schlug vor, man solle wie-

der einmal gemeinsam für eine oder zwei Wochen nach Burggrumbach reisen. Seine Eltern und Geschwister, ganz besonders Maria, würden sich sicher freuen, alle wiederzusehen. Argula, die ja bekanntlich keinen großen Wert darauf legte, mit ihren Schwiegereltern zusammen zu sein, reagierte zu Friedrichs Verwunderung begeistert auf seinen Vorschlag. Als er sie misstrauisch beäugte, verlieh sie ihrer Freude, insbesondere Maria wiederzusehen, nachdrücklich Ausdruck. Was Friedrich nicht ahnen konnte, war der Gedanke, der Argula sofort in den Kopf gekommen war, als ihr Mann seine Reisepläne geäußert hatte – sie würde Maria ihre „Antwort“ an den Landshuter Johannes anvertrauen. Maria hatte, wie sie wusste, eine gute Freundin in Nürnberg, über die schon früher Argulas Korrespondenz zuverlässig weitergeleitet worden war.

## Kapitel 37

Mitte / Ende September 1524
Lenting

### Abschied von Georg

Seit einer Woche waren Friedrich, Argula und die Kinder wieder in Lenting. Alle waren froh gewesen, als es nach zwei Wochen wieder nach Hause ging; als solches betrachteten sie die Hofmark inzwischen. Die Schwiegereltern hatten Argula bestenfalls ignoriert, meistens aber voller Verachtung behandelt. Allein das Zusammensein mit ihrer Schwägerin Maria hatte Argula gutgetan. Die Schwägerin hatte sich einige Male auf Argulas Seite gestellt, was ihr ernsthafte Auseinandersetzungen mit ihren Eltern eingebracht hatte. So hatten es Argula und Maria vorgezogen, sich in Marias Schlafgemach zurückzuziehen oder ausgedehnte Herbstspaziergänge mit den Kindern zu machen.
Friedrich hatte entweder gemeinsam mit seinem Vater die Ländereien inspiziert oder den Knechten Anweisungen gegeben. Wenn seine Eltern sich unverhohlen in deren Beisein über ihre Schwiegertochter beschwerten, hatte er betrübt geschaut und den Kopf eingezogen. Blickte Argula ihn in diesen Situationen direkt an, so errötete er meist, schlug die Augen nieder und sah zu, dass er einen Grund fand, das Weite zu suchen.

„Ein Gutes hatte der Aufenthalt in Burggrumbach allerdings", dachte Argula als sie, nun wieder in Lenting, aus dem Schlafzimmerfenster in den für einen Septembertag schon sehr spätherbstlichen Wolkenhimmel schaute. „Osiander hält nun sicher bereits dank der Hilfe von Marias Freundin meine Antwort an den Landshuter Johannes in Händen. Vielleicht hat er sogar bereits einen Drucker aufgetan, der sich traut, meine Schrift zu veröffentlichen“, überlegte sie und war trotz aller Sorge um die Kinder froh, diesen Schritt gewagt zu haben. „Ich habe meine christliche Pflicht getan, nun sind Andere an der Reihe“, murmelte sie vor sich hin. Auch hatte sie sich jetzt um ihren Ältesten zu kümmern. In weniger als vier Wochen würde Georg das elterliche Haus verlassen. Friedrich würde ihn nach Nürnberg zu Johann Denck begleiten, der ihm als Schulmeister die einem adligen jungen Mann angemessene Bildung vermitteln sollte. Georg wusste seit dem Sommer, dass seine Kindertage daheim gezählt waren. Der Siebenjährige hatte die Neuigkeit mit großem Ernst aufgenommen. Er hatte den Eltern versprechen müssen, sein Bestes zu geben und fleißig zu lernen. Argula hatte wahrgenommen, dass Georg, dieser einst so zarte Sprössling, seit Kurzem in der Gegenwart seines Vaters stets eine gerade aufrechte Haltung einnahm und nur noch selten mit den Geschwistern herumalberte. Nur wenn er mit seiner Mutter allein war, gab er zu erkennen, dass er seinem Auszug mit ängstlichen Gefühlen entgegensah. Wer würde ihn trösten, wenn er Kummer hätte, wer ihn herzen? „Mutter, Du wirst mir sehr fehlen“, sagte er mit tränenreicher Stimme und lehnte sich wie ein kleiner Junge an Argula. Diese umarmte ihn spontan und versprach, ihn, so oft es ginge, in Nürnberg zu besuchen. „Dann kann ich bei dieser Gelegenheit auch

Osiander treffen", schoss es ihr durch den Kopf, und sie schämte sich sogleich ihrer Selbstsucht.
Argula erinnerte sich nur zu gut an ihr Gefühlsdurcheinander, als ihre Eltern sie davon in Kenntnis gesetzt hatten, dass sie bis zu ihrer Verheiratung als Hofdame Kunigundes in München leben würde. Und damals war sie nicht, wie heute Georg, erst sieben Jahre alt, sondern bereits 16.
Aber für ihren Sohn gab es keine andere Möglichkeit. Hier in Lenting konnte er nur bäuerliche Tätigkeiten erlernen, und ihn in das viel näher als Nürnberg gelegene Ingolstadt zu schicken, verbot sich mit Selbstverständlichkeit. Als ihr Sohn würde er dort nicht gut aufgenommen werden – schon ihre Brüder ließ man spüren, dass sie als Verwandte Argulas unerwünscht waren. Hinzu kam auch, dass Ingolstadt erzkatholisch war, und sie nicht würde ertragen können, dass ihr Sohn diesem Einfluss ausgesetzt wäre – ein Argument, dass sie selbstverständlich Friedrich gegenüber nicht angeführt hatte. Er war besorgt, auch sein Stammhalter könnte persönlichen Kontakt zu Lutherfreunden aufbauen.

Der Tag der Abreise nach Nürnberg war gekommen. Friedrich und der Knecht Anton verstauten Reisetruhen in der Kutsche. Argula hatte in den letzten Wochen Georgs Kleider durchgesehen, ausgebessert und, wenn nötig, durch neue ersetzt. Auch die Schuhe waren ihm inzwischen alle zu klein geworden. Das Kind war in diesem Sommer sehr gewachsen. Er ging ihr inzwischen schon bis zur Brust. „Wenn ich ihn das nächste Mal sehe, ist er schon wieder etwas größer und noch weniger ein Kind als jetzt. Doch, was jammert es mich? Froh sollte ich sein, dass er sich so gut entwickelt“, sagte sie sich und zu Georg gewandt: „Halte Deine Kleider ordentlich! Gib sie regelmäßig zum Waschen, und schreib, wenn Du etwas brauchst! In der kleineren der Truhen findest du noch ein kleines Geschenk von Vater und mir – Tintenfass und Federkiel und eine lederne Mappe mit Papier.“ Georg dankte ihr und schaute sie liebevoll an. Sie konnte den Blick nicht von ihm wenden, doch nun war es Zeit, Abschied zu nehmen. Sie würde hier in Lenting bei den Kleinen bleiben. Friedrich würde den Sohn beim Schulmeister abgeben und Georg helfen, sich in seiner Unterkunft einzurichten. Zwei Tage später käme er zurück. Argula war sich sicher, dass ihr Mann den Schulmeister auf ‚Herz und Nieren[77]‘ prüfen würde, ob er auch ja ein rechter Christ wäre.

Sie umschloss das Kind mit beiden Armen, drückte den Knaben fest an sich und gab ihm dann einen Kuss auf die Stirn, ordnete sein Haar und drehte sich auf dem Absatz um. Nur keine Tränen!

77 Charakter und Verstand prüfen. Biblischer Herkunft: (Psalm 7,10): König David singt: „denn du, gerechter Gott, prüfest Herz (Sitz des Verstandes) und Nieren (Sitz des Gefühls).

## Kapitel 38

Oktober / November 1524
Nürnberg

### Besuch bei Georg in Nürnberg

Am 20. November brach Argula nach Nürnberg auf, um Georg einen Besuch abzustatten. Eigentlich hatte Friedrich sie begleiten wollen, doch war der Verwalter erkrankt, und nun musste er selbst sich um alle Geschäfte kümmern, denn er fürchtete, dass schon ein paar Tage der Abwesenheit zu Einnahmeeinbrüchen führen könnten. Man konnte keinen Knecht zum Verhandeln von Preisen schicken. Argula hatte bedauernde Worte gefunden, doch insgeheim hatte sie sich gefreut, ihren Sohn ganz für sich zu haben und bei dieser Gelegenheit auch mit Osiander zusammenzutreffen. Wie er ihr über Umwege hatte mitteilen lassen, wollte er ihr den frischen Druck ihrer „Antwort" und auch weitere ihr noch nicht bekannte Ausgaben ihrer früheren Flugschriften zeigen.

Als sie drei Tage später am Nachmittag in Nürnberg eintraf, hatte sich der Novembernebel gehoben, und die Stadt zeigte sich von ihrer besten Seite. Johann Denck wohnte und unterrichtete in dem kleinen Haus neben der St. Sebald-Kirche, dort hatte auch ihr Sohn eine kleine Kammer, die ihr Friedrich genau beschrieben hatte. Die Kutsche hielt unmittelbar vor dem Haus, und noch ehe Argula die letzte Treppenstufe erreicht hatte, wurde die Haustür aufgerissen, und Georg stand vor ihr. „Mein Junge!“, rief sie, und die Stimme versagte ihr vor Rührung. Sie machte einen großen Schritt auf ihn zu, strauchelte über den Rinnstein und hätte beinahe ihren Sohn umgestoßen. Lachend fielen sie sich in die Arme. Inzwischen war auch der Schulmeister herausgekommen und begrüßte die Mutter seines Zöglings. Argula und der Humanist Johannes Denck waren einander 1523 einmal bei Osiander begegnet. Damals hatte Denck ihr erzählt, dass er Jahre zuvor an der Universität Ingolstadt inskribiert gewesen war und die dortigen Umstände ebenso wie die handelnden Personen gut kannte. So befanden sich die Staufferin und der Humanist gleich in einem Austausch über die religiöse und politische Situation im südlichen Bayern und die Unterschiede zu dem deutlich freieren Nürnberg. Noch vor dem Abendessen machten Mutter und Sohn einen kleinen Spaziergang. „Ich darf diesen Weg schon unbegleitet gehen. Denck nennt ihn den Kirchgang, weil er von St. Sebald nach St. Lorenz und zurück führt“, erzählte Georg eifrig. Er berichtete über seine Aufgaben, die er zu erledigen hatte. Seine Fertigkeit im Lesen und Schreiben hatte sich deutlich verbessert. Auch hatte er ersten Unterricht im Lateinischen, das ihm viel Freude machte. Insgesamt schien es Argula, als sei der Junge nicht unzufrieden. Zwei weitere Knaben aus der Oberpfalz lebten und lernten mit ihm unter demselben Dach, und so hatten die Buben auch viel Freude miteinander. Denck war streng im Unterricht, ließ die Knaben aber gewähren, solange sie nicht gegen die von ihm aufgestellten Regeln verstießen, die da lauteten: Gehorsam, Fleiß, Zuverlässigkeit, Ehrlichkeit und Achtsamkeit gegenüber anderen Menschen.

Beim gemeinsamen Abendessen, das eine, wie Georg anerkennend bemerkte, sehr gute Wirtschafterin für alle kochen sollte, würde sie seine Gefährten kennenlernen.
Tatsächlich saß am Abend eine fröhliche Runde zusammen. Denck legte Wert darauf, dass jeweils einer der Jungen das Tischgebet sprach, und heute war es Georg, der zur Besinnung aufrief und für Speis und Trank dankte und den Herrn bat, auch die Armen zu speisen. Daheim wäre es ein Unding gewesen, diese Christenpflicht einem Kind zu übertragen. Friedrich hatte stets selbst das Tischgebet gesprochen, nur wenn kein männliches Familienmitglied bei Tisch war, hatte Argula ihn vertreten dürfen. Sie nahm wahr, dass ihr Sohn die Aufgabe ernst nahm, denn er verstand ihre Bedeutung und fühlte sich geehrt, dass er für würdig und alt genug befunden wurde, sie zu übernehmen. Schweigend löffelten die Jungen ihre Gemüsesuppe, die, wie Argula ihrem Sohn recht geben musste, wirklich ausgezeichnet schmeckte. Beim Nachtisch, einem vorzüglichen Pflaumenkompott, wurde die Gesellschaft munterer, und Georgs Kameraden antworteten offen und frei auf Argulas Fragen nach ihrem Schulalltag, dem Leben in Nürnberg und der Frage des Heimwehs nach Heimat und Familie.

Als sich die Runde aufgelöst hatte, trafen sich die anderen Buben, um zu üben und zu lernen. Georg jedoch hatte für die Dauer ihres Besuchs freibekommen. Mutter und Sohn blieben noch eine Weile bei Tisch sitzen. Argula strich ihrem Georg über den Scheitel, und er lehnte für einen kurzen, aber süßen Augenblick seinen Kopf an ihre Brust. „Georg, ich habe den Eindruck, dass es Dir hier gut geht.

Darüber bin ich sehr froh. Und sollte es einmal anders sein, so lass es mich wissen, dann finde ich gemeinsam mit Deinem Vater eine Lösung." Georg nickte und war sofort einverstanden, als die Mutter vorschlug, am Abend in die Messe in die St. Lorenz-Kirche zu gehen.

Argula beabsichtigte, nach dem Gottesdienst bei Osiander vorzusprechen. Falls er an diesem Abend keine Zeit fände, könnte man sich vielleicht für einen der nächsten Tage verabreden.

Die Kirche war gut besucht. Viele Menschen trafen sich hier, um sich vor und nach der Messe miteinander auszutauschen. Osiander war ein Mann, an dessen Theologie sich die Geister schieden. Die einen, die Altgläubigen, verachteten ihn und verwarfen seine Lehre mit großer Entschiedenheit als Ketzerei, die anderen hörten ihm mit großer Begeisterung zu und konnten nicht genug hören von der Theologie der Reformatoren. Ihrer waren viele in die Kirche gekommen, das erkannte Argula sogleich. Hier war selbstverständlich, was andernorts verworfen wurde: Osiander wies darauf hin, dass allein die Schrift die Richtschnur des christlichen Lebens war, dass es der Glaube und das religiöse Gewissen jedes Einzelnen waren, die das Verhältnis des Menschen zu Gott Vater und seinem Sohn Jesus Christus bestimmten. Aus diesem Glauben würden gute Taten kommen, hörte Argula und fühlte, dass sie sich hier in einer Gemeinschaft befand, die genau wie sie nach dem Kern des Glaubens fragte. Und hier gab es Antworten. Es tat gut, von dieser neuen religiösen Gewissheit nicht nur zurückgezogen im eigenen Kämmerlein zu lesen, sie zu bedenken und niederzuschreiben, sondern sie mit anderen Menschen, denen das Wort Gottes ebenso wichtig war wie ihr, zu teilen. Sie schaute vorsichtig nach links und rechts, warf auch einen Blick hinter sich: Überall saßen Männer und Frauen, die aufmerksam zuhörten und die Worte des Predigers in sich aufsogen. Hatten sie noch vor wenigen Jahren Ablass gezahlt in der Hoffnung, sich und ihren Angehörigen die Zeit im Fegefeuer zu verkürzen, so machten sie nun gänzlich neue Erfahrungen und konnten ihr Glück kaum fassen, als man ihnen sagte, dass Gott ein gnädiger Gott sei und dass sie, ebenso wie sie selbst die Gnade Gottes erfuhren, ihren Nächsten ebenfalls als vom Vater geliebtes Geschöpf Gottes betrachten sollten.

„Der Glaube wird Frucht bringen, liebe Gemeinde", hörte Argula Osiander sagen. „Diese Frucht bringt der Mensch aus Glauben und nicht aus Angst vor dem Jüngsten Gericht." Es war plötzlich so still im Kirchenschiff, dass man eine Nadel hätte zu Boden fallen hören können.

Dann waren die Menschen, die eben noch den Atem angehalten hatten, nicht mehr zu halten. Ein Jeder sprach mit seinem Nachbarn. Ja, da waren sogar Frauen, die das Wort an ihnen völlig Fremde richteten. Die Botschaft brach alle Schranken. Selbst auf der Empore, wo sonst auf Distanz bedachte angesehene Stadtbürger saßen, standen Menschen auf und tauschten sich über die Kirchenbank hinweg mit anderen aus. Was sie da gehört hatten, war unglaublich und wunderbar zugleich. Mittendrin saßen einige wenige Altgläubige, die vielleicht aus Neugier gekommen waren und um sich davon zu überzeugen, dass hier reformatorische Ketzerei verbreitet wurde. Man erkannte sie daran, dass sie auf den Bänken zusammengerückt mit eingezogenen Köpfen mit dem Ziel, nur nicht aufzufallen, saßen. „Für sie ist es unfassbar, was hier geschieht, sicher haben sie große Angst, an den Pranger gestellt zu werden“, dachte Argula bei sich und empfand einen kurzen Augenblick so etwas wie Mitleid, wischte diese Gedanken aber dann mit Entschiedenheit weg und freute sich, dazu zu gehören zu diesen Lutheranhängern. Fast hätte sie vergessen, dass Georg neben ihr saß. Sie warf einen verstohlenen Blick von der Seite auf ihren Sohn und stellte mit großer Zufriedenheit fest, dass er das Geschehen aufmerksam mit sichtlichem Interesse verfolgte. Hatte sie auch bisher um Friedrichs willen bewusst darauf verzichtet, dem Jungen von den Hauptgedanken der Reformatoren zu erzählen, so überlegte sie nun doch, ihm, sobald er in den nächsten Tagen auf diesen Gottesdienst zurückkäme, von der Lehre Luthers zu berichten. Sie war sich sicher, dass dieses einfühlsame, ernste Kind es ebenso wie sie als Befreiung von einer drückenden Last empfände, wenn es erführe, dass allein die Gnade Gottes und der Glaube der Menschen zählten, und dass nicht die scheinbar frommen Taten und Geldspenden für Ablass Gott gnädig stimmten. Auch sollte Georg erfahren, dass allein das Wort Gottes, die Bibel, die Richtschnur war und nicht die kirchlichen Entscheidungen von Papst und Bischöfen und ihre Dekretalen[78]. Ja, sie musste ihm und später auch seinen Geschwistern von dieser Gewissheit der göttlichen Liebe, die der Vater jedem seiner Geschöpfe schenkt, erzählen. „Gott ist ein gnädiger Gott“, flüsterte sie Georg zu, und er ergriff ihre Hand und drückte sie fest.

78 Päpstliche Entscheidungen

Am Ausgang der St. Lorenz-Kirche stand Osiander und fand für jeden Kirchgänger ein freundliches Wort. Er kannte seine Schäfchen gut, und er fragte nach, wenn jemand aus der Gemeinde erkrankt war, eine Frau ein Kind erwartete und die Geburt kurz bevorstand, wenn ein Paar sich gefunden hatte oder etwa eine junge Witwe mit Kindern in finanzielle Not geraten war. Als er Argula und Georg sah, strahlte er die beiden an und bedeutete ihnen, im Pfarrhaus auf ihn zu warten.

Eine halbe Stunde später – Mutter und Sohn saßen vor einer Schale heißer Milch bei der Haushälterin in der Küche – hörten sie ihn mit einem Lied auf den Lippen polternd eintreten. Rasch hatte er den Talar gegen eine Wollweste getauscht und setzte sich zu den Gästen. „Von Denck habe ich gehört, dass sich Euer Georg gut macht", sagte er mit einem freundlichen Seitenblick auf Georg, der leicht errötete. „Besonders das Lateinische scheint ihm ja zu liegen. Gut ist das, mein Sohn, noch immer werden die wichtigsten gelehrten Schriften auf Latein geschrieben, beherrschst Du die Sprache, so öffnet dies Dir Türen, die anderen verschlossen sind." Argula nickte ernst. Das wusste sie aus eigener Erfahrung.
Der Prediger reichte Georg ein kleines Büchlein, das er ihm auslieh. Der Junge setzte sich sofort damit an den Ofen und vertiefte sich sogleich in die Lektüre. Sodann wandte sich Osiander an Argula und kam sofort zur Sache: „Eure ‚Antwort' an den Landshuter, der gewiss kein freier Student ist, wie behauptet, habe ich an die Offizin[79]

79 Druckwerkstatt (s.o. Anm. 4).

von Hieronymus Höltzel hier in Nürnberg gegeben. An den meisten anderen Orten in Bayern würde derzeit die Zensur den Druck verbieten, und Höltzel war sehr interessiert und druckt sie gerne. In den Anhang wird er auch noch einmal den ‚Spruch von der Staufferin ihres Disputierens halben' von diesem Johannes setzen. Die Schrift ist vergriffen, und ich glaube, dass die Leser Eure ‚Antwort' vor dem Hintergrund seiner Anwürfe besser verstehen werden. Auch wird damit deutlich, wie unrecht der Schreiber hat und wie unanständig und wie schlecht informiert er ist."
Argula schlug das Herz bis zum Halse, als sie sich vorstellte, dass diese ihre persönlichste Schrift schon bald auf den Markt käme. Einen Augenblick hatte Argula nicht zugehört, wurde jedoch sofort wieder hellhörig, als sie begriff, dass Osiander gerade dabei war, ihr ihren Erfolg anhand von Auflagenzahlen zu beschreiben: „Argula, Eure erste Schrift, die an die Gelehrten von Ingolstadt, wurde in 14, die zweite, die an Herzog Wilhelm IV., in fünf, Euer Brief an Johann Pfalzgraf von Simmern in drei und die Schrift an Luthers Landesherrn in vier verschiedenen Ausgaben gedruckt. Alle anderen wurden jeweils einmal aufgelegt. Eure fünf populärsten Schriften erschienen darüber hinaus noch in einer Sammelausgabe. Macht Euch klar, Argula von Grumbach, die Stauffertochter, die mutig für die Reformation zur Feder greift, ist mehr als 30.000 Menschen ein Begriff! Und Eure Antwort wird nicht nur von reformatorisch Gesinnten, sondern sicher auch von Vertretern des Adels und der Wissenschaft gelesen werden, von Freunden ebenso wie von Feinden."

Lange schaute Argula diesen Mann an, der so viel mehr Anteil an ihrem Geschick hatte als ihr eigener Ehemann. Ihm hatte sie es zu verdanken, dass sich überhaupt jemand für ihre Überzeugung interessierte, dass sie gehört wurde. „Den Erfolg meiner Flugschriften habe ich Euch zu verdanken. Ihr habt mir nicht nur Mut gemacht, zur Feder zu greifen, habt Drucker gesucht, die das Risiko eingingen, mit der Obrigkeit Schwierigkeiten zu bekommen, und auch nicht sicher sein konnten, ob es überhaupt Nachfrage nach den Worten einer Frau geben würde. Und es waren und sind Eure einleitenden Worte und die von Euch erdachten Titel, mit denen Ihr das Interesse der Käufer und Leser wecktet und noch immer weckt. Ich danke Euch von ganzem Herzen und hoffe, dass ich dazu beigetragen habe, die Sache unseres Herrn Luther zu unterstützen. Möge der Herrgott es mir verzeihen, wenn ich seine Worte einmal nicht genau wiedergab“, sagte Argula und dachte daran, dass dieser Johannes nicht ganz unrecht hatte, wenn er ihr vorhielt, manchmal Bibelstellen verwechselt zu haben.
Osiander und die Staufferin saßen noch eine ganze Weile schweigend beisammen und hingen jeder ihren Gedanken nach. Als dann Georg kam und begeistert die Lektüre zurückgab, die ihm Osiander geliehen hatte, drängte Argula zum Aufbruch, und man verabschiedete sich in aller Freundschaft – ahnend, dass ein nächstes Wiedersehen sicher nicht in naher Zukunft stattfinden würde, denn sobald Argulas „Antwort“ erschiene, würde sie Lenting nicht mehr verlassen können, dessen war sie sich gewiss – wenn nicht noch Schlimmeres geschähe und man sie hinter Gitter brächte oder ihr gar das Leben nähme …

## Kapitel 39

Jahreswechsel 1524 / 1525
Lenting

### Argula in Arrest

Wie befürchtet, war Friedrich von Grumbach außer sich, als Argula ihm nach ihrer Rückkehr von der Reise nach ausführlichen Schilderungen der Lern- und Lebenssituation ihres Ältesten von ihrer letzten Flugschrift berichtete und deren in Kürze zu erwartenden Druck in Aussicht stellte. Sie hatte damit gerechnet, dass ihr Mann zunächst schimpfen und ihr dann die kalte Schulter zeigen würde. Noch nie aber hatte sie in all den Jahren ihrer Ehe erlebt, dass ihr Mann tobte und schrie wie an diesem Tage. Fast zwei Stunden wütete er ohne Unterlass. Schließlich schlug er mit geballten Fäusten auf die schwere Eichenholztür in ihrem Schlafzimmer ein und brach erst ab, als seine Knöchel bluteten. Sein Toben ging in schmerzerfülltes Wimmern über, das aber wohl weniger von der Enttäuschung als vielmehr von einem angebrochenen Handgelenk herrührte. Argula, die die ganze Zeit über zusammengesunken in der Erwartung, geschlagen zu werden, auf ihrem Schemel gesessen hatte, erhob sich und näherte sich vorsichtig ihrem Mann, der sie, als sie sich seine Hand anschauen wollte, grob beiseiteschob und sie anzischte, sie solle es nicht wagen, ihm noch einen Schritt näher zu treten. Er wolle sie nicht mehr sehen.
Dann verließ er mit dem großen Schlüssel in der Hand den Raum, und sie hörte, wie er ihn ins Schloss steckte und um-

drehte. Friedrichs Schritte verhallten und Argula verlor die Fassung. Was, wenn sie hier ihr Leben fristen musste – ohne die Kinder zu sehen, ohne je wieder hinauszukommen? Was, wenn er sie in ein Asyl für Geisteskranke schickte, wo man sie anbände und schlüge? Was, wenn er sie einfach verhungern ließe und ihren Leichnam schließlich irgendwo auf dem Feld verscharrte? Sie zitterte wie Espenlaub. Tränen hatte sie keine. Entkräftet legte sie sich auf ihr Bett, und ihre Gliedmaßen begannen konvulsiv zu zucken. Sie hatte die Kontrolle über ihren Körper verloren.

„Ich muss mich zusammennehmen, sonst bin ich ihm ausgeliefert", schoss es ihr durch den Kopf, und sie steckte sich einen Zipfel ihres Lakens in den Mund, damit ihre Zähne nicht aufeinander schlugen und man ihr verzweifeltes Weinen nicht vor der Tür hören konnte. So verharrte sie über Stunden. Am späten Abend hörte sie, wie sich Schritte der Tür näherten, dann wurde der Schlüssel ins Schloss gesteckt und umgedreht. Hastig tupfte sie ihre Tränen ab, legte sich auf die Seite und stellte sich schlafend. Es war Friedrich, der sich zur Nachtruhe begab. Als sich sein schwerer Körper auf das Bett fallen ließ, war es, als fiele sie jeden Moment auf der anderen Seite heraus. Schnaufend nahm er seine Schlafposition ein, und es dauerte nur wenige Minuten bis er einschlief. Als sie sich davon überzeugt hatte, dass er tief schlief, hob sie die Beine geschwind aus dem Bett, glitt in ihre Stoffschuhe und lief schnell zur Tür. Friedrich hatte sie nicht abgeschlossen! So konnte sie sich in die Küche davonstehlen, etwas trinken und essen und den Abort neben dem Stall aufsuchen. Das Wolltuch, das sie beim Herausgehen gegriffen hatte, wärmte sie nur wenig, denn es war eine eiskalte, sternenklare Vollmondnacht. Für einen Augenblick überlegte sie, ob sie fliehen sollte, doch dann wurde ihr klar, dass sie nicht einmal wusste, wohin. Friedrich war hier in Lenting, wie seine Eltern in Burggrumbach, stets darauf bedacht gewesen, dass sie keine Kontakte knüpfte, geschweige denn Freundschaften pflegte. Es gab nur Marcellus in Ingolstadt und Bernhardin auf Ernfels beziehungsweise Köfering. Aber sie würde erfrieren und verhungern auf dem Weg, sie wäre zu Fuß nach Ingolstadt Tage und nach Ernfels sicher weit mehr als eine Woche unterwegs, und sie hatte kein Geld, eine Kutsche zu nehmen. Außerdem würde man sie als alleinreisende Frau in diesem Aufzug niemals mitnehmen. Argula warf noch einen letzten Blick auf den Sternenhimmel und schlich sich wieder ins Haus. Leise trat sie an die Betten ihrer Kinder. Die Jungen schliefen tief und fest, aber Apollonia schien etwas Aufregendes zu träumen. Sie warf sich hin und her und jammerte im Schlaf. Erst als Argula ihre Hände streichelte und ihr beruhigende Koseworte sagte, fand die Kleine wieder zur Ruhe. Apollonia öffnete für einen kurzen Moment die Augen und lächelte, als sie die Mutter sah: „Mama!“, seufzte sie und schlief sofort wieder ein. Ihre Atemzüge waren nun ruhig und gleichmäßig. Argula schaute noch einmal in die vertrauten Gesichter ihrer Kinder, die vom Mondlicht hell erleuchtet waren. Dann machte sie kehrt und schlüpfte wieder zurück ins eheliche Schlafzimmer, wo Friedrich noch immer laut schnarchend schlief. Nein, sie würde nicht fliehen, noch nicht, nicht in diesem kalten Winter, nahm sie sich vor und wusste zugleich, dass sie um der Kinder willen bleiben würde.

Drei lange Wochen schloss Friedrich sie nun schon von morgens bis abends in der Kemenate ein, allerdings nicht ohne ihr Essen, Getränk und einen Abort bereitstellen zu lassen. Wie demütigend war das vor den Kindern und dem Gesinde! Hans Georg, Gottfried und Apollonia kamen, sobald ihr Vater die Hofmark verlassen hatte, zur Tür gelaufen und unterhielten sich mit der Mutter. Sie waren außer sich, dass der Vater ihre geliebte Mutter so behandelte. Apollonia weinte viel, und die Jungen waren unruhig. So versprach ihnen Argula, sie werde sie des Nachts besuchen. Darüber dürften sie jedoch zu niemandem sprechen. Jeden Abend legte sich Argula nun früh zu Bett und schlich sich dann, sobald ihr Mann eingeschlafen war, hinaus zu den Kindern. Friedrich hatte immer schon einen gesegneten Schlaf gehabt. Wäre neben ihm eine Mauer eingestürzt, er hätte es vermutlich nicht bemerkt. Von sich selbst ausgehend, unterstellte er, dass auch seine Frau bis zum Morgen durchschlief und ließ daher die Tür unverschlossen. Tatsächlich war sie ja auch wirklich müde nach ihren nächtlichen Ausflügen durchs Haus und erwachte meist erst, wenn Friedrich längst das Lager verlassen und den Schlüssel im Türschloss herumgedreht hatte.
Eines Morgens kurz nach Weihnachten schüttelte Friedrich sie wach: „Die Kleine ist krank, Du musst mitkommen und nach ihr sehen, sie verlangt nach ihrer Mutter. Niemand kann sie beruhigen." Argula sprang blitzschnell aus dem Bett, legte sich ihr Wolltuch um, schob ihren Mann beiseite und stürmte aus dem Schlafgemach ins Kinderzimmer. „Meine Kleine, was hast Du?", rief sie und umschloss das Mädchen mit beiden Armen. „Du fieberst ja!", stellte sie

fest und drehte sich zu Friedrich, der ihr gefolgt war, um. „Ich bleibe bei ihr“, entschied Argula, und ihr Mann begriff, dass sie keine Widerrede dulden würde.

Apollonia war innerhalb kurzer Frist wieder genesen – großen Anteil an der schnellen Besserung hatte sicher die Anwesenheit ihrer Mutter gehabt, die tagelang nicht von ihrem Krankenbett gewichen war. Friedrich hatte dies zähneknirschend akzeptiert, war er doch auch sehr besorgt um die Kleine. Nach ihrer Genesung hatte er keinen Versuch mehr gemacht, seine Frau von der Familie fernzuhalten, geschweige denn, sie gar wieder einzusperren.

## Kapitel 40

Februar 1525
Lenting / Nürnberg

### Zu Besuch in Nürnberg

Der Tag hatte mit Sonnenschein begonnen. Es herrschte zwar eine klirrende Kälte, doch endlich fiel wieder etwas Licht durch die Fenster. Und alle waren froh gestimmt und unternehmungslustig. Bei dem Regenwetter der letzten Wochen hatten die Kinder kaum draußen herumtoben können und hatten sich gelangweilt. Nun wollten sie auf dem Hof Fangen oder Verstecken spielen. Und gerade, als Argula gemeinsam mit ihnen das Haus verlassen wollte, hörte sie, wie der Knecht sagte, es sei von einem Durchreisenden ein Brief aus Nürnberg abgegeben worden. Argula erschrak, sie fürchtete, dass Osiander ihr ihre letzte Flugschrift im Druck zugeschickt hatte und dass Friedrich, da er noch im Hause war, davon Kunde erhielte und dann die Streitereien erneut aufflammten. Schließlich hatte sie ihm bislang nur erzählt, dass und was sie geschrieben hatte. Es wäre ein großer Unterschied, wenn er das für die Öffentlichkeit bestimmte Exemplar zu Gesicht bekäme.
Schnellen Schrittes, aber bemüht, nicht zu sehr zu eilen, lief sie zur Tür. Aber Friedrich war schneller gewesen und hielt den Brief bereits in der Hand, der zu Argulas Erleichterung nicht sehr dick zu sein schien und daher wohl kaum ein gedrucktes Exemplar ihrer Flugschrift enthalten konnte. Friedrich hob den Blick, als er sie kommen hörte und

schaute sie missbilligend an. Ihr blieb nichts anderes, als sich neben ihn zu stellen und abzuwarten, bis er den Brief geöffnet hatte. Tatsächlich ging es nicht um Argulas „Antwort in Gedichtsweis'", sondern um ihren Ältesten, Georg. Osiander teilte ihnen mit, dass der Schulmeister von St. Sebald, Johannes Denck, die Stadt hatte verlassen müssen. Man hatte den Humanisten ausgewiesen, weil er in einen Prozess gegen die drei sogenannten „Gottlosen Maler", die die Autorität Jesu Christi, der Heiligen Schrift und der Sakramente bestritten, verwickelt war. Diese hatten sich im Januar 1525 wegen Gotteslästerung und Sektierertum vor Gericht verantworten müssen. Da sie sich zudem weigerten, eine weltliche Autorität anzuerkennen, wurden sie ausgewiesen. Ebenso erging es dem Schulmeister Hans Denck, der als Zeuge im Verfahren gehört worden war. Er war wegen seiner humanistischen Ansichten und seiner Nähe zu dem Kreis der Künstler um Albrecht Dürer ebenfalls aufgefallen, und so hatte auch er Nürnberg verlassen müssen.

Irritiert war Argula, weil Osiander andeutete, er habe dem Rat der Stadt nahegelegt, die Maler und auch Denck um des Friedens in der Stadt willen auf unbestimmte Zeit auszuweisen. Hatte nicht Osiander kürzlich noch voller Hochachtung über den Schulmeister geschrieben? Vermutlich gab es politische Gründe, die sie nur erahnen konnte.

Alles sei dann von einem auf den anderen Tag geschehen, schrieb Osiander, und er habe Georg vorübergehend in seine Obhut genommen und ihn in seinem Hause untergebracht, da er ihn ja kenne und sich auch der Familie verbunden fühle. Im Übrigen schlüge er eine Unterbringung beim Schulmeister von St. Lorenz, Johann Ketzmann, vor. In wenigen Wochen würde ein älterer Knabe diese Schule verlassen, dann könne Georg sicher nachrücken.

Über den Hinweis auf das gute Verhältnis zur Familie Grumbach lächelte Argula ein wenig und schaute vorsichtig zu ihrem Mann hinüber. Dieser schnitt eine Grimasse, wollte er doch mit den Anhängern der Reformation nichts zu tun haben und schon gar nicht mit diesem Menschen, den er für sein Unglück mit verantwortlich machte! Da dieser aber seinem Sohn ein Dach über dem Kopf geboten hatte, musste Friedrich „gute Miene zum – seiner Meinung nach – bösen Spiel machen."

„Ich werde ihm meinen Dank aussprechen. Aber wir müssen uns unmittelbar nach einer neuen Unterbringung für Georg umsehen, nicht, dass Osiander ihn noch zur Reformation bekehrt …" Und dann fügte er nach einer kurzen Pause noch hinzu: „*Ein* Lutherfreund im Haus ist wahrlich genug! Ich werde Erkundigungen über diesen Ketzmann einziehen." Er drehte sich auf dem Absatz um und verließ das Haus.

Argula schrieb noch am selben Tag einen Dankesbrief an Osiander, nahm darin allerdings keinen Bezug auf ihre Flugschrift, denn sie wollte Friedrich ihre Zeilen vorlegen, schließlich ging es um ihrer beider Sohn, und da galt es, Einigkeit zu wahren. Sie erinnerte sich, viel Gutes über den Lehrer Ketzmann gehört zu haben und überzeugte ihren Mann, dass alles besser wäre als eine länger dauernde Unterbrechung des Schulbesuchs. Im Grunde war Friedrich froh, sich nicht weiter darum kümmern zu müssen und hatte keine Änderungswünsche bezüglich ihres Briefes. Als sie den Brief verpackte, verspürte sie kurz den Reiz eines verführerischen Gedankens, verwarf diesen jedoch gleich wieder: „Nein, ich lege keine persönliche Nachricht mit der Frage, wie es um den Verkauf meiner Flugschrift steht, bei. Das wäre zu arg. Es wird sich schon noch eine Gelegenheit finden …"

Und tatsächlich tat sich schon bald eine solche auf. Ende Februar erreichte sie ein Brief ihres Sohnes, worin er mitteilte, es gehe ihm gut, er lerne eifrig und mit Erfolg. Seinen Lehrer bezeichnete er als einen guten Menschen, aufrecht und streng sei er und sehr geachtet von jedermann. Den Herrn Osiander sehe er selten, obgleich er doch ganz in seiner Nähe lebe. Aber er befinde sich in einem in aller Öffentlichkeit ausgetragenen Streit mit Lienhard Ebner, dem Prediger des Franziskanerklosters. Georg schrieb: „Alles dreht sich hier um die guten Werke und ob sie selig machen. Ich bin noch zu jung, um dies zu verstehen." Argula nickte, als sie diese Worte las. Der Knabe war wirklich noch sehr jung. Einerseits erinnerte sie sich an ihr Gespräch nach der Messe in St. Lorenz – wie verständig er damals gewirkt hatte! Andererseits beschlich sie – so wie jetzt – die Sorge, sie und ihr Mann hätten einen Fehler begangen, als sie den Jungen so weit in die Ferne gaben. Hoffentlich hatten sie ihr Kind nicht überfordert. Aber hier hätte er keine vergleichbare Bildung genießen können.

Auf jeden Fall verspürte sie große Sehnsucht nach dem Knaben und war auch neugierig, was da in Nürnberg los

war. Die Bürgerschaft sollte ja gespalten sein. Auf der einen Seite standen die Altgläubigen, die bei der seit Jahrhunderten geübten Praxis bleiben wollten. Auf der anderen Seite war das Lager der Lutheranhänger, und es waren ihrer in dieser Stadt sehr viele, das wusste sie.
Der Rat hatte sich eigentlich das Ziel gesetzt, möglichst lautlos ein einheitliches kirchliches Leben wiederherzustellen. Andernfalls wäre ein Aufruhr kaum abwendbar, erzählte man sich, und Spaltungen konnten der Stadt nur schaden.

Argula bedrängte ihren Mann, den Knaben besuchen zu dürfen. Sie hatte ihm vorgeschlagen, man solle diesen Lehrer Ketzmann persönlich kennenlernen, um zu schauen, ob Georg dort gut aufgehoben sei. Friedrich gefiel der Gedanke, Argula könnte in Nürnberg mitten in die Auseinandersetzungen geraten und sich womöglich unter die Lutheraner mischen und mit ihnen vor dem Rat protestieren, ganz und gar nicht. Er selbst aber meinte, zu beschäftigt zu sein, als seine Frau ihm vorschlug, sie könnten doch gemeinsam dorthin fahren.
Genau diese Ausflucht hatte sie erwartet und erhofft. So einigten sich die Eheleute schließlich darauf, dass sie allein dorthin reisen sollte. Sie musste ihm nur versprechen, in keiner Weise Stellung zu den Religionsstreitigkeiten zu nehmen und sich unauffällig zu verhalten: „Sollte mir Gegenteiliges zu Ohren kommen, so wirst Du endgültig weggesperrt“, warnte er sie. Argula gab die geforderten Versprechen, war jedoch entschieden, auf keinen Fall gegen ihr Gewissen zu handeln: „Sich herauszuhalten ist Eines,

in einer Situation, die es erfordert, für den Glauben einzutreten, ein Anderes", dachte sie bei sich. Und schon zwei Tage später machte sie sich auf die Reise.

Als sie in Nürnberg ankam, waren die Straßen voller Menschen. Sie musste die Kutsche am Stadttor verlassen und den Rest des Weges zu Fuß gehen. Dem Knecht hatte sie die Weisung gegeben, er solle bei der Kutsche bleiben und sich erst dann zu Osianders Haus begeben, wenn sich der Trubel aufgelöst hätte.
In den engen Gassen hallten die Rufe der Einwohner. Einige hingen aus den Fenstern gelehnt und riefen Beschimpfungen auf die jeweils Andersgläubigen. Die Menschenmenge drängte in Richtung des Rathauses. Argula ließ sich treiben. Sie war neugierig, zu sehen, was dort geschah. „Hoffentlich ist der Junge nicht mittendrin in der Menge." Ein Kind würde unter Umständen niedergetreten, schoss es ihr durch den Kopf. Und sie entschloss sich, bis zum Rathausplatz vorzudringen. Es schien, als wären alle Einwohner der Stadt auf den Beinen. Die einen skandierten: „Allein der Glaube macht selig! Die Bibel ist die einzige Autorität! Lasst die Priester heiraten! Weg mit den Papisten!" Die anderen riefen: „Gesegnet sei der Heilige Vater in Rom! Nur durch gute Werke werden wir selig! Auf den Scheiterhaufen mit den Lutherfreunden!"

Endlich war Argula auf dem Rathausplatz angelangt. Die Fenster des Rathauses standen weit offen. Auf der breiten Treppe standen Osiander und dieser Franziskaner Lienhard Ebner. Sie hatten beide gerötete Wangen, das Barett des Predigers von St. Lorenz saß ihm schief auf dem Kopf, und die Kutte des Franziskaners war im Eifer des Gefechts verrutscht. Argula hatte die vordere Reihe fast erreicht, als plötzlich ein Raunen durch die Menge ging – der Bürgermeister und drei seiner Ratsherren waren ans Fenster getreten und bedeuteten der Menge, ruhig zu sein. Es erscholl die Stimme des Bürgermeisters: „Bürger der Stadt Nürnberg, um des Wohlergehens unserer Heimatstadt willen haben wir, wie Ihr alle wisst, seit drei Tagen beraten. Vertreter beider Lager waren zu gleichen Teilen in die Gespräche einbezogen. Sowohl die Altgläubigen als auch die Anhänger der Reformation waren sich einig, dass alle Streitpunkte allein auf der Grundlage der Bibel, des Wortes Gottes, und nicht auf der Basis der Schriften der Kirchenväter oder anderer Überlieferungen und schon gar nicht vor dem Hintergrund päpstlicher Dekretalen entschieden werden sollten. Allein die Heilige Schrift war also der Maßstab unserer Entscheidung. Folgender Entschluss wurde von der Mehrheit der Stimmberechtigten gefasst: ‚Ab sofort ist Nürnberg eine evangelische Stadt. Ausschließlich im Sinne dieses Bekenntnisses darf gepredigt werden. Reliquienverehrung und Prozessionen werden ab sofort verboten. Wer damit nicht übereinstimmt, soll in Gottes Namen die Stadt verlassen …‘“

Jetzt wurde die Menge so laut, dass man die Rede nicht weiter verfolgen konnte. Argula aber vermutete, dass alles Nötige damit wohl gesagt war, und ihr Herz hüpfte vor Freude, dass sie Zeugin dieses partiellen Sieges der Reformation geworden war und dankte Gott, dass Friedrich sie nicht begleitet hatte. Nun musste sie sich aber schnell einen

Weg zu Osiander durch die umhertobende Menge bahnen. Zum Reden wäre jetzt wohl kaum Zeit, aber sie musste wissen, wo ihr Sohn war. „Hoffentlich in Sicherheit", dachte sie und schob entschlossen einige Leute beiseite.
Als Osiander sie kommen sah, winkte er sie zu sich. Er ahnte, was sie jetzt am meisten beschäftigte: „Gut, Euch an diesem denkwürdigen Tage zu sehen! Wir sprechen am Abend ausführlich miteinander. Sicher macht Ihr Euch um Georg Gedanken. Ich habe ihn im Haus gelassen und ihm untersagt, sich dort wegzurühren. Für ein Kind wäre dieser Tumult viel zu gefährlich." Erleichtert dankte Argula dem Mann und lief, so schnell sie eben durch die Menge kam, zur St. Lorenz-Kirche. Sie fand ihren Sohn bei Kerzenlicht am Ofen in der warmen Küche des Pfarrhauses, wie erwartet mit einem Buch in der Hand. Die Wiedersehensfreude war groß! Nachdem Georg nach allen Familienmitgliedern gefragt hatte, wollte er wissen, was auf dem Rathausplatz geschehen war. Und Argula berichtete von der Entscheidung des Rates. Auch wenn der Knabe die Ausmaße des Beschlusses noch nicht verstand, so freute er sich doch über das Ergebnis. Er war in den vergangenen Monaten zwangsläufig mit den lutherischen Ansichten und dem reformatorischen Glaubensverständnis in Berührung gekommen, und er fühlte sich in dieser Welt inzwischen sehr zuhause. „Vater wäre entsetzt", murmelte er und schaute seine Mutter verschmitzt an.
Am Abend berichtete Osiander ganz ausführlich, wie die Streitigkeiten entbrannt waren und wie es ihm und anderen Glaubensbrüdern gelungen war, den Rat für die Idee einzunehmen, nicht das Kirchenrecht und die Kirchenväter,

also die von Menschen gelebte Tradition, heranzuziehen, um die Entscheidung im Religionsstreit zu treffen, sondern die Bibel als Richtschnur verbindlich für den Entscheid zu machen. „Dagegen konnte auch der Franziskanerpriester nichts einwenden“, sagte Osiander mit Schalk in den Augen. Argula warf einen Blick auf ihren Sohn und bemerkte, wie begeistert er Osiander zuhörte. Trotzdem sollte sie ihn nun zu Bett schicken, denn sie wollte unbedingt noch Osianders Meinung über den Schullehrer Ketzmann hören.
Kaum hatte Georg den Raum verlassen, da platzte sie auch schon mit einer Reihe von Fragen heraus: „Ich habe gehört, Johann Ketzmann sei nicht nur Pädagoge, sondern auch Musiker und Dichter zugleich. Er soll hübsche Verse auf Latein verfasst haben, erzählt man sich.“
„Der Mann ist mittlerweile 38 Jahre alt. Als junger Bursche führte er zeitweise ein Humanistenwanderleben, dann schrieb er sich an der Hohen Schule zu Ingolstadt ein und erwarb dort auch die Magisterwürde. Seit 1517 ist er nun schon als Lateinschulleiter hier ansässig und wird sehr geschätzt. Das war auch der Grund, warum man ihn im Nürnberger Religionsgespräch zum Protokollanten bestimmt hat. Und er ist, wie man sich denken kann, ein guter Lutheraner“, ergänzte Osiander. Als er Argulas irritierten Blick wahrnahm, fügte er noch hinzu: „Vielleicht solltet Ihr Euren Gatten nur von seinem hohen Bildungsstand berichten, aber seine religiöse Überzeugung sowie die Protokollantentätigkeit aussparen, sonst könnte es sein, dass er Euren Georg ins Kloster steckt.“
Argula hatte sich wieder gefangen und gab zu, dass es genau dieser Gedanke gewesen war, der sie verunsichert habe.

Der weitere Abend verlief in großer Harmonie. Osiander gratulierte ihr zu dem Erfolg ihrer letzten Schrift, die besonders in den vergangenen Wochen bei vielen Gelegenheiten öffentlich verlesen worden war und großen Beifall erhalten habe. Der Drucker Hieronymus Höltzel hatte daraufhin weitere Aufträge lutherischer Verfasser erhalten und war äußerst zufrieden. Argula dankte, meinte dann aber, sie werde wohl keine weitere Schrift mehr verfassen. Zum einen sei von ihrer Seite eigentlich alles gesagt. Sie habe zur Feder gegriffen, als Andere sich noch nicht trauten. Jetzt aber gebe es viele reformatorische Autoren, die auch gebildeter seien als sie, und für die sie nur ein schwaches Weib sei. Osiander wollte gerade höflich protestieren, da sah er auch schon ihr verschmitztes Lächeln. Und er entschuldigte sich, dass er sich des Lachens nicht erwehren könne. „Und, was noch mehr zählt", fügte Argula hinzu, „ist, dass mein Ehemann neulich schon fast Ernst gemacht hätte mit seiner Drohung mich ‚einzumauern'. Über Wochen hat er mich in der Kemenate bei Wasser und Brot eingeschlossen, und wäre nicht meine kleine Apollonia ernsthaft erkrankt, so säße ich vielleicht noch heute in der Kammer und hätte diese Reise nie antreten können. Ich kann's ihm nicht einmal verübeln." Osiander schaute sie voller Mitgefühl an und fragte vorsichtig, ob sie denn trotzdem Kontakt zu ihren Schwestern und Brüdern im Glauben halten wolle. „Das wird mir mein Friedrich nicht zu nehmen wagen. Zu viele würden nach mir fragen. Auch bin ich so gespannt, ob sich das, was hier in Nürnberg begonnen hat, auch nach Süden hin ausbreiten wird. Stellt Euch nur vor, alle Menschen hätten

irgendwann einmal die Wahl, in welchem Glauben sie leben wollten!"
Schweigend saßen sie noch eine Weile beisammen, und erst als die Kerze erloschen war, zog sich die Staufferin in die ihr überlassene neben der Küche liegende Gästekammer zurück, und der Domprediger ging gähnend ins Obergeschoss in sein Schlafgemach.

## Kapitel 41

Frühjahr 1525
Lenting

### Die Schrecken des Bauernkrieges

Mitte März 1525 schließlich wurde Georg in die Obhut des Schulmeisters Johannes Ketzmann gegeben. Argula hatte ihrem Mann, wie ihr Osiander empfohlen hatte, nur von Ketzmanns Ruf als eines hochgebildeten Zeitgenossen berichtet und insbesondere dessen literarische Begabung und seine ausgezeichneten Lateinkenntnisse gelobt. Ein Rest Misstrauen war jedoch geblieben, denn Friedrich von Grumbach wusste selbstverständlich, dass die Gemeinde St. Lorenz ganz in reformatorischer Hand war. Allerdings hatte ihm Argula nur eine „entschärfte" Darstellung der Auseinandersetzungen zwischen dem Franziskanerprediger Lienhard Ebner und Osiander gegeben. Entscheidend für Friedrich war jedoch, dass sein Ältester eine gute Ausbildung erhielt und dabei nicht ins Lager der Reformation überging. Ihm diese Sorge zu nehmen, tat Argula ihr Bestes und scheute sich trotz eines schlechten Gewissens nicht, den Ernst der Lage in Nürnberg herunterzuspielen. So wurde es ihr auch erlaubt, sowohl zu Osiander als auch zu Ketzmann in Briefkontakt zu bleiben, allerdings nur, um über den Bildungsstand ihres Sohnes informiert zu werden. Fortan fand sie in den Briefen aus Nürnberg immer zwei Schreiben, eines, das die Eltern über Georgs Fortschritte und seine Leistungen informierte – dieses konnte sie ihrem

Gatten getrost vorlegen – und eines, in dem man sie über die Situation in Nürnberg auf dem Laufenden hielt. Letztere verbrannte sie immer sofort nach der Lektüre. So gelang es ihr, den Gatten in Sicherheit zu wiegen, sodass er keinen Grund sah, seine Frau unter Kuratel zu stellen.

An einem sonnigen Frühlingstag Anfang Mai, Argula saß gerade auf der Bank im Hof und genoss mit geschlossenen Augen die wärmende Kraft der Sonne, wurde ihr von der Magd ein soeben am Tor abgegebener Brief aus Nürnberg gebracht. Hastig brach sie das Siegel, legte den Rechenschaftsbericht Ketzmanns beiseite und zog – nach einem vorsichtigen Blick nach links und rechts – ein zweites Schreiben heraus. Glücklicherweise spielten die Kinder gerade am anderen Ende des Hofes Fangen, und Friedrich war auf den Ländereien unterwegs, um zu schauen, wie es um die Frühlingssaat stand.

Es war ein Brief Spalatins, den dieser bereits im Januar mit der Bitte um diskrete Weiterleitung an Argula an Osiander geschickt hatte.

Aufgeregt begann die Staufferin zu lesen. Spalatin schrieb ihr unter Bezug auf Argulas Brief an Luther vom November 1524, der Reformator habe ihn gebeten, der „tapferen Frau von Grumbach nochmals seine besten Grüße zu übermitteln“. Leider stehe er selbst so unter Beobachtung, dass ihm die Hände gebunden seien. Auch solle Spalatin an seiner Stelle klarstellen, dass ihm der Gedanke an eine Eheschließung fern sei. Spalatin hatte dazu bemerkt, er habe in den Worten Luthers einen gewissen Unmut über ihr Drängen verspürt.

Argula errötete, als sie diese Worte las, und ärgerte sich über ihr Vorpreschen in der Eheangelegenheit. Sie hatte doch nur darauf hingewiesen, dass es klug wäre, gleichsam als öffentliches Bekenntnis und zur Bekräftigung seiner Lehre, in die Tat umzusetzen, was er zuvor theoretisch, aber zugleich glühend vor Eifer in seinen Schriften abgehandelt hatte. „Dies wäre nur allzu konsequent", murmelte sie, noch immer verstimmt, und nahm das Blatt wieder in die Hände, um weiterzulesen.

Was stand dort unten rechts in der Ecke neben Spalatins Zeilen in Osianders typischer Handschrift? „Liebe hochverehrte Argula, lest, was ich Euch auf der Rückseite dieses Blattes an Neuigkeiten mitzuteilen habe!" Hastig drehte Argula das Blatt um und las begierig: „Seid unbesorgt, Luthers Ärger ist längst verraucht. Ja, er scheint nun Euren und den Rat vieler ihm Verbundener zu beherzigen. Nachdem Katharina von Bora den Hieronymus Baumgartner nicht heiraten durfte und sie den Kaspar Glatz zurückgewiesen hatte, wurde es Zeit, eine andere Lösung für die ehemalige Nonne Käthe zu finden. Alle anderen waren ja bereits Ende 1524 ‚unter der Haube'[80].Und wie Euch nicht verborgen geblieben sein dürfte, hatte die schöne Ave von Schönfeld unserem Luther den Basilius von Axt vorgezogen und dem Reformator ‚einen Korb gegeben'[81].Nun aber

80 Sprichwort: verheiratet / Die Verhüllung des Haupthaares war Zeichen der verheirateten Frau.

81 Sprichwort: Heiratsantrag ablehnen. War ein Kandidat erwünscht, so ließ man ihm einen Korb aus dem Fenster herunter und zog ihn hoch, lehnte man ihn ab, so ließ man einen Korb ohne Boden hinunter, daher auch die Rede von der „bodenlosen Gemeinheit".

ist es beschlossene Sache: Am 13. Juni dieses Jahres werden sich Katharina von Bora und Martin Luther verloben, und 14 Tage später wird Johannes Bugenhagen die beiden im ‚Schwarzen Kloster' in Wittenberg trauen."

Argula holte tief Luft, und sie konnte ein schallendes Lachen nicht mehr zurückhalten. Vergessen war der Ärger über den Reformator und die Sorge, er könne ihre Worte als bloßes Geschwätz abtun. Sie war sich sicher, die meisten seiner Anhänger, die von der geplanten Hochzeit Kunde erhielten, würden ebenso erleichtert sein wie sie und vermutlich genauso darüber lachen, dass der alte Sturkopf nun endlich nachvollzog, was andere Reformatoren vor ihm längst getan hatten.

Argulas Gefühlsausbruch hatte die Kinder im Spiel abgelenkt, und die drei liefen ihr nun entgegen, um zu erfahren, was es denn da so Lustiges gebe. Schnell ließ sie Spalatins Schreiben in die Rocktasche gleiten und hob den Brief des Schullehrers in die Höhe: „Eurem Bruder geht es gut in Nürnberg. Sein Lehrer schreibt, er sei fleißig und mache ausgezeichnete Fortschritte." Die Kleinen nahmen's zur Kenntnis, doch der Zweitälteste, Hans Georg, blieb stirnrunzelnd und mit ängstlichem Blick vor ihr stehen und fragte: „Muss ich denn auch in die Ferne zu einem Lehrer ziehen, Mutter?"
„Mein Lieber, das hat noch einige Jahre Zeit. Solange bleibst Du auf jeden Fall noch bei mir." Selbst ein Jahr schien dem Kind eine lange nicht überschaubare Zeit zu sein, und so wandte es sich zufrieden um und lief hopsend

und springend wieder zu Bruder und Schwester, die bereits mit dem Kästchenhüpfen begonnen hatten. Wenn sie den Kindern so beim Spiel zuschaute, erinnerte sie sich an ihre eigene Kindheit und Jugend auf Burg Ernfels.
Der Tod der Eltern lag jetzt schon 17 Jahre zurück. Ihre liebe Schwester Zormarina lag nun seit beinahe vier Jahren unter der feuchten Erde. Und auch Bruder Feirafis war im Pestjahr 1521 wie Zormarina dem schwarzen Tod erlegen. Geblieben waren ihr nur noch Bernhardin, Gramaflanz, Marcellus und Sekundilla.

Besonders um Marcellus sorgte sich Argula sehr. Er war in Ingolstadt mitten im Zentrum des Bauernkrieges. Das ganze Gebiet von Ingolstadt bis Würzburg war von den aufständischen Bauern, die für die Durchsetzung ihrer „Zwölf Artikel"[82] zu beinahe allem bereit waren, belagert. Hier sollten die schwersten Auseinandersetzungen in Süddeutschland überhaupt stattfinden. Seit mehr als sechs Wochen hatte sie nichts mehr von ihm gehört, und das passte so gar nicht zu ihrem Lieblingsbruder. Obwohl sie sich selbst immer wieder sagte, dass die kriegerischen Auseinandersetzungen sicher auch dazu beitrugen, dass die Post nicht mehr regelmäßig befördert wurde, fürchtete sie das Schlimmste. Man erzählte sich nämlich, dass die Aufständischen die Kutschen überfielen, die Reisenden ausraubten und manche

82 Forderungen der Bauern in den „Zwölf Artikeln" waren z. B: das Recht der freien Pfarrerwahl für Gemeinden, die Abschaffung der Leibeigenschaft, das Recht zu jagen (Fisch, Geflügel, Wildbret), das Recht auf Deckung des Brennholzbedarfs, Reduzierung der Frondienste, Prüfung der Pachtabgaben, Abschaffung der Erbschaftssteuer etc.

sogar töteten – je nachdem, wer gerade darin saß. Die Kutschen nutzten die Bauern dann für ihre eigenen Zwecke, um von einem Ort zum anderen zu gelangen. Was, wenn nun Marcellus Opfer eines solchen Überfalls geworden war? Sie kannte ihn, er würde in einer solchen Situation nicht verheimlichen, dass er ein Stauffer war, sondern den Banditen sicher noch Vorhaltungen machen und ihnen sagen, wo seiner Ansicht nach ihr Platz war, nämlich auf dem Feld und den Äckern mit Hacke, Sichel und Sense, um dort umzugraben, zu mähen und zu ernten und nicht mit dem Knüppel in der Hand, bereit diesen und den Stiel ihres Ackergeräts zum Angriff auf die zu nutzen, die ihnen seit Generationen Brot gaben.

Argula hörte ihren Mann jetzt seit mehr als einem Jahr darüber schimpfen. Glücklicherweise hatten Friedrichs Bauern und Landarbeiter bislang keinen Schulterschluss mit den Aufständischen vollzogen. Meistens allerdings waren es auch die Schultheißen, die Bauernrichter und die Dorfhandwerker, also die, die so etwas wie eine höhere Klasse darstellten, die sich der Bewegung anschlossen. Argula hatte ihrem Mann neulich gesagt, er solle aufpassen, dass nicht jemand aus dieser Gruppe einen Keil zwischen ihn und die einfachen Bauern und Feldarbeiter treibe. Sie war der Meinung, wenn man ihre altüberlieferten Rechte wiederherstellte, ihre finanziellen Lasten minderte, soweit es denn eben vertretbar wäre, könnte es gelingen, die eigenen Leute davon abzuhalten, sich den räuberischen Rotten anzuschließen, schließlich lebe man seit langer Zeit von der Arbeitskraft dieser Menschen. Und man könne sie nicht allein unter den Missernten der jüngsten Vergangenheit leiden lassen.

Friedrich von Grumbach machte, wie die meisten Vertreter seines Standes, die Reformation dafür verantwortlich, dass die Bauern aufbegehrten. Ja, hatte man nicht von einer Schrift, die mit dem Titel „Von der Freiheit eines Christenmenschen" überschrieben war, gehört, in der der Wittenberger behauptete, ein Christenmensch sei ein Herr über alle Dinge und niemandem Untertan? Auch die zwölf „Artikel der Bauern", in denen sie ihre Forderungen mit der Heiligen Schrift begründeten, wären ohne einen Luther sicher nie geschrieben worden, meinte Friedrich von Grumbach. Argula hatte vergebens versucht, ihm Luthers Position, wie er sie in seiner Schrift „Wider die mörderischen und räuberischen Rotten der Bauern" dargelegt hatte, zu erläutern. Hatte Luther nicht erst jüngst gefordert, man solle die Aufständischen „zerschmeißen, würgen, stechen", kurz, sie behandeln wie einen „tollen Hund"? Doch Friedrich hatte von all dem nichts wissen wollen. Er war der Ansicht, Luther „hänge sein Fähnlein nur nach dem Wind"[83].
Tatsächlich hatte Argula zugeben müssen, dass Luther seine Schrift wider die Bauern erst veröffentlicht hatte, als die Niederlage der Bauern für alle absehbar war. Und Martin Luther hatte erst in diesem Jahr gefordert: „Seid Untertan der Obrigkeit", schließlich war er nicht angetreten, die Gesellschaft zu stürzen. Ja, er hatte, nachdem er sich zunächst zurückgehalten hatte, nach der „Bluttat von Weinsberg" in seiner Flugschrift „Wider die mörderischen und räuberischen Rotten der Bauern" beteuert, die Bauern beriefen sich zu Unrecht auf ihn und seine Schriften.

83 Sprichwort: Wer mit dem Wind segelt, erreicht sein Ziel schneller.

Am 16. April 1525, dem Ostersonntag, hatten die aufständischen Bauern früh am Morgen mit dem Sturm auf die Stadt und die Burg Weinsberg begonnen. Da nur eine geringe Besetzung auf der Burg war, wurde diese bereits nach einer Stunde überrannt und eingenommen. Aufgehetzt von ihren Rädelsführern, hatten die Bauern zunächst den Burgkaplan erstochen, sodann hatten sie die Gräfin und ihren dreijährigen Sohn gefangen genommen und alle Wertgegenstände und Essensvorräte an sich genommen und die Burg in Flammen gesetzt.
Nach kurzer Belagerung war auch die Stadt eingenommen worden. Der dort anwesende Graf Ludwig von Helfenstein, der sich gerade in der Stadt aufhielt, wurde gefangen genommen und zum Tode verurteilt. Das Urteil wurde unmittelbar vollstreckt. Friedrich hatte erzählt, die Urteilsvollstreckung sei mit einem Spießrutenlauf vorgenommen worden, einer Tötungsform, wie sie sonst nur gegen Landsknechte, nicht aber gegen Ritter Anwendung fand. Frau und Kind des Grafen sollten verschont geblieben sein. Man munkelte, man habe sie auf einem Mistwagen in Richtung Heilbronn gefahren.
Bei dem Gedanken an diese Gräuel lief es der Staufferin kalt den Rücken hinunter. Sie mochte sich nicht vorstellen, was noch geschehen könnte. Und vor allem machte sie sich große Sorgen um Marcellus. „Heiliger Vater im Himmel, verschone meinen lieben Bruder, der in seinem ganzen Leben niemandem ein Leid getan hat“, betete sie und verharrte dann noch eine ganze Weile auf der Bank, bis ihr so kalt war, dass sie beschloss, die Kinder zu rufen und ins Haus zu gehen.

Am 15. Juni traf ein reitender Bote in Lenting ein, der die traurige Nachricht vom gewaltsamen Tode des Marcellus von Stauff in den Wirren des Bauernkrieges am 4. Juni 1525 bei Sulzdorf überbrachte, das zwischen Ingolstadt und Würzburg gelegen war. Argula war untröstlich, sie weinte tagelang. Ihre Kinder, die den Onkel sehr gemocht hatten, nahmen die Nachricht ebenfalls mit Schrecken auf und hockten oft schweigend und reglos beisammen. Ihr Kummer war es, der ihre Mutter dazu brachte, die Trauer zu durchbrechen und um der Kinder willen zum geregelten Tagesablauf zurückzukehren.

## Kapitel 42

Sommer 1525
Lenting

### Hochzeit im Hause Luther

Anfang August erhielt Argula einen Brief von Osiander, der ihr ausführlich über die Hochzeit Luthers berichtete. Sie musste vor sich selbst eingestehen, dass sie diese Post seit Tagen voller Ungeduld erwartet hatte. Eigentlich gehörte sie nicht zu den Frauen, die gerne klatschten, doch die Hochzeit des Reformators und der ehemaligen Nonne Katharina von Bora, einer, wie man sich erzählte, resoluten, stattlichen Frau mit Charakter, bewegte die Herzen aller Reformationsanhänger und ganz besonders der weiblichen, die mit gespannter Neugier in sich aufsogen, was über das illustre Paar erzählt wurde. Osiander schrieb: „Die Braut, die in den letzten Monaten bei Lucas Cranach und seinem Eheweib Barbara gelebt hatte, wurde von diesen beiden am Hochzeitstag zur Trauung ins ‚Schwarze Kloster' geleitet. Katharinas Familie war nicht erschienen, auch sonst waren nur wenige Gäste gekommen. Das Brautpaar hatte nur einige Vertraute informiert. Ich selbst war auch nicht anwesend, habe nur von Spalatin und Melanchthon davon gehört. Melanchthon hat das Ereignis aus der Sicht der engsten Vertrauten um Luther mit den folgenden Worten beschrieben: ‚Luther hat unerwartet und, ohne einen seiner Freunde ins Vertrauen zu ziehen, die Bora geheiratet.' Nun, liebe Frau Argula, das stimmt nicht ganz, denn zum Beispiel Spalatin wusste ja im Vorhinein davon, und in Wittenberg hatte sich die Kunde von der Verlobung auch schon Anfang Juni herumgesprochen, doch Melachthon meinte sicher, dass die Eheschließung eines solch bedeutenden Mannes üblicherweise nicht im Verborgenen, sondern in der Öffentlichkeit geschieht. Auch trifft Melanchthon das Empfinden der Menschen, wenn er schreibt: ‚Ihr werdet erstaunt sein, dass in dieser elenden Zeit, in der überall gute und ehrenwerte Männer sich abmühen, er dagegen nicht nur nicht in gleicher Weise schmerzlich bewegt ist, sondern sich um jene Übel überhaupt nicht zu kümmern scheint.' Es wird sich wohl so zugetragen haben: Der Mann ist überaus gutmütig, und die Nonnen haben all ihre Künste darauf verwandt, ihn an sich zu ziehen. Vielleicht hat der häufige Umgang mit den Klosterfrauen ihn bei all seiner edlen Natur und Seelengröße weich gemacht und entflammt! Wenn Ihr diese Worte liest, verehrte Staufferin, so denkt daran, wie sehr sich Melanchthon einst selbst zunächst gewehrt hatte, als Luther ihm 1520 die Eheschließung mit Katharina Krapp, der Tochter des Buchhändlers und Bürgermeisters von Wittenberg, nahelegte, weil er fürchtete, eine Frau könne ihn von seinen Studien ablenken. Doch Luther hatte insistiert, weil er besorgt war, der von ihm geschätzte Baccalaureus Biblicus, der mit seinem Gehilfen in einer, wie er selbst sagte, Bude' lebte, riskiere seine Gesundheit, da er von morgens bis abends nur arbeite und darüber völlig vergesse, zu essen und zu trinken.

Bereits ein Jahr nach seiner Heirat soll Melanchthon Luther gedankt haben, denn die Eheleute hätten sich kennengelernt, und ihre Verbindung sei von Wertschätzung

geprägt, was Melanchthon vor allem als Ergebnis der anfänglichen Bemühungen seiner Frau Katharina bezeichnete. Wen wundert's also, wenn er annimmt, auch Luthers Verbindung mit der Bora sei von Frauenhand kunstfertig eingefädelt worden!
Übrigens soll Melanchthon auch bei der eigentlichen Feier am 27. Juni nach der Trauung durch Bugenhagen eine Ansprache gehalten und darin trotz zeitweiliger Entfremdung vom Reformator, der seinen ehemaligen Weggefährten unumwunden ‚Bruder Leisetritt' nennt, weil ihm dieser zu sehr um Verständigung bemüht ist, feierliche und persönliche Worte gefunden haben.
Nach dem feierlichen Teil des Festes sollen die Stadtpfeifer von Wittenberg, die das Brautpaar schon am Morgen auf dem Kirchgang begleitet hatten, fröhlich aufgespielt haben. Schalmei, Posaune, Orgel, Pommer und Schlagzeug sollen im Kloster erklungen sein.
Weit bis in die Nacht war zu ausgelassenen Tänzen aufgespielt worden. Auch das Bier soll in Strömen geflossen sein. Wer hätte das gedacht, dass ein Martin Luther, der noch Ende 1524 die Kutte trug, so lebenslustig feiern sollte! Allerdings muss ich zugeben, dass dies in der Zeit schlimmster politischer Wirren sicher so manchen Mann, so manche Frau vor den Kopf gestoßen haben mag, wenn auch Wittenberg weitestgehend von den Unruhen des Bauernkrieges verschont geblieben ist." Hier unterbrach Argula die Lektüre, trat ans Fenster und schaute in die Ferne. Sie dachte an Marcellus, dessen Tod gerade einmal zwei Monate her war. Ja, es war schon befremdlich, dass Luther in diesen Zeiten zum Feiern aufgelegt war. Andererseits,

sollte man das Leben einstellen um der Toten willen? Mit gerunzelter Stirn hielt sie einen Augenblick inne. „Marcellus, Du hättest gewollt, dass das Leben Deiner Lieben weitergeht, und das hätten viele der im Kampf gegen die Bauern Gefallenen ebenso gedacht. Warum sollte ein Herr Doktor Martinus Luther also nicht heiraten und ein fröhliches Fest feiern? Zumal man dies als Anhänger der Reformation doch nur befürworten konnte“, dachte sie bei sich und wandte sich wieder dem Schreiben Osianders zu und las weiter: „Kurfürst Johann der Beständige, der seinem verstorbenen Bruder Friedrich dem Weisen Anfang Juni nachgefolgt ist, hat übrigens dem Brautpaar das verlassene ‚Schwarze Kloster‘ auf Dauer als Wohnstatt zur Verfügung gestellt und damit ein Zeichen gesetzt, dass er ebenso wie sein Bruder die Reformation unterstützen wird, was uns natürlich alle sehr erfreut, aber auch nicht wirklich überrascht hat, da die Brüder stets einvernehmlich die Geschicke des Landes geleitet haben.

Katharina von Bora hatte ja im Kloster die Abläufe der Landwirtschaft kennengelernt und darüber hinaus auch das Kochen und das Bierbrauen erlernt. Noch leben nur das Ehepaar Luther und des Wittenbergers Adlatus, Wolfgang Seeberger, im ‚Schwarzen Kloster‘, doch bald wird es dort von jungen Menschen nur so wimmeln, denn das Paar will nun Studenten aufnehmen, die für Kost und Logis auf dem Feld, in den Gärten und beim Brauen helfen sollen. So Gott will, werden sich sicher auch Kinder einstellen, dann ist Unterstützung vonnöten.

Nun, liebe Frau Argula, das sind die Neuigkeiten, die ich Euch zu berichten weiß. Ich hoffe, es geht Euch gut und

Euer Hausherr drangsaliert Euch nicht zu sehr. Nicht vergessen sein soll ein Gruß von Georg an seine liebe Mutter.

Gott möge Euch leiten und schützen in unseren schweren Zeiten.

Euer Euch ergebener Bruder in Christo
Andreas Osiander
Nürnberg
Im Juli Anno Domini 1525"

Argula legte das Schriftstück beiseite und dachte über Osianders Worte nach. In der Tat hatten sich die Umstände in den letzten Monaten sehr zum Vorteil der Lutheranhänger geändert. Der Bauernkrieg war in den vergangenen Jahren furchtbar gewesen, und in Sachsen und Tirol war er noch keineswegs ganz zu Ende. Viele Kinder waren zu Waisen, Frauen zu Witwen geworden, und der Adel hatte vielerorts erhebliche Machteinbußen hinnehmen müssen – bedeutende Geschlechter waren ausradiert, kluge Männer getötet worden. Aber es war auch so viel in Bewegung gekommen. Hatte nicht Albrecht von Hohenzollern im April dieses Jahres in Polen den Friedensvertrag von Krakau unterzeichnet und damit den kräftezehrenden Krieg mit Polen und Sachsen beendet, und sich am 6. Juli offen zur Reformation bekannt? Sodann hatte er den „Deutschen Orden" in Preußen aufgehoben. Aus einem Ordensland war ein erbliches Herzogtum geworden, und damit war Preußen der erste evangelische Staat. Sachsen und Hessen waren ebenfalls auf dem Wege der Reformation, und es wäre sicher nur eine Frage der Zeit, bis diese und andere Länder dem Vorbild Preußens folgten. „Wenn die Landesherren sich der lutherischen Sache annehmen“, so dachte die Stauffertochter, „dann ist es nicht mehr weit, bis sie auch anstelle der Bischöfe die Kirchenhoheit übernehmen, und dann kehrt vielleicht endlich Ruhe ein.“ Argula schaute wie viele ihrer Glaubensschwestern und -brüder mit Spannung und voller Hoffnung auf den für das nächste Jahr angekündigten Reichstag, der in Speyer stattfinden würde. Bis dahin galt es, den politischen Einfluss der Protestanten zu stärken, sodass noch möglichst viele unentschiedene weltliche Herrscher bis 1526 für die Reformation gewonnen würden.

Es war Ende September. Der Sommer hatte von einem auf den anderen Tag schlagartig geendet.
Eben noch hatte Argula ganze Tage mit ihren Kindern im Hof verbracht, hatte ihnen Geschichten erzählt und zugeschaut, wie die drei fröhlich miteinander Fangen und Verstecken spielten und dabei erstaunt festgestellt, dass Apollonia inzwischen beinahe so schnell rennen konnte wie ihre älteren Brüder, wenn sie auch noch nicht deren Ausdauer hatte. Stolz hatte Apollonia ihrer Mutter gesagt, Hans Georg und Gottfried behandelten sie inzwischen wie ihresgleichen. Argula hatte der Kleinen über das seidige Haar gestrichen und dann die Kinder an die Pumpe zum Händewaschen geschickt, denn gleich sollte es eine warme Suppe geben und hinterher ein Kompott aus den letzten Augustäpfeln. „Morgen“, so tröstete sie ihre Kinder, „morgen ist auch noch ein Tag, da spielt Ihr wieder draußen.“ Murrend, aber folgsam waren die drei ins Haus gelaufen

und hatten sich nach der Suppe auf das Apfelkompott gestürzt. Begeistert hatte Apollonia etwas Milch darüber gegossen und so lange darin gerührt, bis weiße Ringe das Kompott durchzogen. Friedrich hatte seine Tochter darauf hingewiesen, dass man bei Hofe so etwas aber nicht tun dürfe, musste dann aber doch lachen, als die Kleine ihm keck antwortete, das mache nichts, sie wolle sowieso den Franz, den Sohn vom Müller, heiraten, und dort sei das erlaubt, sie habe es selbst gesehen.
Satt und zufrieden verschwanden die Kinder unter ihren Schlafdecken, und die Erwachsenen taten es ihnen nach. Als Argula am Morgen erwachte, stand Friedrich schon angezogen am Fenster und murmelte leise schimpfend vor sich hin: „Viel zu früh, dieser Regen, die Wintersaat ist noch nicht ausgebracht. Wenn es nur nicht auch noch Frost gibt!“ Als Argula aus dem Bett sprang, um ebenfalls hinauszuschauen, meinte sie, die Kälte zu spüren, die ihr von der Wand entgegenschlug. Zitternd kehrte sie ins Bett zurück: „Bleib‘ halt heute daheim, bei strömenden Regen richtest Du auf dem Feld nichts aus, sondern wirst nur krank.“
Die Enttäuschung bei den Kindern war groß, hatten sie sich doch noch auf einen Tag im Freien gefreut, aber dann würden sie eben der Köchin in der Küche helfen, das versprach auch lustig zu werden, denn meist waren sie an solchen Tagen bereits vor dem Essen satt, da sie alles mehr als einmal probierten.

Zu Argulas Überraschung traf ein Brief von Osiander ein. Da Friedrich das Haus nicht verlassen hatte, erfuhr er von der Post für seine Frau. Er ermunterte sie, den Brief zu öffnen. Gespannt stellte er sich hinter Argula, die hoffte, dass beim Öffnen ihre Finger nicht vor Aufregung zitterten. „Wenn er nur nicht eine flammende Lutherrede beigefügt hat …“, schoss es ihr durch den Kopf. Aber sie hatte Glück. Osiander leitete ihr einen Brief von Georgs Lehrer Ketzmann zu, in dem über die guten Leistungen des Erstgeborenen berichtet wurde. Auch ein fröhliches Briefchen des Sohnes fand das Elternpaar und freute sich gemeinsam daran. Doch zu unterst lag dann doch ein Brief, in dem Osiander nicht nur Grüße von Spalatin, sondern auch ein kurzes Schreiben vom Reformator selbst übermittelte. Luther dankte der Frau von Grumbach, auch im Namen seiner Frau, für die Segenswünsche zu seiner Hochzeit. Wohl, um den bereits kursierenden Gerüchten über seine dann doch noch recht große und ausgelassene Feier zuvorzukommen, schrieb er: „Die Zubereitung zur Hochzeit ist nicht zu tadeln, wenn sie ihr Maß hat und die Unkosten nicht zu groß sind. Sicher habt Ihr gehört, dass Käthe und ich gar fleißig getanzt haben und uns fröhliche Musik aufgespielt wurde. Wisset wohl, das schadet nicht. Ob es eine Sünde ist, zur Hochzeit zu pfeifen und zu tanzen, zumal man sagt, dass vom Tanze viel Sünde komme? Aber weil es ebenso eine Landessitte ist, wie Gäste zu laden, sich zu schmücken, zu essen, zu trinken und fröhlich zu sein, weiß ich es nicht zu verdammen, außer wenn es im Übermaß geschieht, wenn es unzüchtig oder zuviel ist. Dass aber Sünden dabei geschehen, ist nicht des Tanzes Schuld allein. Gleich wie es nicht des Essens und Trinkens Schuld ist, wenn etliche zu Säuen darüber werden. Wo es aber züchtig zugeht, lasse ich der Hochzeit ihr Recht und Gebrauch. Der Glaube und die Liebe lassen sich nicht austanzen, noch aussetzen, wenn Du mäßig darin bist. Die jungen Kinder tanzen ja ohne Sünde, das tue auch und werde ein Kind, so schadet Dir der Tanz nicht. Sonst, wenn Tanzen an sich eine Sünde wäre, dürfte man es den Kindern nicht erlauben." Als Argula zu Ende gelesen hatte – den Ausführungen über das Feiern und Hochzeithalten waren noch ein paar Informationen über das kirchliche Leben in Wittenberg gefolgt – verharrte sie einen Moment, nahm dann all ihren Mut zusammen, drehte sich um und schaute zu Friedrich auf, forschend, wie er Luthers Worte aufgenommen hatte. Zu ihrer Überraschung lächelte der Mann, ihm schien die erdverbundene, saftige Ausdrucksweise zu gefallen. Argula begriff plötzlich, dass ihr Friedrich zuvor noch nie auch nur einen Satz des Reformators gelesen hatte. Er hatte es immer kategorisch abgelehnt, sich dafür zu interessieren. „Ein lebensfroher Gesell", kommentierte er und stapfte hinaus.

## Kapitel 43

Winter 1525
Lenting

### Regen und Missernte

Die letzten Wochen des alten Jahres waren langsam vergangen. Es hatte seit jenem Septembertag, als Luthers Brief angekommen war, nur zwei oder drei sonnige Tage gegeben. Sonst war es recht finster gewesen. Die Familie ging früh schlafen und stand spät auf. Zum Lesen war es Argula abends zu dunkel, und morgens graute ihr vor der feuchten Kälte, die sie gefangen nahm, sobald sie das Bett verließ.

Der Regen hielt nun schon mehrere Wochen an. Die Traubenernte war aufgrund der Nässe schlecht ausgefallen, und die frühen Frostnächte hatten die Hoffnung auf ein gutes Weinjahr dann gänzlich zerstört. Friedrichs Familie in Würzburg ging es nicht anders, allerdings hatte man sich dort gemeinsam mit Verwandten aus der Familie seiner Mutter auf das Bierbrauen verlegt. Die Weine der letzten Jahre hatten aufgrund der allgemeinen Verschlechterung der Wetterlage nicht mehr die Qualität, für die sie noch vor einem Jahrzehnt berühmt gewesen waren, von der Konkurrenz aus Straßburg und Colmar ganz zu schweigen. Geschwächt war das Winzerwesen darüber hinaus durch den Bauernkrieg. Viele Bauern und Landarbeiter hatten alles stehen und liegen gelassen und sich den meuternden Rotten angeschlossen. War dies auch glücklicherweise in

Lenting nicht der Fall gewesen, so fehlte es hier jedoch an Geld beziehungsweise Tauschgütern, um die Produktion umzustellen. Baute man das Getreide nicht selbst an, so konnte man es nur auf dem Markt erwerben. Und die Preise waren aufgrund des schlechten Wetters und der weiträumig verregneten Ernten pfeilschnell in die Höhe geschossen.

Ganze Abende hatte Friedrich sich mit seiner Frau beraten, was zu tun sei. Schließlich hatte Argula einen Vorschlag gemacht: „Friedrich, Du weißt von den guten Kontakten meiner Familie nach Regensburg. Es wurden zwar zahlreiche Juden in den letzten Jahren aus Regensburg vertrieben und andere sind freiwillig weggegangen, doch, soviel ich weiß, lebt der Jude Mosse noch immer vor den Toren der Stadt. Er ist ein sehr diskreter Pfandleiher, musst Du wissen. Wir könnten …“ Hier unterbrach sie ihr Mann, und mit hochrotem Gesicht schlug er mit der geballten Faust auf den Tisch, an dem die beiden nach dem Abendessen sitzen geblieben waren: „Argula, wie kannst Du es wagen, mir erneut solche Vorschläge zu unterbreiten, Du, die Du uns in dieses Elend hineingeritten hast! Wärest Du nicht diesem Wittenberger hinterhergelaufen, so säßen wir noch immer in Dietfurt und müssten uns über diese Sorgen nicht den Kopf zerbrechen. Niemals werde ich Eigentum meiner Familie ‚auf‘s Spiel setzen‘[84].“
Argula senkte das Haupt und schwieg. Recht hatte er, es war ihre Schuld, doch gerade deshalb wollte sie sich ja darum kümmern. Sie wusste, dass ihr Bruder Bernhardin sich

84 Hier: riskieren, dass es verloren geht. Herkunft: Spiel um Geld oder Werte.

vor seiner Eheschließung auch einmal an den Pfandleiher gewandt hatte. Und damals hatte dieser sein Versprechen gehalten und Verschwiegenheit gewahrt. Friedrich schüttelte nur wütend den Kopf, als Argula den Vorschlag machte, Bernhardin könne diskret Kontakt zu Mosse herstellen. Kleinlaut hob sie nochmals an: „Aber, Friedrich, wir müssen ja nicht gleich große Summen gegen hohen Zins leihen, lass uns überlegen, ob wir nicht ein Pfand haben, das wir nur für einige Monate in die Leihe geben können. Vielleicht sieht die Lage im kommenden Frühjahr ja schon bedeutend besser aus …"

Doch sie fand kein Gehör bei ihrem Mann. Er wischte in verzweifelter Wut fluchend mit dem ausgestreckten Arm seinen Trinkbecher vom Tisch, erhob sich, trat noch nach dem Gefäß und verließ schimpfend und stampfend den Raum.

Argula zerdrückte eine Träne, hob dann den Becher auf und wischte die Spuren des vergossenen Apfelmostes auf. Sie würde noch einen Augenblick warten, bis sie Friedrich ins Schlafgemach folgte.

## Kapitel 44

1526
Lenting

### Frohe Nachrichten aus dem Hause Luther

So trübe wie das alte Jahr zu Ende gegangen war, begann auch das neue. Von Januar bis März schneite oder regnete es beinahe ununterbrochen. Die Vorräte in den Kellergewölben gingen langsam zur Neige. Allein Zwiebeln, Pastinaken, Möhren und getrocknete Erbsen und Linsen waren noch in größeren Mengen vorhanden. Gesalzenes Fleisch hatte es schon seit November nicht mehr gegeben. Es war ein Festmahl, wenn es gelegentlich in Walnussöl gebratenen Eierkuchen gab und jeder dazu eine Salzgurke erhielt. Wegen der Knappheit des Futters gaben die Kühe weniger Milch, die auch kaum Fett enthielt. Mehrmals war Friedrich vergeblich zur Jagd gegangen. Die Tiere hatten sich wie die Menschen verkrochen. In den vom Knecht aufgestellten Fallen fand sich auch nur selten ein Hase oder ein mageres Kaninchen. Eines Tages hatte Friedrich beim Frühstück über seinen Becher Kamillentee hinweg gemurmelt, bald habe man nichts mehr, um die beiden Hofhunde zu füttern, ja vielleicht solle man diese lieber gleich schlachten. Kaum hatten die Kinder das gehört, begann auch schon das Geschrei: „Nein, Vater, lieber gebe ich ihnen meinen Brei“, rief Hans Georg. Und Gottfried wollte schon hinauslaufen und die beiden Tiere losmachen und vom Hofe jagen, damit der Vater sie nur nicht tötete. Allein Apollonia sagte nichts. Ihr kullerten die Tränen über das Gesicht, und sie schluchzte so herzzerreißend, dass ihr Vater, der sich von den Worten seiner Söhne nicht hatte beeindrucken lassen, das Leid seines jüngsten Kindes nicht ertragen konnte und sich knurrend das Versprechen abringen ließ, die Hunde zu verschonen. Dann müssten eben die Tauben daran glauben, sagte er und verließ brummelnd den Raum. Still saßen Argula und die Kinder beisammen, froh dass der Kelch an Reto und Ott, den beiden Hunden, vorübergegangen war. Schließlich brach Gottfried das Schweigen: „Ich glaube, Vater wollte die Hunde eigentlich auch nicht töten, schließlich sind sie ja zu unserem Schutz da und begleiten ihn immer auf der Jagd." Argula nickte zustimmend, war sich aber nicht sicher, ob dem wirklich so war.

Aufgrund des schlechten Wetters hatte man in der Hofmark weder Nachrichten aus dem nahen Ingolstadt noch Post von der Familie erhalten. Argula sorgte sich um das Wohlergehen ihres Ältesten. Ob er wohl genug zu essen bekäme, und ob ihm seine warmen Kleider vom letzten Winter wohl noch passten? Das Kind war mit seinen bald neun Jahren in einem Alter, in dem es unablässig wuchs und natürlich auch entsprechend Hunger hatte. Hoffentlich war der Knabe gesund!

Etliche der Landarbeiter ihres Mannes hatten sogar Todesfälle in ihren Familien zu verzeichnen. Kälte und Hunger leisteten so allerhand Krankheiten Vorschub. Hatten sich nicht die meisten Seuchen in Zeiten von Nahrungsmittelknappheit und lang anhaltender Kälte und Nässe verbreitet?

Als Argula am Ostersonntag, es war der erste Tag im April, früh erwachte, sah sie einen hellen Lichtstrahl neben dem vor das Fenster gehängten Wandteppich aufblitzen. Sie blinzelte in das ungewohnte Licht, sprang aus dem Bett, stürmte zum Fenster und schob den Teppich beiseite. Die Morgensonne schien hell. Wasser tropfte vom Dach. Der Hof, gestern noch überfroren, stand voller Pfützen. Sollte jetzt endlich der Frühling Einzug halten? Und das am Tage der Auferstehung des Herrn! „Friedrich!", rief sie und trat an die Bettstatt und stupste ihren Mann an, der im Halbschlaf schimpfte, man solle ihn schlafen lassen. „Friedrich, die Sonne scheint!" Jetzt wollte auch er das Licht, das sie so lange vermisst hatten, sehen, erhob sich ächzend und schlurfte zum Fenster. Schweigend standen die beiden nebeneinander und freuten sich wie die Kinder, dass der Winter nun endlich vorbei war. „Schnell, ich wecke die Kinder! Lass uns frühstücken und dann in die Messe gehen!"
Ihr Mann schaute erstaunt, denn Argula hatte in letzter Zeit tausend Gründe gesucht und gefunden, dem katholischen Gottesdienst fernzubleiben. So war er meist nur in Begleitung seiner Kinder in die Messe gegangen.

Argula verstand seinen Blick und meinte nur: „Jesus ist für uns alle gestorben, und sein Vater hat ihn für uns alle auferweckt, damit auch wir auf Gnade hoffen können. Lass uns heute nicht darüber streiten, welches der rechte Glaube ist!" Einvernehmlich ging schließlich die ganze Familie in die Dorfkapelle, wo heute Pater Pius aus Ingolstadt predigte. Er hatte Verwandte auf dem Lande und war bereits seit zwei Wochen hier auf Besuch. Argula war ihm, dem ihre Haltung gegenüber der Katholischen Kirche nicht verborgen geblieben war, gelegentlich begegnet. Sie hatten sich allerdings auf einen höflichen Gruß beschränkt. So war das Erstaunen auf seiner Seite groß, als die ganze Familie Grumbach in die Kapelle einzog.

Seit Mitte April standen die Kühe nun wieder auf der Weide. Es war, als hole die Natur in Riesenschritten auf, was in den vergangenen sechs Wochen unterblieben war. Die Apfelblüte stand unmittelbar bevor, die Laubbäume schlugen aus, und die Wiesen waren saftig grün. Erleichtert hatte Friedrich festgestellt, dass die Kühe wieder mehr Milch gaben, ja, es war sogar mehr als sonst zu Frühjahrsbeginn. Die Hühner legten so viele Eier, dass man die, die nicht auf der Hofmark benötigt wurden, auf dem Markt verkaufen oder gegen andere Waren tauschen konnte. Wenn er von der Inspektion der Ländereien zurückkam, wusste der Graf von Grumbach nur Gutes zu berichten. „Siehst du, Argula, es war richtig, noch etwas durchzuhalten“, sagte er und warf ihr einen bedeutsamen Blick zu, und sie wusste, dass er auf ihren Disput über den Vorschlag, den Pfandleiher Mosse in Regensburg zu kontaktieren, anspielte. Sie nickte, er hatte wirklich recht behalten, es war gut gewesen abzuwarten. Andernfalls hätten sie jetzt zwar mehr Geld in der Tasche, müssten sich jedoch abmühen, ihr Pfand kurzfristig wieder auszulösen. Kurz, alle, abgesehen von Argula, waren zufrieden und gut gestimmt. Sie jedoch machte sich immer noch größte Sorgen um Georg. Der Schnee war nun schon seit mehr als vier Wochen geschmolzen, und noch immer war keine Nachricht von ihrem Großen gekommen. Sie versuchte, sich zusammenzunehmen, wurde jedoch immer fahriger, vergaß, Dinge zu erledigen, wirkte im Gespräch mit ihrem Mann abwesend und hörte nicht richtig zu, wenn ihr Hans Georg, Gottfried oder die kleine Apollonia etwas erzählen wollten.

Wie froh war sie, als es eines Tages am Tor läutete und man ihr kurz darauf die soeben eingetroffene Post brachte. Aufgeregt zupfte sie den Knoten der um das Bündel aus grobem Stoff gewickelten Kordel auf und hielt endlich drei eng beschriebene Bögen in ihren vor Aufregung zitternden Händen. Osiander hatte ihr geschrieben und einen zweiseitigen Brief von Georg beigefügt. Diesen las sie zuerst. Wie ihr das Herz pochte vor Aufregung! Ja, es ging dem Knaben gut. Ausführlich schilderte er seinen Alltag. Zum Glück lernte er nicht nur, sondern verbrachte auch viel Zeit mit einem Mitschüler, der ihm zum Freund geworden war. Die Jungen teilten offenbar viele Interessen, lasen gern gemeinsam lateinische Schriften der Kirchenväter, spielten bei gutem Wetter im Kirchhof Ball und planten eine Wanderung einmal um die Stadt herum. Vielleicht, so schrieb das Kind, wollten sie, wenn der Lehrer sein Einverständnis gäbe, im Sommer drei oder vier Tage am Waldrand zelten. Die Mutter frage sich sicher, ob die Stadt unter den Folgen des Bauernkrieges zu leiden habe, aber da brauche sie sich keine Sorgen zu machen. Nürnberg sei ein friedliches Pflaster. Der Magistrat habe alles gut im Griff. Der Brief endete mit einem Gruß an den Vater und die Geschwister

und dem Wunsch, die Mutter oder gar beide Eltern möchten ihn doch bald einmal wieder besuchen. Er vermisse seine Familie schon sehr. „Der Liebe!“, dachte Argula. Nie waren Klagen von ihren großen Sohn zu hören gewesen. Er lernte immer fleißig und verstand es, jeder Situation stets das Beste abzugewinnen. „Er wird gut durchs Leben kommen“, murmelte die Mutter und dachte voller Stolz an ihren Erstgeborenen.
Schließlich griff sie nach Osianders Schreiben und vertiefte sich gespannt in die Lektüre:
„Sehr verehrte Staufferin, seid versichert, die Gemeinde von St. Lorenz nebst Ketzmanns Schule ist gut durch den harten Winter gekommen. Dank der von mir im vergangenen Sommer noch belächelten Vorratswirtschaft der Haushälterin musste niemand unter meinem Dach Hunger leiden, ja, wir hatten genug, um sogar noch die eine oder andere arme Familie zu unterstützen.
Seit die Religionsangelegenheit unserer Stadt geklärt ist, herrscht Ruhe. Vom Bauernkrieg haben wir hier nur wenig mitbekommen. Sicher wisst Ihr, dass in einer Reihe süddeutscher Länder die ‚Zwölf Artikel‘ der Bauern tatsächlich umgesetzt worden sind. Man erzählt sich, dass wohl in einem guten Drittel des Gebietes, in dem die Bauern gewütet haben, Reformen durchgeführt wurden. Im Erzstift Salzburg, in Tirol und in Graubünden erkämpften sich die Bauern sogar den Status von Landständen. Der Ende Juni beginnende Reichstag zu Speyer wird dann zeigen, welchen Ausmaßes die Auswirkungen des Aufstandes wirklich sind. Ich vermute allerdings, dass trotz großer Verluste aufseiten des Adels und der persönlichen Niederlagen einiger

Landesherren eben diese und der Adel die eigentlichen Gewinner des Krieges sein werden. Sie sind die militärischen Sieger und konnten ihre obrigkeitliche Stellung stärken. Die Katholische Kirche ist verunsichert, so können die Fürsten in dieses Machtvakuum vordringen. Letztlich wird es sein wie meist: Die Kleinen sind die Verlierer. Abgesehen von lokalen Erfolgen werden die mitgelaufenen Bauern diejenigen sein, die hart bestraft werden. Sie werden von der Gesellschaft noch geringer geschätzt werden als zuvor, und es wird Jahrzehnte, wenn nicht Jahrhunderte dauern, bis sie wieder geraden Hauptes gehen können.
Alle aber werden leiden, denn es ist in den letzten Jahren wegen der fehlenden Landarbeiter und Bauern so manches Feld nicht bestellt und so manche Ernte nicht eingeholt worden. Ihr könnt Euch glücklich schätzen, dass Ihr in Eurer Hofmark treue Bauern habt, die sich den Rotten nicht angeschlossen haben.
Jetzt aber will ich Euch noch ein wenig Klatsch aus Wittenberg berichten: Der Bauch der Lutherin rundet sich zusehends. Man sagt, es dauere nicht mehr lange bis zur Entbindung ihres ersten Kindes. Bruder Martin soll ganz aufgeregt und kurznervig sein. Auch soll er wieder unter Schwindelanfällen leiden. Auf jeden Fall ist es für uns Lutheraner gut, dass das Kind ein Jahr nach der Heirat zur Welt kommen wird, haben doch böse katholische Zungen ihm unterstellt, er habe nur geheiratet, um zu vertuschen, dass er bereits vor der Hochzeit mit der Bora ein Techtelmechtel hatte. Aber auch eine Frau Luther braucht keine zwölf Monate, um ein Kind zu empfangen und dann herauszupressen …

Hochverehrte Frau Argula, möge Gott Euch weiterhin beschützen und seine Hand über Euch und Euer Haus halten.

In Hochachtung schrieb Euch Ende Mai 1526
Andreas Osiander
Prediger von Sankt Lorenz in Nürnberg"

Argula schmunzelte. Der Reformator würde Vater. „Nun ist er endgültig der Bruder aller Christenmenschen, selbstverständlich nur der lutherisch gesinnten", fuhr es Argula durch den Kopf. „Ich werde seiner Frau schreiben, sobald das Kind geboren ist, und Luthers Käthe das eine oder andere Heilkraut benennen gegen die immer zahlreicher werdenden Leiden ihres Ehemannes", nahm sie sich vor.

Es war just am Tag der Eröffnung des Speyerer Reichstages, am 25. Juni, als Argula von Spalatin die Kunde erhielt, dass im Hause Luther am 7. Juni ein Knabe das Licht der Welt erblickt hatte. Spalatin wusste, dass das Kind Johannes heißen sollte. Sofort griff die Staufferin zur Feder und schrieb an Luthers Frau Käthe eine herzliche Gratulation und sagte ihr viele gute Wünsche für den neuen Erdenbürger und die ganze Familie. Und unumwunden riet sie der jungen Mutter, sie möge ihren Mann zu gesünderer Lebensführung anhalten, jetzt, da er nun auch Verantwortung für ein Kind trage:

„Frau Luther, es ist kein Geheimnis, dass Euer Gemahl unter verschiedenen Beschwerden leidet. Ihr wisst es besser, aber man sagt, dass der Reformator nicht nur häufig unter

Magenschmerzen und Verstopfung leidet, sondern auch an starkem Brennen in der Nähe seines Herzens. Ja, von reißendem Druck in der Herzgegend[85] ist sogar die Rede. Auch über Schwindelanfälle, ein Nierenleiden und ein Klingeln im Ohr[86] soll er klagen. Ich habe von Osiander gehört, dass Ihr den Garten des ‚Schwarzen Klosters' bestellt, da habt Ihr sicher auch an Heilkräuter und -pflanzen gedacht. Ich selbst habe meinem Manne einmal dank der Kräuterkunde das Leben gerettet und auch schon so manche Kinderkrankheit kuriert. Daher seht es mir nach, wenn ich Euch an meinen Kenntnissen teilhaben lasse. Möge es Eurem Manne von Nutzen sein. Bereits aus der Zeit der großen Hildegard ist das Mutterkraut[87] auch bei uns wohlbekannt. Ihr könnt es ab Ende Juli sicher auch in Wittenberg am Feldesrande finden. Es hilft gegen die quälende Verstopfung. Zur Nierenreinigung gebt Ihr ihm am besten Saunesselsaft. Legt die Blätter in einen großen Krug mit Wasser. Rührt mehrmals täglich um, nach drei Tagen seiht Ihr dann den Sud gut durch ein Sieb und gebt ihn Eurem Gatten zu trinken. Mit Magenkraut könnt Ihr Absinth für ihn aufsetzen. Dieser entspannt und nimmt die Krämpfe im Bauch. Mit Hopfen und Melisse kennt Ihr Euch sicher aus. Ob Schwindelkraut[88], dessen Name schon verrät, wogegen es eingesetzt wird, bei Euch gut gedeiht, weiß ich nicht. Es duftet gut. Ich lege immer mehrere Säckchen mit den getrockneten Blüten im Herbst in unsere Bettstatt. Das fördert einen guten, erholsamen Schlaf. Auch Passionsblume und

85 Angina Pectoris
86 Tinnitus
87 Beifuß
88 Lavendel

Wollkraut[89] entspannen die Nerven und lockern den Husten. Der Arzt und Alchemist Paracelsus empfiehlt sie übrigens auch gegen das Klingeln im Ohr, das schon die alten Römer kannten. Ich selbst habe besonders mit Johanniskraut gute Erfahrungen gemacht. Genau zu dieser Zeit öffnet es seine Blüten. Getrocknet ist es gut haltbar und man kann bei Bedarf einen Aufguss damit machen und wohltuende Einreibungen daraus herstellen. Mir hilft das Johanniskraut übrigens besonders im vierwöchentlichen Rhythmus, wenn ich unter schmerzhaften Frauenbeschwerden leide. Sicher hilft es auch bei Kindbettschmerz.
Und zuletzt vergesst nicht, dass die Freude das Geheimnis eines langen Lebens ist. Freut Euch Eures Kindes und sagt Eurem Gatten, er habe unrecht, wenn er, wie man mir zugetragen hat, sagt, sein bestes Hausmittel sei der Zorn. Zorn und Hass vergiften die Leber und machen den Magen hart und die Seele trocken.
Und auf Euch selbst gebt ebenfalls Acht! Mir ist zu Ohren gekommen, dass Ihr ohne Unterlass arbeitet. Ihr habt, anders als Euer Gatte, großes wirtschaftliches Talent und stellt dies vom Morgengrauen bis in die späte Nacht unter Beweis, wenn Ihr Euch um Euer großes Haus und alle Ländereien kümmert. Bruder Spalatin hat voller Hochachtung berichtet, Ihr habet in Eurem ersten Ehejahr ein Brauhaus errichten und einen Brunnen bauen lassen. Auch einen Fischteich habt ihr hinzugekauft. Milchvieh und Lämmer sollen auf dem Klostergrund weiden. Und alle, die je bei Euch zu Gast waren, loben Eure Gastfreundschaft.
Liebe Käthe, seid nachsichtig mit Euch selbst, und gestat-

89 Königskerze

tet Euch hin und wieder eine erholsame Pause. Was nützt's, wenn Ihr alle Wände kalkt und Eure Wohnstatt auf's Trefflichste herrichtet und Euch dann die Anstrengung niederstreckt?
Wenn Ihr's nicht um Euretwillen tut, dann doch um Eures Mannes und Sohnes willen."

Mit einem Segensspruch schloss sie zufrieden ihren Brief, der so schnell als möglich nach Wittenberg übersandt werden sollte. Ein Freund ihres verstorbenen Bruders Marcellus hatte regelmäßig in Nürnberg Geschäfte zu erledigen und hatte sich gerne bereit erklärt, ihre Post, der sie auch einen Brief an ihren Ältesten beigefügt hatte, mitzunehmen und bei Osiander abzugeben. Dieser würde dann ihr Schreiben an Luthers Frau Käthe weiterleiten.
Argula hatte ihrem Mann erzählt, dass sie der Lutherin Rat in Gesundheitsfragen gegeben habe. Friedrich von Grumbach, der dies wohl als „Weibergewäsch" abtat, zeigte zu Argulas Erleichterung kein Interesse, mehr darüber zu erfahren, wie er überhaupt offenbar davon ausging, Argula habe ihr Engagement in religiösen Angelegenheiten und insbesondere ihr Interesse am Protestantismus verloren. Seine Sorge, sie würde eventuell wieder zur Feder greifen und sich an Persönlichkeiten des öffentlichen Lebens wenden, schien Vergangenheit zu sein. „Er kennt mich wirklich nicht", dachte sie und war einerseits ein wenig enttäuscht, dass der Mensch, dem sie Treue bis ans Ende ihrer Tage versprochen hatte, so wenig Interesse an ihr nahm, andererseits wusste sie den Freiraum, den ihr seine Gleichgültigkeit ließ, sehr zu schätzen.

„Wäre Speyer nur nicht so weit entfernt – es würde eine mehrtägige Reise mit der Kutsche bedeuten“, überlegte Argula, die sich nichts mehr wünschte, als zu dem bis Ende August andauernden Reichstag nach Speyer zu reisen. Aufrecht saß sie auf dem lehnenlosen Schemel der Schlafkammer und grübelte, ob es nicht doch eine Möglichkeit gebe. Doch das konnte sie sich aus dem Kopf schlagen: Mindestens 18 Tage in der Kutsche, einige Tage Aufenthalt in der Stadt, das wären zusammen mehr als drei Wochen Abwesenheit von Kindern, Mann, Haus und Hof. Niemals würde Friedrich ihr das gestatten. Sie kannte ja auch niemanden in der Domstadt. Sicher, sie würde bestimmt viele alte Bekannte dort treffen, doch allein als Frau dorthin zu reisen, ohne einen formalen Vorwand zu haben, wie es etwa ein Verwandtenbesuch wäre – niemals! „Ich werde mich mit den Informationen begnügen müssen, die mir Osiander und Spalatin zukommen lassen“, dachte sie und seufzte tief. Manchmal verfluchte sie es, eine Frau zu sein. Wie gerne hätte sie den Kurfürsten von Sachsen und den Landgrafen von Hessen in ihrer einheitlichen Kleidung in die Stadt einreiten gesehen. Man erzählte, sie hätten beide auf den rechten Ärmeln ihrer braunen Gewänder die Buchstaben **V. D. I. E.** getragen. Es sollten Perlenstickereien gewesen sein, wie man ihr zugetragen hatte. Zunächst hatte sie nicht gewusst, wofür diese Buchstaben standen, dann aber hatte ihr der durchreisende Freund ihres Bruders erklärt, dass dies ein Hinweis auf den ersten Petrusbrief Kapitel 1, Vers 25 war. Es hieß: „**V**erbum **D**omini Manet **I**n **A**eternum – das Wort Gottes bleibt in Ewigkeit.“ Protestantische Spötter hatten den Spruch abgeändert in „**V**erbum

Diaboli Manet In Episcopis – das Wort des Teufels bleibt in den Bischöfen."
Der Kurfürst von Sachsen, Johann, und der Landgraf von Hessen, Philipp, hatten in zwei nebeneinanderliegenden Häusern Quartier bezogen und mit ihnen ihre Hofprediger Adam Kraft aus Fulda, Georg Spalatin und der Lutherfreund Johannes Agricola. Ihre Predigten, die sie meist auf offener Straße hielten, sollten sich großer Resonanz erfreuen. Es war schon kurz nach Reichstagsbeginn von sagenhaften 70.000 bis 80.000 Zuhörern die Rede. Kurfürst Johann und Landgraf Philipp sollten, so hatte es sich bis nach Ingolstadt herumgesprochen, an Freitagen und Samstagen Fleisch gegessen und damit das ausdrückliche kirchliche Verbot missachtet haben. Selbst die Intervention des Erzherzogs von Österreich, Ferdinand, der seinen Bruder Karl V. vertrat, hatte keinen Erfolg gehabt. Spontan wurde die Straße, in der die beiden Protestantenfreunde wohnten, von den Altgläubigen in Ketzer- beziehungsweise Heuchlergasse umbenannt.
Wie einflussreich der hessische und der sächsische Landesvater als Vertreter der protestantischen Reichsstände waren, konnte man daran ablesen, dass sie es waren, die dem Erzherzog Ferdinand erfolgreich die Bedingungen für die Unterstützung Ungarns gegen die Türken diktierten. Die beiden mächtigen Männer knüpften ihre Zusage, Ferdinand und damit Karl V. zu helfen, an die Erfüllung ihrer Forderung, man möge zuvor alle religionspolitischen Fragen auf dem Reichstag klären, danach werde man die gewünschte Unterstützung mit mehreren tausend Soldaten für Ungarn leisten.

Tatsächlich, so hatte Argula erfahren, sollte Karl V. seinen Bruder angewiesen haben, das Wormser Edikt nicht in aller Strenge umzusetzen, ja, dem Reichstag war sogar der Beschluss vorgelegt, den Umgang mit dem Edikt den Ständen selbst zu überlassen. Es kursierte das Gerücht, Karl V. habe verfügt, bis zum Konzil sollten die Stände nur mit ihren Untertanen „also … leben, regieren und sich verhalten, wie ein jeder solches gegen Gott hoffet und vertrauet zu verantworten." Argula konnte dies kaum glauben. Noch vor einem Jahr wäre das undenkbar gewesen! Sie fühlte sich an Luthers Forderung gemahnt, das Gewissen solle das Handeln bestimmen und nicht irgendeine von Menschen gemachte Norm. „Wir sind auf dem Wege, uns durchzusetzen", frohlockte sie bei sich, und eine Fantasie von einem allein durch die Gnade Gottes, durch die Schrift und durch den Glauben bestimmten Leben stieg in ihr auf. „Alle werden gute Früchte bringen, nicht, weil sie dazu gezwungen werden, sondern weil sie gar nicht anders können als von Gott geliebte Geschöpfe."

Die Stauffertochter hatte sich von ihrem Schemel, auf dem sie nun schon seit Stunden gehockt hatte, erhoben, streckte sich und begann, schnell in der Kammer auf und ab zu gehen. Sie spürte, wie ihr der Kopf zu glühen begann, wie ihr die Röte ins Gesicht stieg, die Finger zitterten und die Lippen bebten. Ja, es hatte sich gelohnt, für die protestantische Sache einzutreten! Und niemand würde sie von ihrer Überzeugung abbringen können. Dass sie jetzt stille hielt, war einzig ihrer familiären Situation geschuldet. Auch waren inzwischen so viele Menschen für die Reformation eingetreten, dass man ihrer nicht mehr so dringend bedurfte. Schließlich vertraten inzwischen sogar etliche Landesfürsten die lutherische Sache und hatten ihrem Interesse, eigene Landeskirchen zu gründen, Ausdruck verliehen. Seufzend hielt Argula vor dem Fenster inne und schaute in den Hof, wo die beiden Jungen mit Apollonia fröhlich Fangen spielten. „Ja“, dachte sie erleichtert, „ich darf mich jetzt in Ruhe meinen Kindern widmen. Aber wenn ich gebraucht werde, dann stehe ich mit all meiner Kraft zum Kampf für die Reformation bereit.“ Froh, diesen Entschluss gefasst zu haben, legte sie sich ein Tuch über die Schultern, denn ihr war plötzlich eiskalt. Dann machte sie sich auf den Weg nach unten.

## Kapitel 45

1527 -1529
Lenting und auf Reisen

### Der Schwarze Tod

In den folgenden Jahren lebte Argula weiter in Lenting, reiste gelegentlich mit ihrem Mann und den drei jüngeren Kindern zu Friedrichs Familie in Burggrumbach, fuhr mehrere Male nach Nürnberg, wo sie Georg besuchte, mit dem sie stets ein besonderes Verhältnis verband. In Nürnberg begegnete sie stets auch Osiander, der die Stauffertochter weiter über das Vorankommen der Reformation auf dem Laufenden hielt.
Auch die eine oder andere Neuigkeit aus dem Hause Luther erfuhr Argula von Osiander. So hatte er ihr selbstverständlich auch mitgeteilt, dass Martin Luther im Dezember 1527 Vater einer Tochter, die den Namen Elisabeth trug, geworden war, und dass die Kleine, noch nicht einmal einjährig, im August 1528 plötzlich verstorben war.
Der Reformator und seine Frau, die bereits wieder schwanger war, waren untröstlich über diesen Verlust.

Brieflich stand Argula noch immer, wenn allerdings auch nicht mehr so häufig wie früher, mit Spalatin in Kontakt. Er war es, der Argula über den vom 15. März bis zum 22. April 1529 wieder in Speyer stattfindenden Reichstag berichtete. Die Lage der Lutheranhänger hatte sich

aufgrund der durch den Reichstag erfolgten Wiedereinsetzung des Wormser Ediktes sehr verschlechtert. Spalatin, wie auch andere Evangelische, führte dies auf die politischen Erfolge des Kaisers zurück, der in zu seiner Zufriedenheit verlaufenden Verhandlungen mit dem Papst stand. Unter Ferdinands Führung hatte der Reichstag die Aufhebung des Bayerischen Abschiedes von 1526 beschlossen, in dem Ferdinand I. auf Anweisung seines Bruders, Kaiser Karls V., von der strengen Durchführung des Wormser Ediktes abgewichen war und es den Ständen überlassen hatte, wie sie dieses umsetzen wollten.
Daraufhin entschlossen sich die protestantischen Fürsten und Reichsstädte zu einer feierlichen Protestation gegen die Verhängung der Reichsachtacht gegen Luther und verweigerten Ferdinand ihre Unterstützung im ersten „Österreichischen Türkenkrieg".
„Übrigens, liebe Argula, jetzt haben die Evangelischen, die Lutheranhänger, einen neuen Namen. Sie nennen sie jetzt nach ihrer Protestationsschrift ‚Protestanten'. Der Name scheint übrigens nicht nur den Altgläubigen zu gefallen", das hatte ihr Spalatin berichtet. Er hatte noch hinzugefügt, dass im Oktober ein „Religionsgespräch" der Protestanten in Marburg stattfinden sollte, wo man alles daransetzen wolle, um die Unterschiede der verschiedenen evangelischen Gruppierungen zu überwinden. Schließlich sei man nur gemeinsam stark.
Argula konnte es nicht verstehen, wie sich eine Glaubensbewegung derart selbst durch Uneinigkeit schaden konnte. Sicher, das unterschiedliche Abendmahlsverständnis trennte sie, aber es gab doch auch viele Gemeinsamkei-

ten! „Die Zeiten haben sich geändert. Heute wollten einfach zu viele das Sagen haben", seufzte sie kopfschüttelnd …

Doch es gab in diesem von den Wechselfällen des Lebens so bewegten Jahr 1529 auch eine gute Neuigkeit: Die Anfang Mai 1529 geborene Magdalena Luther war gesund und wurde von beiden Eltern wachsam umsorgt und, wie Freunde des Hauses beobachtet hatten, auch kaum aus den Augen gelassen. So groß war die Angst, auch dieses Kind zu verlieren. Argula hatte es sich zur Gewohnheit gemacht, gelegentlich mit Katharina Luther zu korrespondieren, waren auch die Antworten der Bora oft eher kurz und zurückhaltend. Als Argula von der Geburt der Tochter Magdalena hörte und man ihr zutrug, wie sehr die Kleine verhätschelt wurde und dass die ehemalige Nonne vorhatte, das Kind über mehrere Jahre zu stillen, damit es nur ja gesund bliebe und allen Krankheiten trotzte, kam ihr der Gedanke, der Lutherin ein paar wohlmeinende Ratschläge zu erteilen. Es hatte sich nämlich auch herumgesprochen, wie hart Luthers Frau auf dem Felde arbeitete, das Vieh versorgte und Bier braute, um die Familie vor größeren wirtschaftlichen Nöten zu bewahren. Allein die Beherbergung von Studenten gegen Geld für Kost und Logis reichte zum Unterhalt der inzwischen vierköpfigen Familie nicht aus. Das Klosterbier war über die Mauern des „Schwarzen Klosters" hinaus als besonders köstlich bekannt, und so war der Verkauf in Eichenfässern ein recht einträgliches Geschäft. Osiander hatte angedeutet, Luther erhalte im Jahr 200 Gulden von seinem Kurfürsten. Außerdem ließ er ihm gelegent-

lich Wild, Geflügel, Wein und Obst zukommen. Dennoch waren die Kosten nur schwer zu decken, was der Lutherin große Sorgen bereitete.
So schrieb die Staufferin einen Brief an die Frau Katharina, in dem sie viel Verständnis für deren Sorgen zeigte. Mit gestrengen Worten jedoch warnte Argula die junge Mutter, neben der körperlichen Arbeit auch noch lange stillen zu wollen: „Schon einmal habe ich Euch gewarnt! Ihr werdet an Auszehrung erkranken oder gar plötzlich einfach tot umfallen, und damit ist weder Euch, den Kindern noch Bruder Martinus geholfen. Vielmehr solltet Ihr die Kleine der Brust entwöhnen. Sie wird auch so gedeihen, und die Milch einer guten Kuh wird ihr nicht schaden. Ihr aber werdet wieder zu Kräften kommen. Auch Eure Einkünfte werden steigen, wenn Ihr wieder wie früher mit anpacken könnt."

Argula kannte wirtschaftliche Sorgen ja selbst nur zu gut. Erst kürzlich hatte sie ihren Mann erneut darauf angesprochen, ob man nicht vielleicht doch eine derzeit nicht verwendete Mühlsteinkette zum Pfandleiher Mosse nach Regensburg schaffen sollte. Wieder war der Winter hart gewesen, und er hatte bis in den April hinein gedauert. Die neue Ernte war noch lange nicht in Sicht. Georg sollte sich Ende dieses Jahres an einer Universität immatrikulieren, und Hans Georg würde in wenigen Wochen nach Ansbach zu Andreas Althamer in die Ausbildung gehen. Also wagte Argula einen erneuten Vorstoß bei ihrem Mann: „Wir dürfen auch den Gottfried nicht vergessen! Es ist nicht mehr lange hin, und er wird auch eine Schule besuchen. Selbst

wenn wir ihn nur zu Andreas Laydtmayr nach Ingolstadt schicken, wird es uns nicht wenig kosten. Lass uns etwas Geld leihen, dann sind wir beweglich und können auch neues Gerät für die Feldarbeit beschaffen. Du klagst nun schon mehrere Jahre darüber, dass die Ernte viel schneller und mit weniger Arbeitern vonstattengehen könnte, wenn wir nur bessere Werkzeuge und Gerätschaften hätten."
Aber alles Reden war vergebens. Er hatte nichts davon hören wollen. Die Männer der Familie Grumbach waren nun einmal Dickschädel, dachte Argula bei sich und schaute ihren Mann mit prüfenden Blick an. Nein, er war nicht nur stur, ihm standen auch die Anstrengungen der letzten Jahre ins Gesicht geschrieben. In seinem Alter erholte man sich nicht mehr so schnell wie in jungen Jahren.
„Friedrich, geht es Dir nicht gut? Du siehst so bleich aus", traute sie sich, ihn anzusprechen. Wütend, dass seine Frau ihn auf seine Schwäche ansprach, verließ er knurrend das Speisezimmer.

In der Nacht wurde sie plötzlich von seinem lauten Stöhnen wach. Als sie seine Stirn im Dunkeln ertastete, erschrak sie, denn sie war glühend heiß. Der Schweiß lief ihm in Strömen seitlich am Gesicht entlang. Sein Betttuch war völlig durchnässt. Als sie das Wort an ihn richtete, erhielt sie keine Antwort. Rasch sprang sie auf und zündete eine Kerze am Licht im Flur an. Als der Schein sein Antlitz erhellte, durchfuhr sie der Schreck. Friedrich warf seinen Kopf unter Stöhnen hin und her. Er zitterte so sehr vor Schüttelfrost, dass seine Zähne aufeinander schlugen. Seine glasigen Augen schienen sie nicht zu erkennen. Hatte

nicht der Knecht erzählt, in Gaimersheim fürchte man, es sei eine Epidemie ausgebrochen? Und war nicht ihr Mann vor wenigen Tagen am Markttag erst dort gewesen? Hastig lief sie mit zwei großen Tüchern hinaus und ließ am Brunnen kaltes Wasser darüber laufen. Zurück im Schlafgemach wickelte sie ihren nun apathisch auf dem Lager liegenden Mann von den Füßen bis zum Becken darin ein. Das Fieber musste gesenkt werden! In seinem derzeitigen Zustand wäre es unmöglich, ihm auch nur eine Kelle mit Wasser einzuflößen. Und wenn etwas helfen konnte, dann waren es kalte Wickel und viel Wasser zum Trinken.
Die ganze Nacht war sie gelaufen, hatte die Tücher immer wieder nass gemacht und die Wickel erneuert. Bisher ohne den gewünschten Erfolg. Da man ja wusste, dass die Ansteckungsgefahr groß war, ließ sie sich immer nur kurz auf den Schemel neben dem Bett niederfallen. Sich zu Friedrich ins Bett zu legen, schien ihr nicht richtig zu sein. Sie kämpfte eisern gegen die Müdigkeit an.
Beim ersten Hahnenschrei fuhr sie hoch, sie war wohl auf dem Schemel eingeschlafen und vornüber gekippt, denn zu ihrer Überraschung lag sie mit Gesicht und Oberkörper auf dem kleinen Tischchen, an dem sie immer ihre Briefe schrieb.
Hastig drehte sie sich zu Friedrich um und erschrak, denn sein Gesicht war verschwollen, und am Hals hatte sich ein Abszess gebildet. Aber er schlief und atmete gleichmäßig. Vielleicht war seine Körpertemperatur wieder gesunken, überlegte sie voller Hoffnung. Als sie ihm ihre kalte Hand auf die heiße Stirn legte, zuckte er zusammen und schlug kurz die Augen auf, schaute sie verwirrt an und versank

sofort wieder in seinen Fieberträumen. Nein, eine Besserung war nicht erkennbar.
Drei Tage ging das so, ohne dass er auch nur einmal zu ihr sprach oder zu erkennen gab, dass er sie verstanden hatte. Am vierten Tag erschrak Argula, als sie ihn am Morgen bei Licht betrachtete. Schwarze und schwarz-blaue Flecken waren überall auf seiner Haut verteilt. Als sie das Tuch über seine Leisten herunterzog, bestätigte sich ihre Befürchtung: Die Lymphknoten waren geschwollen und so groß wie Eier. Er hatte sie, die Pest! Jetzt half nur noch Beten. Argula rannte hinaus und suchte den Knecht und schickte ihn los, den Priester zu holen. „Er hätte die Letzte Ölung gewollt", war es ihr beim Anblick des apathischen Kranken durch den Kopf geschossen. Hoffentlich käme der Priester noch rechtzeitig. Sie hatte alle Hoffnung aufgegeben. Den Schemel ein wenig näher an sein Lager ziehend, betrachtete sie den Mann, mit dem sie mehr als zehn Jahre ihres Lebens geteilt hatte, den sie nicht geliebt, manchmal sogar gehasst und verachtet hatte wegen seiner Einfältigkeit, seines Beharrens auf Althergebrachtem und wegen seiner mangelnden Bereitschaft, ihr einfach nur einmal zuzuhören, wenn sie versuchte, ihm zu erklären, warum sie aufseiten der Protestanten stand und warum sie nicht anders konnte, als sich dieser Sache zu verschreiben.

Aber all das wischte sie weg. Nun ging es für ihn an's Sterben, und da zählte nur der Mensch, der diese Welt verlassen musste. Sie schaute ihn an und empfand plötzlich großes Mitleid mit ihrem Mann. – Wie er dalag - der Speichel, der ihm aus dem Mundwinkel rann, war blutig.

Zeiten der körperlichen Ruhe wechselten mit Krampfanfällen.
Als der Priester endlich eintraf, wurde Friedrich auf einmal erstaunlich ruhig. Sein Körper lag still. Die Atmung war flach, aber gleichmäßig. Er hörte auf zu stöhnen und schien trotz geschlossener Augen gezielt nach dem Kruzifix, das ihm gereicht wurde, zu greifen. Argula hielt seine Hand, als er die Letzte Ölung erhielt. Sie glaubte, ihrem Gehör nicht zu trauen, als sie den vor sich hin dämmernden Todgeweihten mit gebrochener Stimme röchelnd sagen hörte: „Verzeih‘ mir, meine Argel! Geh weiter Deinen Weg und beschütze unsere Kinder!“ Um seine Worte besser zu hören, hatte sie sich zu ihm herunter geneigt, doch der Priester zog sie sanft zurück: „Denkt an Eure Familie, Ihr dürft Euch nicht anstecken.“ Schweigend saßen sie noch eine halbe Stunde bei dem Sterbenden. Dann entspannte sich sein Antlitz, und er hauchte den letzten Atem aus.

Argula blieb nicht sehr viel Zeit zum Trauern. Auf ihren Schultern lastete nun alle Verantwortung für die Kinder, die Hofmark und das ganze Gesinde. Bis jemand zu ihrer Unterstützung gefunden wurde, stand ihr der ehemalige längst auf dem Altenteil lebende Verwalter, der schon zwei Generationen der Grafen von Grumbach gedient hatte, zur Seite.
Nun tat Argula, wozu sie ihren Gatten nicht mehr hatte bewegen können: Sie nahm Kontakt zum Pfandleiher Mosse auf:

„Sehr verehrter Mosse, wie Ihr sicher gehört habt, ist mein lieber Mann und unserer Kinder Vater, Gott hab‘ ihn selig, von uns gegangen. Bis unser Ältester, Georg, seine Studien abgeschlossen hat, verwalte ich die Lehen unseres lieben Entschlafenen.
In den letzten Jahren war die Ernte oft mager. Wegen der zahllosen Pestkranken fehlte es uns an Erntehelfern, so ist uns das Getreide verregnet. Es soll nun neues Gerät für die Ernte beschafft werden, damit schneller geerntet werden kann und mehr Geld in die Truhe kommt. Das Gerät kostet viel, daher wende ich mich voller Vertrauen an Euch mit der Bitte, mir gegen ein gutes Pfand 200 Gulden für ein Jahr zu leihen. Bieten kann ich Euch eine neue Mühlsteinkette, und hoff' dass Ihr einer Stauffertochter und Witwe diese Summe leiht. Euer Schade soll's nicht sein, das verspricht Euch

Argula von Grumbach
Eine Geborene von Stauffen
Verwitwete von Grumbach
Lenting
Im Juli Anno Domini 1529“

Kaum war das Geschäft unter Dach und Fach, da wurden die dringend benötigten Gerätschaften gekauft, denn bald würde man mit der Getreideernte beginnen. Sodann wies Argula ihre Leute an, auch fernere Märkte mit ihren Waren zu beschicken. In Ingolstadt fand sich ein Abnehmer, der regelmäßig größere Mengen ihrer Eier kaufte. Und es hatten Gastwirte ihr Interesse angemeldet, auf Bestellung hofgeschlachtetes Fleisch abzunehmen.

Um den Überblick über Einnahmen und Ausgaben zu behalten, verlangte sie fortan, dass bei größeren Einkäufen und Verkäufen Käufer und Verkäufer entweder, wenn sie der Schrift mächtig waren, unterschrieben oder aber ihren Daumenabdruck mit Tinte zur Bestätigung auf ein Papier drückten und das Geschäft somit bestätigten. Auch ihr Ausgabenbuch schrieb sie mit großem Eifer fort und verzeichnete nun darin alle Umstände des Handels. Schließlich führte sie die Geschäfte für ihre noch unmündigen Kinder und musste davon ausgehen, dass Friedrichs Verwandte Einblick in ihre Unterlagen fordern würden.

Geregelt werden musste nun die Unterbringung ihrer Söhne Georg und Hans Georg. Der Älteste war ein ausgezeichneter Schüler und sollte studieren. Sicher wäre es nicht in Friedrichs Sinne gewesen, doch Argula hatte alle ihre Kontakte spielen lassen und war nach reiflicher Überlegung zu dem Schluss gekommen, dass Georg sich in Wittenberg an der Universität immatrikulieren sollte. Er hatte das Angebot erhalten, zumindest anfangs bei Melanchthon zu wohnen. Vielleicht würde er ja später auch in das „Schwarze Kloster" umziehen können. Argula beschloss, sich im kommenden Jahr in dieser Angelegenheit an Luthers Käthe zu wenden. Georg sollte dann in etwa drei Jahren die Lehen seines Vaters übernehmen, so war es geplant und mit der Familie Grumbach abgesprochen. Hans Georg würde ebenfalls noch 1529 das Elternhaus verlassen. Osiander hatte den Humanisten und Reformator Andreas Althamer als Lehrer empfohlen. Althamer, der bis zum letzten Jahr Prediger an der St. Sebald-Kirche in Nürnberg gewesen war und auch an den Berner Religionsgesprächen teilgenommen hatte, war vom Markgrafen Georg dem Frommen zum Stadtpfarrer in Ansbach berufen worden. Man sagte, Althamer sei ein frommer Protestant, der in jungen Jahren selbst eine solide humanistische Bildung genossen hatte.

Es war Argula bang ums Herz geworden, als ihr klar wurde, dass bald nur noch Gottfried und die kleine Apollonia bei ihr in Lenting wohnen sollten.
Sie hatte selbst begonnen, ihre Kinder zu unterrichten. Hans Georg hatte sie wie einst Georg auf das Leben fern der Heimat vorbereitet, Gottfried und Apollonia las sie fleißig aus der Bibel vor und ließ sie regelmäßig die Buchstaben lernen. Während Gottfried es liebte, wenn die Mutter vorlas und selbst keine Anstrengungen unternahm, das Lesen, geschweige denn das Schreiben zu erlernen, genoss es Apollonia, an der Seite ihrer Mutter einzelne Sätze der Bibel zu entziffern. Wie groß war die Freude, wenn es ihr gelang! „Das Mädchen soll auch eine gute Bildung erhalten. Es ist zu ärgerlich, dass mir Herzog Wilhelm immer noch gram ist. Sie hätte doch sonst vielleicht Hofdame bei seiner Frau Maria Jakobäa von Baden werden können", ging es ihr durch den Kopf, doch sie verwarf den Gedanken sogleich, denn Wilhelm tat nichts, was ihm nicht Vorteile brachte, und was konnte die Tochter eines Grafen von Grumbach schon an Nutzen bringen?
Mit ihr, einer Stauffertochter, deren Familie man sich in unruhigen Zeiten hatte gewogen halten wollen, war das schon etwas anderes gewesen. „Aber vielleicht", so überlegte die besorgte Mutter, „vielleicht kann ich sie ja in ge-

lehrten Kreisen als Gesellschafterin unterbringen. Sie ist lernwillig und ein sprachbegabtes Kind – wer weiß … Ich werde, wenn es soweit ist, meine Beziehungen spielen lassen.“

Nachdem die Dinge für Georg und Hans Georg geregelt waren, kümmerte sich Argula wie einst ihr Mann um die Ländereien. Die Bauern schätzten es, wenn sie auf den Feldern nach dem Rechten sah, wenngleich sie sich zunächst erst daran gewöhnen mussten, dass nun eine Frau das Sagen hatte. Aber alle wussten ja seit Langem, dass die Grumbacherin nicht so war wie andere Frauen. Und schließlich nahmen alle wahr, dass Argula sich um die Hofmark und das Geschick der Bauern und Landarbeiter kümmerte. Mit ihr konnte man ebenso gut über die Ernte wie über die Sorge um Frau und Kinder sprechen. Sie vergaß nichts und hielt ihre Versprechen. So wie sie neulich erst wieder die Familie eines Bauern aufgesucht hatte, weil man ihr zugetragen hatte, dass die Mutter und zwei Töchter fieberkrank im Bett lagen und niemand da war, sich um die zwei kleinen Zwillingssöhne von drei Jahren zu kümmern. Argula hatte ihre eigenen Kinder in die Obhut ihrer Kinderfrau gegeben und sich mit mehreren Kannen Kräutersud und einem frisch gebackenen Brot sowie einer Kiepe voll mit Äpfeln auf den Weg gemacht.
Unablässig hatte sie den Kranken Kräuteraufguss verabreicht, hatte feuchte Wickel gewechselt, den jüngeren Kindern zu essen gegeben und mit ihnen gesungen.
Als der Vater abends heimkam, waren die Seinen bestens versorgt. Das Fieber der Kranken war gesunken. Sie lagen

unter frischen Tüchern und konnten sogar schon wieder ein wenig lächeln. Die Jungen waren satt und äußerst vergnügt und sangen dem Vater das neu gelernte Lied vor. Dieser dankte der Frau von Grumbach stammelnd und nannte sie eine Heilige, was Argula entschieden zurückwies.

# Kapitel 46

1530
Lenting / Coburg

## Argula bei Martin Luther

„Mein lieber Georg, mein Sohn, der Reichstag zu Augsburg wurde wieder verschoben. Jetzt wird er erst im Juni beginnen. Wie Du, erwarte ich den Reichstag mit großer Spannung, aber auch in vollstem Gottvertrauen. Der Herr wird uns wohl beschützen, das vergiss nie, mein Kind!
Der Kaiser wird am 16. Juni erwartet. Eröffnet wird der Reichstag von Karl V. höchst selbst fünf Tage später, wenn sich alle Parteien eingerichtet haben. Spalatin schrieb mir jüngst, der Kaiser soll die Reformatoren um Darlegung ihrer Standpunkte gebeten haben. Man sagt, Philipp Melanchthon arbeite an einem umfangreichen Werk in der Form eines Bekenntnisses, das er mit dem Ziel der Anerkennung durch die Katholiken vorlegen will. Du weißt selbstverständlich, dass Luther sich wegen der Reichsacht nicht nach Augsburg begeben kann. Er weilt aber bereits jetzt auf der letzten sächsischen Burg vor der Grenze des Kurfürstentums, der Veste Coburg, und reitende Boten stellen den Austausch zwischen ihm und Melanchthon sicher. Ich kann mir vorstellen, dass unser Luther wütend und ungeduldig ist und sich grämt, weil er selbst nicht teilnehmen kann. Seine Käthe hat schon oft ihr Herz bei mir ausgeschüttet, sie leidet sehr unter seinem Jähzorn. Sicher ist er grün vor Wut, weil an seiner Stelle Melanchthon auftritt.

Da Luther nun also in Coburg weilen wird, habe ich beschlossen, ihn aufzusuchen. Ich habe seine Flugschriften, so sie denn erhältlich waren, gelesen, kenne ihn aber doch nur aus seinen wenigen, kurzen Briefen, die er mir schrieb und aus den Erzählungen Anderer. Auch Du, mein lieber Sohn, hattest ja in den letzten Monaten in Wittenberg schon mehrere Gelegenheiten, unseren Reformator aus der Nähe zu erleben, auch ist Dir Melanchthon kein Unbekannter, er wird Dir sicher schon so manches Mal sein Leid über Bruder Martin geklagt haben, wie ich vermute.

Gott behüte und beschütze Dich, mein gutes Kind.

Deine Mutter<br>
Argula von Grumbach<br>
Geborene von Stauff<br>
Lenting<br>
Im Mai Anno Domini 1530“

Argula war sehr aufgeregt, wenn sie an ihr Vorhaben, Luther auf der Veste Coburg aufzusuchen, dachte. Schade war nur, dass seine Käthe sicher daheim bei den Kindern geblieben war. Irgendjemand musste ja auch im Kloster nach dem Rechten sehen und die Arbeiten auf dem Feld und im Garten überwachen. Auch achtete sie immer sehr darauf, dass die Herren Studenten nicht zuviel Gefallen am Gebrauten fanden …
Argula überlegte, ob sie zunächst nach Würzburg reisen und dort die Familie ihres Mannes besuchen sollte, verwarf den Gedanken jedoch, da sie sicher sein konnte, wieder nur

Kritik zu erfahren, wenn man im streng katholischen Burggrumbach erführe, was Ziel und Zweck ihrer Reise war. Sieben Reisetage würde die Fahrt mit der Kutsche wohl dauern. Wenn sie am 11. Juni aufbräche, träfe sie einen Tag nach Fronleichnam, am 17. Juni, in Coburg ein. Das passte gut, denn sie wollte keinesfalls vor Ort in Fronleichnamsprozessionen geraten. Da hatte der Luther schon recht, wenn er sagte: „Ich bin keinem Fest mehr Feind als diesem, denn es ist das allerschändliche Fest. An keinem Fest wird Gott und sein Christus mehr gelästert, denn an diesem Tage und sonderlich mit der Prozession."

Am Morgen des 18. Juni 1530 war Argula früh aufgestanden und hatte in dem Gasthof, wo sie tags zuvor eine Unterkunft gefunden hatte, schnell ihren Frühstücksbrei zu sich genommen und sich dann mit der Kutsche zur Veste Coburg bringen lassen. Sie hatte sich zunächst noch eine ganze Weile gedulden müssen. Luthers Adlatus Seeberger hatte ihr mitgeteilt, der Reformator sei gerade dabei, seine Korrespondenz zu erledigen, dies erlaube keine Unterbrechung. Er werde sie aber danach empfangen. Da das Wetter sommerlich warm war, nahm die Stauffertochter im Hof in einer Laube Platz und ließ ihre Gedanken in die Vergangenheit schweifen, dachte an ihre erste Begegnung mit Osiander, erinnerte sich an ihre Aufregung, als sie erfahren hatte, dass er ihre Schrift an die Hohe Schule von Ingolstadt in den Druck gegeben hatte und durchlebte noch einmal ihre widersprüchlichen Gefühle, weil sie einerseits ihrem Mann eine gute Frau und den Kindern eine gute Mutter hatte sein wollen und sich andererseits am liebsten

ausschließlich auf ihren Einsatz für die Reformation der Kirche konzentriert hätte. Seufzend lehnte sie sich an und blinzelte in die Sonne. Da kam auch schon der Adlatus, um sie zu Luthers Gemach zu geleiten. Aufgeregt und mit zitternden Händen betrat Argula den Raum, in dem Luther in den Wochen vor und während des Reichstages weilte. Da stand sie nun vor dem Tisch, hinter dem der große Mann saß. Er schaute zu ihr auf, machte aber keine Anstalten, sich zum Gruße zu erheben. Argula blickte in sein Gesicht, sah die breiten, stark hervortretenden Wangenknochen, die gerundeten Brauenbögen über den in ihren Höhlen liegenden kleinen Augen, die verhältnismäßig lange Nase mit der runden Spitze, den schmalen, fast verkniffenen Mund, das energische, leicht gekerbte, markante Kinn über dem massigen Hals, der allerdings größtenteils von dem Kragen seines schwarzen Gewandes verdeckt war. Argula erschrak fast. Diesem Manne sah man an, dass er viele Kämpfe gekämpft und Kummer und Sorgen durchlitten hatte. Sein Blick hatte etwas durchdringend Forschendes und wirkte zugleich entschlossen und unnachgiebig.
„Nun, Frau Argula, was führt Euch hierher in diesen schweren Zeiten?“, brach Luther das Schweigen.
„Euch von Angesicht zu Angesicht sehen, das wollte ich schon lange“, gab sie Antwort und fügte hinzu: „Habt Ihr von dem Pomp gehört, mit dem Herzog Wilhelm IV. den Kaiser in München empfangen hat? Da werden Allianzen aufgefrischt. Bedenkt, sein kleiner Sohn lebt am Hofe Karls. Sagt, was glaubt Ihr, wird unsere Sache in Augsburg Gehör finden? Und wird Melanchthon die Katholischen überzeugen können, dass man uns unseren Glauben lässt

und wir Protestanten erhobenen Hauptes unserer Wege gehen können?"

Ein Seufzer entfuhr ihrem Gegenüber: „Dass der Bayerische Herzog großes Gewese macht, wundert mich nicht. Er könnte uns mit seinem Reichtum und Einfluss gefährlich werden. Und Melanchthon, mein ‚Bruder Leisetritt', er ist ein Meister im Vermitteln und hat eine hohe Begabung, einen Ausgleich zu erwirken. Er arbeitet am Bekenntnis unserer Brüder und Schwestern. Regelmäßig sucht er mich auf oder lässt mir den Stand der Dinge übermitteln, und wir beraten uns, da ich ja zum Reichstag selbst nicht reisen kann. Seine Sprache ist eine andere als die meine, das macht die Sache häufig schwierig. Er ist ein gelehrter Geist …" „Und Ihr ein aufbrausender Hitzkopf", setzte Argula in Gedanken hinzu, sagte aber dann: „Ich bin davon überzeugt, dass Gott, der niemals schläft, uns beschützen wird. Am Ende wird er den Streit wohl stillen. Hoffen wir das Beste."

Nach einer kleinen Pause erhob sich Luther, ging um den Tisch herum, und streckte Argula seine Rechte entgegen: „Frau Argula, Eure Schriften haben viel Gutes für unseren Glauben bewirkt, Ihr habt mutig und unverdrossen Euer eigen Schicksal hintangestellt und seid vielen Menschen ein Vorbild geworden. Nach Euch haben noch etliche Frauen und andere Laien zur Feder gegriffen, sodass jetzt jeder Christ wissen kann, in ihm steckt auch ein Priester. Allein durch den Glauben wird der Mensch gerechtfertigt, allein durch Gottes Gnade wird der Mensch errettet und nicht durch seine Taten, und die Heilige Schrift ist die einzige Grundlage unseres Glaubens, nicht die kirchliche Tradition.

Aber lasset uns nun ein stärkendes Mahl zusammen einnehmen, denn Eure Rückreise ist beschwerlich, und ich möchte Euch nicht hungrig gehen lassen. Es wartet eine gute Gemüsesuppe auf uns“, sagte Luther und machte seinem Gast ein Zeichen, ihm zu folgen. Gemeinsam gingen sie ins Speisezimmer, wo schon die warme Suppe stand. Nach dem Mittagsgebet aßen sie schweigend.

Schließlich fragte Martin Luther nach Hans Georg, Gottfried und Apollonia. Dass sich Georg, der Älteste, gut mache an der Universität Wittenberg, habe er selbst schon bemerkt: „Ein kluger und freundlicher junger Mann, Euer Georg! Diese Ansicht teilt auch Melanchthon, wie Ihr sicher wisst. Sagt, wie kommt Ihr mit der Hofhaltung in Lenting zurecht, jetzt allein, ohne Mann?“, wollte er wissen. Argula deutete an, man gehe neue Wege in der Landwirtschaft, das sei immer anstrengend. Mehr wollte sie jedoch nicht sagen, und dem Luther war's ganz recht. Argula fragte ihn im Gehen noch nach seiner Frau Käthe und der Gesundheit der Kinder. Luther, der kein Interesse an der Vertiefung des Themas hatte, erwähnte nur, seine Frau gedenke nun, das Lenchen abzustillen, dann könne sie besser in Haus und Hof zufassen, weil auch das Dienstmädchen dem Kinde die Kuhmilch reichen könne. „Sagt Eurer Frau, sie solle das Kind allmählich entwöhnen, sodass sie am ersten Tag einmal abbricht, am zweiten zweimal und danach ganz darauf verzichtet. So habe ich es bei meinen Kindern auch getan. Dann wird's schon werden … Und grüßt Eure Käthe von mir!“ Luther nickte, und damit war das Gespräch für ihn auch beendet. Er begleitete sie zur Tür und verabschiedete

sie. Hinter der schweren Eichentür wartete bereits der Adlatus, der sie auch empfangen hatte, und führte die Staufferin zum Tor. Argula schritt verwirrt hindurch.
Sie war enttäuscht. Einerseits war dieser Besuch bei Luther ein besonderer Höhepunkt ihres Lebens gewesen, andererseits hatte diese Unterredung eher einer steifen Konversation geglichen. Der Reformator war nicht gerade gesprächig gewesen und hatte sie nicht, wie sie es sich erhofft hatte, Anteil nehmen lassen an seinen Hoffnungen und Erwartungen bezüglich des in Kürze beginnenden Reichstages. Womit er nicht hinter dem Berg gehalten hatte, war seine Einschätzung Melanchthons gewesen. Er hielt ihn für klug, aber keineswegs durchsetzungsfreudig genug. Auch war sich Argula sicher, dass Luther sehr verärgert war, nicht selbst in Augsburg auftreten zu können und stattdessen seinem zurückhaltenden, aber diplomatisch geschickten Freund Melanchthon das Feld überlassen zu müssen. Sicher spielte hier auch persönliche Rivalität eine nicht unerhebliche Rolle.

Als sie auf der Rückreise aus dem Fenster der Kutsche schaute, wurde sie von einem Gefühl der Leere ergriffen. Sicher, das Selbstbewusstsein des „Kleinen Mannes“ und aller Laien, auch der Frauen, war gestärkt worden. Niemandem konnte versagt werden, eine Gewissensentscheidung in religiösen Angelegenheiten zu treffen. Die Rechtfertigung war nun nicht mehr eine Frage des Geldes, nein, sie wurde dem Glaubenden geschenkt, von Gott, der gnädig und nicht rachsüchtig war. Vor 13 Jahren noch war das unvorstellbar gewesen.

Und doch hatte sie das Gespräch mit dem verehrten Reformator ratlos gemacht. Die Distanz war groß gewesen. Argula war sich dessen bewusst, dass sie nicht einmal ein Bruchteil dessen verstand, was dort auf dem Reichstag verhandelt werden sollte. Doch es hatte sie getroffen und, wie sie vor sich selbst zugeben musste, auch geärgert, dass der Wittenberger sich nicht einmal im Ansatz Mühe gegeben hatte, vernünftig mit ihr über die Lage zu sprechen, geschweige denn auf ihre Frage einzugehen. Ja, es war ihr vorgekommen, als sei sie ihm lästig gewesen. Als sie ihre Schriften verfasste, war ihm das sehr zupassgekommen – eine Frau, noch dazu eine aus dem Ritteradel stammende, hatte für die Reformation, seine Sache also, gekämpft. Das hatte Aufsehen erregt und verdeutlicht, dass die Lutheranhänger nicht nur gelehrte Wissenschaftler und gebildete Priester waren, sondern auch Christen aus dem Laienstand und Adlige wie sie, die für die Veränderung der Kirche an die Öffentlichkeit traten. „Er hat von mir und anderen Flugschriftenautoren profitiert, und nun, da die Sache politisch immer mehr in Fahrt kommt, interessiert er sich nicht mehr für uns“, schoss es Argula durch den Kopf. „Aber ich gebe nicht Ruhe“, murmelte sie vor sich hin. Und ihr Entschluss, zum Reichstag nach Augsburg zu reisen, reifte heran.

## Kapitel 47

Sommer 1530
Augsburg / Lenting

### Argula auf dem Augsburger Reichstag

Augsburg war eine lebendige Stadt. Argula hatte sich im „Gasthaus zum Hirschen", das am Rande der Stadt lag, eingemietet. Es wurde von zwei ältlichen, verwitweten Schwestern geführt, die ihr ehemaliges Elternhaus für Fernreisende geöffnet hatten. Und von diesen Reisenden gab es nicht nur jetzt, während des Reichstages, genug. Die beiden Wirtinnen hatten Argula bereitwillig Auskunft über ihre Stadt gegeben und von deren Einwohnern erzählt. 30.000 Seelen zählte diese bedeutende Handelsstadt, und wie die Wirtinnen Argula erklärt hatten, war die Stadt von den Gegensätzen von Arm und Reich gezeichnet. Viele der ursprünglich nur zu den Märkten angereisten Fernhändler hatten sich in Augsburg niedergelassen. Sie und große Teile des Bürgertums bildeten die Oberschicht der Stadt. Traditionell war Augsburg eine Weberstadt gewesen. Um 1530 gab es noch 2000 von ihnen. Die insbesondere aus Italien angereisten Tuchhändler hatten das einheimische Weberhandwerk zurückgedrängt. Gleiches galt auch für die Barchentbleicher und –färber, die ebenfalls zur Weberzunft gehörten.
Da die Zahl der Bürger mit großer Kaufkraft stetig zunahm, stiegen auch die Preise in der Stadt. Die Handwerker, Tagelöhner und das Gesinde jedoch verdienten nicht mehr als

zuvor. Da sie es sich nicht leisten konnten fortzuziehen, waren sie ihrem Schicksal ausgeliefert. Und am 1. März dieses Jahres waren die Fuggerbrüder Anton und Raimond auch noch in den erblichen Reichsgrafenstand. erhoben worden. Ihnen wurde für ihre Güter die volle Landeshoheit[90] verliehen. „Anton trägt nun den Titel ‚Kaiserlicher Rat'. Ihr könnt Euch vorstellen, dass das Haus Fugger, wie schon einmal bei der Kaiserwahl unter Jakob Fugger, bei der Königswahl im nächsten Jahr Geld geben und damit noch mehr Einfluss auf unsere Geschicke erhalten wird", erzählte die ältere er beiden Wirtinnen und seufzte. „Unser Schade wird es nicht sein, denn die Fugger ziehen hier die Fäden für ihr Imperium, und das bedeutet, dass weiterhin viele Geschäftsleute bei uns Unterkunft suchen werden. Aber die kleinen Leute werden dann noch mehr um ihr Überleben kämpfen müssen. Wir Alteingesessenen fürchten, dass es dann noch mehr Einbrüche, Diebstähle und Überfälle geben wird.

Es wird übrigens gemunkelt, dass Anton und sein Bruder davon träumen, Münzen in Silber und Gold zu prägen, und wie wir sie kennen, werden sie sicher von ihrem Münzrecht Gebrauch machen."

„Aber Jakob Fugger hat sich doch entschieden gegen die Reformation positioniert", erinnerte sich Argula. „Und heute gibt es hier viele Lutheranhänger. Man sagt, fast jede fünfte Schrift Luthers wurde hier gedruckt", fügte sie hinzu, verriet jedoch nicht, dass sie selbst Autorin zahlrei-

90 Auf ein Territorium bezogener Herrschaftsanspruch, der im deutsch-römischen Reich vom Klerus oder Adel ausgeübt wurde. Dazu gehörten u. a. das Besteuerungs- und das Münzrecht.

cher Flugschriften war, von denen neun Ausgaben ebenfalls in Augsburg verlegt worden waren. Die Gastwirtin erklärte die religiöse Vielfalt mit der Bedeutung Augsburgs als Handelsstadt: „Hier reisen jährlich so viele Menschen durch, da kommen Altgläubige, Lutheraner, Zwinglianer und auch Täufer. Die Augsburger lernen sie alle kennen. Es haben sich in manchen Vierteln diese und in anderen jene gesammelt. Die Fuggerfreunde, allesamt Katholiken, haben sich am Weinmarkt bei St. Moritz und der Prädikatur niedergelassen. Sie hören auf den Abt von St. Ulrich, Johann Schrott, und auf Johannes Faber, den Prior des Dominikanerklosters. Im Kaufleuteviertel St. Anna leben die, die sich der lutherischen Fraktion zurechnen. Die einflussreichen Handelsfamilien der Welzer und der Hörbrot-Netzes sind ihre Unterstützer.
Im Handwerkerviertel sammeln sich übrigens die Zwinglianer.
Aber unser Rat hält sich dezent zurück. Um niemanden zu verprellen, kümmert er sich um die Armenhilfe, übrigens mit Unterstützung von sechs lutherischen Almosenherren. Und unsere Reichen schauen schweigend zu, schließlich ist es für sie von Vorteil, wenn die Mittellosen ruhiggestellt werden."

Am Abend des 19. Juni 1530, am Vorabend der offiziellen Eröffnung des Reichstages, spazierte Argula vor dem Schlafengehen noch einmal durch die belebten Gassen Augsburgs, durch die sich die Menschenmassen schoben. Die Luft schwirrte vor Hitze. Es schien, als wären zweidrittel der Umherlaufenden Fremde, die, wie sie selbst, auch eigens zu diesem religiös und politisch bedeutsamen Ereignis angereist waren. Manche schienen in Gruppen gekommen zu sein. Sie unterhielten sich laut in fremden Sprachen, denn sie wurden ja von den Einheimischen sowieso nicht verstanden. Zu einer dieser Gruppen gehörten offenbar auch sechs schwarzhaarige, stark geschminkte junge Frauen, die in aufreizender, eng anliegender, tief dekolletierter Kleidung Blickkontakt zu Männern suchten und ihnen auffordernd zuzwinkerten. Argula erinnerte sich an ihre Reise von Ernfels nach München, als sie noch ein junges Mädchen gewesen war. In dem Gasthof, in dem sie und ihre Amme Bruni übernachtet hatten, waren Frauen des gleichen Schlages gewesen. Damals hatte sie die Begegnung beschämt und irritiert. Heute wusste sie, dass bei großen Ereignissen wie diesem Reichstag immer auch Huren in die Stadt kamen, um ihr Geschäft zu machen. Aber nicht nur diese, sondern auch anderes Gesindel, wie Diebe oder Betrüger, die auf den Straßen überteuerte Waren in schlechter Qualität feilboten. Spontan griff sie in ihre Rocktasche und fingerte nach ihrem Geldbeutel – Gott sei Dank, alles war noch an seinem Platze. Nun wollte sie lieber zurück ins Gasthaus gehen und zeitig schlafen, denn morgen würde der Zug des Kaisers und seines Gefolges durch die Stadt erwartet, da musste sie sich rechtzeitig einen guten Platz an der Straße sichern.

Am nächsten Tag waren bereits um 6.30 Uhr die Straßen und alle Seitengassen überfüllt. Um 9.00 Uhr ritt der Kaiser mit großem Gefolge hoch zu Ross durch die Stadt. Das Volk jubelte, kam doch der durch den 1529 errungenen Frieden mit Frankreich zu neuer Stärke gelangte Kaiser Karl, der erst am 24. Februar in Bologna vom Papst zum Kaiser gekrönt worden war, nach längerer Abwesenheit nun endlich einmal wieder nach Augsburg, um den Reichstag selbst zu leiten. Die Schaulustigen jubelten und drängten nach vorne. Jeder wollte möglichst nahe an Karl V. herankommen. Seine Wachen stießen aber alle, die ihm zu nahe kamen, grob mit ihren Knüppeln und Stöcken beiseite. Einer, dem es trotz alledem gelungen war, sich durch eine Sperre hindurchzudrücken, wurde niedergestreckt und dann von den Pferden der Garde totgetrampelt. Zunächst abgeschreckt, zogen sich einige Schaulustige, die Zeugen des Zwischenfalls geworden waren, zurück. Doch Andere rückten nach, und es trat erst wieder Ruhe ein, als der Kaiser und sein Begleitzug in das 145 Jahre alte Rathaus eingezogen waren, wo schon die anderen Reichstagsmitglieder auf ihn warteten.

Argula verharrte noch einen Augenblick in einer Seitengasse, die zum Rathausplatz führte, beobachtete das bunte Treiben und erhaschte den einen oder anderen Wortfetzen aus den Gesprächen, die sich nun, nachdem Kaiser und Gefolge verschwunden waren, wieder entspannen. Zwei ältere Bürger, die offenbar schon so manches erlebt hatten, unterhielten sich darüber, wie die religiöse Frage wohl entschieden würde. Der ältere der beiden, ein grauhaariger Mann mit gebogener Nase und wachem Blick, sagte in kurzer Rede, was Argula auch dachte: „Die derzeitige politische Weltlage lässt jeden Versuch gewaltsamer Unterdrückung der Reformationsanhänger als wenig ratsam erscheinen. Auch wäre die Entscheidung für eine gewaltsame Lösung

in einer Stadt wie dieser mit vielen Risiken behaftet." Der Andere, ein grobschlächtiger Kerl, murmelte zustimmend: „Gütliche Verhandlungen sind meist das Beste."
„Und das, was von längster Dauer ist", stimmte ihm der Grauhaarige zu. Argula wandte sich ab und ging zwischen den auf dem Rathausplatz aufgestellten Marktständen hindurch. Hier boten Tuchhändler, Bandwirker, Korbflechter und Schmiede ihre Waren feil. Ein Stand mit fremdländischen Gewürzen lockte mit den geheimnisvollen Düften der farbenfrohen Pulversorten. In Papierumschlägen abgepackte Kräuter für Tees gegen die verschiedensten Leiden banden Argulas Aufmerksamkeit. Wie sie im Gespräch bemerkte, verstand das Kräuterweib wirklich viel von seinem Geschäft, so konnte die Staufferin noch manches von der Alten lernen. Natürlich wurde auch Wein und Honigmet ausgeschenkt, und wie immer hatte sich hier eine Traube von Menschen gesammelt. Argula hatte für heute genug von der Menge und begab sich in das Gasthaus der Schwestern, die sie, kaum war sie angekommen, sogleich mit Fragen überhäuften. Die Wirtinnen hatten es nicht gewagt, das Haus zu verlassen, weil sie fürchteten, es könnten sich marodierende Trupps zu ihrem Wirtshaus Zutritt verschaffen. Glücklicherweise war aber alles ruhig geblieben.
Argula beschrieb ihnen, was sie erlebt hatte, und kam auf die Frage, wie der Reichstag wohl ausgehen würde, zu sprechen: „So wie Ihr mir die Situation der unterschiedlichen evangelischen Glaubensrichtungen in Eurer Stadt beschrieben habt, könnte es geschehen, dass die Evangelischen, obwohl sie so viele sind, durch die Unterschiede, die sie zu spalten drohen, sehr verunsichert werden. Wenn

die Katholiken diesen Vorteil nutzen, sieht es für die Evangelischen schlecht aus“, mutmaßte die Stauffertochter. „Andererseits sind da ja nicht nur die Katholischen Stände! Campeggio, der Nuntius des Papstes, teilt nicht deren Konfrontationskurs. Er ist gehalten, den Protestanten entgegenzukommen.“

Der Kaiser hatte darauf bestanden, „eines jeden Gutdünken, Opinion und Meinung zu hören“. Da Luther auf der Veste Coburg festsaß, verfasste Melanchthon mit Unterstützung des Wittenberger Theologieprofessors Justus Jonas im Auftrag seines Kurfürsten eine Rechtfertigungsschrift für die Evangelischen. Luther, das wusste Argula seit ihrem Gespräch mit dem Reformator Anfang Juni, war wütend, dass er die Angelegenheit nicht federführend betreiben konnte. Es wurden zwar Briefe getauscht, und Luther sparte nicht mit Anmerkungen und Ratschlägen, doch war die “Confessio Augustana“, das „Augsburger Bekenntnis“, erkennbar Melanchthons Werk. Viele Lutheraner waren erbost, dass das Gemeinsame mit dem Katholizismus, nicht aber das Trennende Eingang in das Bekenntnis gefunden hatte. Sie dachten dabei besonders an die ablehnende lutherische Haltung gegenüber dem Papsttum und die kritische Position des Reformators im Zusammenhang der Wandlungslehre der Eucharistie.

Am 25. Juni sollte auf Drängen Sachsens die „Confessio Augustana“ in deutscher Sprache dem Kaiser und den Fürsten vom sächsischen Kanzler verlesen werden. Der Kaiser hingegen wünschte eine Übergabe der „Confessio

Augustana“ fern der Öffentlichkeit. Der Protest Sachsens war jedoch so massiv, dass Karl V. schließlich einlenkte. Zwei Stunden las der Kanzler das Bekenntnis vor Kaiser, Reichstagsvertretern und den auf dem Rathausplatz versammelten Menschen vor, dann erst überreichte er dem Kaiser das „Augsburger Bekenntnis“.
Konzentriert hatten mehr als 500 Menschen dem Kanzler zugehört. Die Anhänger des lutherischen Glaubens hatten sich gleich zu Beginn des Vortrags von den bereitgestellten Bänken erhoben und die ganze Zeit über stehend gelauscht. Wie viele es waren, konnte man vom Balkon des Rathauses wahrnehmen. Der Kaiser und die Altgläubigen in seinem Gefolge staunten nicht schlecht über diese sehr ernst zu nehmende Zahl.

Unter den Lutheranern herrschte Unruhe, weil erwartet wurde, dass zwar Kursachsen, Braunschweig-Lüneburg, Anhalt, Hessen, Ansbach und die Städte Nürnberg und Reutlingen unterzeichnen, dass aber Lindau, Konstanz, Straßburg und Memmingen wegen der Wandlungslehre im zehnten Artikel der „Confessio Augustana“ diese ablehnen würden. Die vier Städte hatten angekündigt, ein eigenes Bekenntnis, die „Confessio Tetrapolitana“, einzureichen. Zwingli stellte zudem noch eine weitere Schrift in Aussicht. Hinzu kam außerdem, dass sich Luther keineswegs im Verborgenen hielt, sondern sich voller Spott und Ironie lauthals über die „Confessio Augustana“ geäußert hatte. Diese Diversitäten schwächten alle Protestanten, nicht nur die Lutheraner.
Auch der Kaiser hatte theologische Fachleute zum Ab-

fassen einer schriftlichen Widerlegung, der sogenannten „Confutatio Pontifica"[91], aufgefordert. Unter ihnen war auch der bekannte Johann Eck.

Argula stampfte mit den Füßen auf, als sie erfuhr, dass Karl V. nach Anhörung der Verlesung der „Confutatio" der katholischen Theologen die „Confessio Augustana" als in allen Teilen widerlegt bezeichnet hatte. Da hatte, wie erwartet, ein schüchterner Melanchthon keine Chance gehabt, als er sich erbot, sein Bekenntnis auch mündlich zu verteidigen. Mit Eifer und großer Ernsthaftigkeit verfasste er seine „Apologie" der „Confessio Augustana", doch der Kaiser wies sie ungelesen zurück. Den evangelischen Ständen blieb nur, den Reichstag unter Protest zu verlassen. Das taten viele, nur wenige blieben in der Stadt.
Der Rat der Stadt, dem wohlhabende Bürger, angesehene Zunftmeister und zwei ehemalige sowie zwei derzeit amtierende Bürgermeister angehörten, hatte zunächst beschlossen, sich einer Stellungnahme zu enthalten, zumal die Altbürgermeister Rehlinger und Bimmel Zwinglianer und die Regierenden Bürgermeister Imhof und Vetter, Lutheraner waren. Da man sich jedoch stabile Verhältnisse wünschte, wurde der „Große Rat" erneut einberufen, und ein zähes Ringen begann am Nachmittag des 25. Juni und sollte bis über den Reichstagsabschied am 22. September hinaus dauern.

Argula blieb noch bis Juli in Augsburg. Am 14. Juli schrieb sie trotz der von vielen Protestanten als Niederlage erlebten

91 Päpstliche Widerlegung.

Zurückweisung der „Apologie“ mit ermunternden Worten und hoffnungsfroh an Spalatin:
*„Fürchtet Euch nicht, die Sache ist Gottes, der sie in uns und ohn' uns angefangen hat, der weiß und wird uns wohl beschützen. Er schläft nicht, der da behütet Israel. Die Sache ist sein, wird den Streit wohl stillen und hinausführen.“*[92]

In Augsburg hatte Argula auch die Bekanntschaft des Juristen und Theologen Justus Jonas, der nicht nur viele von Luthers und Melanchthons Schriften ins Deutsche übersetzt, sondern auch maßgeblich an den Formulierungen der „Confessio Augustana“ mitgewirkt hatte, gemacht. An ihn schrieb sie voller Zuversicht und verwies auf den 121. Psalm[93]: *„Der Reichstag steckt im deutschen Psalter.“* Begeistert erwähnte der Wittenberger Professor dies am 6. August in einem Brief an Luther.
Justus Jonas war es auch, der Argula über den Gesundheitszustand des Reformators auf dem Laufenden hielt: „Die Aufregung über seinen unfreiwilligen Rückzug auf die Veste Coburg und die durch die Umstände begründete selbstauferlegte Zurückhaltung macht er für sein immer wiederkehrendes Ohrensausen verantwortlich. Die Zugluft auf der Veste Coburg und der Kummer, seine Frau nicht bei sich zu haben, haben ihm, wie er meint, eine langwierige Halsentzündung beschert.“

92 Dass Argula in einem Brief an Spalatin derartige Formulierungen verwendete, ist belegt. Der Originalbrief ist jedoch nicht mehr erhalten.

93 In diesem erhaltenen Brief bezieht sich Argula auf Psalm 121,4: „Siehe, der Hüter Israels schläft und schlummert nicht.“

„Sicher wird es ihm besser gehen, sobald er wieder unter den Fittichen seiner Käthe ist“, dachte Argula, und sie schmunzelte, als ihr das Bild Luthers, wie sie ihn vor Kurzem in Coburg gesehen hatte, vor ihrem inneren Auge erschien: grobschlächtig, bestimmend, manchmal wehleidig und dabei voller ungeordneter tiefer Gefühle – „So ist er, der Luther, es würde ihn sehr schmerzen, wenn der Reichstag wirklich mit einer Niederlage für uns Evangelische ausginge. Aber ich mag es nicht glauben.“

„Oh, Herr, bleibe bei uns!“, betete sie, während sie gemächlich durch die kleinen Gassen Augsburgs schlenderte. Es war ihr letzter Tag hier in der Stadt, sie war jetzt etwas mehr als einen Monat von zuhause fort. Das Heimweh quälte sie. Wie mochte es Gottfried und Apollonia gehen? Noch nie hatte sie die beiden so lange allein gelassen. Hatte der Verwalter wirklich alle ihre Anweisungen befolgt? Hoffentlich hatte alles wie geplant seinen Gang genommen. Die Ernte würde in diesen Tagen beginnen. Ihr Platz war daheim, und dorthin wollte sie nun endlich zurückkehren.

Die Ernte war größtenteils eingebracht. Der September begann mit wunderschönem Sommerwetter. Doch der Herbst stand vor der Tür. Die letzten Augustäpfel wurden gepflückt, die Rübenernte war schon voll im Gange. Ihr Kalkül war aufgegangen, die neuen Geräte hatten eine zügige Ernte bei gutem Wetter ermöglicht. Als die ersten Regentage einsetzten, war das meiste Getreide schon geerntet. Der Verwalter hatte gerechnet und ihr seine Überlegungen dargelegt. Mit etwas Glück könnten sie gut verkaufen, denn sie hatten im Vergleich mit anderen Gütern einen deutlichen zeitlichen Vorsprung erwirtschaftet. Und es war ihnen kein Korn durch Unwetter verdorben. Vielleicht verdienten sie genug, um im kommenden Frühjahr die Mühlsteinkette einzulösen. „Ach, wenn Friedrich das doch miterlebt hätte! Er wäre mir nicht mehr gram“, dachte sie und betrachtete die letzten noch blühenden Sommerblumen in ihrem Garten, als sie von einem Boten, der Post von Spalatin aus Augsburg brachte, unterbrochen wurde. Hastig griff sie nach dem in Stoff gewickelten Päckchen, und kaum hatte der Bote das Grundstück verlassen, entfaltete sie auch schon den Brief. Sofort begann sie gespannt zu lesen: „Hochverehrte Frau Argula, es ist mir eine traurige Pflicht, Ihnen mitteilen zu müssen, dass unser Kaiser am 22. September im Reichstagsabschied genauso hat beschließen lassen, wie es sich im Juni bereits abgezeichnet hatte. Jetzt drängt er auch den Rat von Augsburg zu einem klaren Votum. Der Rat aber fordert noch vier Wochen Zeit zum Beratschlagen, gab aber bereits das Versprechen, Kaiser und Reich in allen weltlichen Angelegenheiten Treue und Gehorsam zu leisten. Bezüglich der Glaubensfrage jedoch werde man im ‚Großen Rat‘ beraten. Wir müssen uns also noch etwas in Geduld üben, denn Augsburg wird von allen Seiten ‚ins Visier genommen‘[94]. Diese Stadt wird Vorbild für andere werden. Sobald es Neuigkeiten gibt, hört Ihr von mir.

---

94 Sprichwort: Der Ritter konnte das nach 1300 erfundene Visier am Helm hochklappen und somit sein Gesichtsfeld vergrößern und nahende Gefahr früher erkennen. Hier: Augsburg stand unter Beobachtung.

Seid behütet von Gott unserem Herrn
am 26. September
Anno Domini 1530
Euer Euch ergebener Spalatin"

Erst im Oktober erhielt Argula erneut Post von Spalatin. Aufgeregt überflog sie die ordentlich beschriebenen Seiten. Ja, der Rat hatte schweren Herzens beschlossen, bezüglich der Glaubensfrage dem Reichstagsabschied zu folgen. Spalatin schrieb, dass es ein schwerer Weg dorthin gewesen sei. Man habe über Tage miteinander gerungen. Die Mitglieder des ‚Großen Rates' hatten in den letzten Tagen vor dem Durchbruch ganze Nächte beisammen gesessen, da man sich unbedingt einer stabilen Mehrheit versichern wollte. Der Einfluss der Bürgermeister hatte schließlich den Ausschlag gegeben. Ausdrücklich aber war in dem Schreiben an den Kaiser darauf hingewiesen worden, dass man keineswegs die guten Beziehungen zu ihm, Karl V. und zu König Ferdinand abbrechen wolle.

Argulas Herz schlug ihr bis zum Halse. Jetzt wollte sie aber den Brief noch einmal in Gänze lesen. Zeile für Zeile ging sie ihn durch, bis sie an den Schluss gelangte. Was schrieb Spalatin da noch? „Leider wurde das Wormser Edikt von 1521 durch den Kaiser nun wieder in Kraft gesetzt, und die Reichsacht über Luther und die Seinen wurde erneut bestätigt. Auch wurden die Protestanten aufgefordert, sich bis April 1531 zu unterwerfen. Alles Weitere wurde auf ein binnen eines Jahres stattfindendes Konzil verschoben. Das alles sind keine guten Nachrichten für uns, hatten wir doch geglaubt, die uns zu Reichstagsbeginn signalisierte Gesprächsbereitschaft sei ernst gemeint gewesen. Doch Augsburg hat für uns alle eine große Bedeutung. Ihr werdet sehen, die Protestanten werden sich verbünden. Frau Argula, Ihr hattet recht, schriebt Ihr uns doch im Juli: ‚Fürchtet Euch nicht, die Sache ist Gottes'. Ihr habt daran geglaubt und Ihr werdet sehen, zuletzt werden wir den Sieg davontragen."

Argula ging aufgeregt auf und ab. War der Hinweis auf ein Bündnis nur eine Idee Spalatins, oder war da „etwas im Busche"[95]? Seufzend entschloss sie sich, diesen Gedanken zunächst beiseitezuschieben, sie hatte den Kindern das Versprechen gegeben, mit ihnen ein Brettspiel zu spielen, und das wollte sie jetzt tun.

95 Sprichwort: Wird da etwas im Geheimen vorbereitet?

## Kapitel 48

1531-1535
Lenting / Nürnberg

### Eine neue Liebe

Die Ahnung hatte Argula nicht getrogen. Der für die Protestanten wenig vorteilhafte Ausgang des Augsburger Reichstages und die sicherlich kluge, aber nichtsdestotrotz halbherzige Entscheidung der Stadt Augsburg hatten Luther und Melanchthon keine andere Wahl gelassen, als vom Widerstandsrecht gegen den Kaiser Gebrauch zu machen. Vom 26. bis zum 31. Dezember 1530 hatten die evangelischen Stände in Schmalkalden über ein Bündnis zur Verteidigung beraten. Ihren Abschluss fanden die Beratungen erst Ende Februar 1531. Die „Confessio Augustana“ wurde nun von den meisten Verbündeten als Bekenntnis anerkannt.

Für Argula und ihre Kinder hatte das Jahr 1531 glücklich begonnen. Alle waren gesund, die Großen beide erfolgreich in Schule und Studium, die Kleinen, wie sie sie immer noch nannte, vergnügt und zunehmend verständiger.
In der ersten Januarwoche, es schneite seit Tagen ununterbrochen, schaute Argula gemeinsam mit dem Verwalter die Rechnungsbücher durch, stellte Einnahmen und Ausgaben sorgfältig einander gegenüber und fand bestätigt, was sie in den regelmäßig über das Jahr verteilt durchgeführten Überschlagsrechnungen erfreut festgestellt hatte: Das Blatt begann sich zu wenden. Die Investitionen der

letzten eineinhalb Jahre begannen Frucht zu bringen. Das Verhältnis von Ausgaben und Einnahmen hatte sich deutlich zugunsten der Einnahmen verschoben. Ja, seit August des vergangenen Jahres war die Entwicklung rasant aufwärtsgegangen, und das sogar in den Herbst- und Wintermonaten. Der Verwalter war längst heimgegangen, da saß sie noch immer über den Büchern und träumte vor sich hin. Alles würde gut, davon war sie jetzt überzeugt. In wenigen Wochen würde sie dem Pfandleiher Mosse die gegen die Mühlsteinkette geliehenen 200 Gulden zurückzahlen können. Die zusätzliche Mühlsteinkette könnten sie im kommenden Herbst gut gebrauchen. Und wenn Georg zurückkäme, fände er geordnete Verhältnisse vor. Ja, sie würde ihm, so hoffte sie, vielleicht sogar eine mit Ersparnissen gefüllte Truhe übergeben können. Die Aussicht, dass ihr Ältester im kommenden Jahr seine Universitätsausbildung abschließen und dann die Lehen seines Vaters übernehmen sollte, ließ sie aufatmen. Sicher, anfangs müsste sie ihm noch vieles erklären und ihm beistehen. „Aber der Junge begreift schnell und hat auch ein praktisches Talent", dachte sie voller Zuversicht und spürte, wie glücklich sie der Gedanke machte, bald schon nicht mehr alle Verantwortung allein tragen zu müssen.

Der Frühling kam früher als erwartet. Bereits Ende Februar suchten sich erste Blumen ihren Weg ans Licht. Der Boden taute in der Sonne, die, wenn auch nur wenige Stunden, aber doch schon recht intensiv schien. Endlich war man nicht mehr ans Haus gefesselt! Argula plante für März eine Reise nach Nürnberg, denn Bernhardin, ihr ältester Bruder, hatte sie eingeladen, an einem dort stattfindenden Familientreffen der Schlicks teilzunehmen. Gramaflanz und Sekundilla würden auch dort sein. Die drei hatten ja alle Ehen mit Mitgliedern des Hauses von Schlick geschlossen. Bernhardins Frau Margarethe war eine patente und herzensgute Person. Argula kannte sie von verschiedenen Begegnungen und mochte sie sehr gerne. Gramaflanz hatte Margarethes Schwester Anna geheiratet, und Argulas Schwester Sekundilla hatte dem Grafen Victorin von Schlick das Jawort gegeben. Diese Kreuzheiraten hatten den beiden Familien, den Stauffern und den Schlicks, Mitgiften erspart. Onkel Hieronymus, der Bruder ihres Vaters, hatte damals seine Kontakte spielen lassen und diese Verbindungen arrangiert. Es war nach den Kämpfen des ausgehenden 15. Jahrhunderts nicht mehr viel Geld in der Kasse der Stauffer gewesen. Und Hieronymus von Stauff, der die Vormundschaft nach dem Pesttod der Eltern für die Staufferkinder übernommen hatte, musste viel Besitz veräußern, damit den Schwestern ein standesgemäßes Leben und den Knaben eine gute Ausbildung ermöglicht werden konnte. Für Argula war gesorgt, da sie bei Hofe im „Frauenzimmer“ untergebracht war, die anderen hatten in eine reiche Familie eingeheiratet. Der Preis war gewesen, dass sie nicht standesgemäß ebenbürtigen Partnern versprochen wurden. „Doch wer fragt heute noch danach?“, dachte Argula, „Ich habe ja auch einen Mann aus unterfränkischem Adel geheiratet.“ Und hatte sie nicht ihr Auskommen, auch wenn es manchmal steinige Wege gewesen waren, die sie hatte gehen müssen? Und sie dachte an den Gang zum Pfandleiher in Regensburg. Ihren Geschwistern allerdings fehlte es seit ihrer Eheschließung wirklich an nichts. Die Schlicks waren erst 1437 vom Kaiser in den Grafenstand erhoben worden, als eine entfernte Verwandte des Herrschers die Ehe mit einem Schlick einging. Sie hatten seither immer wichtige Positionen in der ständischen Verwaltung bekleidet und besaßen eine Grafschaft in Passaun in Norditalien und in Weißkirchen in Böhmen sowie Güter in Falkenau an der Eger und Höfe bei Elbogen. Seit Beginn dieses Jahrhunderts eigneten ihnen die Silberbergwerke bei St. Joachimsthal, und sie hatten das königliche Münzregal mit Zustimmung der böhmischen Stände beschlagnahmt. 1519 wurden dort die ersten Münzen, die „Joachimsthaler", wenn auch zunächst ohne offizielle Erlaubnis, geschlagen. Allerdings hatte König Ferdinand I. ihnen 1528 nach dem Tode Stephans von Schlick, gefallen im Kampf gegen die Türken, dieses Recht wieder entziehen lassen, was sicherlich finanzielle Einbußen zur Folge hatte, die gut situierte Familie jedoch nicht bis ins Mark traf. „Und", dachte Argula, „und seit 1520 sind sie schon Anhänger der Reformation. Meine Geschwister hatten es leichter als ich. Sie lebten nicht in Bayern und mussten nicht bangen, dass ihnen ihr Glaube zum Verhängnis geriet. Ja, Bernhardin lebte seine religiöse Überzeugung seit Langem ganz offen, hatte er doch bereits 1526 einen evangelischen Prediger am Freihof in Regensburg angestellt. Dort wird seither das Abendmahl in beiderlei Gestalt eingenommen. Deshalb hat mein Friedrich es auch möglichst vermieden, mit ihm und meinen anderen Geschwistern zusammenzutreffen. Hätte Marcellus nicht in Ingolstadt gelebt, so wäre ich sicher auch ihm in meinen jungen Jahren kaum begegnet."

Und nun sollte sie sie alle bald wiedersehen. Die Schlicks hatten seit Jahrzehnten einen Hof in Nürnberg, da sie viele ihrer Geschäfte in der freien Reichsstadt abwickelten und dort auch zahlreiche persönliche Kontakte pflegten. So hatten sie dort bereits in den frühen Tagen der Reformation den jungen Nürnberger Kantor und Lateinlehrer Nicolaus Herman kennengelernt und nach Joachimsthal eingeladen. Diesem hatte es dort so gut gefallen, dass er in Joachimsthal sesshaft wurde. Auch mit Nürnberger Künstlern und Druckern war das Haus Schlick gut bekannt, denn neben dem Schlagen von Münzen hatte man sich auch auf das Gießen von Medaillen verlegt und bediente sich insbesondere, wenn es sich um Medaillen für Anhänger der Reformation handelte, gerne protestantischer Künstler und Handwerker. Argula hatte ja auch vor Jahren von ihren Brüdern Marcellus und Bernhardin eine solche Medaille als Geschenk erhalten. Seit Nürnberg evangelisch war, hatte man hier auch keinerlei einschränkende Zensurmaßnahmen zu befürchten.
Argula, die die gelebte Freiheit in dieser Stadt sehr schätzte, freute sich auch aus diesem Grunde sehr auf ihre Reise.

Die Kutsche hatte ihr Ziel schneller erreicht als erwartet, da die Reisewege weniger durchweicht waren als befürchtet und die Pferde sich nicht durch verschlammte unter Tauwasser stehende Straßen quälen mussten.
So hatte sie Zeit, sich in dem ihr zugewiesenen hübsch eingerichteten Gästezimmer frisch zu machen und sich das neue burgunderfarbene Kleid mit dem weißen Brusttuch anzuziehen. Auch trug sie heute die goldene Kette und den

Armreif, die ihr die Eltern am Tag ihrer Abreise von Ernfels geschenkt hatten. Sonst ließen ihr die Pflichten keine Zeit für Eitelkeiten, doch heute machte es ihr Freude, die Haare mit größter Sorgfalt mit hübsch verzierten Kämmen hochzustecken. Eine Haube brauchte sie nicht, da man unter sich wäre. Prüfend betrachtete sie ihr Bild in dem ihrem Bett gegenüber aufgehängten Spiegel. Für ihre beinahe vierzig Lebensjahre sah sie noch recht gut aus, fand sie und schämte sich sogleich ihrer Eitelkeit, doch konnte sie sich nicht von ihrem Spiegelbild lösen. Sie trat näher heran, um die feinen Linien unter ihren Augen zu betrachten. Spontan lächelte sie. Argula hatte noch fast alle Zähne, und da sie sie regelmäßig mit in Wasser aufgelöstem Salz gespült hatte, blitzten sie auch noch weiß. Ihre Haare waren lediglich von einzelnen silbernen Strähnen durchzogen, die sie aber nicht weiter störten. Alles in allem gefiel sie sich recht gut, eine erstaunliche Erkenntnis, denn sie hatte sicher mehr als ein Jahrzehnt keine Gedanken mehr an ihr Äußeres verschwendet.

Als sie Stimmen auf dem Flur hörte, warf sie ihrem Spiegelbild noch einen letzten gewinnenden Blick zu, zupfte das Kleid zurecht, wandte sich um und verließ dann schnellen Schrittes das Zimmer.

Ihre Schwester und die beiden Brüder waren mit ihren Ehepartnern eingetroffen. Man begrüßte sich herzlich. Die Frauen bemerkten gleich Argulas elegantes Kleid und machten ihr zu ihrem Aussehen Komplimente. Bescheiden schlug Argula die Augen nieder. Sie war es nicht gewohnt, Komplimente zu empfangen. Eigentlich hatte sie derartige Schmeicheleien zuletzt bei Hofe erfahren, als sie mit ih-

rer besten Freundin Margarethe im Garten des Schlosses flanierte. Ein Lächeln erhellte ihr Gesicht, als sie sich für einen kurzen Moment an die Begegnung mit dem jungen Herzog Wilhelm IV. und dessen Freund Albrecht von Simmern erinnerte.
Ein Poltern hinter der Tür zum Windfang holte sie zurück in die Gegenwart. „Das wird unser Cousin Burian sein. Er ist seit elf Monaten Witwer, und wir haben ihn hierher eingeladen, damit er auf andere Gedanken kommt", erklärte Anna, und aller Augen richteten sich auf die Tür, die nun mit kräftigem Schwung aufgestoßen wurde. Herein kam ein stattlicher Mann Mitte 40, der sie alle mit einem volltönenden „Grüß' Euch Gott!" begrüßte. Margarethe und Anna stürzten ihm entgegen und ließen sich umarmen. Victorin klopfte dem Cousin kameradschaftlich auf die Schulter und fragte, ob die Reise problemlos verlaufen sei. Dieser nickte, schaute in die Runde und sein Blick blieb an Argulas Gesicht hängen: „Ihr habt mir noch nicht diese schöne Dame vorgestellt", sagte er und machte drei Schritte auf die Staufferin zu, verneigte sich und hauchte einen formvollendeten Handkuss auf Argulas ihm gereichte Rechte. „Ihr seid die mutige Frau von Grumbach. Ich fühle mich geehrt, Euch kennenzulernen. Viel hab' ich von Euch gehört und alles gelesen. Ihr seid schon fast so berühmt wie unser Martin Luther." Verlegen wehrte Argula die Komplimente mit einer abwinkenden Handbewegung ab, freute sich aber über die freundlichen Worte, und ihr schoss spontan durch den Kopf, dass es doch gut sei, dieses schöne neue Kleid angezogen und sich so sorgsam ihrer Frisur gewidmet zu haben. Und sie spürte, dass sie errötete. Der Graf

verwickelte sie sogleich in ein Gespräch über ihre Erlebnisse während des Reichstages in Augsburg und die Situation der Protestanten in Bayern. In lockerer Runde standen nun alle beisammen und plauderten vertraut miteinander. Erst als das Dienstmädchen erschien und verkündete, die Köchin ließe ausrichten, die Herrschaften könnten sich zu Tisch begeben, gingen sie alle ins Speisezimmer. Da die Eheleute nebeneinander Platz nahmen, ergab es sich, dass Witwe und Witwer Tischnachbarn wurden. Das Essen war köstlich, der fränkische Wein mundete allen, so blieben sie lange bei Tisch sitzen, und die Gespräche drehten sich um Familie und Politik.
Argula und der Graf waren so sehr in ihre Unterhaltung vertieft, dass sie verblüfft waren, als alle anderen sich plötzlich unter Hinweis auf die späte Stunde erhoben.

Am nächsten Tag gingen die Herren ihren Geschäften nach, die Damen ergänzten ihre Wäschebestände bei einem alteingesessenen Händler und unternahmen einen ersten Frühjahrsspaziergang.
Im Gehen unterhielt sich Argula nach längerer Zeit wieder einmal mit ihrer Schwester Sekundilla und genoss es, sich mit ihr über Kindheitserinnerungen auszutauschen. Kurz vor ihrer Rückkehr zum Hof fasste sich Sekundilla ein Herz und fragte die Schwester, wie sie sich ihre Zukunft vorstelle: „Wenn im nächsten Jahr Georg die Verwaltung der Güter übernimmt, hast Du doch die Möglichkeit, Dein Leben in neue Bahnen zu lenken, sicher wird Gottfried irgendwann eine Schule besuchen, und Apollonia wird unter die Haube kommen. Wie steht es denn mit Deinen

Plänen, liebe Argula? Willst Du nicht wieder heiraten? Du wärest nicht allein, und Du hättest keine Geldsorgen mehr. Schließlich wird Georg irgendwann heiraten, und Du willst sicher nicht als Schwiegermutter am Tische dabei sitzen. Ich habe Dich gestern mit Victorins Cousin Burian erlebt. Ihr stimmt in so vielen Ansichten überein. Und er ist doch auch Witwer." Argula errötete und schaute sich rasch um, ob Margarethe und Anna sie vielleicht gehört hatten, aber die beiden Schwestern waren weit zurückgefallen und ganz ins Gespräch vertieft. „Liebe Sekundilla, so etwas plant man in meinem Alter nicht mehr. Gott wird es fügen oder nicht", sagte Argula mit entschlossener Miene und hoffte, dass ihr nicht wieder die Röte ins Gesicht gestiegen war. Ihre Schwester verstand, dass weitere Vorstöße in dieser Hinsicht keine Aussicht auf Erfolg hatten und schwieg.
Die anderen hatten sie inzwischen eingeholt und wiesen auf eine Steinbank, die zum Verweilen einlud. Die vier Frauen rafften ihre Röcke, nahmen Platz und genossen die Frühjahrssonne, bis ihnen die Kühle des noch vor wenigen Tagen nachts gefrorenen Bodens in die Glieder fuhr, und sie sich schleunigst auf den Rückweg machten.

Zwei Tage später um dieselbe Zeit saß Argula in der Kutsche und überdachte das Erlebte: An ihrem letzten Tag in Nürnberg hatte sie Osiander noch auf ein Plauderstündchen besucht. Er hatte ihr begeistert von seiner Frau Catherine, seiner inzwischen fünfjährigen Tochter Katharina und der gerade ein Jahr alten Agnes erzählt und ihr auch berichtet, dass er gedenke, an einer Kirchenordnung zu arbeiten.
Bereits am Abend zuvor hatten sich ihre Geschwister und

deren Ehepartner auf den Heimweg gemacht. Burian hatte einen günstigen Moment abgepasst und Argula gefragt, ob er ihr schreiben dürfe, er habe den Austausch mit ihr sehr genossen und würde dies gerne brieflich fortsetzen. Bemüht, nicht zu begeistert zu erscheinen, hatte sie etwas steif geantwortet, sie wäre sehr erfreut, bei Gelegenheit von ihm zu hören. Über diese ihre Antwort dachte sie nun an ein Kissen gelehnt in der Kutsche sitzend nach: „Ich hätte meiner Freude vielleicht stärker Ausdruck verleihen sollen", schoss es ihr durch den Kopf, „so kommt er unter Umständen auf den Gedanken, ich habe nur höflich sein wollen. Dass mir aber auch immer im entscheidenden Moment die richtigen Worte fehlen!" Hatte sie sich da soeben eingestanden, dass sie diesen Mann anziehend fand? Argula huschte ein Lächeln über das sonst so ernste Gesicht. „Vielleicht …", sinnierte sie, „vielleicht".

Man schrieb das Jahr 1532. Georg war vor einem Monat in Lenting eingetroffen. Zunächst hatte er es genossen, mit Mutter, Gottfried und Apollonia zusammen zu sein, nach zwei Wochen aber drängte es ihn, sich von Argula die Geschäfte erklären zu lassen. Sie erläuterte ihm ihre Buchführung und nahm ihn mit auf Besuch bei den Bauern und Landarbeitern. Georg war lange abwesend gewesen und stand nun als junger Graf von Grumbach vor ihnen. Da war vergessen, dass manch ein gleichaltriger Jungbauer oder Tagelöhner einst mit ihm die Schweinsblase getreten und in dem hochgewachsenen Getreide Verstecken gespielt hatte. Georg wurde Achtung und Anerkennung entgegengebracht, denn er erwies sich dank seiner Vorbereitung als kundig, und man spürte seine Autorität. Er hatte seiner Mutter aber auch mitgeteilt, dass er keineswegs nur in Lenting leben wolle. Burggrumbach und Zeilitzheim wolle er ebenfalls besuchen. Auch überlege er, ob er Hans Georg, der in diesen Wochen seine Ausbildung in Ansbach beenden würde, bitten solle, ihn in verwalterischen Aufgaben auf den Gütern zu unterstützen. Argula hielt dies für keine gute Idee, da ihr Zweitgeborener einen aufbrausenden Charakter hatte, und sie Streit zwischen den Brüdern fürchtete, doch sie schwieg dazu. Auch hatte sie feststellen müssen, dass er keine glückliche Hand in Gelddingen hatte. Das ihm monatlich zur Verfügung gestellte Budget hatte meist nicht bis zum Monatsende gereicht. Wie oft hatte er der Mutter geschrieben, sie möge ihm doch bitte, bitte ein paar Taler schicken, ihr Sohn darbe sehr. Das Leben in Ansbach sei so teuer. Nicht selten hat ihr sein Lehrer Andreas Althamer berichtet, er habe erfahren, ihr Sohn Hans Georg habe sich Geld geliehen und habe nun Schwierigkeiten, es zurückzuzahlen.

Tatsächlich hatte es Hans Georg vorgezogen, ein Weilchen auf Wanderschaft zu gehen. Er würde also vorerst nicht heimkommen. So ging nun alles seinen gewohnten Gang. Argula war entlastet und nahm sich die Zeit, sich um die Bildung ihrer jüngeren Kinder zu kümmern. Sie nahmen die gemeinsamen Lesestunden, die sie zu Friedrichs Lebzeiten regelmäßig gehalten hatten, wieder auf und traktierten mal Texte aus Argulas Deutscher Bibelausgabe, lasen im Kräuterbuch oder übten anhand der alten Ausgabenbücher der Hofmark das Rechnen. So hatte Argula endlich

Zeit, Gottfried und Apollonia auf das Erwachsenenleben vorzubereiten. Ihrer Meinung nach hatte sie Georg und Hans Georg viel zu früh in die Fremde gegeben. Sie hatten zwar in Nürnberg und Ansbach guten Unterricht genossen, doch waren sie ihrer Familie entwöhnt worden. Insbesondere zu Hans Georg hatte sie in den vergangenen zwei Jahren die Verbindung fast verloren. Um nicht denselben Fehler bei den „Kleinen" zu machen, bemühte sie sich hingebungsvoll um sie.
Aber irgendwann sehnte sie sich dann doch nach Abwechslung. Das Leben in Lenting ging seinen gewohnt eintönigen Gang, manchmal begleitete sie Georg nach Burggrumbach oder Zeilitzheim, meist vertrat sie ihn aber während seiner Reisen. Fast schon war es ihr langweilig, und sie hoffte insgeheim, es werde sie irgendein Ereignis diesem Gleichmaß entreißen.
Tatsächlich sollte sich Argulas Leben bald ändern. Ende September, sie saß bei untergehender Abendsonne in der Laube im Hof und genoss das herbstliche Licht, da traf Post von Burian von Schlick ein, an sich noch kein besonderes Ereignis, denn die beiden korrespondierten seit dem Familientreffen in Nürnberg in guter Regelmäßigkeit miteinander. Dieser Brief aber war anders. Es war ein entschieden größeres Paket. Argula öffnete es in gespannter Ungeduld. Darin fand sie Stiche der Schlickschen Güter Elbogen, Passaun und Weiskirchen. Ein kleiner gesiegelter Umschlag war zwischen die Abbildungen geschoben. Vorsichtig und mit pochendem Herzen – was er wohl enthielt? – öffnete sie das Kuvert und las: „Hochverehrte Frau Argula, mehr als ein Jahr tauschen wir nun schon regelmäßig Briefe aus.

Inzwischen wisst Ihr mehr von mir, als irgendein Mensch auf dieser Welt je gewusst hat. Und ich glaube selbst auch, Euch kennengelernt zu haben. Wir sind nicht mehr jung, doch so Gott will, bleiben wir noch eine Weile auf Gottes Erde. Ungeschützt, doch voller Hoffnung, frage ich Euch: Wollt Ihr meine Frau werden und den Weg gemeinsam mit mir im Glauben weitergehen? Nehmt Euch so viel Zeit wie nötig für Eure Antwort und schont mich nicht. Doch ich hoffe von ganzem Herzen, Ihr möget meinen Antrag mit Wohlwollen prüfen.
Die Abbildungen der Schlickschen Güter sende ich Euch zur Kenntnisnahme. Seid unbesorgt, Ihr würdet ein Leben in Wohlstand an meiner Seite verbringen. Und Eure Kinder wären immer wohlgelitten.

Elbogen
20. September A. D. 1532
Euer Euch treu ergebender Burian
Graf von Schlick“

Argula schlug das Herz bis zum Halse, als sie die Stiche und den Brief beiseitelegte. Niemals hatte sie nach Friedrichs Tod darauf zu hoffen gewagt, noch einmal den Bund der Ehe zu schließen. Sie hatte zwar jedem Brief des Grafen voller Spannung entgegengesehen und auch zwischen den Zeilen seine Sympathie gespürt, hatte sich aber insgeheim für ihre mehr als freundschaftlichen Gefühle für Burian von Schlick geschämt.
Sie war hin und her gerissen. Einerseits war da die Freude über seinen Antrag, den sie am liebsten sofort mit einem

„Ja, ich will!" beantwortet hätte, und auf der anderen Seite stand die Angst vor Veränderung und die Ungewissheit, ob sie dauerhaft tiefe Gefühle für ihn haben könnte. Aufgeregt rieb sie ihren Nasenrücken.
„Georg ist inzwischen firm in allen Dingen. Er macht seine Arbeit auf den Gütern seines Vaters gut, er braucht mich nicht mehr an seiner Seite", überlegte sie. „Ja, vielleicht stehe ich ihm sogar manchmal im Wege", schoss es ihr durch den Kopf. Gottfried wäre noch geraume Zeit bei Wolfgang Laydtmayr in Kost und Ausbildung, und Apollonia könnte sie begleiten und dann vor ihrer Verheiratung zur gegebenen Zeit als Gesellschaftsdame und Vorleserin in eine adelige Familie gehen. Sicher würde sie gerne aufgenommen, denn es gab kaum junge Mädchen, die des Lesens und Schreibens so kundig waren wie ihre Tochter, dachte Argula voller Stolz. „Ich werde eine Nacht darüber schlafen und morgen meine Entscheidung treffen", dachte sie und erhob sich fröstelnd von der Bank, denn es dämmerte und wurde feuchtkalt. „Der Sommer ist zu Ende, jetzt beginnen die kalten Tage", murmelte sie vor sich hin, und obwohl sie die Entscheidung auf den morgigen Tag verschoben hatte, sah sie immer wieder den stattlichen Burian von Schlick vor sich, wie sie ihn in Nürnberg kennengelernt hatte. Vielleicht sollte sie mutig sein und sich für ein Leben mit ihm entscheiden … Aber das zu überdenken, hatte Zeit bis morgen.

Es war der 13. Februar 1533 als Argula und Burian Graf von Schlick sich in Elbogen das Ja-Wort gaben. Da Braut und Bräutigam schon in fortgeschrittenem Alter waren, wurde weder laut noch in großem Kreise gefeiert. Doch waren alle näheren Verwandten erschienen, die Argulas und die aus dem Hause des Grafen von Schlick. Es gab ein üppiges Festmahl, und Burian von Schlick überraschte seine Frau mit einem Gambenkonzert. Argula, deren Kinder alle mit von der Partie waren, fühlte sich wohl in diesem Kreise Vertrauter. Als sie zwischendurch einmal hinausging, um sich Haar und Haube zu richten, verharrte sie für einen kurzen Augenblick und erinnerte sich an ihre Heirat mit Friedrich von Grumbach. Mit seiner Familie war sie bis zum Schluss nie „warm“ geworden, und auch ihr Mann, dem sie sich eher freundschaftlich, denn durch große Liebe verbunden gefühlt hatte, hatte ihr nie wirklich nahe gestanden.

„Ja“, dachte sie, „meine Entscheidung war richtig“, und sie warf sich im Spiegel ein Lächeln zu. „Möge Gott unsere Verbindung segnen und uns eine gute Zeit miteinander schenken“, sie seufzte leise vor sich hin, straffte dann aber sogleich den Rücken und kehrte aufrecht und erhobenen Hauptes zur Festgesellschaft zurück.

Weit nach Mitternacht, die Gäste waren abgereist oder hatten sich in ihre Schlafgemächer zurückgezogen, begab sich schließlich auch das Brautpaar zur Ruhe. Obwohl sich die beiden zum ersten Mal so nahe waren, fühlten sie eine große Vertrautheit, und sie schliefen eng umschlungen Seite an Seite im selben Augenblick glücklich ein.

Die Jahre 1531 bis 1535 waren wichtige Jahre für die Anhänger der Reformation. Der im Februar 1531 von evangelischen Ständen geschlossene „Schmalkaldische Bund“, ein auf sechs Jahre geschlossenes Kriegsbündnis, das nach dem Ende des Reichstages zu Augsburg zum Schutz gegen die Durchführung des Reichstagsbeschlusses dienen sollte, hatte das Vordringen des Protestantismus in weite bislang katholische Gebiete begünstigt. Hinzu kam, dass der Kaiser seit Sommer 1532 mit kriegerischen Auseinandersetzungen gegen Frankreich und die Türken beschäftigt war. Am 23. Juli 1532 gab Karl V. den Protestanten im „Nürnberger Anstand“ eine, wenn auch befristete Friedensgarantie und setzte damit auch die Umsetzung des Wormser Ediktes aus. Außerdem war in diesem Jahr das Zustandekommen des lange geplanten Konzils gescheitert. So konnte sich insbesondere das strenge Luthertum auf ehemals altgläubigem Terrain durchsetzen.

Argula und ihr Mann reisten viel. Sie waren regelmäßig bei Georg in Lenting und Zeilitzheim, in Nürnberg und selbstverständlich auch auf den Schlickschen Gütern anzutreffen. Als in Württemberg im Jahre 1534 schließlich das Luthertum siegte, nachdem Herzog Ulrich, der 1515 vertrieben worden war, mit Unterstützung Hessens und Frankreichs sein Land zurückgewann, begaben sich Argula und Burian von Schlick dorthin, um selbst zu erleben, wie sich in Württemberg der Wandel vollzog.

Es waren glückliche Jahre, die die beiden gemeinsam erlebten. Körperlich noch bei Kräften und gut situiert, genossen Burian und Argula ihr noch junges Glück. Gott sei Dank ahnten sie nicht, von welch kurzer Dauer es sein sollte.
Eine gemeinsame Reise nach Wittenberg Ende Oktober

1534 sollte ihre letzte werden. Vor zwölf Jahren hatte der Graf von Schlick Luthers Übertragung des Neuen Testamentes ins Deutsche sofort nach deren Erscheinen im Jahr 1522 für etwas mehr als einen Gulden erworben. Er hatte sich leisten können, wofür ein Schulmeister drei Monatslöhne hätte hinlegen müssen. Nun wollte das Paar Luthers druckfrische vollständige Bibelübersetzung ins Deutsche beim Drucker Hans Lufft kaufen. Argula freute sich sehr darauf, die Texte mit denen in ihrer deutschen Bibel, die ihr einst der Vater geschenkt hatte, zu vergleichen. Und Burian wollte die überarbeitete Übersetzung des Neuen Testamentes neben seine ältere legen. Sicher hätte auch Melanchthon, der auch an der Übersetzung mitgearbeitet hatte, seine Spuren hinterlassen, hatten die Eheleute überlegt. Melanchthon, war ja dafür bekannt, der alten Sprachen aufgrund seiner umfassenden humanistischen Bildung äußerst mächtig zu sein.

In Wittenberg angekommen, führte sie denn auch ihr erster Weg zur Offizin[96] Hans Luffts. Der Drucker legte ihnen stolz sein Werk vor. Argula schlug die Bibel vorsichtig mit spitzen Fingern auf und las laut den Text der ersten Seite:

„Biblia / das ist die
ganze Heilige Schrift Deutsch
Martin Luther
Wittenberg
Begnadet mit Kurfürstlicher zu Sachsen / Freiheit / Gedruckt durch Hans Lufft M.D. XXXIIII, 1534“

---

96 Vgl. Anmerkung 4: Druckwerkstatt.

Das Blatt war mit einem Rahmen versehen. Oben über Allem wachte Gott, am unteren Rahmen und an den Seiten waren jubilierende Engel zu sehen. Und ganz unten identifizierte Argula eine Menschenmenge, die darauf brannte, Gottes Wort ins Deutsche übertragen zu hören. Hans Lufft legte ihnen ein besonders gelungenes Exemplar vor, denn er hatte zwar immer denselben in Holz geschnittenen Druckstock verwendet, doch diese Bibel war eine der ersten, die er gedruckt hatte, und ihre Abbildungen wie auch die Schrift waren gestochen scharf.
In Stoff gewickelt trug Burian von Schlick das Exemplar unter dem Arm zum Gasthaus, wo sie sich für zwei Tage einquartiert hatten. Kaum in der Herberge angelangt, aßen die Eheleute hastig ihr Mahl, um sich dann sofort zurückzuziehen und den neu erworbenen Schatz zu begutachten. Da es draußen bereits dämmerte, platzierte Burian vier Kerzen auf dem Tischchen, worauf er die Bibel gelegt hatte. Das Paar blätterte andächtig darin und las sich gegenseitig einzelne Textpassagen daraus vor.
„Wie verständlich doch Luthers Sprache ist", stellte Argula begeistert fest, und Burian stimmte ihr zu: „Das ist ein wundervolles Geschenk an die kommenden Generationen! Wer des Lesens mächtig ist, kann Gott damit noch näher sein. Der Priester oder Mönch ist ihm nur noch insoweit ein paar Schritte voraus, als er vielleicht den griechischen oder hebräischen Text lesen und verstehen kann. Das Lateinische wird vom Deutschen abgelöst. Und wenn die Auflagen in die Höhe schießen, werden die Preise sinken, und vielleicht kann sich irgendwann jeder Christ eine Heilige Schrift kaufen …"

Argula schaute ihren Mann voller Liebe an. Wie träumerisch er in das Dunkel des Schlafgemachs schaute, ganz so, als begebe er sich auf eine Reise in die Zukunft. Und wieder wurde ihr klar, dass man sich unbedingt mehr um die Bildung des Nachwuchses kümmern müsste, und sie nahm sich vor, ihrem Sohn Georg den Unterricht der Bauern- und Tagelöhnerkinder ans Herz zu legen. Hatte es doch damals in Dietfurt und später auch in Lenting viele Früchte getragen, die Jugend zu schulen.
Gähnend meinte sie zwei Stunden später, ihre Kräfte seien nun erschöpft, und, wolle man morgen noch bei der Lutherin vorbeischauen, so müsse man zusehen, dass man bald zu Schlafe käme. Am frühen Morgen des darauffolgenden Tages machten sie sich auf. Leider war Luther zurzeit nicht vor Ort, sie hatten jedoch beschlossen, seine Frau Käthe, die nun mit ihrem sechsten Kind hochschwanger war, im „Schwarzen Kloster" aufzusuchen.

Etwas schwerfällig und mit vorgewölbtem Leib ging Käthe Luther voran in die Braustube, wo gerade zwei Studenten, die hier gegen Unterkunft und Kost arbeiteten, am Maischbottich standen und umrührten. Frau Luther erklärte, dass das Einmaischen den Geschmack des Bieres bestimme, wohingegen die Qualität des Brauwassers über den Salzgehalt des Bieres entscheide. Weiches, kalkarmes Brauchwasser eigne sich besser für herbe Biere. Auf Argulas Frage, was es denn mit dem sogenannten Reinheitsgebot auf sich habe, erklärte Käthe Luther, das 1516 erlassene Gebot besage, dass Bier nur aus den Zutaten Wasser, Hopfen, Hefe und Malz gebraut werden dürfe. Interessiert hörten

die Gäste zu und nahmen die Einladung, das Schwarzklosterbier zu kosten, dankend an. Es war köstlich, wenn auch vielleicht eher für die warme Jahreszeit geeignet.
Der Garten und die zum Kloster gehörenden Felder waren groß, und alles war ordentlich für die ersten, sicher bald bevorstehenden Frostnächte vorbereitet. „Diesen Kohl", sagte Käthe Luther und wies auf ein großes Feld, „habe ich selbst gesetzt. Da unser Nachwuchs im Winter geboren wird, habe ich glücklicherweise etwas Zeit, mich nach der Geburt zu erholen. Im Dezember haben wir immer am wenigsten Arbeit mit der Landwirtschaft. Die Natur ruht, und Besuch kommt hier auch nur selten heraus." Als sie Argulas erschrockenes Gesicht sah, winkte sie ab: „Bei Euch ist das etwas anderes. Ich freue mich über Euren Besuch. Aber zum Martin kommen über's Jahr ganze Scharen. Fast wie zur Wallfahrt", sagte sie mit schelmischen Blick.

Im ehemaligen Refektorium nahmen das Ehepaar Schlick, Frau Luther, die Kinder und acht Studenten gemeinsam das Mittagsmahl in fröhlicher Runde ein. Es gab Rübensuppe mit etwas Speck, dazu natürlich Bier und zur Feier des Tages Birnenkompott als Nachtisch. Als Argula und Burian der Lutherin ein Kompliment machten und ihre Gastfreundschaft sowie ihre erkennbare Gabe für Haus- und Hofhaltung lobten, wurde Käthe plötzlich ernst und warf einen Blick auf die Studenten an ihrer Tafel. „Dies alles ist nur möglich, wenn auf jeden, der hier unter unserem Dache lebt, Verlass ist. Neulich mussten wir den engsten Vertrauten meines Mannes, Veit Dietrich, mitsamt seinen Schülern vor die Tür weisen, weil er das Kostgeld falsch

abgerechnet hatte. So etwas darf nicht Schule machen“, sagte sie mit gestrenger Miene, und die jungen Männer am Tisch nickten ernst.
Als es Zeit zum Aufbruch war, verabschiedete man sich herzlich und versprach, man wolle in Verbindung bleiben, sei es auch nur schriftlich.

## Kapitel 49

1535
Elbogen

### Erneut Witwe

Das Jahr 1535 war noch jung, man schrieb den 13. Februar. Das Ehepaar Schlick hielt sich auf dem Gut in Elbogen auf. Auf den Tag genau zwei Jahre waren Argula und Burian nun verheiratet, und Argula hatte ihre Entscheidung nicht einmal bereut. Sie waren ein glückliches Paar, stimmten in so vielen Dingen überein und begeisterten sich für dieselben. Sicher hatte Argula in dieser kurzen Zeit sehr viel häufiger Grund zur Freude gehabt als in all den Ehejahren mit Friedrich. Bei dem Gedanken an ihren verstorbenen ersten Mann bekam sie wie meist, wenn sie an ihn dachte, auch jetzt ein schlechtes Gewissen: „Er hat es mit mir auch nicht leicht gehabt. Auch er hat gelitten“, dachte sie und beschloss, ihre Apollonia nur mit jemandem zu verheiraten, den ihre Tochter auch wirklich mochte und der auch sie gern hatte. „Arrangierte Ehen gelingen nur selten“, ging es ihr durch den Kopf. Allerdings musste sie zugeben, dass die Verbindungen der Stauffergeschwister mit den Schlicks allesamt harmonisch waren. Sie war sich sicher, dass die Brüder Bernhardin und Gramaflanz und ihre Schwester Sekundilla gute Ehen führten und das, obwohl sie vonseiten beider Familien in die Wege geleitet worden waren. Argula nahm sich fest vor, Burian beim Abendessen zu sagen, wie glücklich er sie mache.

Jetzt war er ausgeritten. Es war ein recht milder Wintertag, und es hätte ihn nichts und niemand drinnen halten können. Er wollte seine übliche Runde über die Ländereien drehen, vielleicht auch bei seinen Leuten hereinschauen. Etwa eine Stunde vor Sonnenuntergang, so hatte er versprochen, wollte er zurück sein. Es konnte also nicht mehr lange dauern, bis er wieder daheim wäre. Als er nach mehr als zwei Stunden noch immer nicht zurück war, wurde Argula unruhig. Es war so gar nicht seine Art, sich zu verspäten. Argula ging ungeduldig auf und ab, verharrte immer wieder am Fenster und schaute mit zusammengekniffenen Augen ins Dunkel der hereinbrechenden Nacht. „Guter Gott, lass ihm kein Unglück widerfahren sein. Nimm ihn mir nicht, ich bitte Dich!“, betete sie still vor sich hin, als sie plötzlich ein Stimmengewirr vom Tor her hörte. Die Rufe wurden immer lauter. Was war da los? Hastig schlüpfte Argula in eine warme Jacke und eilte nach unten, wo sie am Tor den Stallknecht mit hochrotem Kopfe antraf. Um ihn herum standen Diener und Köchin und Gehilfen und redeten durcheinander. Als sie Argula kommen sahen, schwiegen sie. Auf ihre Frage, was denn los sei, räusperte sich der Stallknecht: „Herrin, das Pferd Eures Mannes kam ohne ihn zurück. Wir holen Fackeln und machen uns auf die Suche nach ihm.“ Argula schluckte schwer, eben noch hatte sie so voller Liebe an ihn gedacht, und nun lag ihr Burian vielleicht irgendwo im Graben. Ein Schluchzen entfuhr ihr, dann jedoch riss sie sich zusammen und sagte, keine Widerrede duldend: „Ich begleite Euch. Wir müssen ihn schnellstens finden, die Nächte sind so kalt, er würde draußen nicht überleben.“ Der Knecht holte ein zweites Pferd aus dem Stall, sattelte es, half Ar-

gula geschwind aufzusteigen und schwang sich selbst auf Burians Pferd. Alles, was Beine hatte auf dem Gut, sollte die nähere Umgebung absuchen. Nur die Köchin blieb daheim, damit der Herr beim Nachhausekommen mit einer heißen Suppe empfangen würde. Argula und der Knecht stoben mit ihren Pferden über die Feldwege, blieben immer mal wieder stehen, um den Vermissten zu rufen, erhielten jedoch keine Antwort.
Als sie das kleine Flüsschen an der Grundstücksgrenze überqueren wollten, scheute plötzlich Burians Pferd. Es stellte sich auf die Hinterbeine und wieherte. Beinahe hätte es den Knecht abgeworfen. Dieser vermutete seinen Herrn hier irgendwo im Unterholz oder im Graben: „Mein Herr hat den Hengst mit Kuhmilch großgezogen. Das Muttertier war während der Geburt gestorben. Euer Mann war für das Fohlen so etwas wie ein Muttrersatz. Daher verbindet die beiden ein enges Verhältnis. Ich bin sicher, irgendwo hier finden wir meinen Herrn. Das Pferd wollte uns sicher auf etwas aufmerksam machen.“ Aufgeregt stieg Argula ab und schaute sich suchend um. Ein wenig Mondlicht half bei der Orientierung. Die Bäume standen hier sehr eng beieinander. Der Knecht ging in die eine und Argula in die andere Richtung. Immer wieder riefen sie nach dem Grafen. Plötzlich meinte Argula, ein Röcheln zu vernehmen. „Kommt, ich glaube, hier irgendwo liegt er!“, rief sie den Knecht. Gemeinsam riefen sie und lauschten. Da war es wieder, dieses Röcheln! Beide stürzten in die Richtung der immer schwächer werdenden Stimme. Endlich! Da lag er! Die Wolke, die eben noch vor dem Mond gestanden hatte, zog weiter. Und plötzlich sahen sie ihn ganz deutlich. Er

lag mit verdrehten Unterschenkeln auf der Seite. Getrocknetes Blut klebte überall in seinem Gesicht.
„Burian, Lieber! Ich komme“, rief Argula, stürzte voran und kniete im Nu neben dem Verletzten. Sie griff nach seinem Arm, um ihm den Puls zu fühlen, hatte ihn aber wohl ungeschickt angefasst, denn ein jämmerlicher Schrei kam über seine Lippen. Da sah sie, dass auch sein Arm gebrochen war, das Ellenbogengelenk war nach innen gedrückt. Es sah ganz so aus, als läge ein Teil des Knochens frei. Der Knecht hatte vor dem Aufbruch schnell noch eine Flasche Branntwein in die Satteltasche geschoben. Jetzt stützte er den Kopf des Verletzten und versuchte, ihm das alkoholische Getränk einzuflößen. Gierig trank der Graf, zu gierig, denn er verschluckte sich und rang nach Luft. Erst jetzt sahen Argula und der Stallknecht, dass auch das Wams durchgeblutet war. „Bestenfalls ist es eine Rippenverletzung. Vielleicht aber ist auch der Brustkorb eingedrückt, dann ist seine Lunge in Gefahr“, schoss es Argula durch den Kopf, und sie forderte den Knecht zur Eile auf: „Wir müssen ihn aufs Pferd schaffen und schnellstens nach Hause reiten!“ Schweigend nickte der Angesprochene, und sie machten sich daran, Burian aus dem Gebüsch zu zerren und ihn dann so vorsichtig wie möglich auf sein Pferd zu heben, das ihn mit leisem Wiehern und aufgebähten Nüstern begrüßte und brav stillhielt, als man seinen Herrn auf seinen Rücken hob. Der Knecht schwang sich hinter ihn, umfasste ihn und hielt Burian fest im Griff. Argula stieg ebenfalls auf ihr Pferd, und sie machten sich zügig auf den Heimweg. Der Verletzte verlor immer wieder das Bewusstsein. Argula ritt, wenn die Wege eben breit genug waren, auf

gleicher Höhe und warf besorgte Blicke auf ihren Mann. Aus seinem Mund und der Nase liefen Rinnsale frischen Blutes. Argula erschrak, als sie sah, dass auch aus den Ohren Blut lief. Dann hatte er offenbar auch eine schwere Kopfverletzung. Seine verletzten Extremitäten hingen verdreht schlenkernd seitlich des Pferdehalses. Erwachte ihr Mann kurz aus seiner Bewusstlosigkeit, so wirkte sein Blick abwesend, und meist verdrehte er bald die Augen, und die Ohnmacht hielt ihn wieder fest im Griff. Einmal meinte Argula ein ängstliches, aber waches Lächeln in seinem Gesicht wahrgenommen zu haben. Einen kurzen Augenblick schaute er sie an, als wolle er ihr sagen: „Es tut mir leid, dass Du Dir um mich Sorgen machen musst."
Aber vielleicht hatte sie sich das alles auch nur eingebildet.

Als sie das Gut erreichten, eilten ihnen die Dienstboten, die gerade von ihrer vergeblichen Suche nach dem Grafen zurückgekommen waren, entgegen, zunächst erleichtert, dann entsetzt über den Anblick ihres Herrn. Argula fasste kurz zusammen: „Vermutlich wurde er von einem Ast vom Pferd gerissen. Er ist schwer verletzt, Ihr könnt jetzt nichts für ihn tun. Schließt ihn in Euer Gebet ein."
Der Knecht und ein anderer starker Mann trugen Burian ins Haus. Die Köchin hatte einen großen Kessel mit Wasser heiß gemacht. Im Kamin brannten dicke Scheite. Argula tupfte ihrem Liebsten die Stirn und wusch sein Gesicht. Da er sich nicht aufrichteten konnte und auch immer wieder wegdämmerte, kam ein heißes Fußbad nicht infrage, doch sie zog ihm die nassen Kleider in aller Vorsicht aus und hüllte ihn in Schafwolldecken. Dann flößte sie ihm in

wachen Momenten heißen Kräutertee ein, während Burians Diener ihn stützte. Wegen des Schüttelfrostes lief das meiste aber daneben. Vorsichtig betastete Argula seine Arme und Beine und war nach kurzer Untersuchung fest davon überzeugt, dass er mehrere Brüche hatte. Sie würde gleich morgen früh nach einem Arzt schicken lassen, doch würden sie viel Geduld haben müssen, denn er wohnte eine Tagesreise entfernt. Jetzt konnte man nichts Weiteres für ihn tun. Hauptsache, er fände etwas Schlaf. Sie würde sich neben sein Lager setzen, um immer bei ihm sein zu können.

Als sie endlich allein waren, strich sie ihm über die wenigen nicht verwundeten Partien seines Gesichtes und flüsterte Liebesworte. Als sie ihm sagte, er dürfe sie nicht verlassen, sie liebe ihn doch so sehr und sie hätten sich doch versprochen, miteinander steinalt zu werden, öffnete er für einen Moment das weniger verschwollene Auge und stieß stöhnende Worte wie ein Tier aus. Sie meinte, verstanden zu haben, dass er ihr sagte, er liebe sie auch.

Beim ersten Hahnenschrei erwachte Argula, die mit dem Kopf auf dem Tisch geschlafen hatte. Es durchfuhr sie wie ein Blitz, als sie begriff, dass sie eingeschlafen war, obwohl sie sich doch so bemüht hatte, wach zu bleiben. Sie rieb sich die Augen, und ihr entfuhr ein Schrei als sie zu Burian schaute. Da lag er bäuchlings mit dem Gesicht im Erbrochenen und war ganz still. Als sie sich über ihn beugte, hörte sie keinen Atemzug. Entsetzt stellte sie fest, dass seine Stirn eiskalt war, aber nicht feuchtkalt wie gestern vom Fieber, sondern kalt und trocken. Hastig tastete sie an seiner Schläfe nach dem Puls. Aber da war nichts. „Er ist entschlafen“[97], sagte Argula in den Raum hinein und erschrak über ihre kräftige, laute Stimme.

Bald würde jemand anklopfen und fragen, ob der Herr etwas brauche und wie es ihm gehe. Sie würde sie nicht alle fernhalten können. Doch einen kurzen Augenblick noch wollte sie ganz allein sein mit ihrem Mann, wollte ihm das Gesicht wischen, seine Augen schließen, die Hände falten, noch einmal seine Stirn küssen, seine Wangen streicheln und ein Gebet für ihn sprechen.

Sie legte sich neben ihren Burian, wie sie es zwei Jahre lang jeden Tag getan hatte. Nur ein Gedanke beherrschte sie: „Vorbei! Es ist vorbei!“ Sie war wieder allein. Erst am Jüngsten Tag sähe sie ihn wieder. Oh, wäre sie doch nur nicht eingeschlafen, dann hätte sie in seiner letzten Stunde seine Hand halten können! Sie verfluchte ihre Schwäche und betete, dass sein Übergang in das Reich des Todes in Agonie geschehen war.

Das war zu viel für einen Menschen. Die Dämme brachen, die Tränen liefen ihr in heißen, salzigen Strömen über das Gesicht. Sie jammerte. Sie schrie. Und dann kam die Ruhe. Erschöpft erhob sie sich und öffnete die Tür, hinter der schon das Gesinde stand. „Nein“, sagte sie, als man sie fragte, ob ein Priester kommen solle. „Wir sind evangelisch“, rief sie, und niemand wagte, sie erneut zu fragen.

---

97 Da man sich scheute, offen vom Tod zu sprechen, wurde verharmlosend vom Schlaf gesprochen.

Drei Monate war ihr Burian nun schon kalt, drei Monate war sie schon wieder Witwe. Manchmal hatte sie gedacht, es wäre besser, sie stürbe auch. Welchen Sinn hatte es noch, auf dieser Welt zu sein, wenn er nicht mehr da war? Aber dann waren ihr immer wieder ihre Kinder eingefallen und Bernhardin und Gramaflanz und ihre Frauen und Sekundilla und deren Familie. All diese hatten ihr zur Seite gestanden, und sie hatte ihnen geglaubt, als sie ihr versichert hatten, sie sei ihnen immer willkommen.

Seufzend räumte sie ihre persönliche Habe zusammen, denn morgen würde sie noch einmal nach Zeilitzheim reisen, wo derzeit Georg weilte. Sie freute sich, ihren Ältesten wiederzusehen, und war froh, nun diesen Ort, der ohne ihren Burian so leer war, zu verlassen.

## Kapitel 50

1536 – 1541
Burggrumbach

### Tod und Trauer

In den folgenden zwei Jahren waren die Kräfte des Kaisers durch den „Dritten Französischen Krieg“ gebunden. Und als er Frankreich schließlich besiegt hatte, sah er seine niederbayerischen Erblande durch den Schwager Johanns von Sachsen, Wilhelm von Clewe, bedroht. Außerdem rückten gegen Ende des Jahrzehnts die Türken wieder vor. Von Feinden umzingelt, konnte er sich jetzt nicht auch noch einen innerdeutschen Streit mit den Protestanten leisten. So konnte 1539 im „Frankfurter Anstand“ die vom Kaiser 1532 im „Nürnberger Anstand“ gegebene Friedens- und Rechtsgarantie erneuert werden.

Die Ausgleichsverhandlungen zwischen Altgläubigen und Evangelischen schienen gute Chancen auf Erfolg zu haben. Das Konzil, vom Kaiser gefordert, hatte noch immer nicht stattgefunden, da es die Kurie nicht eilig damit hatte. Religionsgespräche sollten eine Lösung für den konfessionellen Streit finden. Immerhin hatte man seit Ende der zwanziger Jahre im „Schwärmer- und Täufertum“[98] einen

98 Schwärmer: Ihre Anhänger schöpften die reformatorische Erkenntnis nicht allein aus der Heiligen Schrift, vielmehr praktizierten sie eine spiritualistische Frömmigkeit, die auf der Lehre des „inneren Lichtes“ gründete. Erwachsenentaufe, Kirchenzucht und Gütergemeinschaft untereinander sollten das „Reich Gottes auf Erden“ vorbereiten. Täufer waren christliche Gruppie-

gemeinsamen Feind gefunden. Die Fürsten, evangelische wie katholische, sahen in ihm eine Bedrohung ihrer staatlichen und territorialen Strukturen und waren sich darin einig, dass gegen Täufer und Schwärmer Ketzerrecht angewendet werden musste.

Von all diesen Entwicklungen hatte Argula durch Briefe Osianders, aber auch ihrer Verwandten, Kunde erhalten.

In den Jahren 1538-1540 hatte sie sehr zurückgezogen in Burggrumbach gelebt, wo ihr geliebter ältester Sohn Georg 1538 plötzlich von einer schlimmen Krankheit heimgesucht worden war, die ihn manchmal tagelang ans Bett fesselte. Ein Fieberschub folgte dem anderen. Die kurzen Phasen, in denen es ihm etwas besser ging, wurden immer seltener. Alle Versuche seiner Mutter, ihm mit Kräutertees und Tinkturen zu helfen, scheiterten. Hinzugekommen waren schließlich auch noch Lähmungen der Beine und Fingersteife. Ende Oktober 1539 konnte er sich schließlich überhaupt nicht mehr bewegen. Man musste ihn regelmäßig umlagern, damit er nicht wund wurde. Als er schließlich auch noch Atemnot bekam und dann nicht mehr sprechen und sich nur noch durch Bewegen der Augen mitteilen konnte, betete Argula jeden Abend vor dem Einschlafen, der Herr möge doch ihren Sohn von seinem Elend befreien und ihn zu sich holen. Aber seine Stunde war noch nicht gekommen. Vor Argula lagen noch viele

---

rungen, die die Kindertaufe als unbiblisch ablehnten und stattdessen die Erwachsenentaufe als „Glaubenstaufe“ übten. Ziel war die Wiederherstellung eines „wahren Christentums“.

Wochen, in denen sie an seinem Lager saß, ihm die Hände hielt und Lieder aus seiner Kinderzeit vorsang. Manchmal setzte sie sich hinter ihn auf das Lager und wiegte ihn in ihren Armen, ganz so, wie sie es getan hatte, als er noch ein Kleinkind war. Und in ihren Armen war er schließlich auch entschlafen.

Argula hatte ihrem Ältesten in seinen letzten Lebenswochen die volle Aufmerksamkeit geschenkt, so war ihr entgangen, dass ihre Tochter ebenfalls kränkelte. Apollonia hatte sich zwischenzeitig in der Familie ihres Onkels Gramaflanz um die Erziehung seiner Kinder gekümmert, war aber, als sie von der Krankheit ihres Bruders erfahren hatte, sofort nach Burggrumbach geeilt, um Argula zur Seite zu stehen. Um ihre Mutter nicht noch mehr zu beunruhigen, hatte sie nicht über ihre Beschwerden gesprochen.
Apollonia hatte einen trockenen Husten und verspürte stechenden Schmerz unter den Rippen. Erst zwei Wochen nach Georgs Begräbnis nahm Argula wahr, dass mit ihrer Jüngsten etwas nicht stimmte. Sie fieberte und war dabei schweißnass. Mit schlechtem Gewissen wegen ihrer Achtlosigkeit richtete Argula ihrer Tochter ein Lager mit einem Berg von Kissen, die sie ihr unter den Kopf schob, damit sie besser Luft holen konnte. Brustwickel mit rohem Speck sollten helfen, das junge Mädchen zu kurieren. Ihre Mutter bestand darauf, dass Apollonia literweise Kräutertee zu sich nahm, doch nichts dergleichen sollte ihr helfen. Besonders beunruhigend fand Argula den pfeifenden Atem ihres Kindes. Apollonia schien kaum ausatmen zu können. Und tatsächlich verschlechterte sich ihr Zustand rasend

schnell. Argula musste hilflos zuschauen, wie die Tochter verfiel. Am letzten Tag des Jahres 1539 verschied auch sie.

Untröstlich über ihre Verluste, stellte Argula das Essen ein und trank täglich nur noch ein oder zwei Becher Wasser aus dem Hofbrunnen. Für keinen Trost und keine Ablenkung war sie zugänglich. Alles und jeder waren ihr zu viel. Meist dämmerte sie im Dunkel ihres Schlafzimmers vor sich hin. Dann erinnerte sie sich oft der tröstenden Worte der Psalmen, aber auch diese konnten ihren Kummer nicht mildern. „Kinder sollten nicht vor ihren Eltern sterben", dachte sie und weinte heiße Tränen. Dann aber gingen ihre Gedanken zu ihren beiden Söhnen Hans Georg und Gottfried, und sie beschloss, das Dunkel zu verlassen und sich um die beiden Erwachsenen zu kümmern, schließlich hatten sie auch früh den Vater und nun Bruder und Schwester verloren. Wie hatte sie in ihrer Trauer nur so egoistisch sein können! Sie würde Hans Georg um Entschuldigung bitten, dass sie so wenig nach seinem Befinden gefragt hatte. Und Gottfried wollte sie schreiben, in der Hoffnung, dass ihr umtriebiger Sohn ihre Zeilen erhielt. Er war ein Leichtfuß, aber kein unrechter, wie sie sich tröstete. Und ihr zweiter Sohn, Hans Georg, war auf Bitten seiner Mutter schon 1538, als sein Bruder erkrankt war, nach Burggrumbach gekommen und hatte dort die Pflichten seines älteren Bruders übernommen. Auch versah er dessen Aufgaben in Lenting und Zeilitzheim, wohin er regelmäßig reiste.
Hans Georg machte sich gut in der Führung der Höfe. Obwohl er ganz anders als sein verstorbener Bruder mit Gesinde, Tagelöhnern und Bauern umging, hatte er bald deren

Anerkennung gefunden. Sie folgten ihm widerspruchslos. Er hatte alles gut im Griff, sodass Argula nur hin und wieder gefragt war, und das war gut so. Mehr als ein Jahr hatte sie zurückgezogen gelebt und sich in die Lektüre ihrer Lutherbibel vertieft, die sie mit Burian in besseren Zeiten gekauft hatte.

Ende 1540 glaubte Argula, wieder Lebensmut zu finden. Nun nahm sie endlich auch wieder Interesse am Tagesgeschehen.

Es sah ganz so aus, als könne der Protestantismus in ganz Deutschland siegen. In Norddeutschland war nur Braunschweig noch nicht evangelisch geworden. Selbst Köln, Münster, Osnabrück und Minden hatten sich, wenn auch zögerlich, bewegt, sodass man hoffen konnte. Auch in Bayern und Österreich hatten evangelische Stände laut gefordert, die evangelische Predigt solle endlich erlaubt werden.

Dass diese sich am Horizont abzeichnende Entwicklung nicht so eintrat wie erhofft, lag unter anderem daran, dass der mit Christine von Sachsen seit 1524 verheiratete Philipp von Hessen 1540 eine Doppelehe mit dem Edelfräulein Margarethe von der Saale eingegangen war und nicht wie andere seines Standes im Konkubinat lebte, was gemeinhin zwar moralisch verurteilt, jedoch schweigend gebilligt wurde. Am schlimmsten aber war, dass Luther und Melanchthon davon wussten, ja, sie hatten sie sogar ebenso wie auch der Reformator Straßburgs und des Elsass, Martin Bucer, am 10. Dezember 1539 im „Wittenberger Rat-

schlag“ gebilligt und unter das Beichtgeheimnis gestellt. Philipp Melanchthon hatte sogar an der Hochzeitsfeier teilgenommen.
Als es dann publik wurde, waren zahlreiche Evangelische schwer enttäuscht, die Katholiken aber hatten Oberwasser und feixten. Noch schlimmer aber für das Fortschreiten der Reformation war, dass diese „Ehe“ Philipp von Hessen in die Hand des Kaisers gab, denn allein von diesem hing es ab, ob der Hesse dafür die Todesstrafe erhielt. Doch dafür war der Kaiser viel zu klug, er verschonte den Bigamisten und machte zur Bedingung für die Amnestie, dass dieser den „Schmalkaldischen Bund“ entmachtete, indem er dessen Bündnis mit Frankreich und England verhinderte. Infolgedessen blieben Nordwestdeutschland und die Mehrheit der Kurfürsten katholisch, und der „Schmalkaldische Bund“ war so geschwächt, dass Karl V. den Kampf gegen den Protestantismus erneut aufnehmen konnte.

1541 geschah dann das Unglaubliche: Melanchthon und der italienische Reformtheologe Kardinal Gasparo Contarini hatten nach langen Gesprächen endlich Einigkeit in der Rechtfertigungslehre gefunden. Doch in der Abendmahlsfrage waren die Gegensätze unüberwindbar. Die katholische Seite konnte von der Transsubstantiationslehre[99] nicht abrücken.

---

99 Als Transsubstantiation wird die Wandlung der Substanz von Brot und Wein in die neue Substanz von Leib und Blut Jesu Christi bei der katholischen Eucharistiefeier bezeichnet. Im Unterschied dazu ist die lutherische Konsubstantiation im Abendmahl die sakramentale Einheit von Leib und Blut Jesu Christi mit Brot und Wein.

„Es liegt noch ein langer Weg vor uns Protestanten“, sinnierte Argula. Sie war besorgt, wie es wohl weiterginge nach dem Rückschlag, den man wegen der „Hessischen Doppelehe“ erfahren hatte. Und sie bedauerte auch, dass, wie sie vermutete, das Abendmahlsverständnis evangelische und katholische Christen vielleicht für immer trennen würde.

Argula tröstete sich mit der Aussicht auf das in diesem Jahr bevorstehende Familientreffen. Die Zusammenkunft sollte diesmal in Eger stattfinden. Kindliche Vorfreude beflügelte die Stauffertochter. Im Familienkreise könnten sie Erinnerungen, die sie miteinander teilten, austauschen.
Die Familie würde ihre Trauer verstehen, und sie würde ihren Kummer aussprechen dürfen. Gegenüber Hans Georg war sie sehr zurückhaltend gewesen, da sie fürchtete, er könnte meinen, sie vermisse Georg und Apollonia, weil sie ihre Lieblinge gewesen wären – der Große und die Kleine. Und Hans Georg, der schwer arbeite, zähle weniger, was so nicht zutraf. Allerdings musste Argula vor sich selbst eingestehen, dass ihr Ältester und die Jüngste stets einen besonderen Platz in ihrem Herzen gehabt hatten. Und das würde auch so bleiben.

## Kapitel 51

1542 - 1556
Lenting

### Abschiede

Auch das Jahr 1542 und die darauffolgenden Jahre sollten Argula viel Kummer bescheren. Kurz hintereinander verstarben 1542 ihre Brüder Bernhardin und Gramaflanz an der Pest. Der Ältere wurde an der Seite der früh verstorbenen Schwester Zormarina in Beratzhausen begraben. Gramaflanz fand seine letzte Ruhe in Köfering. Ihre Witwen Margarethe und Anna von Schlick suchten Trost bei ihrer Schwägerin Argula, die derzeit in Zeilitzheim weilte. Ihr selbst blieb nur noch ihre Schwester Sekundilla. 1544 verstarb schließlich auch noch Hans Georg, ihr zweites Kind. In diesen Tagen war die Staufferin oft der Verzweiflung nahe. Es war zu viel, was ihr der Herr abverlangte! Doch sie musste weiterleben, schließlich gab es da noch Gottfried, der jetzt die Lehen zu übernehmen hatte, und er brauchte ihre Hilfe.

Über den persönlichen Kummer und die Trauer um die Verstorbenen verlor Argula jedoch nicht ihr Interesse an der Politik.
Der Kaiser zog noch immer Nutzen aus der Doppelehe Philipps von Hessen. Nachdem dieser kaltgestellt und schließlich 1544 Franz I. zu einem Waffenstillstand bereit war, im Herbst 1545 zudem ein eineinhalbjähriger Waffenstillstand

mit den Türken unterzeichnet worden war und es außerdem noch gelungen war, mit dem Papst ein Bündnis auszuverhandeln, wandte sich der Kaiser erneut seinen zwei seit Langem verfolgten Hauptzielen wieder zu. Er verband das eine, die Beseitigung des Protestantismus, mit dem anderen, der Überwindung des innerdeutschen Partikularismus. Ausgerechnet im Todesjahr des Reformators erlitt der Protestantismus herbe Rückschläge. Argula erfuhr von Luthers Tod am 18. Februar 1546 aus einem Brief Osianders. Dieser hatte ihr schon Monate zuvor berichtet, dass die Leibschmerzen des großen Mannes sich erheblich verstärkt hätten. Auch hatte er sich in der letzten Zeit kaum mehr aus seiner Studierstube fortbewegt und hatte in seinem letzten Lebensjahr keine Vorlesungen mehr gehalten, weil ihm die Knochen wehtaten und ihn in unregelmäßigen Abständen überraschend der Schwindel überfiel.
Der Reformator hatte sich dann aber doch zu einer Reise mit seinem Freund und Rechtsbeistand Justus Jonas nach Mansfeld zu Verhandlungen unter anderem über die Stiftung einer neuen Schule aufgerafft. Dort hatte sich sein Zustand erheblich verschlechtert, und er war in den Armen seines guten Freundes gestorben.

Osiander hatte geschrieben, er fürchte, der frühe Tod der Tochter Magdalena im September 1542 im jugendlichen Alter von 13 Jahren habe Bruder Luther die Kraft dann endgültig aus dem Mark gesogen. Der Reformator, so erzählte man sich, war wohl über sich selbst erstaunt gewesen, wie sehr ihn der Tod seines Lehnchens schmerzte. Allein sein Glaube und die Hoffnung auf ein Wiedersehen mit der

Tochter am Ort der Erlösung hatten ihn in seinen letzten Tagen am Leben gehalten. Er hatte von der Umkehrung der Worte des Kirchenliedes „Mitten wir im Leben sind vom Tod umfangen“ nichts mehr wissen wollen. Hatte er doch zuvor noch hoffnungsfroh gepredigt: „Mitten in dem Tode sind wir vom Leben umfangen.“

Ob er wohl in seiner letzten Stunde gebetet hatte: „Heiliger Herre Gott, heiliger, starker Gott, heiliger, barmherziger Heiland, Du ewiger Gott, lass uns nicht versinken in des bitter'n Todes Not. Kyrie eleison.“?

Argula hoffte es, hatte sie doch in den vergangenen Jahren selbst ein Lied davon zu singen gewusst. Zwei Ehemänner, drei Kinder und fast alle Geschwister hatte ihr der Tod genommen. Sie würde Käthe Luther schreiben, ihr ihr Beileid ausdrücken. Wie diese arme Frau jetzt wohl zurechtkam? Schließlich waren sicher die Söhne Johannes, Martin und Paul noch im Studium oder in der Ausbildung und die Jüngste, Margarethe, war auch gerade erst zwölf Jahre alt.

Argula sollte recht behalten. Die Lutherin befand sich in unglücklicher Lage. Nicht allein die Trauer setzte ihr zu, wie sie schrieb, vielmehr hatte sie zu kämpfen, dass der Ehevertrag, den ihr Mann von seinem Freund, dem Juristen Johann Apel, hatte aufsetzen lassen und der seine Käthe zur Alleinerbin bestimmte, anerkannt wurde. Formal entsprach er nicht dem Sachsenspiegel, dem geltenden Recht. Ohne das Machtwort des sächsischen Kurfürsten Herzog Johann Friedrich I. hätte sie völlig mittellos dagestanden. „Doch man lässt mich weiter im Kloster leben. Dank der Gnade meines Landesherrn und des Königs Christian I. von Dänemark sowie des Herzogs Albrecht von Preußen, die mir so manchen Gulden zukommen lassen, leiden wir nicht Hunger. Habt Dank, liebe Staufferin, dass Ihr Euch um mein Wohlergehen sorgt. Sorgen mache ich mir allerdings wegen der Zukunft des ‚Schmalkaldischen Bundes'. Der Kaiser nimmt es sehr genau mit seinen ‚neuen alten' Zielen."

Argula seufzte erleichtert, Luthers Käthe musste nicht darben, und für ihre Kinder war gesorgt.

„Aber recht hat sie, der jüngst begonnene ‚Schmalkaldische Krieg' stellt eine große Gefahr für den evangelischen Glauben und die junge Kirche dar", dachte Argula.

1546 wurde im „Schmalkaldischen Krieg" der „Schmalkaldische Bund" zunächst geschwächt und sodann zerschlagen, denn es gelang dem Kaiser, etliche evangelische Fürsten auf seine Seite zu ziehen.

Es amüsierte viele Protestanten, dass gerade Papst Paul III. das Vorhaben des Kaisers, als uneingeschränkter Sieger aus den Auseinandersetzungen hervorzugehen, durchkreuzte. Das Oberhaupt der katholischen Kirche zog seine Hilfstruppen ab und verlegte 1547 das 1545 in Trient eröffnete Konzil nach Bologna, das, anders als die Stadt Trient, nicht zum Heiligen Römischen Reich Deutscher Nation gehörte, sodass der Kaiser dort keine Macht ausüben konnte.

In Deutschland jedoch war Karl V. am 24. April 1547 siegreich aus der Schlacht bei Mühlberg hervorgegangen. Das Heer der „Schmalkaldischen" war dort niedergezwungen worden. Johann Friedrich I. von Sachsen wurde gefangengesetzt. Landgraf Philipp von Hessen hatte sich ergeben, und dessen Schwiegersohn, Moritz von Sachsen, der, seit er die Seiten gewechselt hatte, „der Judas von Meißen“ genannt wurde, hatte man mit der Kurwürde belohnt. Argula erschrak, als sie einige Monate später Kunde erhielt, dass Käthe Luther mit ihren Kindern vor dem Krieg nach Magdeburg geflohen war. Als Witwe des Reformators hatte sie um ihr Leben gefürchtet. Und als sie 1547 zurückgekehrt war, hatte sie ihre Wohnstatt und alle Ställe und Wirtschaftsgebäude zerstört vorgefunden. Erneut waren es der Herzog Albrecht von Preußen und der Dänische König, die ihr wieder auf die Beine halfen.

1548 waren zahlreiche Fürsten nicht willens, das „Augsburger Interim“[100] anzunehmen. Die Rechtfertigungslehre, wie sie Luther und Melanchthon beschrieben hatten, wurde verworfen, die Rückkehr zur tridentinischen Lehre beschlossen. Allein die Reformbedürftigkeit der Kirche wurde anerkannt, und Priesterehe und Laienkelch wurden erlaubt. Ein Ende der Unruhen war damit noch immer nicht erreicht.

In diesem Jahr hatte sich Moritz von Sachsen, der im Krieg die Seiten gewechselt hatte, wieder mit protestantischen Fürsten verschworen. Dank dieser Fürstenverschwörung konnte die neue Erbfolgeregelung, die der Kaiser seit geraumer Zeit durchzusetzen trachtete, nicht umgesetzt werden. Sie hätte nicht nur eine enge Verbindung Deutschlands und Spaniens bedeutet, sondern auch das Deutsche Kaisertum in eine Erbmonarchie umgewandelt und damit

100 Die Verordnung Kaiser Karls V. sah eine Zwischenregelung bis zum Abschluss des Konzils in Trient vor. Für eine Übergangszeit sollte das Interim (lateinisch: Zwischenzeit) die kirchlichen Verhältnisse regeln. Danach wollte der Kaiser die Protestanten in die Katholische Kirche überführen.

den Kurfürsten das Wahlrecht genommen. Von der Entschlossenheit der Fürsten überrascht und unter Druck gesetzt, musste der Kaiser das Interim aufheben. Alle 1547 gefangenen Fürsten des „Schmalkaldischen Bundes“ wurden freigelassen, die Acht gegen sie aufgehoben und die konfiszierten Güter zurückgegeben. Der Friede bis zum nächsten Reichstag wurde beschlossen.

Argula war aufgeregt, als sie davon erfuhr. Geschwind schrieb sie an Osiander:
„Damit ist dann wohl hoffentlich ein für alle Mal klar, dass der Protestantismus nicht durch Ketzerrecht vernichtet werden kann. Man wird uns endlich anerkennen müssen! Das nach dem Tod unseres Herzogs Wilhelm IV. entstandene kurzzeitige Machtvakuum verschafft unseren Brüdern und Schwestern in Bayern Zeit zur Klärung noch offener Fragen und zu Absprachen über das künftige gemeinsame Vorgehen. Es wird sicher noch geraume Zeit dauern, bis sich Wilhelms 22-jähriger Sohn, Albrecht V., einen umfassenden Überblick über das politische Geschäft verschafft hat. Allerdings sollten sich die Protestanten sputen, denn Albrecht ist wie sein Vater ein strenger Katholik, der den Einfluss der Jesuiten nicht nur an der Ingolstädter Universität, die sein Vater noch ein Jahr vor seinem Tod ganz in ihre Hände gegeben hat, weiter festigen wird.“
Argula verlor kein Wort darüber, dass sie den überraschenden Tod ihres Freundes aus Jugendtagen im Jahre 1550 sehr betrauerte. Außenstehende hätten nie verstanden, wie die Stauffertochter den Tod eines Mannes betrauern konnte, der ihr und ihrer Familie das Leben derart schwer ge-

macht hatte. Aber sie hatte ja auch einen anderen Wilhelm gekannt …

Osiander, der seit 1549 Professor und später Rektor der Universität Königsberg war, antwortete ihr in nur wenigen Worten. Er schrieb ihr, dass er seit Wochen das Bett hüte, da er von starken Leibschmerzen geplagt werde. Er müsse ihr leider auch mitteilen, dass Luthers Witwe Käthe ebenfalls schwer krank sei. Auf der Flucht vor der Pest sei sie, wie auch die Professoren der Universität Wittenberg und deren Familien, im Sommer 1552 nach Torgau verbracht worden. Vor den Toren der Stadt sei sie, als sie ihre Kinder festhalten wollte, weil die Pferde scheuten, von der Kutsche in einen Wassergraben gestürzt und habe sich einen schweren Beckenbruch zugezogen. Nun liege sie krank in Torgau, und man könne nichts tun, als sie ins Gebet einzuschließen.

Argula erschrak, als sie von dem Unfall las und hielt inne. Dann las sie Osianders Segensgruß und seine in krakeliger Handschrift geschriebenen Worte der Freude über den Stand der Verhandlungen des Kaisers mit den Protestanten. Auch er blickte hoffnungsfroh in die Zukunft, doch machte er keinen Hehl daraus, dass er sich auf das Sterben vorbereitete.

Argula bedauerte, dass sowohl Osiander als auch Käthe Luther den Wandel der folgenden Jahre nicht mehr erleben durften.

Luthers Frau erlag am 20. September 1552 ihren Verletzungen, und Osiander verstarb am 17. Oktober desselben Jahres.

Tatsächlich war es so, dass der Kaiser sich selbst aus den Verhandlungen der Statusregelungen zurückzog. Diese Aufgabe übertrug er seinem Bruder Ferdinand. Das Ergebnis war die Zusicherung der vollen Religionsfreiheit für die Protestanten. Allerdings hatten nicht die Untertanen die Wahl, welcher Religion sie angehören wollten. Dies entschieden die Stände. Vielen Protestanten ging diese Entscheidung im „Augsburger Religionsfrieden“ von 1555 nicht weit genug. Doch das Prinzip „Wess’ Brot ich ess’, dess’ Lied ich sing’“ war beschlossene Sache. Wem es nicht gefiel, der konnte immerhin noch auswandern.

Argula vermisste den Austausch mit den beiden Weggefährten. Bei ihrem Jüngsten fand sie kein „offenes Ohr“. Die beiden sahen sich meist nur bei den Mahlzeiten und sprachen nur das Nötigste.

So war es auch jetzt. Argula nahm mit Gottfried das Abendessen ein. Er saß über seine Schüssel gebeugt und löffelte hastig seine Suppe. Sicher, sie musste zugeben, dass er sich besser in seine Pflichten gefügt hatte als erwartet, doch war er nach wie vor ein grober und wenig mitteilsamer Mensch. Das Zusammenleben mit ihm war häufig recht beschwerlich. Immer wieder bemühte sie sich, Konversation mit ihm zu machen, meist jedoch vergebens. So sprach sie ihn jetzt auf die Bedeutung des Religionsfriedens an: „Die wichtigste Bedeutung des ‚Augsburger Religionsfriedens‘ liegt darin, dass der Papstkirche die Alleinherrschaft genommen ist. Das Ketzerrecht ist außer Kraft gesetzt, und zwar überall in Deutschland.

Verlierer ist die Katholische Kirche, wir haben gesiegt. Schade, dass Luther das nicht mehr erleben durfte!“

Nach einer ihr schier unendlich lang erscheinenden Pause – Gottfried hatte nicht einmal aufgesehen, als sie zu ihm gesprochen hatte – stupste sie ihn an und forderte ihn auf, doch seine Meinung dazu zu sagen, aber er brummte nur, er müsse jetzt wieder an die Arbeit gehen. Argula biss sich auf die Lippe, nein, sie würde ihn jetzt nicht anfahren, geschweige denn belehren, er war eben mehr Friedrichs Kind als das ihre. Trotzdem, sie hätte sich auf die alten Tage einen einfühlsameren Gesprächspartner gewünscht. Aber immerhin blieben ihr ja noch ihre Schwester Sekundilla und die kinderlose Schwägerin Anna, die nach dem Tod ihres Mannes Gramaflanz ihr Witwenerbe gegen eine stolze Summe an die männlichen Nachfahren von Argulas verstorbenem Bruder, Bernhardin von Stauff, seinen ältesten Sohn Bernhardin und dessen Kinder, abgetreten hatte und nach Regensburg gezogen war, wo sie ein lebenslanges Wohnrecht im Staufferhof hatte und die Familie von Schlick seit Jahren Geschäfte machte und Freunde und Verwandte traf.

Argula überlegte, die Grumbachschen Güter, die jetzt, nachdem auch sein Cousin väterlicherseits verstorben war, ganz in Gottfrieds Hand waren, nun endgültig zu verlassen. Sie ahnte, dass Gottfried sie nicht wirklich vermissen würde, und liebäugelte damit, den Rest ihres Lebens auf dem Staufergut Köfering unweit ihrer Schwägerin Anna zu verbringen. Köfering war immerhin seit 1542 evangelisch. Auch das benachbarte Pielenhofen, das ein Zisterzienserinnenkloster beherbergte, und der kleine Ort

Pettendorf mit dem Dominikanerinnenkloster waren ebenfalls lutherisch geworden. Argula erinnerte sich, wie sehr sie sich zwei Jahre zuvor, im Jahre 1553, gefreut hatte, als der Ingolstädter Landtag die Freigabe des Laienkelches gefordert hatte. Und nun hatte ihr die Schwägerin Anna geschrieben, in Regensburg lebe man dies bereits. Keine zwei Wochen nachdem ihr der Gedanke, nach Köfering umzusiedeln, erstmals gekommen war, schrieb sie an Anna und teilte ihr ihren baldigen Umzug mit.

„Anna Stauffin, Freifrau, Gräfin und
Witwe meines geliebten Bruders Gramaflanz,
geborene Gräfin von Schlick, liebe Schwägerin

„Ich hoffe, Ihr seid bei bester Gesundheit und seht die Veränderungen unserer Zeit mit Freude kommen. Trotz meines fortgeschrittenen Alters habe ich entschieden, nach Köfering überzusiedeln und mich dort nach Kräften für unseren gemeinsamen Glauben einzusetzen. Mein einziger noch lebender Sohn, Gottfried, benötigt seine Mutter nicht. Wenn auch reichlich spät, so hat er es doch gelernt zu wirtschaften und wird, so Gott es will, sein väterliches Erbe nicht durchbringen. Ich hoffe, er findet noch ein stattlich' Weib, das ihm zur Seite steht, doch ist er ein Kauz und nicht leicht im Umgang. Wünschte ich mir doch sehr, noch einmal einen kleinen Buben oder ein Mädchen im Arm zu halten …
Meine Schwester Sekundilla und ihr Mann Victorin, Euer Bruder, dürfen ja noch hoffen, haben sie doch zwei Töchter mit stattlichen Herren aus dem Hause Kolowrath vermählt.

Gehabt Euch wohl
und seid von Gott unserem Herrn gesegnet
mit blühender Gesundheit
Eure Schwägerin Argula Gräfin von Schlick
Witwe.
Geborene Freifrau von Stauffen"

Das Gespräch mit Gottfried, das sie am Abend desselben Tages führte, verlief ruhig. Gottfried schien sich weder zu wundern, dass seine Mutter umziehen wollte, noch zeigte er Bedauern: „Mutter, entscheidet wie Ihr denkt, dass es richtig ist. Ich widerspreche nicht", sagte er, erhob sich und wünschte seiner Mutter eine angenehme Nachtruhe.

Auf ihrem Nachtlager verdrückte sie noch eine Träne und fragte sich, ob sie die Schuld an seiner Gefühlskälte trug. Er war der Jüngste gewesen von den Buben, und als er noch ein Kleinkind war, hatte sie all ihre Kräfte für ihren Glaubenskampf aufgewandt.
Der brummelige Gottfried hatte nie den Eindruck erweckt, der Nähe seiner Mutter zu bedürfen, also hatte sie sich ihm selten länger gewidmet. „Es ist zu spät", schoss es ihr durch den Kopf, „erst im ‚Jüngsten Gericht' werde ich erfahren, wo ich gefehlt habe", murmelte sie und schloss die Augen zum Nachtgebet.

## Kapitel 52

1556-1563
Köfering

### Die letzten Jahre in Köfering

Mehr als ein Jahr lebte Argula nun schon in Köfering, wo viele Evangelische, aber auch noch einige Katholiken lebten. Der Pfarrer hatte sie mit offenen Armen empfangen. Man kannte sich seit geraumer Zeit, und Argulas Hilfe in der Gemeinde wurde gerne gesehen. Sie begann, wie einst schon in Dietfurt, die jungen Mädchen und die Frauen zu unterrichten, las gemeinsam mit ihnen in der Heiligen Schrift und genoss es, vor aufmerksamen Zuhörerinnen über ihr Leben, insbesondere ihr Engagement für die Reformation, zu berichten. Die Frauen und Mädchen wollten immer wieder hören, wie Argulas Besuch bei Luther auf der Veste Coburg verlaufen war, und gelegentlich las sie ihnen auch einen der Briefe vor, die ihr Luthers Witwe Käthe in den letzten Jahren vor ihrem Tod geschrieben hatte.
Von Argula erfuhren die Frauen auch, dass seit Kurzem Laienkelch, Priesterehe und die Nichtbefolgung der Fastengebote fortan bis auf Weiteres unbestraft bleiben sollten. Die Stauffertochter erklärte ihnen, dass es nun rechtens war, wenn man der Stimme seines Gewissens folgte. „Hört auf diese Stimme, es ist Gottes Wille!"
Leuchtende Augen suchten den Blick der alten Staufferin, deren Herz hüpfte, wenn sie bemerkte, wie begeistert ihre Zuhörerinnen an ihren Lippen hingen. Erstmals fühlten

sich diese Frauen von Bauern, Handwerkern und Tagelöhnern ernst genommen. Und erstmals hatten sie trotz ihres Geschlechtes und ihres Standes Rechte. Sie wurden aufgefordert, auf ihr Gewissen zu hören, ja, jede von ihnen erfuhr, dass sie als Geschöpf Gottes in einer besonderen Beziehung zu ihrem Schöpfer stand. Sie erfuhren, was die Rechtfertigung allein aus dem Glauben bedeutete, dass es eben nicht die Werke des Gesetzes waren, die das Heil versprachen. Argula erklärte ihnen, dass sie Zuversicht finden konnten im Glauben an Jesus Christus und dass Gott Vater ihnen gnädig war.

Wenn sich diese Tage neigten und Argula auf ihr Lager sank, dankte sie Gott, dass er ihr diese Gelegenheit zur Seelsorge an den Frauen gab und bat ihn, ihr noch lange die Kraft zu geben, ihr Werk fortzusetzen. „Unser tägliches Brot gib uns heute … Denn Dein ist das Reich und die Kraft …“, betete sie und schlief sofort ein.

Morgens war ihr Geist wach, aber der Leib ließ sie ihr Alter spüren: Die Knie, die Hüften und die Handgelenke schmerzten – besonders im Winter und an Regentagen spürte sie, dass sie 64 Jahre alt war. Nach einem Becher Kräutertee und ein paar zaghaften Leibesübungen war sie dann aber für den Tag gerüstet.
Wie sie es schon in jungen Jahren in Dietfurt erlebt hatte, wurde sie auch hier in Köfering nicht selten angefeindet. Insbesondere die Männer des Ortes, die fürchteten, ihre Frauen würden den Gehorsam verlieren, griffen sie mehr oder weniger offen an und schwärzten sie auch bei dem

Pfarrer des Ortes an und behaupteten, sie betreibe Sektierei.
Besonders schwer wurde es, als der Pfarrer in eine andere Gemeinde südlich von Regensburg wechselte. Nun wurden die Angriffe immer heftiger, und es gab niemanden, der ihr Schutz bot und die aufgebrachten Väter und Ehemänner in Schach hielt[101]. Schließlich war ein anonymes Schreiben an die Münchner Räte Herzog Albrechts V. gesandt worden, worin die Staufferin beschuldigt wurde, wider die christliche Lehre zu predigen und die Frauen des Ortes dem christlichen Glauben abspenstig zu machen. Argula erfuhr erst davon, als man sie eines Morgens mit einer Kutsche abholte, um sie in Straubing in dieser Angelegenheit zu befragen. Besonderes Interesse schien man daran zu haben, zu erfahren, ob die Stauffertochter mitmische bei der Adelsfronde, der Auseinandersetzung zwischen den Vertretern der Landstände und der herzoglichen Regierung. Doch Argula wies standhaft immer wieder darauf hin, dass es ihr nicht um Politik, sondern immer nur um die Religion gegangen sei.
Selbstverständlich hatte sie als Frau von Adel die Bewegung mit Interesse und auch nicht ohne Besorgnis im Auge behalten, doch würde sie dies niemals zugeben. Standhaft weigerte sie sich also, eine Schuld anzuerkennen, vielmehr verteidigte sie ihr Tun in Köfering als ein zutiefst christliches. Wie einst in ihren Flugschriften argumentierte sie entschlossen: „Ich bin zwar nur ein schwaches, altes Weib, doch ist mir gleich Bileams Eselin die Kraft gegeben, aus

101 Sprichwort: jemanden zurückhalten, nicht gefährlich werden lassen.

Glauben zu sprechen. Ich berufe mich allein auf die Schrift, und wie Martinus Luther es tat, glaube auch ich fest daran, nur aus der Gnade Gottes gerechtfertigt zu werden. Jesus Christus ist mein Heiland. Warum sollte ich das den Frauen von Köfering verschweigen? Ja, als gläubige Christin müsste man mich rügen, täte ich dies nicht." Diese Rede wiederholte sie immer wieder, bis man schließlich die Geduld verlor und es ihrer Senilität zuschrieb, dass Einsicht bei der Alten nicht zu erwarten war. Ratlos entließ sie der Straubinger Gerichtsvertreter und sorgte dafür, dass man die adlige Dame noch etwas eingeschüchterte, sie sodann aber heimbrachte. Müde, aber gestärkt von ihrem Triumph, nicht nachgegeben zu haben, sondern standhaft im Glauben geblieben zu sein, schrieb sie ihrer Schwägerin Anna sofort einen langen Brief und bat sie, nach Köfering zu kommen und ihr in der „pfarrerlosen Zeit" beizustehen. Anna war entsetzt, als sie erfuhr, was ihrer Schwägerin widerfahren war und kündigte ihren baldigen Besuch in Köfering an.

An einem der ersten Sommertage traf sie bei Argula ein. Sogleich wollte sie genau wissen, wie das Verhör in Straubing verlaufen war und empörte sich sehr darüber, wie man mit der Schwester ihres verstorbenen Mannes umgegangen war: „Was haltet Ihr davon, den Hofmarschall Pankraz von Freiberg einzuschalten, auf dass er ein gutes Wort für Euch einlegt. Er ist jetzt schon einige Jahre am Hofe Albrechts V. und genießt bei diesem ein hohes Ansehen. Ihm ist es zusammen mit den Landständen gelungen, seinem streng katholischen Herzog Freiheiten für die Protestanten abzuringen. Dass nun der Laienkelch, das Brechen der Fastenregeln und die Priesterehe zwar noch verboten sind, aber nicht mehr strafverfolgt werden, haben wir Evangelischen diesem Mann zu verdanken, der im letzten Jahr einen Boten nach Rom sandte, um das Einverständnis des Konzils von Trient einzuholen." Argula nickte zustimmend: „Ich werde ihm meine Angelegenheit schriftlich darlegen. Aber all das mildert nicht meinen Kummer, dass mich Menschen aus dem Umfeld von Köfering angezeigt haben. Ich bin hier ja keine Unbekannte, man sollte mich insoweit kennen, als ich mich niemals mit Sektiererei abgäbe."

Bereits am nächsten Tag machte sich Argula in Begleitung ihrer Schwägerin auf und besuchte die Frauen, die ihr im Laufe der letzten Monate während ihrer Unterrichtsstunden vertraut geworden waren, und erzählte ihnen von dem anonymen Schreiben und ihrer Haft im Gefängnis von Straubing. Einige waren sehr betroffen, für sie war diese Nachricht neu, andere wanden sich und gaben aber vor, überrascht zu sein. Sicher wussten sie, wer dahinter steckte. Doch Argula, die sich darüber im Klaren war, dass ihre Tage auf Erden gezählt waren, lud alle ein, weiter ihre Stunden zu besuchen, bedeutete ihnen jedoch auch, dass sie es keiner übel nähme, wenn sie nicht erschiene.

Am Abend kehrten die beiden Frauen zurück nach Köfering. Und wer gesehen hatte, wie die beiden alten Witwen in wehenden, schwarzen Gewändern über Wege und Felder gewandert waren, um für Bibelstunden und Leseunterricht zu werben, der musste eigentlich begreifen, dass von ihnen keine Gefahr ausging.

Jahre vergingen, man schrieb das Jahr 1563. Argula war inzwischen 71 Jahre alt. Ihr Haar war nun ganz schneeweiß, das Gesicht noch magerer als in jungen Jahren. Ihre Wangen waren eingefallen. Die Nase wirkte dadurch länger und spitzer. Es fehlten viele Zähne, was sie sehr ärgerte, war sie doch lange stolz gewesen auf ihr tadelloses Gebiss. Sie ging gebückt und nur im Haus, wo sie jede Stufe, jede Ecke und die Position der Möbel genau kannte, ohne Stock. Obwohl sie einen gesunden Appetit hatte, setzte sie kein Fett mehr an. Die Kleider hingen ihr am Leib, als wären es nicht ihre. Noch immer liebte sie es, sich um ihren Kräutergarten zu kümmern, und wenn es ein guter Tag war, dann hörte man sie schon von Weitem mit noch immer klarer Stimme singen. Alle, die ihr in die Augen schauten, staunten, denn sie waren klar, und der Blick der Alten hielt noch immer stand. Manche, die sie so gut kannten wie ihre Schwester Sekundilla, die nur ein wenig und ihre Schwägerin Anna, die einige Jahre jünger als Argula war, behaupteten gar, Argula habe trotz ihrer mittlerweile über 70 Lebensjahre die gleiche Entschlossenheit und Unnachgiebigkeit im Blick wie als junge Frau, als sie ihre ersten Flugschriften verfasste. Sie selbst aber spürte, dass ihre Tage auf Erden gezählt waren, und bald stünde sie vor ihrem Herrgott, der hoffentlich Milde mit ihr walten ließe. „Doch bis es soweit ist, werde ich als eine Jüngerin Christi noch ein paar Seelen retten“, dachte sie bei sich, und ein Lächeln erhellte ihr zerfurchtes Gesicht. Hatte ihr auch der Hofmarschall Pankratz von Freiberg niemals auf ihr Schreiben geantwortet, so ging sie doch davon aus, dass man es ihm zugeleitet

hatte. Man hatte sie schließlich fortan in Frieden gelassen, und das sollte ihr reichen. Allerdings hatte ihr Anna geschrieben, der Münchner Hofmarschall sei vorübergehend in Ungnade gefallen bei seinem Herzog, denn er hatte am Osterfest bei der Messe im Kloster Fürstenfeld unweit von München das Abendmahl zum Entsetzen des Priesters und der Klosterbrüder in beiderlei Gestalt zu erhalten verlangt. Das war nun ein halbes Jahr her, und man munkelte, dass der Hof eifrig nach Verfehlungen suche, ihm jedoch bislang keine habe nachweisen können. Jetzt werde als letztes Mittel die Gerüchteküche angeheizt, schrieb Anna. Böse Stimmen hatten verlauten lassen, der Hofmarschall habe gar seine Schweigepflicht verletzt und Amtsgeheimnisse verraten. Anna war sich sicher, dass es nur eine Frage der Zeit wäre, und man würde den unbequemen in Ungnade gefallenen Zeitgenossen seines Amtes entheben.
Anna, die auch nicht mehr gut zu Fuße war, kam seltener zu Besuch, auch wenn es bei guten Wetterverhältnissen nur zwei Reisestunden mit der Kutsche von Regensburg nach Köfering waren. Aber sie schrieb nach wie vor eifrig, sodass Argula stets wusste, was es an Neuigkeiten in Regensburg gab. Sie antwortete der Schwägerin meist noch am selben Tag. So wusste diese auch sehr bald, dass der neue Pfarrer bereits nach kurzer Zeit wieder abberufen worden war und die „Schäflein" in Köfering erneut ohne Führung und geistliche Leitung waren. „Liebe Schwägerin, was bleibt mir also anderes, als mich um die Gläubigen zu kümmern? Zweimal in der Woche halte ich Andacht mit Bibellesung, und ist ein Glied krank, so besuche ich es und spende auch schon mal das Sakrament in beiderlei Gestalt.

Fleisch und Blut des Herrn helfen, den Schmerz auszuhalten, und erleichtern es dem Sterbenden, Abschied zu nehmen. Wie soll man das verweigern? Schwer fällt es mir in dieser heißen Sommerszeit, die Angehörigen zu vertrösten, wenn es darum geht, die lieben Entschlafenen beizusetzen. Es ist kein Pfarrer bereit, den Weg zu uns herauszukommen. Die Leichen riechen übel, und wir haben unsere liebe Not mit der Aufbewahrung. So habe ich schon zweimal die stärksten Männer zu mir beordert und sie angewiesen, auf dem Friedhof Gräber auszuheben. Die Hinterbliebenen waren so dankbar, als ich ihnen anbot, am Grab eine kurze Predigt zu halten. Anna, ich denke, unser lieber Bruder Martinus wäre einverstanden gewesen, sind wir Laien doch alle bevollmächtigt, heilige Handlungen zu vollziehen, so denn kein Pastor da ist.

Es gibt aber auch solche hier, die mich deshalb verurteilen und die Seite wechseln, wenn sie mir begegnen. Neulich habe ich den Mayr Anton gefragt, ob er eine bessere Lösung kenne. Er hat nur mit den Achseln gezuckt und dann das Weite gesucht. Nun hoff' ich, dass sie kein zu groß' Gewese daraus machen. Ansonsten bin ich bei guter Gesundheit, seh' ich mal von den lästigen Altersbeschwerden ab.

Seid von Gott unserem Herrn gesegnet
Und gegrüßt von Eurer Argula, Gräfin von Schlick, Witwe
Geborene Freifrau von Stauffen
Köfering,
Sommerszeit Anno Domini 1563

Und kommt bald wieder heraus zu mir nach Köfering, sobald es möglich ist!"

Doch bevor Anna sich auf die Reise machte, geschah etwas Furchtbares. Erneut hatten Unbekannte Argula bei den Münchner Räten angezeigt, weil „dieses alte und verlebte unverständige Weib die Untertanen von Köfering und umliegenden Orten böswillig verführte, zum Abfall verursachte und zum Ungehorsam anreizte, indem sie nämlich sektische und unserer alten Katholischen Religion widerwärtige und verführerische Bücher vorlesen ließ. Sie hat dafür gesorgt, dass sie sich vom christlichen Gottesdienst abwendeten. Und sie hat sie in ihre Winkelschul' gelockt. Und sie hat sich angemaßt, was Aufgabe des ordentlichen Pfarrers war. Sie hat in verächtlicher Unterlassung aller christlichen Zeremonien Tote beerdigt."

Am 5. August informierten die Münchner Räte ihren Herzog über die Vorwürfe. Dieser antwortete bereits nach wenigen Tagen und forderte Vorschläge zur Vorgehensweise hinsichtlich der Staufferin.
Um einer erneuten Festsetzung im Gefängnis zuvorzukommen, wandten sich nicht nur Nachbarn aus Köfering, sondern auch Argulas Schwester Sekundilla und deren Töchter und Ehemänner an den Herzog. Sie forderten eine Klärung der Beweislage und Nachsicht mit der Alten, die nichts Böses im Schilde führe. Da es sich bei Argulas Verwandten um einflussreiche Familien handelte und ein Verbrechen nicht nachweisbar war, auch niemand nachweislich zu Schaden gekommen war, ließ Herzog Albrecht Milde walten, nach-

dem ihm seine Räte nachdrücklich dazu geraten hatten, nicht zu streng mit der Stauffertochter, die mehr tot als lebendig sei, umzugehen. Schließlich habe man den Ständen auf dem „Ingolstädter Landtag“ Milderung versprochen, da könne man nun nicht eine alte Witwe ins Gefängnis sperren.
Argula war also noch ein zweites Mal von einer längeren Verhaftung verschont geblieben, doch diesmal erholte sie sich nicht von Schrecken und Enttäuschung wie noch vor wenigen Jahren.
Anna war sehr besorgt, als sie ihre Schwägerin schweigsam und abwesend erlebte. Es bedurfte großer Anstrengungen, die einst so streitbare Frau ihren Gedanken zu entreißen und in die Gegenwart zurückzurufen.
Argula verschlief die Hälfte des Tages und verbrachte die andere Hälfte in Wachträumen. Sie hatte das Essen beinahe eingestellt, nippte nur hin und wieder an einer Schale mit Kräutertee. Man konnte zusehen, wie sie verfiel. Dabei wirkte sie auf ihre Besucher aber nicht unglücklich, auch schien sie kein Schmerz zu quälen, nein, sie hatte sich einfach auf den Weg heraus aus dieser Welt gemacht. Manchmal lächelte sie plötzlich und scheinbar ohne Grund, dann wieder verfiel sie in Agonie.
Nur Anna, die fast im selben Alter war, konnte diese Wandlung akzeptieren und versuchte nicht, die Schwägerin ihren Träumen und Gedanken zu entreißen. Sie nahm wahr, wenn Argula leise zufrieden summte, und sie allein verstand so manche Worte, die der Schwägerin über die Lippen kamen, Worte, die an niemanden in dieser Welt gerichtet waren, liebe Worte, die sie ihren Kindern sagte, Fragen, die sie an Burian richtete, und gelegentlich ein heiteres Lachen, das klang, als

sei es eine Antwort auf Dinge, die ihr jemand erzählt hatte, obwohl außer Anna keiner weiter im Raume war.

Tatsächlich glitten die Jahre ihrer Kindheit und des Erwachsenenlebens an ihr vorbei: Begegnungen mit den geliebten Eltern und Geschwistern, Erinnerungen an frohe Kinderspiele im Burghof von Ernfels, Feste und Feiern in ihrer Familie, die unheimliche Begegnung mit der buckeligen Wahrsagerin, die damals aus ihrer Hand alles gelesen hatte, was später in ihrem Leben geschehen war: ihr persönliches Leid, aber auch ihren publizistischen Erfolg. In rascher Folge stiegen Bilder in ihr auf: Sie sah die alte Amme Bruni, die sie als junges Mädchen an den Münchner Hof begleitet hatte, erinnerte sich an Gespräche mit Margarethe, der Freundin aus Münchner Tagen, und dem Bayerischen Herzog Wilhelm IV., wie er ihr vom Tod der Eltern berichtete und ihr in schwerer Stunde versprach, immer für sie da zu sein, und wie er ihr ein klein wenig den Hof machte. „Er hat sein Versprechen nicht gehalten“, kam es ihr voller Bitterkeit in den Sinn.

Sie erinnerte sich an ihre Verheiratung mit dem grobschlächtigen Friedrich von Grumbach, an die Geburten ihrer Söhne und der kleinen Tochter, ihren Entschluss, alles zu riskieren und für ihren Glauben an die Öffentlichkeit zu treten. Wie aus dem Dunkel tauchten Erinnerungen an die vielen Begegnungen mit Osiander und an den heimlichen Briefkontakt mit ihm und Spalatin, aber auch mit Luther und später mit seiner Käthe auf.

Der Schmerz über den frühen Verlust einiger ihrer Geschwister überfiel sie nach so vielen Jahren wieder, als seien sie gerade erst verstorben. Kurz erinnerte sie sich auch an den Tod ihres ersten Mannes. Heiße Tränen liefen ihr über das Gesicht, als die Erinnerungen an ihren geliebten Burian auftauchten. Sie hatte ihm in seinem Todeskampf nicht genug beigestanden! Sie war eingeschlafen! Ein Schluchzen kam über ihre Lippen. Dann auch noch der frühe Tod ihrer beiden älteren Söhne und der Tochter. Wie sie sie vermisste! Sie wollte wieder mit ihnen vereint sein!

Es war ein langes ereignisreiches, manchmal schweres, aber erfülltes Leben gewesen. Nun war sie alt und lebenssatt. Nun wäre es an den Anderen, für die evangelische Religion einzutreten und die Zukunft weiterer Generationen zu gestalten, dachte sie und öffnete noch einmal die Augen. Da saß die liebe Anna und versuchte, sie zu erreichen, doch Argula machte die Andeutung eines Kopfschüttelns, streckte ihr aber eine schwache Hand entgegen, und als Anna sie zart ergriff, war sie erstaunt, als Argula sie mit letzter Kraft fest drückte.

Gerade wollte Anna versuchen, ihre Schwägerin anzusprechen, da murmelte diese, wenn auch leise: „Der Herr holt mich zu sich, haltet mich nicht auf! Er segne und behüte Euch, meine liebe Anna. Amen."

Anna blieb neben dem Lager sitzen, bis Argula ihren letzten Atemzug getan hatte. Tränen kamen ihr nicht, denn Argula war gegangen wie sie gelebt hatte, entschieden und bewusst, ohne Klage, ja, man könnte vielleicht sogar sagen: mit freudigem Herzen dem Herrn entgegen …

*Ende*